毕飞宇文集

毕飞宇 著

雨天的棉花糖

MARSHMALLOW IN RAINY DAYS

人民文学出版社

图书在版编目（CIP）数据

雨天的棉花糖/毕飞宇著.—北京：人民文学出版社，2022
（毕飞宇文集）
ISBN 978-7-02-016421-9

Ⅰ.①雨… Ⅱ.①毕… Ⅲ.①中篇小说—小说集—中国—当代 Ⅳ.①I247.5

中国版本图书馆 CIP 数据核字（2020）第 106032 号

责任编辑　赵　萍
装帧设计　陶　雷
责任印制　王重艺

出版发行　人民文学出版社
社　　址　北京市朝内大街 166 号
邮政编码　100705

印　　刷　北京盛通印刷股份有限公司
经　　销　全国新华书店等

字　　数　242 千字
开　　本　880 毫米×1230 毫米　1/32
印　　张　10.25　插页 1
版　　次　2015 年 1 月北京第 1 版
印　　次　2022 年 1 月第 1 次印刷

书　　号　978-7-02-016421-9
定　　价　62.00 元

新 版 序

　　人民文学出版社版的《毕飞宇文集》初版于 2015 年。感谢人民文学出版社对我的厚爱,2020 年,他们打算做一些订正和增补,给读者朋友们送去一个更好的新版。但 2020 年是特殊的,许多事情都在 2020 年改变了它的轨迹,一套文集实在也算不了什么。

　　现在是 2021 年的秋天,感谢人民文学出版社;感谢读者朋友。除了感谢,我特别想在这里留下这样的一句话:2020 年,2021 年,它们是那样深刻地留在了我的记忆里。

毕飞宇

2021 年 9 月 17 号于南京龙江

序

　　这套文集收录了我从 1991 年至 2013 年之间的小说，是绝大部分，不是全部。事实上，早在 2003 年和 2009 年，江苏文艺出版社和上海文艺出版社就分别出版过我的文集。江苏文艺的是四卷本；上海文艺的是七卷本；此次人民文学出版社出版的这套文集则有九卷。递进的数据附带着也说明了一件事，我还是努力的。

　　我曾经说过这样的话：小说不是逻辑，但是，小说与小说的关系里头有逻辑，它可以清晰地呈现出一个作家精神上的走向。现在我想再补充一句，在我看来，这个走向有时候比所谓的"成名作"和"代表作"更能体现一个作家的意义。

　　感谢人民文学出版社，他们愿意为我再做一次阶段性的小结。老实说，和前两次稍有不同，这一次我有些惶恐。写作的时间越长，我所说的那个走向就越发地清晰，——我的写作是有意义的么？——它到底又有多大的意义呢？

　　我写小说已经近三十年了，别误会，我不想喟叹。我只是清楚了一件事，以我现在的年纪，我不可能再去做别的什么事情了，也做不来了。我只能写一辈子。说白了，我只能虚构一辈子。可再怎么虚构，我还是有一个基本的愿望，我精神上的走向不是虚构的，我渴望它能成为有意义的存在。

毕飞宇

2014 年 6 月 7 日于南京龙江

目 录

孤　岛

一

　　大江在这里被劈成两半。长江拦腰斩断之后，在孤岛的两翼白缎一般因风飘散。顺着江水东去，孤岛像一只负重的灰色巨鳄，吃力地溯游爬行，沿着你的错觉向你森森匍匐。水块厚重，从江底挤出江面时缓慢而又固执，呈蘑菇状簇拥豕突，大片大片浑浑黄黄地旋转。这旋转笨拙、执拗、舒坦，每一刻都显现出固体的傲慢与自负。

　　天气很好。四月的阳光在大清帝国瓦蓝色天空中摇摇晃晃。几片游云轻抹淡写漫不经心，对天空的主宰有一种无须过问的自信。远处江面像一张不平整的巨形锡箔，沸沸扬扬折叠着白光。鱼鹰们勇猛地从半空扭转着身躯扎向江面，小鱼在一个狭长的甬道里停顿了几下，随即滑进了一个温热的黑色世界。

　　扬子岛漂浮在江心，仿佛固体的江浪堆积而成的古墓。出于一种谁也没法弄清的力量，长江水位的深浅向来无法改变扬子岛海拔的高低。未来的地质学家曾经为此大伤脑筋，但远在同治年间就有一位智者发现：扬子岛和地壳没有任何瓜葛。扬子岛在江水之中实证了"水涨船高"的全部涵义。粗硬挺拔的扬子岛顶破了女性大腿般开叉的江面，暗示着生命实质的原始精神。

1

公嘴港在阳光的烘照中懒洋洋地宁静。空空荡荡的公嘴港飘拂着团团腥气。几条破旧的渔船被几块石头搁在岸边，拦腰以下布满青黑色的枯苔。几个螺蛳夹在朽洞里，张大了等身的嘴巴，对天空抒发绝望。三四个小孩坐在江滩悬架着的破渔网边，蓬头垢面，凌乱的头发上空一缕一缕的腥气苍蝇一般飞来飞去。一只狗卧在破船的船头，下巴枕在伸得笔直的前腿上凝视远方，目光中透视出哲学思维的哲理深度，随后打了一个非常到位的哈欠。这哈欠暗藏着刻毒的仇恨和狰狞。调整好表情后，狗半眯起眼睛，用长长的红舌对称地舔了舔两侧的上唇，随后把脸上的模样弄得加倍地认真。狗的后半身印着渔网的阴影，使这只超凡脱俗的狗加倍地显得宗教。

狗的哈欠和腥气之间一定存在一种默契，否则江滩上的腥气不会一下子来得如此浓烈。这股腥气在狗的哈欠之后一反常态叫嚣异常，在你的面前披头散发扯野撒泼。强烈的腥气使扬子岛的宁静陡然蕴藏了许多不祥意味，使这种宁静成了一种等待——仿佛酒杯脱手之后坠向石头之前的刹那。

难得的好阳光使扬子岛几乎成了一座空岛，所有的渔人全都蜂拥在三里场渔场。但是——文廷生今天没有下江。

二

他今天没有下江和下面这件事没有任何关系。实际上两样东西放在一起并不意味着有什么内在关联。许多作家就这样，他们总是把这个世界弄出许多前因后果来。下面这件事和"他今天没有下江"没有一点关系——但你不能把这件事跳过去。你最好往下看。你要是跳过去你八成是存心想和艺术对着干。

一千年或者一百年前——反正不是德宗皇上爱新觉罗·载湉登基帝国的光绪年间，那时文廷生和熊向魁的破屁股挂钩船还没有停泊公嘴港——江龙王白龙家族发生了一起内讧，白龙王的三太子一怒之下负气出走。你要是属龙的，你一定会知道，龙家总谱有红、黄、黑、白四个门户，分卧珠江、黄河、黑龙江、长江四个水系。一千年或一百年前的内讧，发生在长江水系的白龙家族。白龙家族的三太子秉承了天精地英山灵泽秀，年少气盛，意欲割江而治，独尊一方。他选择了洞庭湖的支流湘江，潇湘女用斑竹皮为他装贴好了龙宫龙榻，并做好了怀孕心理及生理上的全部准备。"不行！"龙王爷回答三太子时用了铁硬的口气，"湘江受天孕已久，将自生一条天龙来，你到时自不是他的对手。""——你给我岷江！"三太子记起了许多年前遇见过的娥媚女，对父王说："岷江受地孕已久，你同样不是地龙的对手。"白龙王冒着五雷轰顶之灾向爱子泄露了天机，"天龙、地龙为夺长江尊位，必有一番争斗，等他们鹬蚌之争到了尾后，你方可收渔人之利！"三太子年少急功，认定父龙的行径实属"不容他人酣睡"，一怒之下出走龙宫，借了鲟鱼的一张皮甲，从此云游四方。具体的出走日期现已无从考证。历代所有的正、野汗青都没笔录记载，你只能把它理解成所有的神话故事惯用的时间概念——从前。但这件事本身绝对不是神话或者传说故事，这件事千真万确毋庸置疑。不久之后这些事全要在扬子岛得到应验。你要不信你可以找一本《成语字典》来翻翻，"白龙鱼服"这个条款说的就是这么回事，只不过现在的意义被一些语言学家鱼目混珠，弄得你真伪难辨。

你现在当然不能去翻字典，一件重大的事情马上就要发生——这种时候你最好不要离开，你可能已经注意到：文廷生今天没有下江。

在扬子岛的最高峰，文廷生坐成一块石头。他的宽大额头反弹出四月阳光精亮的光点，浓黑的长辫从后脑一直挂到后腰，远望去使他像一块硕壮的顽石灌注了灵性。三里场渔场的渔船

3

在他视线的那端，遥远得星星点点，像一只只小鱼左晃右动。他的眼睛慢慢眯起来，目光收网似的把三里场的渔船紧紧罩住。

他不是扬子岛人。他成为扬子岛人全因为去年盛夏的那一个神秘下午。真的，这件事要不是有人亲眼看见，你重复八辈子可能都没有人相信。那天下午是文廷生的破屁股挂钩船离开龟瓜沟的第三十一天——龟瓜沟是洞庭湖边的一块弹丸灵地，光绪年间已经产生了一位举人二十一个秀才。文廷生在龟瓜沟落草滚爬长大成人。他听江湖艺人说，顺江水东去，有一块长江金水带，谁要有了那块码头，谁就有了长江水里的金库。要不了三年，你可以踩着光绪元宝铺成的水路回家。文廷生鼓动了外乡人熊向魁和瞎眼先生的独根香旺猫儿，买下了一条破屁股（破屁股是一种渔船的名字，你别以为名字不中听，这种船苗子长，再凶的浪都跳得过去，为了增加稳定性，尾部分成两半，从后面看上去就像你的屁股，分两瓣的）。破屁股踩着楼梯似的江浪，一步一步朝下江踩去。

那个下午是他们的破屁股挂钩船进入江腹的第三十一个下午。天气不算坏，太阳在天空一副县官老爷公事公办的派头。文廷生坐在破屁股的后身，手把舵柄目注远方。江面宽阔，几片白帆翼羽透明。远处细成黑点的飞鸟底下，一座孤岛正黑森森地从江底抬起头颅。"旺猫儿，"文廷生冲着正在舱里瞌睡着的旺猫儿说，"准备卸篷。"

但一样东西很快吸引了文廷生的注意。一根高耸碰及云端的巨大柱体像天空的尾巴立在远处的江面。这尾巴如同一张倒放的硕大喇叭，灰黑色，旋转着歪歪扭扭的可怕身躯，软软飘飘却又迅疾无比地向文廷生威逼过来。大江晃动着挣扎了几下，江水就顺从了这种旋转立江而起，呼啸着向天上倒挂而去。"——龙卷风！"船头上熊向魁的岷江口音被夹在喉管里的恐怖扯得四分五裂，但只一眨眼，那一声七弯八岔的"龙"连同整个破屁股挂钩船,一同发疯似的旋转着上了天……

江浪依旧在江岸边拍打。时间过去了多少已经毫无意义。文廷生隐隐感觉到头皮随着江浪的哗啦声生生发痛。他艰难地睁开眼睛,定了会儿神,意识到自己的头发正缠在斜长在江面的一棵杨树枝上。他吃力地转了转脑袋,几根菹草和茨草正在江边的浅水里顺着江浪颇有节奏地男追女欢。一条孤尾藻根贴在文廷生的唇边,散发出淤泥腐草的原始气息。文廷生吁了口气,断断续续忆起了刚才旋转而去的龙卷风。他重新闭上眼睛,是的,他想歇一下。

在他要闭眼的一霎,文廷生的目光似乎得到了某一种暗示,他闭上眼,狠劲甩了甩头,再瞪大了眼睛,他的头皮似乎被什么东西轰了一下:离他六七尺远的地方,一双眼睛正死死地盯着自己。一双鳄鱼的眼睛正死死地盯着自己!文廷生几乎叫出声来。他清清楚楚地看到灰鳄静卧在他的对面,冲着自己微笑,眼睛像一个害着眼病的老头,流着泪水精亮精亮地眨巴,尾巴重复着刚才龙卷风的动作,由粗到细做歪歪扭扭的转动。每一次转动灰鳄扁扁平平的额头上瘌瘌巴巴的蟹壳色硬纹就愈加清晰起来。……在离文廷生的鼻子四五寸远的地方,鳄鱼张开了嘴巴,七零八落的牙齿充满刻毒的笑意。文廷生死死地屏住呼吸,鳄鱼嘴里哈出来的死鱼腥臭像枯瘦的手指一样伸了过来。文廷生叭地关上眼睛,牙齿咬得脑袋格棱棱地摇晃。

三

用力抿了抿嘴巴,文廷生把目光从三里场收回,在小山巅上站起身来。长长的身影被四月里的阳光簇拥着,在小山坡上曲曲弯弯地挂将下去。他的身影碰及的野花一个个耷拉下了脑袋,抽了魂似的蔫不拉唧。

公嘴港，你得更名廷生港！

这句带着很浓湘江口音的话在文廷生的门牙上撞了几下，如同一块巨石滚回了他肚子里的某一个角落。他要扬子岛，是的，扬子岛必须是他的。除了他，谁也不配在扬子岛这块宝地呼风唤雨吞云吐雾。他宽宽瘦瘦的脸上表情全都舒展开来，这是他想好一件重要的事情之后常有的神情，带着天空的恢弘感——也就是几年前旺猫儿算命先生的瞎父亲所说的"天子气象"。旺猫儿的父亲鬼精鬼灵。任何一张脸只要他瞟一眼，总能道出个天干地支黑道黄道来。旺猫儿的父亲一定与上天的某一位神灵有着暗合的契约，认定文廷生具有与生俱来的天子气象。他把自己祖坟上的独根香旺猫儿打发出来，从此在文廷生的身后尽忠尽孝形影不离。旺猫儿从他鬼精灵的父亲那里秉承了晓天知地的鬼气，这与其说是秉承不如说是一种变异——他有一副神奇的胃口，是的，他可以几十天不吃不喝大米或者苞谷，只要有成捆成捆的纸张书籍，任何一本书在他嘴里仿佛山东人手里的薄煎饼，脆生生地香甜。——吃完之后就满口胡言，书上说什么嘴里就说什么，梦话也不例外。有一天文廷生听着他说了一夜的《孙子兵法》，结果是第二天文廷生发现书箱里永远失去了钦定全册康熙版本的古代兵书。两天之后，他从旺猫儿的大便里发现了毛边纸张纤维，但上面的墨迹早已荡然无存。

他需要他！现在！

所以他立即登上了一条小舢板，划向三里场渔场。

你当然明白这两个"他"表示了两个不同的语言意义和实物人体。

旺猫儿站在三里场渔场的破屁股船头。他回过头去看了一眼太阳。太阳正对他做着鬼脸。这鬼脸的不祥意味着立即使他回味起去年夏天不祥的下午。那时旺猫儿正在船舱里打着瞌睡,模模糊糊听到文廷生的吆喝在耳边扯了一把:"旺猫儿,卸篷。"他懒得动,只对船舷拱了拱屁股,重新让困意弥漫了整个大脑,熊向魁的一声恐怖的尖叫之后,旺猫儿咂咂嘴巴,闷闷地觉着自己的体内发生了点什么变化,很仙气,轻飘飘的。直到船体仿佛轰隆一声触了礁,旺猫儿才睁开眼,惊慌地对着船头船尾呼唤文廷生和熊向魁的名字。他爬出了船舱,两眼顿时产生一股强烈的眩晕——破屁股挂钩船魔法似的停泊在一座山巅上。

"旺猫儿,旺猫儿!"

熊向魁的岷江口音从不远处飘来——他正坐在一棵大树的喜鹊窝上。

"我们遭龙卷风啦!"

熊向魁在远处喊。他的平静和旺猫儿的失措形成反差。熊向魁念过几天书,只有在他的眼里神奇的事才不神奇。

下山后发生的事比龙卷风更让人匪夷所思。下山后的熊向魁和旺猫儿一度以为自己一下子误入了蛮夷。光绪圣上的皇恩浩荡在这里杳影不见,他俩被一群席地而跪的人弄得高大无比。地上的人们抬起头来,眼睛里散出了惊恐的绿光。那神情使得一向持重的熊向魁也摸了摸脑后的三尺长辫,怀疑自己身上是不是什么地方出了差错,或者必须出点什么差错才对得起地上跪着的人们。

"请问……仙家是……"

领头跪地的是一位五十开外的黑汉,粗布圆衫领口紧紧裹着他的黑脖子,两排鱼眼项链挂在胸口的两边,散发出腥臭的目光,腰间缠着一圈黑绢褡膊。

"这是我们……族长……雷公嘴……"

雷公嘴身后一位尖下巴的男人提了提腰间的渔网,打着瘦精精的哆嗦。

太阳对旺猫儿做了个鬼脸转过身去。旺猫儿回过头来,远处金黄色的江面正驶过来一条小舢板。划船的一准是文廷生,旺猫儿从那人额头上锃亮的金属光芒一眼便知。

雷公嘴左手提着双齿叉走在最前头。十几个光着上身的男人阴暗着表情颠在他的屁股后头,雷公嘴裸着上身,腆挂着的大肚子连同胸脯上两块已经松软下来的肉疙瘩,随着他的走动上下抖合。他的奶头只剩下一只,另一只早已经成了瞎头闭眼的刀疤,带着野蛮的表情,闪着亮光。这只已经变成刀疤的瞎奶头是他光绪二十四年光辉业绩的凭证。——这是过去的事,但你以后会明白。

雷公嘴的屁股压住了这块码头之后,雷公嘴几乎没有过亲自出马的先例。没大事,他一般不出门,整天在家里端着他的白银水烟壶——这是他二十年前用三筐上等刀鱼从江心的一条油船上换来的。上头有精镂的双龙戏珠画纹。但今天,他无论如何端不住那只白银水烟壶了,一顿饭的工夫前,天龙把那只破屁股船从天上送将下来了,他暗暗感觉到自己离黑道已经不太遥远。

“我们还有一个人。”

刚从喜鹊窝上爬下来的熊向魁对雷公嘴说。熊向魁的上江口音使他觉得有点仙气,但雷公嘴还是暗地里松了口气:他们讲的到底也是人话。这使他顿时壮起了胆子。

“雷某一定帮你找到。”

不论是凶是吉,他必须把另一位天客找到。

他是个粗人,可在他提着双齿叉走向江边时,他预感到小岛上的石头会有一天像今天的长江一样卷起波涛。想起这个,他脑后粗大的辫子越发变得沉重。脖子上江猪鱼眼项链也发出了更加不安的气味——这条项链是他在江里浪迹十几年的佐证。

也是他能够统霸这个孤岛的可靠凭据。扬子岛是他的命,只要有岛在,这个岛以外有没有另外一个世界就显得毫无意义。在他的眼里,长江是一条深得无底、一直深到另一个世界的水带,他们不需要外人,就像白鳗不需要听懂狗叫一样,他们所要做的只是打鱼,然后在江水中的某一个地方,把鱼送到一个陌生人的船舱里,再从他们陌生的船舱里换回他们所需要的东西:几条鲫鱼换一把盐,几只母鸡换一块布。他们从来不计较什么规矩,他们凭着他们肉眼对价值的一种直觉,觉得自己不吃亏,就用手彼此拍几下,成了。而下一次的交换,他们固执地以上一次作为准则,以此类推。其实所有的人都一样,都习惯于把自己的第一次作为下一次的准则。

当然,岛上的事,他们有自己的一套,生老病死婚丧嫁娶红白喜事他们有自己的一套。决定这个岛上大小事宜的,是英名盖世的老板仙起名的"鲋鳞会","鲋鳞会"的头人,则是手把双齿叉的雷公嘴。

而现在,整个岛上只剩下了下午龙尾巴甩下来的一串恐慌。

更关键的是他必须亲自找到另一个仙家。

"总爷,鳄鱼!"

雷公嘴身后一只黑鱼一样的手指指向不远处的江面。那只手的指尖睁开了一只小眼睛。

雷公嘴看得真切,那只开张的齿形大嘴正逼近一只双目紧闭的头颅———一只陌生的头颅。

雷公嘴手里的双齿叉"哧"的一声轻响,冲向了蟹壳青色的鳄鱼,如同蛇的舌头"哧"地叉向盯着一只蝗虫的青蛙。三里场在一步一步向文廷生的小舢板逼近。文廷生已经能够看到旺猫儿横在江面上抽筋痛苦前仰后合的身影了。眼下是捕捉河豚的好节令,开春的日子河豚浮出水面晒太阳,只要你用竹竿一碰,它就气鼓囊囊地漂在水面诈死,用不着你下网垂钩,你只消坐在船头，一只手消消停停地把鱼往舱里拿，比你跟在新娘子后头抢光绪元宝还利索。河豚肉鲜嫩无比，鲜得你舌头在嘴里打哆嗦。但河豚吃不得，眼和血都是剧毒。可扬子岛人不在乎。扬子岛的人不论老幼都有拼死吃河豚的精神，更有拼死吃河豚的精明。天底下，吃河豚成了扬子岛的事。再毒的河豚，到了扬子岛人的手里，就变得如同鲫鱼、黄鳝一样保险可靠。文廷生的小舢板渐渐靠近了捕河豚的渔队，但他突然注意到，渔船不像往日那样三三两两漂在江面，几十条渔船里三层外三层在江中围成了一个圆圈，欢快中夹杂着恐怖意味的叫声江浪一般起起伏伏。——出事了！文廷生的脑海里闪过一道雪亮的闪电。——这显然不是平日打鱼的船形。近日来文廷生始终有一个预感，也可以说一种渴望，这世界要出点什么事情。——你很难说得清预感和渴望之间有时谁为因果。

是的，出事了。一条少说也有四百斤重的鲟鱼被十几条大网团团围住。鲟鱼锃亮巨大的身躯在江浪里汹涌澎湃。所有的渔人手忙脚乱乱成一团。女人们带有原始气味的叫喊像一条条绳索把一切弄得更加纷乱如麻。这条鲟鱼最初出现在渔网里时所有的渔人欣喜若狂。不要说娘儿们，就是每一朵浪花上都铺着脚印的老渔汉们，这辈子也没见过这么硕大、这么华贵的鲟鱼，但也就几口饭的工夫，手把钢叉、渔枪的汉子们几乎全顿住了手脚，扬子岛上流传了八辈子的白龙王三太子的传说，立即在他们呆滞的目光里一个劲儿地传递——这鲟鱼是不是三太子？巨大的恐怖立即替代了巨大的欣喜，每一张油亮的黑脸都成了怪兽，眼珠子笑盈盈的，可瞳孔里喷出的却是死气。这死气如一把锋刀，把阳光一茬茬拦腰斩断，一根一根松松软软地飘坠江面。

放了，舍不得；捉住，有谁敢？

文廷生的嘴角溢出汁液般的笑意。灵感叭的一声在他的脑海中骤然开炸。木桨在他的手中微微颤动,这是个好机会!他对自己说,他要抹掉雷公嘴!这念头在他心中翻腾已久,这个巨大的念头产生于他一踩上这个孤岛当天的某一个刹那——文廷生闻到了鳄鱼嘴里吐出的腥臭味。他死死地闭上了眼睛,与其说惧怕鳄鱼的狰狞,不如说在等待最致命的一击——你要是身临绝境你一定会产生这种奇妙的心理。江浪的涛声和孤尾藻根上原始的腐臭都已远遁。他在等……可撕肝裂胆的致命一击偏又欲擒故纵姗姗来迟。

他颤栗于失魄中的等待至少有二尺长的光阴。他隐隐听到了闷闷的一声"啪",随后的一切又回复了原始的安静。他睁开了眼,鳄鱼的背上早竖着一根叉柄,叉尖的白光瑟瑟抖动。他轻轻松了口气,身上的骨肉似乎失去了关联,一同往下坠落。他感觉到几双大手正在他的身上向岸边努力。半晌,他再一次睁开眼,十几个赤裸着上身的汉子早已在他的对面踞身而跪。

文廷生眼里不解的程度一如雷公嘴眼里虔诚和惧畏的程度,一如鳄鱼眼里挣扎着的绝望的程度。鳄鱼嘴巴极夸张地张大着,背脊上垂直着一把双齿钢叉。文廷生把目光从鳄鱼蟹壳青色的硬皮上拉开,脑子里一时理不出头绪。不过,这是个好地方,他深深吸了一口气,这里的空气充满阳光和水的混合气味——这气味使他的脚板一不留神走进了一百年前。

是的,这地方的远古气息足足使他向后生活了一百年。

他机械地跟在雷公嘴的后面,眼前的世界越来越显得玄秘。扬子岛有多大,他不清楚。他看得清楚的是起起伏伏的岛面上满布的水竹、净竹、铜钱树、鹿角栲、白栎、木和白马骨。空气里的绿色在整个岛上晃悠晃悠,几条水沟蜿蜒在绿网里,清清绿绿全然不似长江里的浑浑黄黄。天空的倒影使水沟愈加显得深不可测,两岸的大树横七竖八,几株直挺、几株旁逸、几株半坠入水,网状的树根在半塌的岸边熙熙攘攘裸露在外,毫无规则地东窜西突,凤眼莲和茨藻半浮于水面……青草味从土地里散发出来,与几朵粉白的小蝴蝶勾肩搭背,在水岸边时而迅疾时而舒缓地走动。"汤狗,"雷公嘴回过头去对着身后的一位汉子,"晚上宴客,下水拿几条好鱼。"汤狗向雷公嘴弓了弓腰,跳下水去,一个喷嚏的工夫,甩上来几条红尾鲤。十三片黄壳江龟随后冒出了水面。文廷生原地立住,肚子里叫咕了一下:真是块好地方。

"请!"顺着雷公嘴的指尖,一条石街在绿丛里把石头的苍白延伸到远方拐弯处。一方一方淡黄的竹皮房屋补丁一样趴在石街两旁的绿色里。酒肆、小货摊头、铁匠铺、铜匠担、箍桶家当、篾匠小凳一簇簇躲在竹皮屋檐下的阳光阴影中。铁匠铺里的火炉依然冒着青烟,小伙计们木呆眼睛,手擎大铁锤,打量着一行路人。显然,龙卷风从江面划去之前,这里曾热闹叮咚过。龙卷风和龙卷风带来的三个晕头转向的客人,把整个扬子岛闹得更加晕头转向。

在一座华贵而又原始的高大石屋前,雷公嘴立住,对文廷生说了声"请"。文廷生立上石阶,熊向魁和旺猫儿立即放下手里的大海碗从堂屋里冲将出来,文廷生没有来得及兴高采烈,似乎凭借一样什么神示,他抬起头,头顶上一块厚大的木匾悬在飞突的石檐之下,鲥鱼华贵的鱼鳞被松树胶粘住,排成三个大字:鲥鳞会。

刹那间,文廷生的脑海里划过一个玄妙的瞬间,同时闪过一个记忆——这里我来过?文廷生无论如何赶不走这个幻象:眼前的一切,似乎在过去的一个什么时候经历过,并且,就在同一刹那,旺猫儿做过算命先生的父亲说过的话似乎开始应验:玉帝圣儿会安排你一个地方,你一到那儿就发现自己成了那儿的土地神。

他回过头去,石屋前的广场上云集了光溜溜黄灿灿的光背脊,所有黑白相间的目光全集中到文廷生的额角上,目光反弹出去使他的额头成了光芒四射的太阳。

老子要当这里的土地爷儿！

"老板，"他向雷公嘴宣布，"我不走了。"

文廷生的双手按住双桨。他很快使自己镇定下来。在一条大船旁，文廷生舍下舢板跳将上去，他盯着渔网里白龙王三太子的眼睛跳出贼亮贼亮的湛蓝火苗。甲板上，文廷生腹部一个前挺，僵直着上身对着鲟鱼跪了下去，一声撕破江面的吼声冲着鲟鱼从他的嗓眼里飞蹿而出——

"三哥！"

他对白龙王的三太子喊了一声三哥。

四

公嘴港向来是方圆六七十里的扬子岛最叫场子的地方。扬子岛的渔人下江归海，都要从这里调扯篷。把总公嘴港的，是老少皆知的鲋鳞会。鲋鳞会这块场子，你要不多长几根贱骨头，绝对不是你随便屁颠的码头。内六七十里的扬子岛，外三四十里的江水面，你要是翻了鲋鳞会的台面败了这家的风水，鱼肚子都没胆量做你的棺材。鲋鳞会的会头是扬子岛土生土长雷家家族的族长雷公嘴。雷公嘴早年爱听说书，神往已久神话故事里梁山泊上的好汉故事。浪里白条张顺勇斗黑旋风李逵，是他最为仰慕的英雄伟绩。逞才使气耍拳弄棒，少不得陪他度过青枝韶华。因整天在江里顶风斗浪，水下功夫最是了得。及冠，已长成通身水锈油亮的黑汉。粗大黑亮的辫子在坚硬鼓实的天灵盖背后，像盘地而立的眼镜蛇。光绪二十四年，有人亲眼目睹黑辫子又出猩红的蛇信子。——那时候鲋鳞会早已成立。"鲋鳞会"的会名起源于岛上见过世面闯过码头的老板仙。老板仙以一身鳞状的瘦纹和捕过一条十六斤重的鲥鱼，使他从此五毒不侵。他的每一句话都成了扬子岛上的金科。十六斤重的鲥鱼是他生命的全部意义，多年以后，他在船中寿终正寝时，手背上神奇地长出了十六张鳞甲，相传那十六张鳞甲可以使他碧落黄泉逢凶化吉。"鲥鳞会"成立时，大伙向他寻求会名，老板仙没有立刻交底，老板仙不动声色地在鸡血会上讲述了他讲过千遍的鲥鱼故事：八年前的一个中午，天晴得像铺满鱼鳞一样锃亮，老板仙在江中撒开大网。这一天老板仙的胳膊里涌出一股柱体的气力，他歪过头看一眼鱼鳞状的天空，突然预感到自己的生命里将有一件重大的事情。他低下头，网边水下的一道雪亮的白光刺痛了他的眼睛，珠光宝气耀眼夺目的鲥鱼浮出了水面。哪个打鱼的没有做过美丽的鲥鱼梦！名贵的鲥鱼金贵自己的鳞皮胜于孔雀之于尾巴人类之于眼睛，它害怕挣扎起来渔网碰破了华贵的鳞皮，所以一动不动，静卧在大网的木浮旁边，等待渔人的捕捉。老板仙大为震动，鲥鱼那种玉全鳞皮瓦碎生命的镇定，使他动了恻隐之心。他悄悄收紧网口，下了水去，像新婚之夜把自己的老婆抱进卧舱那样，把鲥鱼抱出了水面。出了水的鲥鱼，不论什么秤称它，都不偏不倚十六斤。这绝对意义上的十六，大大超出了数学范畴里的标量意义，至今依然匪夷所思。十六不是个大数目，但对于鲥鱼，就如同你人长到了二百岁。"十六两的刀子十六斤的鲥鱼"，正是这个道理。老板仙对苍天行了九九大礼，把鲥鱼放回了江中。渔船披红挂绿热闹了整整三天。"天下有比鲥鳞更金贵的？"老板仙在讲完故事后一脸肃穆，"这会，该叫鲥鳞会！"老板仙的话是圭臬，一字千金，他说什么就是什么。他说大便可以炼出黄金就得有黄金，炼不出只能是大便出了问题。

鲥鳞会成立的那会儿雷公嘴还是个虎愣虎愣的愣头青。除了一身的好气力好水性外，抛头露面的只有每年三月初八的

"祭江节"。祭江节是扬子岛最隆重最大典最神秘火红翠绿的节日。石屋前的广场上云集了所有的岛上人,巨大巍峨的竹皮天篷中央端放着镏金神龛,大慈大悲普度生灵的观音菩萨脚着莲花鞋,左手持掌,右手柔执杨柳,两行籀文七拐八弯幽灵古怪:杨柳枝头净瓶水,苦海永做渡人舟。四炷大香八支高烛把匍匐在台下黑压压的人群弄得神情恍惚。前排的大盘子里,牛头、羊头、猪头双目紧锁,苦苦地思索一件有头无尾的可怕故事。两碟蒸鱼不屈不挠,双目圆瞪,大有精卫衔木和猛志常在的刑天气概。雷公嘴和另一位童身男子踞身对跪,对面的童身男子正把纸钱一张一张丢进纸钱盆。纸钱在逢双的日子用雄黄酒浸过,晒干,五张一组,分别印有蟾蜍、壁虎、蟒蛇、蜈蚣、蜘蛛……纸钱被火舌头一舔,片刻间化为灰烬。灰黑、猩红在半空中张牙舞爪鬼舞神驰。浓烈的熏烟压得你的鼻孔伸出一只手来,痉挛着在半空乱舞乱抓。

"钟衅——"大鼓司师这么高吼一声,雷公嘴就赤裸着水锈油亮的背脊,系紧红绢褡膊子——他平时爱用纯黑色的。雷公嘴拔出大刀,提起拴在一边的白羊,轻轻一个滑刃,羊头立即在离羊身四五尺的大海碗边做夸张艰难的呼吸。雷公嘴随后平身,在竖立的牌位后洒上羊血。"九磕头——"黑压压的人头立即被一种神圣的力量按倒在地,雷公嘴站在台上七零八落地上下颠动。牌位的正面标准的宋体朱红大字:福德皇水正神。每年一度的祭江节使雷公嘴在扬子岛小有名气,但离大红大紫还差得很远。雷公嘴从来也没有做过在这个岛上大红大紫的美梦。但天地风云不测,雷公嘴自己也没有料到,自己的屁股压住了鲥鳞会这块码头,而且码头成了英名盖世的"公嘴港"。

光绪二十四年,历史学家会正确地指出——一八九八年,也就是"戊戌六君子"由刑部绑赴京都宣武门外的这一年(作者这样写全是为了卖弄一下历史知识,绝无暗示朝政弄权之事,诸君如硬要从以后的文字里作某种联系，那是你自己的事，与本作者无涉），雷公嘴步入而立。步入而立的雷公嘴一身的好皮一身的好膘。天暖的日子他喜欢脱光马褂背心，将胸部两块周周方方的黑肉疙瘩裸露出来，两只奶头又溜圆又平整，在铜钱大小绛紫的奶盘上铁犟突凸。厚布裤腰在肚带眼处扎得很妥当，用上好的黑色绢褡膊系紧，挂下八九寸的结头，走路时裆部甩出一路的英雄气概。少爱头发老爱须，雷公嘴不爱，雷公嘴少不得周腰一圈的黑褡膊，就喜欢这么个神气、这么个味儿。

光绪二十四年三月十八，也就是祭江节过后的第十天，北岸北熊湖涉过来一帮强人，大清早将老板仙在公嘴港五花大绑，于水边的一只破船旁站住，几十个大汉排成两行持械而立。

"兄弟们听着，"强人头用七寸子（匕首的俗称）顶住老板仙的咽喉，"让出岛东的三里场，立下字据，放人；要是咽不下这口乌鱼汤，吃鱼肚时留神，当心吐出这老东西的骨头。"

雷公嘴叉开人群，上衣挂在肩头，在强人头的对面分腿而立。

"兄弟明白人。一开口就是三里场。那里是我等命根，不给。他事听便。"

"想吃大刀面？"强人头瞄了瞄雷公嘴硬硬的奶头。

"听便。"

"是好汉割下你的黑铜板，了事。"强人头用指尖捣了捣自己的胸脯，"兄弟我一江不说两水话。"

雷公嘴深提了口气，肚皮上凹出一块黑亮的田字。把黑褡膊收紧，飘头塞进去。摊出一只手，"——刀。"

雷公嘴用指尖捏住自己的奶头，闷下头去，接过匕首比画了一下，硬硬的紫黑奶头立即在他手里松软下来，霎时变得惨白，周围围上了碗口大的蓝光圈。刀口里红红的肉丝丝伴着心脏不慌不忙地微笑并且跳动，每一次颤动都吐出一口血来，又出四五股流向褡膊。

"——放人。"

"你小子一个人拜把子，你算老几？拿下！"

雷公嘴突转过身去，用七寸子指住来人，粗大的辫子左晃右动，傲起头嘶嘶吐出蛇信子。雷公嘴的双眼猛地喷出毒来：

"兄弟我没走过码头，可分得清五阴六阳。你裆里夹的要是河蚌，回舱里垫汉子去；你若能挺出根海参干来，按江里人规矩，兄弟陪你水里说话！"

雷公嘴扔下刀子，解了黑绢褡膊平放在滩上，脱下粗布裤，赤条条朝江里走去，两瓣结实的屁股蛋儿一前一后轮番着向这个世界发动挑衅。强人头跟在他的屁股后头，一头扎进了江去。

具体的打斗场面你可以参见《水浒》的第三十八回——《及时雨会神行太保，黑旋风斗浪里白条》。你一定注意到这件事和《水浒》的情节有一种内在的互补关系，只是弄不清它们之间的卜筮谶验。

江里的一场恶斗太阳出江时才见分晓，上了岸来两位好汉的脸上一个劲儿地煞白。张大了嘴喘气，脸部像一只螺蛳，全部的内容只剩下一张黑洞洞的嘴巴。

雷公嘴在强人头的身边吐干净黄水，弓着腰晃悠晃悠撑起身来，胸部像一张歪着脸的怪兽，右眼紧闭左眼圆瞪，在朝晖中一片金光灿灿，威慑圣灵如下凡被灾的独眼金刚。

"雷某在，码头就得叫公嘴港。"

五

但现在，随着文廷生在船头对着那条神圣的鲟鱼下跪时的一声"三哥"，扬子岛的历史像木排驶进了某一段峡江湾口，在一个极其优美的转动之后，拐向了早已被水流固定下来的历史走向。

文廷生顺手从船头捡起一把渔刀,跳下四月的江水,对着渐渐缩小的渔网猛砍猛斫。几个浪头冲过来,渔网像游戏的小孩生了气似的,撒开手各自走到自己的一边去了。四百斤重的鲟鱼一个下潜,消失得无影无踪。

熊向魁站在破屁股的船头,一阵冷风吹过,他的背上九千九百九十九个毛孔一齐挥动了拳头,把他的背脊擂得咚咚如春雷扯过。"晚了。"他对自己说,数以千计的阳光从他的眼边飘过时,冷不丁打了个寒战。

小酒馆的石墙上插满了松明,黑烟漫不经心地摇头晃脑,一副无聊的瞌睡相。黑的男人脑袋沉重地耷拉下来,他们的脖子似乎失去了往日的坚劲,甚至支撑不起自己的脑袋瓜子。石墙外面的世界安安静静,两只狗争夺一根骨头的打斗声清清楚楚。

门后的八仙桌边围了六七个黑汉。他们细声细气神神秘秘。岛上近来发生的事情在他们的瞳孔里飞来蹿去。不远处,汤狗和熊向魁正各自一边闷闷地把盏自斟,独自在石墙的松明子底下黑成一团。但两人的注意力都集中在小声说话的黑汉们身上。酒馆老板弓着腰黄鳝般游动于客间。八仙桌那边的声音时重时轻地转悠:

"这些事来头玄乎,老板仙返世也难知定数。"

"老板仙是哪一年的菩萨?"

"雷老爷不好斗,一身的好功夫。"

"天清地浊——地斗不了天。天在上,地在下。"

"万一真归了姓文的,日子过得下吗?"

"有江就有水,有水就有鱼,有鱼就有咱。"

"你们看到没?文老爷下江的当儿,肚子底下伸出了龙爪……"

“好像是有。”

“两对，我亲眼看见。”

“我想见文老爷，又怕见到。一看到文老爷，我的眼睛就跳。咚，咚咚咚。”

“他有天相。”

“他额头上有三道纹，天纹地纹人纹一纹不缺，长长的，从这个太阳眼拉到那个太阳眼。”

“嘘——汤狗。狗狗的眼睛亮着……”

“说不准明天他就成了文老爷的人……”

“难。他那份血性。”

“省了这份心事！谁他妈的把持这码头，说到底都与我们无干。他们要折腾他们折腾，我们一样活。我能吃饱就成，我是两条腿的不吃人，四条腿的不吃凳。”

门外黑黑的一阵脚步声。转眼，门口站着一个穿得干净的女人。他们突然不再说话，那是雷家的下人。那女人在门口张罗了两眼，径直朝汤狗走去，她的掌心里捏着一团抹布打了个千，“狗爷，老爷叫。”

六七双黑亮亮的眼睛顺着她的屁股转到汤狗面前，又顺着汤狗的后脑勺融入门外的黑夜。

“当真？”雷公嘴搁下双龙镂纹的白龙烟壶，站离太师椅，两道眼光唰地戳中了汤狗的眼珠。

“当真。下午是我亲自把姓文的从江里捞上来的，那条鲟鱼后来不见了。大伙对他拜了九拜。”

雷公嘴左奶头上的刀疤狠狠咬了他一口，他抬起头：

“老子的风水还是运错了？”

“总爷……这岛……”

“扯！”雷公嘴回过头两条目光反劈下来，恶毒地点了点头，

"母鸡不拉尿,各有各的去处。"

"不,老爷,万一他真的是真龙天子,白龙爷发起怒来,扬子岛四面环水,还得祸及您老。老爷……"

"说!"

"老爷,依我,您得请客。"

"什么时候,屎都逼到屁股眼了,有这心思。"

"总爷,我六爷说过,龙不能吃龙肉,'龙食龙肉,心肺烂透。'酒席上你上一道全鲟鱼,他要是真龙,那时自能降伏,要是他顶了根棒槌充鸡巴,你去金山寺请了法海和尚,不愁他做不了海龟。"

熊向魁把文廷生从石阶上拥挽上来,鲥鳞会的全部头面人物都从四周椅子上站起身子,走向席边。"请。"汤狗指了指上座。文廷生在熊向魁和旺猫儿之间款款落座。

彼此寒暄,应酬。文廷生不敌酒力,雷公嘴们不动酒色之时,酒意已从文廷生的脖子上悄然上爬。但文廷生自落镇定,酒意在脸上反增了吉祥之象。

下人端上一只大木盆,雷公嘴接过,推到文廷生的筷前,"——请!"他急不可待地说。

文廷生的眼里闪过一丝疑惑,依然如磐石一动不动。整个酒席顿时铁静,只听得一线斟酒声在酒盅里叽咕叽咕。

半晌,文廷生从裤腰间解下渔刀,轻轻翻开木盆里的烧全鱼……所有的人死了一般顿住了呼吸,雷公嘴启开了厚唇紧紧盯住文廷生手里的渔刀。文廷生似乎感觉到了空气在皮肤的外面渐渐收紧,他的睫毛细细地颤动了几下,翻过了鲟鱼……

空气像酒盅里的酒一样安静。文廷生的嘴角不经意地歪了歪,目光从每个人脸上扫过,在雷公嘴的鼻尖上停住。他猛然举起渔刀,对准自己的胳膊狠狠戳了下去,拔出来,一条血带立刻从刀口里呈火龙状在半空中往来飞蹿，最后在雷公嘴的脖子上转了五圈，蛟龙腾柱一般飞爪吐舌。雷公嘴立时短了七分，大气不敢出，文廷生的鲜血烧得他全身火烧火燎地灼痛。

扬子岛的这一个夜晚不是从天上降下来的，许多历史学家从史书上发现，扬子岛的这一夜慢慢从江水里爬了上来。起初许多人惊恐万分，误以为江洪突发，但后来才明白夜色从江心爬上来了，一寸一寸增加了高度，最后弥漫整个天空。据说这一夜黑得很厚，松明子和洋蜡烛的光芒没能在这一夜的黑色中刺开半个窟窿。

这一夜黑得悠远而又静谧，整个世界昏过去一般，第二天上午公鸡打鸣时全打着哈欠。夜安静得快要炸裂开来，旺猫儿吞下文大哥送来的一扎宣纸后就昏然入睡。整夜里旺猫儿的梦话四处游荡，长了四只脚在黑夜的平面上飞奔。旺猫儿的梦话证明了文廷生是白龙家族云游四方的太子，扬子岛几千年的长梦终于在一夜的梦话里得到完结和应验。旺猫儿的梦话泄露了天机，告知人们文廷生将在扬子岛重修龙榻，雷公嘴将于八月初八在江边的第六块石头边还原成独眼巨龟……旺猫儿说了一夜的梦话，说梦话时他的牙齿咬得格格涩响，这声音你一听就知道旺猫儿在咬牙时下牙床从左到右慢慢移动。人们所受恐惧的程度第二天可以发现，公鸡打哈欠时每一个人的眼帘上都掉下一块蓝膜，直到太阳升起时黑眼珠里还泛出青光。

其实太阳升起时比整夜的恐怖还要可怕。许多人都听见阳光一出江面时黑夜"叭"的一声从天上坠落，咣当咣当东流西淌顺着水沟全部注入长江。

这个神奇的夜晚过后旺猫儿就此失踪。谁也无法弄清他的去向。而旺猫儿一个月后从远方归来时，大家只看到他懒洋洋地坐在鲋鳞会的石头檐下，好像哪里也没去过，两只眼睛就像太阳光那样光芒四射，嘴角边的笑容也全是上知天文下晓地理的模样。

"汤狗,"雷公嘴饱受惊恐之后反而胆壮如牛,"汤狗,你过来。"

"是。"

"汤狗,岛是我的命,不能这样送。"

"总爷……"

"汤狗,鱼不死,网就破;网不破,鱼就死。"

"总爷,不可蛮来。"

"汤狗,万一我敌他不过,你切记三十年河东三十年河西,杀多少头流多少血也得让这个岛子姓雷。权力不能丢,岛上就是灭了种也得是姓雷的墓。"

汤狗跪身下去,在雷公嘴的脚趾上磕了三下:"生做雷家狗,死是雷家魂。"

六

六月初六。

太阳一出江就不对劲。黄黄地暗示着一种阴谋。阳光从东方冲过来时一根根全搅和到一块,在风中抖了好半天都理不出半根丝丝线线来。清早时分太阳就烤得人头皮发痒,竹皮屋顶在阳光下面噼噼噗噗嘞嘞脆响。扬子岛的太阳这一天来得特早,许多老鼠首尾相连在街坊的竹墙边来往鼠窜。竹青蛇和四脚蛇在山坡上的小竹林里发出尖叫。

汤狗把渔网从船头全部抱上岸。他老婆青腮正在岸边的铁锅旁生火。渔网在江里忙了一个春天,每年的这份光景总得修补、血浆。等血好、晒干,差不多已是江里的另一个鱼汛。血网是渔人每年的大事。三天打鱼,两天晒网,血上一回胜过七七四十九个太阳。血过的网坚韧、耐腐,传说血越旺肥鱼越是肯往里头跳钻。每年到这时分,江边一字溜儿地排上血锅。新鲜的、黑臭的、汁液的、扁块的猪血在大锅里鼎沸。浓黑的熏烟、腥臭的猪血把江边顿时弄得远古而洪荒。血淋淋的渔网从滚开的血锅里哧哧拉过,在坡上、树边铺开去,成千上万的苍蝇一团一团云集而来,构成了与人类一样伟大的互补世界。阳光底下的渔网呈紫黑色,紫黑色的渔网在江边罩上了一排排神秘的网影。血网的男人们一律赤裸着上身,把渔网送下铁锅的同时他们亮开了大江一样宽阔的嗓门,所有的男人几乎以同一种节奏高吼着这支流传了几千年的歌:

渔网渔网大口喝呀——哦!

撑得肚皮翻泡泡呀——哦!!

渔网渔网快快喝呀——哦!!!

大鱼小鱼往里跳呀——哦!!!!

今天的血网不同寻常。

扬子岛的命运全取决于今天。昨天一夜,汤狗没有合眼,裹了一床薄被子一个人卧在岸边的石头上。他有个习惯:每当有重大的事情,总觉得女人会坏他的事。一大早他发现了太阳的不对头,他吞下了六六三十六只活龙虾,到现在六六三十六只龙虾还在他的肚子里头前仰后合地折腾。这也是许多年以来养成的习惯。这样他便觉得浑身上下通达异常,要气有气要力有力的。

他注意到文廷生他们三个平静如常。三个人闭着嘴各忙着自己的活。文廷生穿了件特别肥大的厚衣,在裸胸赤膊的人群里有点病歪歪的死相。

日头偏西时戏班子赶到了鲋鳞会前的广场。竹架戏台已搭好,背对着鲋鳞会会址的大门。许多不同的戏将会在这个戏台上同台演出。多年以后,中国社会科学院一位"八卦派"史学家就这一段历史曾伟大地指出,雷公嘴之所以栽在文廷生手下,全因为这个戏台的面向。会阴主阴,百会主阳,背面主阴,脸面主阳。文廷生是看官,面对戏台,阳气冲盈,肝肺力旺,鲥鳞会坐台面之背,阴气升腾,精气流失,暗里脾肾大伤,元气不复。——鲥鳞会寿水殆尽,命中已定。这一理论在八十七个国家引起重大轰动。许多国家的史学家都一致认为,中国的史学研究为世界历史研究提供了极其科学的方法论,同时指明了历史发展的阴阳走向。

六月初六血网大典过后的一场大戏,是扬子岛流传已久的规矩,也是刀马旦小六吆身价陡增的季节。刀马旦小六吆嗓音脆亮,听她的戏,你耳朵里能流出口水来。她八岁练武台功夫,一手飞镖煞是厉害:说打你眼睛,绝不打眉毛,指出你肚脐,偏不离小腰!故事发展到这份上你可能已经猜中了几分:这故事实在不怎么样,小六吆一定被雷公嘴买通,在唱戏的光景小六吆手里的飞镖飞将出去,直中文廷生的咽喉,而后文廷生一命呜呼。

你猜得当然对,你的猜测和雷公嘴的计谋不谋而合。不过有一点非常遗憾,历史没能照你的猜测发展下去。这全不能怨你,历史这玩意儿偶发因素实在是太多,只要哪儿出了点问题可能就完全走样儿了。历史无所谓必然,所谓必然必须在事情发生之后。在事情没有发生以前,你无法知道历史"必然"要往里行走。

司鼓、钹、锣,所有的乐器轰将起来,小六吆背插雉翎威风四射。一段《东海宫》震得你耳鼓发酥,心醉骨软。

离别了新婚郎披铠执枪,

此征伐征路远不意彷徨。

正念着新婚别如意君郎,

龙宫前遇见些虾兵蟹将。

……哐才哐才才才才——哐——才——哐!才才才才才

才——哐！哐哐哐哐——才——哐！小六吆止住唱腔，一柄长剑在她鹞子翻身过后闪来闪去，许多跑龙套的从戏台上打了几串筋斗，"啊啊啊"地被小六吆杀将下去。

乌灵龟搅得咱人心惶惶，

受皇命穷追这海底荒凉。

探宫底顿使我回味洞房，

呀——呀——呀——

皇命不可抗皇命不可抗，

何时能得胜打道回府上把如意君郎来探望，

先杀你这夜叉精赤鬼王。

……小六吆拔出飞镖来，一海鬼呈"大"字状立在木板前。"嗖嗖"几声，头顶、两虎口、裆部立即中了几镖，离皮肉只几厘之遥。

"吁嘘——"台下一片尖叫。

小六吆回眼望去，第三排穿长袖衣的正紧紧盯住自己。凭女人的直觉，小六吆知道，这就是汤狗在她耳边低语的"文廷生"。她本能地握了握手里剩下的最后两支飞镖。

众将士（——有！）随我来一步三望，

四周寻三边望不见这乌灵龟王。

尔等虾兵蟹将不明不白死得好冤枉，

前无仇后无怨杀死你我冷眼却热肠。

……那两道眼光死死地盯住自己。她知道，只要她一转过身去，手腕一抖，那两只眼睛就永远地闭上了。那两道目光……不，那两道阳光……也不……那两道什么呢？……小六吆感觉到了步子和司鼓不对了，她就势来了个亮相，定会儿神，但她的注意力无论如何集中不起来了……她离不开那两道光芒四射的恢弘的目光。

过门过去了，小六吆的唱腔迟迟接不上板眼。"嘟！嘟！"

司鼓爷的板鼓点将两下,过门重新演奏一遍。我的如意郎呀——小六吆感觉底气冲不到位。她的气息在她的丹田处千回百转却又无道以出。小六吆回头看了看后台,一道锃亮的光点拉了一条长线,"文大哥,有人害你!"她突然对台下大叫一声,随后"当"的一下,飞镖和一只匕首在半空中一个相撞,顿时冒出了一股青烟。

"大哥,当心!"旺猫儿立即按住了文廷生。

"天不灭我,慌乱什么。"

文廷生半眯起眼睛,走上戏台,盘坐中央,脸上似笑非笑,口念着稀奇古怪的词眼。一只花猫正端坐在戏台旁的一道围墙上,绿绿的眼睛盯着目瞪口呆的人们。

文廷生双手合十于大袖之内,睁开眼睛瞄了瞄台下,突然大叫一声:"看那只猫!"

刹那间,他的双手一拱,一声巨响冲着火光从他的袖中飞奔而出。花猫一个后仰直挺挺地跳将起来,爆炸之时喷涌而出的猫血把整个夜空照得血红。

一股很浓的药香味悄悄散了一地。

雷公嘴的双腕软弱下来。但他提足了底气,提起双齿叉从后台跳将出来。"文廷生。"他吼道,文廷生用眼睛接过他从瞳孔里逼射过来的锋利目光。文廷生提起鱼刀,向雷公嘴冲去,在雷公嘴的目光上连连下刀,雷公嘴的目光一节一节顺着文廷生的渔刀抖落在地,在戏台上发出哐当哐当的声响。离雷公嘴的眼睛八寸远的地方,文廷生砍下最后一刀,雷公嘴的目光光秃秃只剩下最后八寸,八寸以外的世界雷公嘴昏瞎如夜空黑暗一片。雷公嘴的目光断断续续在戏台上痛苦翻滚,一条条无眼蚯蚓似的,在木板的缝隙里惭愧地遁身而去。

"长江里面撒泡尿,"文廷生对雷公嘴说,"有你不多,没你不少。你好好活着吧。"

七

　　文廷生把九毫米六发装填日野－26 式手枪放进口袋,表情平淡地在跪在他面前的人群中走过。这支手枪是旺猫儿多日失踪的最终缘由。当然,旺猫儿也好,文廷生也好,他们知道只是一把手枪。上述细致完整的命名还是本文的作者最近加上的。为了这支枪,本文作者特意走访了北京武器发展史专家。这支手枪是一八九三年日本研制成功的新式左轮。至于这支手枪由何人转卖给旺猫儿,旺猫儿出了多少银子或多少河豚,这个问题只能留给公正而科学的历史学家了。在此,本文作者只能与公正而科学的史学家道一声再见,完成历史进程里的文学使命。文廷生的目光从眼角滑过去,落在熊向魁的额角上。熊向魁慢慢抬起头来,随着他的抬头,他感到自己的两张眼皮越来越重,那两道目光筒直像两根木棍死死摁在他的眼皮上。熊向魁鼓足了勇气,抬起眼来看了文廷生一眼,那两道目光在他的眼里一下子陌生异常:这就是我平日叫惯了的廷生兄吗?熊向魁的脑海里一时懵懵懂懂:膝下的地面越来越使他感到不安全。

　　“我知道,”文廷生慢悠悠说,“整个扬子岛惟一瞒不过的,只有一个人,那就是我兄弟——你。”文廷生突然笑了笑,这微笑在熊向魁的心坎上压起了一条一条的皱纹。

　　“不不,我什么都不知道,只知道大哥是真龙天子,大哥是……”

　　“哪里来的什么真龙天子,你我念过几天子曰诗云,心里都明白:我你一样,凡胎!”

　　“不不不不不,”熊向魁的神情叭的一下散了架,“不不。”

　　“干吗这样?”文廷生走向前扶起熊向魁,“你我多年兄弟了,不必这样,你起来。起来。”

文廷生坐下，两只眼依旧紧盯着熊向魁："谁会稀罕这块弹丸之地？要不是一场龙卷风，你我眼睛都瞄不到这鬼不下蛋的地方。说不准这也是天意，这里需要换换天，这里的人需要换个样。老天爷说不准把这活给我了。我毫无办法。不过，"文廷生的眼睛看着门外的一个远处，"这块巴掌地既姓了文，就得有另外一副样子。"

"仁兄宏才大略，小弟一定效忠大哥，"熊向魁直挺挺地再一次跪身下去，这一回更加用心而虔诚，"为大哥效犬马之劳。"扬子岛骚动起来了。

那只倒在文廷生26式左轮底下的可怜母猫，使扬子岛的人们彻底相信了真龙天子的存在。他们目睹了文老爷的魔法与天威，"砰"的一声火光四起烟香弥漫，一条生命就得当即呜呼。他们恐怖并且兴奋。和所有图腾时代的种族一样，能做上真龙天子的奴隶是他们生存的一大意义和一大乐趣。扬子岛的臣民们把渔网搁在了江边上，用三月初八祭江节的规格庆贺自己的文老爷。所有的渔船停泊江边，参差的桅杆、五颜六色的彩旗点缀出了扬子岛佳年华会的气氛。小孩们和小狗们相互追逐，太平盛世时无限美好的景象出现在扬子岛人的面前。中午阳光正射时分，文廷生被十几个童身男子相拥着走向江边。女人们用筷子敲击竹筒，竹筒上响起了生脆有力的节奏，铜喇叭的叫声在竹筒的节奏里钻来钻去，火香的烟雾缭绕不散，在文廷生的耳边丝带一般忽聚忽散。天空灿烂，文廷生的微笑与阳光同等灿烂。男人们将彩色绸褡膊围上了腰际，手拉手在女人们围成的空地舞蹈，他们野蛮的表情和兴奋的身躯上都抖动着肥肥的横肉。

人们拥向文廷生，所有的声音都以文老爷作为中心。他们用狂热的几乎是失去控制的热情表达对文老爷的崇敬。一对年轻的夫妇走上前来，在文廷生面前行了大礼。

"你起来。"文廷生微笑着，亲切得像对孙子。

"谢老爷。"

"叫什么?"文老爷关切地问。

"黑江猪。"男的高声回报了自己的姓名。他为文老爷正眼看着自己而激动得微微发抖。他从媳妇手里接过酒碗,放在地上,从腰里拔出渔刀,对准自己的小拇指横下一刀,小拇指应声坠入酒碗中。一股红殷殷的血柱立时冲进碗里。小拇指在酒中宛如出水的虾子活蹦乱跳,这位壮实的汉子用岛上对神灵的最高礼仪,九个指头托起碗来,在文廷生的面前长跪过顶。

文廷生满意地笑了,接过酒来用一个指头在碗里蘸了蘸,对天空弹去,尔后仰起脖子一口饮下。小拇指滑进他的肚子前,在嗓眼里头左冲右突,你站在六丈远的地方都能看得清楚。

"给文老爷下跪!"

黑江猪一声瓮声瓮气的喊声过后,五六个黑汉在他身后跪了下去。依次是红鲤、铁仙、石板、庞大头。这个顺序正好是除雷公嘴和汤狗之外旧日鲋鳞会的座次顺序。

"愿为文老爷肝脑涂地!"

一队鬼怪从东边的大树底下走了过来。三脚马、八尾鱼、巨头龟、双翅麒麟……对着广场缓缓而行。赤、橙、黄、绿、青、蓝、紫七色彩带在两边飘拂。二三丈高的云锣一路咣当咣当地响成一片,竹箫、青笛、马头琴七拐八弯的音响昏头转向。紧跟其后的,翻跟头、竖蜻蜓,簇拥过来。在行至文廷生面前七八丈远的地方,所有的家当戛然而止,随即在文廷生面前齐唰唰地跪下。文廷生知道,这是岛上的戏班子,前排跪着的不是别人,正是扑棱棱盯着自己的小六吆。

"文老爷万岁!"

"万岁!"江边所有的人呼应道。

"万岁!!"

"万岁!!"许多声音从树上、桅杆上、墙头上飘来。

"万万岁！！！"

"万万岁！！！"这一声使大江狠狠地吃了一惊。

傍晚时分江滩上和大街上热闹还没退尽，一个喝得半醉的汉子正学着公鸡追赶母鸡的模样，斜着双臂追赶一只母猪。太阳依旧挂在天空，但许多乌云已经蹑手蹑脚悄然登场。天空躲在大树的背后，神秘兮兮幽幽蓝蓝地眨巴。不过谁也没注意到天空的变化。直到一个巨雷滚遍天空的每一个角落，人们才从狂热与麻木中清醒过来。追赶母猪的汉子流着口水最终发现母猪原来不是自己的老婆。雷声的尾巴还在转来转去，冰雹已经驴子下粪蛋似的丢了下来。眨眼工夫整个广场被冲得嗷嗷乱叫四方鼠窜——太阳依旧照耀，无动于衷地看着哭笑不得的人们。

天色说黄就黄。在淡黄色的云雾底下天色说不准是暗还是亮。长江依旧按照过去的速度向东奔去，不定的风向把江面上的波浪卷得横七竖八。整个扬子岛渐渐安静了，只有雷公嘴的鼾声在江波之上由近及远。又一阵闷闷的雷声过后，闪电在天空的远处如同被打的狗，甩了甩尾巴，再把尾巴夹在屁股沟里逃得无影无踪。

堂屋里很安静。文廷生一个人坐在豆油灯的对面，屋外的雨珠声显得异样清脆。"黑江猪……"文廷生自语道，那个壮壮实实的小伙子不停地闪现在他的眼前。

"文老爷……"门外旺猫儿的声音掺杂在雨声里。

"进来。"

"文老爷……"旺猫儿跪下身去。

"说。"

"外面有人说……说文老爷当初得罪过白龙王爷，坏了家风，今天文老爷到岛上来放肆，天老爷发威来了，用冰雹赶走人不算，还阴不阴阳不阳地一边下雨一边出太阳。"

"谁说的?"

"不……知道。"

"哦——"文廷生有点意外,没想到这岛上居然也有人长的是人脑袋。

姓熊的! 文廷生很快狠狠地点了点头。

"知道了,下去吧。"文廷生对门外摆了摆手。

雨继续下,文廷生站起身来在堂屋里踱着方步,四面幽暗的墙壁上他巨大的身影不停地变更位置与面积。妈的,这一场冰雹实在不是时候,他当然明白冰雹与自己的事没有必然联系。但现在,他必须信,而且必须比别人更信。可怜的扬子岛,在这里,对于已经智慧的人来说学会愚昧才是真正的智慧。

现在就抹了熊向魁当然不行,否则将乱了人心。

让他姓熊的吞得下去吐不出来才算厉害!

得找一个替死鬼。

得找一个转嫁这个危机的人,否则,我文廷生大事不保。谁呢? 雷公嘴——不,他已是一个废人,去打死鳄鱼会被后人耻笑。——他老婆或者女儿,也不。妇道人家当了替死鬼不能惊天动地。

铁仙? 红鲤? 汤狗? 庞大头? 不,鲥鳞会的旧部都碰不得,越是凶恶的狗驯良了越是卖死力。我要等驯良了榨干你们的油!

谁呢?

一个闪电把天空扯成好几块,随后又恢复了漆黑。

哦,这么黑的天……这么黑。文廷生记起了黑江猪。文廷生记起了给他献酒的黑江猪。

"有人害我!"文廷生的惨叫突然间划破了夜空,"有人害我!"

熊向魁第一个冲进堂屋。"有人害我——"文廷生捂着肚子在太师椅上鬼叫，"有人……害我。"

十几把松明子立即涌进了室内，夜黑里，这个消息如同蝙蝠飞快地流传，一袋烟工夫，墨黑墨黑的蓑衣压满了旧时鲥鳞会前的广场。黑江猪排开众人，拼命地往里面挤压。

"蛇……蛇……"文廷生忍着剧痛捂着肚子，"肚子里有一条蛇……"

人们面面相觑，不明白到底发生了什么。

"谁害文老爷？"黑江猪满身水浸挤到文廷生的身边。

屋子里一片死静。

"天老爷托冰雹告诉我，说有人害我，都怨我自己……大意，不听天老爷劝告……"

"怪不得。"铁仙想起下午突如其来的冰雹和半阴不阳的太阳，恍然大悟地说。

"快……快……救我……蛇在我肚子里……天老爷说，不杀蛇王，我难逃一命……"

人们面面相觑，似乎在这一瞬间，岛上所有的人都成了妖怪，或者说所有的妖怪变成了人，甚至连自己是不是人，都一时没了把握。在自己的老爷被害之时，他们实在找不出什么证据来证明自己是人还是别的怪物。

"老爷，"旺猫儿瞟了一眼黑江猪的手，似乎明白了什么，长期以来，旺猫儿习惯于让自己的生命变为文老爷的一种补充，他细声地问："老爷，蛇有多大？"

"小拇指……小拇指那么大，"文廷生哇地喷出一口血来，"不杀蛇王，我难逃一死！"

所有的目光渐渐地恍然大悟了，并且慢慢集中到黑江猪的身上。黑江猪的表情木然，显然，他没有明白眼前发生的事，更没有明白他自己处境的危险。

熊向魁毫无表情地站在一边,他突然从腰里抽出渔刀,眨眼间刀刃已经滑过了黑江猪的手指,黑江猪号叫一声,仅剩的四个指头已齐唰唰地栽倒在地上,泥鳅一样跳跃。

"哦……"文廷生半闭上眼喘了口气。

"你这毒蛇!"铁仙立即从熊向魁的手里夺过渔刀,直挺挺地插进了黑江猪的肚皮,黑江猪的眼睛里疼出了火苗。黑江猪的肠子从呐喊着的刀口里边哗啦啦地喷涌而出,在地上前后扭动乱作一团,宛如一只大盆里放满了鲜活的黄鳝……

"文老爷……文……"黑江猪瞪着死白的眼睛慢慢倒了下去,拉泡尿的工夫,黑江猪的内脏全部开始在他身体的外部蠕动了,黑鸡巴倒在脚边的血泊里,昂起头做了个深呼吸,挣扎着挺了挺身子,重重地垂下了头去……

骚动的气氛中谁也不会注意突然出现的外地人。除了三三两两的小孩外,几乎没有人理会酒肆前香椿树底下的破衣和尚。破衣和尚耷拉着光头,树枝上滴下来的水珠溅在他的戒疤上发出木鱼清脆的声响。"阿弥陀佛。"每一颗水珠滴到头上,破衣和尚都合起掌心叽咕一声。这和尚的来历一如下午突如其来的雷声和冰雹,没有缘由没有道理。

汤狗满身的酒气使他的脚步有点腾云驾雾,从酒肆里走出时一路的高低不平。

"闪开,秃狗。"汤狗在破衣和尚面前挺出了醉意蒙眬的指头。

破衣和尚不急,转过身在汤狗的后脑勺上拧了一把,汤狗的后颈上慢慢涨出了两块紫紫的指印。汤狗甩了甩脑袋,酒醒了八分,破衣和尚的戒疤在汤狗的瞳孔里放出了七彩。"冷酒伤胃,热酒伤肺;闷酒攻心,苦酒散神。施主,你的酒热不到点冷不到位,又苦又闷,留神留神……"

"汤狗眼生,师父……"

"出家人无根无叶,生不留姓死不留名,道驴便是驴道狗便作狗。倒是施主阳气不盛,肾虚肝旺,五行不顺哪……"

"师父神人,一定知道岛上……"

"虚则灵,空而妙,施主,佛眼广开,已知你六尘之中阳寿殆尽,想得一命,还是随我去吧。"

汤狗在扬子岛的消失同样没有引起任何人的注意,你喝醉了酒之后身上蹦走了一只跳蚤肯定不会引起你的注意。直到文廷生花烛之夜人们才想起汤狗确有多日不见。顺便说一下,花烛之夜文老爷的新娘是刀马旦小六呧。文廷生与小六呧的这段姻缘实在是突如其来,扬子岛的老人们回忆这件事至今找不到一点预示的痕迹。笔者曾试图从史书中找出一点佐证,来论证这次婚姻的合理成分,未果。

大喜的日子文廷生请来了旧日鲋鳞会的所有旧部。雷公嘴如一尊朽木蹲在客席的主位。他的八寸长的目光在他的鼻尖上交叉扫射,八寸之处依然看得清晰目光上面的刀砍痕迹。昔日的英雄气概在文廷生的面前荡然无存,恰好成了英气勃发的文廷生的极好陪衬。

文廷生执意要按扬子岛的风俗走入洞房。这是事到临头时突发出来的主意。这时人们一致想起熟谙婚嫁风尚的汤狗,也只有到了这份光景,人们才想起汤狗的确很久没有在岛上露脸了。

汤狗的失踪使绝顶华贵的婚礼充满不祥。当然这没有半点理由,谁也没有看出半点。这个不祥的预感直接导致了后来的悲剧。文廷生妻子小六呧终于难逃厄运,成了水神寺里玄妙师父的私物。这个玄妙师父按照小说的发展你可以推测,他就是失踪多年的汤狗。笔者曾设法使小说的后半部不落窠臼,但历史就是这样,你实在不可违抗。

八

　　爹爹的英雄气短走入暮途丝毫没有更改女儿雷河豚的天性。雷河豚是雷老爷惟一的一根苗。即使在雷公嘴一路风光的年代,这件事始终是雷公嘴酸丝丝的一块心病:雷公嘴的老婆生下小河豚之后地瘦泉枯,任凭雷公嘴赤膊上阵在她的身子里头冲锋陷阵,硬是压不出一个龟子儿来,那一年正月十六雷公嘴干断了他老婆身子底下的两块床板之后,他终于明白:天命不可求,命中八尺你难求一丈。

　　雷河豚是雷公嘴的老婆出嫁六个月后的产物,生下来时瘦小得如同江边的鱼干。花烛之夜她料定了肚子里的小东西将来一定出息透顶。雷公嘴的生命之泉喷注而入她的身内时,她的下腹体验到了一阵阵撕肝裂胆的快慰,同时,她的肚子里头一串很动听的泉声丁丁淙淙地播遍全身。谁也没能料到,这个生命六个月后就按捺不住跳将出来。跳出来时又小又瘦,哭的声音只有针尖那么大。但小河豚一日三变,长大之后鲜嫩无比暴烈异常。凭着爹爹的盖世英名,她活在扬子岛宛如荒野里的一只小母狮,她想扑到哪儿就扑到哪儿,她想咬断谁就得咬断谁。当然,扬子岛的人谁也不会把她和"小母狮"联系到一起的。但他们给她起的名字足以说明了岛上的人对她的评价——河豚,又鲜美又剧毒!谁都想吃但谁都怕碰。扬子岛是小河豚绝对自由的土壤,在扬子岛,只有小河豚想不出来的事,没有小河豚做不出来的事。她怎么做,怎么正确,她怎么样,就该怎么样。在小河豚那里,风俗、德行、规矩,她是不懂的,她懂的只有自己的存在。有人亲眼看见小河豚扒光衣服呼啦着长发在河滩上和公狗赛跑;有人亲眼看见小河豚学着小妈妈的模样把自己鲜嫩的奶头塞到幼猪的嘴里去。多少渔娃被小河豚的笑声撩拨得全身发烫两眼发光,但碰一碰——"敢!"除非你真的不要命。

旺猫儿的破屁股停泊山巅或许是小河豚生命的转折。旺猫儿的出现魔法似的使小河豚的身内发生了奇妙变化——只要一见到旺猫儿,小河豚的两腋就发放出氤氤氲氲的麝香气味,这股麝香气味缭绕不散,使小河豚的暴烈渐渐柔化,并立即使小河豚的两眼秋波涟漪泱泱四散。旺猫儿眉清目秀文文雅雅,一副女孩腔,小河豚喜欢。小河豚喜欢深不可测的文廷生,小河豚喜欢短小精壮的熊向魁,她愿意嫁给他们三个,同时做他们的老婆——只要他们愿意。对这些,她不懂,也不需要懂。但只有在旺猫儿面前,小河豚才意识到自己是一个女孩,失去了惯有的风风火火,见到旺猫儿,她的脖子就软软飘飘的,仿佛再也支撑不起她的小脑瓜。

文廷生主掌了鲥鳞会,使爹爹雷公嘴的威风落花流水,小河豚不关痛痒。小河豚不像她娘,整天把自己关在黑洞洞的石屋里,陪着八寸长目光的爹爹流泪。小河豚爱这个花花绿绿的世界,爱小山坡上绿林丛中白色蝴蝶啾啾蝉鸣。

山坡上,小河豚在绿林丛里钻来钻去。黄绢背心被一身的汗水沾在身上呈现出体态的凸凹不平。两只蜻蜓瞪着鼓鼓的眼睛,在她的面前仙人指路。

两只蜻蜓在小河豚的头上盘旋,微风一吹轻轻地斜过翅膀。小河豚满脸红涨大气吁吁。她走近一块青石,坐下,生气地把上衣扒个精光。青石四周的风信子开放得火红火红。小河豚把目光从鲜红的风信子上移回自己的身躯,在自己皮肤的白皙面前她的眼睛被刺得一亮。她第一次发现自己这么美,她用手轻轻抚弄自己的乳房,两只紫红色的奶头风信子一样挺立起来,一阵很陌生的感觉从她的身上滚过,弄得她温温柔柔地晕乎了好一阵。她把自己抱住,将自己埋在自己的怀抱里,用下巴轻轻地磨蹭自己圆圆的肩头,"哦小宝贝,哦小乖乖。"她这么对自己细声说。

青的、黄的、红的蜻蜓,粉的、彩的、白的蝴蝶扑棱扑棱的一大片,在风信子的上空穿梭往来。

一股潮潮湿湿的青烟从一片深翠里飘拂过来,在蜻蜓与蝴蝶的世界里搬弄是非。小河豚很生气,跳将起来顺着烟雾的方向追赶过去。远处几株古松底下,她意外地发现旺猫儿正跪在墓前,认真地烧着纸钱。他的面前新垒了一座石墓。旺猫儿跪在那里,两片嘴唇不停地嘟噜:

"江猪大哥,文老爷让我告诉你,只要他活着,短不了你坟上的香火……文老爷关照,我给你磕九个响头。"

小河豚不明白旺猫儿在干什么,她压根儿没想明白。她悄悄走到旺猫儿的背后,压着嗓子:

"咳——"

旺猫儿回过头去,小河豚把衣服压在乳房上,鲜鲜亮亮地站在自己的对面。"猫儿哥,"小河豚风风火火地走到旺猫儿的面前,拉住旺猫儿,"跟我来。"

九

山下。江边。在小河豚拉住旺猫儿爬往绿树丛中时,江里爬上一位江湖艺人。

江湖艺人从怀里取出一块圆圆亮亮的玩意儿,高高举过头顶,"嘟——嘟嘟",他吹了几遍木哨,对着围过来的人群:

"爬过九九八十一道山涉过九九八十一条河吃尽九九八十一样苦兄弟我——来了!"

"在家靠父母在外有朋友兄弟我来到这块风水地不为山珍海味不为绫罗绸缎兄弟我——给大家带来一样稀世珍宝传家物,兄弟我手上——各位兄弟——细细看好,兄弟我手上,"艺人把圆圆亮亮的东西对准太阳闪了几闪，"这宝物能照得出你脸上的每一个毛孔，你笑他就笑你哭他就哭，每次只要一个铜板，你就能享一次最大的眼福！各位兄弟机不可失时不再来过了这一村就没了这一店啦！"

熊向魁、铁仙、红鲤陪着小六吆在岸堤上巡视，小六吆爱热闹，走了过来。屁股后面跟了花花绿绿一大串。

熊向魁走到艺人面前要过他手里的玩意儿——只是块镜子。他递给小六吆，小六吆兴致勃勃地接过，她从来没有见过这么锃亮闪闪的宝物。她愣着神看了半天，江边所有的一切全魔法似的藏到这小块块里去了，甚至，她亲眼看见了宝物里的另一个自己。她突然把镜子捂在胸前，摸了摸自己的头——

"我自己哪儿去啦？"

小六吆眨巴着眼睛，盯着镜子：如果我是她，那么我是谁？如果她是我，那么她是谁？小六吆一阵眩晕，弄不清自己站在什么地方了，吓得立即把镜子塞到红鲤的手中。

红鲤盯住镜子才叹口气的工夫，一阵紧张就涌上来了：我这么大一个人，怎么被圈到这小小的玩意儿里去啦？他无论如何想不明白，自己的一只手怎么会把自己托在半空，就像弄不懂自己怎么能躲到自己的耳朵里去。他对着镜子中的自己看了半天，恐惧感迅速在心头夸张了。他倏地把镜子转了过去，心里头到底不放心：镜子里的眼睛是不是还盯着自己，他悄悄地、慢慢地翻过了镜子，两只眼睛依然死死愣愣地看着自己……红鲤的心头一缩，镜子一撒手掉到了沙地上。

恐怖在迅速地传递。

熊向魁的心头突然一紧张：这个机会可不能再失去啦。他镇静了片刻，拾起镜子：

"什么宝物？"他问。

"天机不可泄，天机不可泄呀！"江湖艺人说。

熊向魁随手把镜子往石头上一扔,镜子顿时化成了一阵咣当粉碎声。

"哦——"四周一片喧哗之后立即静了下来。

"你——你还我宝物,还我……"艺人立即冲上前来。

熊向魁自若地捡起一块碎片,对着碎片装神弄鬼地吹了口气。

"好了,拿上,回你的家去吧。"

"你还我整的。"

"整的? 你这个人是整的还是碎的?"

"整的。"

"现在的宝物呢?"

"碎的。"

"胡说!"熊向魁霎时瞪起眼来,"你好生看看。"

周围的人围将上来,在一片破碎的镜子中间,每个人的面像完整无缺。

艺人有口难辩,更不好解释清楚,他就势跪在地上:"神人! 师傅神人!"

"想在本大人面前诓骗,"熊向魁对红鲤看了一眼,"来人,轰下江去!"

重新安静下来的众人将熊向魁围住,熊向魁站在破碎的宝物面前威风无比。熊向魁被地上成百的碎片弄得变幻莫测,一举手一投足都在那些碎片里显示出仙气鬼道。大伙恍然大悟这岛上除了文老爷还有第二个藏龙。"熊老爷神人,神人……"大伙慌里慌张弯下了膝盖……

十

两只蜻蜓往越来越难行走的路上飞行。旺猫儿跟着小河豚晕头转向奔向深处。

一片幽幽蓝蓝的高处，两只蜻蜓在枝头上悬吊栖息。这是一个幽僻空濛、古松倒挂、岩峭壁陡的崖边。

"猫儿哥，你的家在哪里呀？从没听你说过。"

"我不知道。"旺猫儿抬起头，他现在连东南西北都分不清，"很远，再很远，就那儿。"

"很早就跟文老爷了？"

"很早，我很早就跟了老爷。"

"你……"小河豚没话找话，"也能当老爷？"

"可不能乱说，老爷就是老爷。这是命。"

"还不是两只眼睛一张嘴的，他还不一样。"

"老爷只能一个。全是老爷，不乱了。"

他们不再说话，静静地坐着。不远处两只梅花鹿温和地从小溪边走过，四五只蓝鸟静卧在枝头，另一只站在一边，把脖子按到自己的翅膀里去，梳理身上的羽毛，半晌，抬起头来，歪了歪带着一圈黄边的圆眼睛，向树四周张罗，嘴里还衔着一根细毛。

两只蜻蜓抖动着薄翼，弓着身子，尾巴连着尾巴抖动着做爱。

旺猫儿和小河豚默默地看着蜻蜓，蜻蜓的抖动似乎唤醒了他们身体里的一样东西，这东西从身体里的某个角落悄悄升腾。他们移开眼来，四只眼本能地对视。他们感觉到了静谧的世界里一个男孩加一个女孩就再也不会有静谧。他们仰起头，天空分泌着湛蓝。他们的心里涌起了雾蒙蒙的热气，这热气使他们成了白面馒头，渐渐膨大而且富于弹性。那种感觉也被这种热气夸大了，弄得他们又兴奋又难忍。那种东西尖尖的，在他们的腹部蹿来蹿去。旺猫儿低下头，俯视着粉粉红红的小河豚。他们谁也没说话，谁都不愿振动这鲜鲜蓝蓝的空气。小河豚迷迷糊糊的目光四晃八散，两片嘴唇轻轻开启娇喘吁吁。小河豚突然低下头来,埋进了旺猫儿平平的胸脯。她的青黑色的秀发在旺猫儿的肩头一缕一缕跌落。

小河豚第一次走进男人。她不懂做作也不会做作。在她身上一切都是自然的懵懂的,道德、规矩、社会、伦理……这些与她无关,从生下来那一天就与她无关。她不需要明白那些,她只是一个女孩。完全的、彻底的,同时也是完整的女孩。是的,她只是一个女孩。

小河豚的手指在旺猫儿的皮肤上缓缓流动,这流动弄得旺猫儿全身的血管突突飞跳,整个世界刹那间沸沸扬扬。小河豚的指尖滑过的地方每一寸皮肤都从毛孔里头喊救命。小河豚越来越柔,一圈一圈淡红色的笑容从她的脸上荡漾开来,夹在蓝色的空气里呈紫色芳香。

小河豚拉着旺猫儿慢慢委地。她有点难以自制了。十八岁的热浪带着一丝乳甜味从她的两唇中间细细地喷涌而出在旺猫儿的睫毛上瑟瑟抖动。他们扭动在情欲饱满的花草丛中,她用半眯的眼睛呼吸着旺猫儿——她渴望他,渴望他沉重的身躯与野蛮的爱抚。

旺猫儿半跪在青草地上急促地喘着热气。小河豚美丽炫目的身体把他打得晕头转向,他承受不了如此完整的美丽、如此自然的美丽。他的本能驱使他产生了进入小河豚的欲望……但同时,他想起了文老爷。从他跟着文老爷起,他的一切就是文老爷的,而自己是可有可无的。凡是他认为有价值的东西,都必须是文老爷的,任何事不能例外。

女孩也不例外。

当然,小河豚更不例外。

不。他有意压住自己渐渐按捺不住的东西。小河豚必须是文老爷的!如果由文老爷再赏给自己,那是另外一回事。如果自己独占了这样美丽的女孩,将是对文老爷的极大不敬,天打五雷轰……

小河豚的吻沿着旺猫儿的腹部向下滑动,旺猫儿意识到那种感觉你越是按捺越是暴烈如雷。旺猫儿感觉到自己的皮肤即将爆炸,他死死地压住自己:哦……不……不不……

小河豚重重地坠了下去,兴奋已经使她软瘫如泥,她的两只无力的手在空中乱舞乱抓。旺猫儿揪住地上的草根,他的情欲已经到了决堤的边缘,"我……我……"

"猫儿哥……"小河豚的身躯在青草上做吃力的扭动。

旺猫儿再也忍耐不住,号叫了一声扑将下去:"文老爷——你杀了我吧,文老爷——"他死死抱住了小河豚的大腿,冲动得全身抖动。小河豚痛苦地扭动着脑袋:"噢——猫儿哥……不对……"

厚厚黏黏的液体在小河豚的小腿上艰难地流动。旺猫儿最后一声惨叫过后,旺猫儿的整个身躯放了气一般松软下来,像一只装满皮糠的麻袋,重重地坠歪在一边。

旺猫儿的鸡头一点一点地龟缩下去。虽然旺猫儿努力着挣扎几下,但还是惭愧不堪地低下了头去。凭着本能,小河豚心里明明白白……

"文老爷……"他喃喃道,"文老爷……"

小河豚的心里头莫名地涌上了一股鄙视,愤愤地踹过去一脚,心里头狠狠地骂道:没用的东西!

十一

熊向魁意识到了处境的不妙。

熊向魁坐在小竹楼上,端着小酒盅。鲟甲会的广场就在他眼下的不远处。——所谓鲟甲会也就是原来的鲟鳞会。小竹楼上非常静谧。榕树的阴凉和夏蝉的鸣叫正从半空毫无阻拦地倾泻下来,背景上苍翠的山峦使得小竹楼飘飘欲仙。

但姆甲会的广场上正喧闹异常,由铁仙悉心挑选的精壮汉子组成的方队正摆开了阵势,刀、棍、枪、钺、叉、剑、锤竖竖横横,胳膊的每一个抖动,在很远的地方都能看清金属反光的光芒。

这光芒每一根都狠狠刺中了熊向魁的心。

他懊恼,追悔那一个下午江边上做下的蠢事。他对自己太大意了,当着小六吆的面,那么多人对自己跪下身来,简直你奶奶的蠢熊!在你的君王或君王手下的人面前炫耀你的威望,等于变相的自杀。

忍,是得忍,这是熊向魁在文廷生叫着"三哥"扑下江去之后惟一可做的事。一踏上这个孤岛,熊向魁就产生了统霸这个孤岛的欲望,当然,他心里明白,他想到的事,姓文的绝不会想不到。在他暗地里积蓄自己的力量的时候,文廷生神不知鬼不觉地使整个扬子岛拜倒在了他的脚下。在文廷生从船头扑向那条姆鱼时,他就清清楚楚地知道接下来将发生什么。他嫉妒并痛苦地承认文廷生的鬼才。先一步是王吃肉,晚一步为寇喝汤。是的,他现在只有捏着鼻子喝汤的份。

"——啊,啊哈!"

远处的吆喝声从广场上传来,护卫队员的脸庞看不清楚,但凭借这种吼声,他猜想他们神圣的表情。想象得出他们杀向敌人一往无前的英雄气概。

但敌人,敌人在哪里?

敌人会有的,只要你想有。只要有权力存在,当权者的对面每一个人都可以是敌人,你需要他是敌人,他就必须是。

熊向魁清楚,对手比自己更为老辣。江边上把骗子轰下江去之后,他千方百计想在文廷生面前旁敲侧击地解释清楚,一山不容二虎,一水不容二龙。别人既然是龙,那你只能是虫。如果别人把你看做另一条龙,那你就得向那条真龙表白清楚:我是虫而不是龙,当然,做得不能过于外露。可文廷生到底是文廷生,他永远不会给熊向魁这个机会,每一次熊向魁话到了嘴边,文廷生都巧妙地把话岔了开去,似乎在暗示,不必说了,你说什么,我心里清楚。

护卫队的建立,是文廷生突然的主意。事先连岛上"一人之下万人之上"的熊向魁都不清楚。熊向魁怎么能不明白,建立护卫队是文廷生攻向自己有力的一招。护卫队当然不是用来对付他的,问题出在护卫队的"总督头"这个位置身上。总督头不是他熊向魁,文廷生选中了老鲫鳞会里的死对头,也是他熊向魁最有力的对手:铁仙。

文廷生对铁仙的重用,当然不是出于对铁仙的信任与器重,而是在扬子岛上制造出第二个"一人之下万人之上"的人物来。熊向魁知道,文廷生清楚不过,这个岛上,能给他的位置带来威胁并取代他的,只熊向魁一人耳。在君王面前,下属的威望是他们自己颈上的钢刀,只要你一不留神,这把钢刀就悄悄插进你的皮肉。文廷生哪能不明白这个。熊向魁与铁仙,猛虎与地头蛇只要一联手,强龙未必就是对手。离间他们,杀掉他们,都是下下之策,——谁还敢为你卖命?要紧的是把他们放到一处。放到同一水平线上,他们自己自然就成了敌手。那时,为了吃掉对方,他们双方惟一可做的只有加倍地对君主尽忠尽孝。用不着你害怕他们的联合,到时候你只要充当和解、斡旋、宽宏大度的调解者好了。大权在握之后,当权者惟一需要防范的是下属的精诚团结!所以当权者永远要诲导下属们"精诚团结",——因为下属被他的安排永远失去了"精诚团结"。

刀飞剑舞,电闪雷鸣。兵器在铁仙的口令声中呼啦生风。一会儿兵器的闪光又夹进了汗渍渍的油亮背脊,好一派威风四射!

"老子不会上你的当,姓文的!"熊向魁的牙咬得咯嘣咯嘣脆响,"老子做得了你的爷爷,现在就做得了你的孙子!"(光绪二十六年九月初十,即公元一千九百年十月二十四号。)

"老爷,"旺猫儿在门口试探着轻喊了一声,听到床上咯吱了几下,略略加大了喉咙,"老爷。"

"嗯?"

文廷生习惯于晚睡,自然也习惯于晚起。太阳已经一篙子那么高了,对下江人,已经是在船尾下米煮中饭的时光了,可对文老爷,还刚刚是清早。

"老爷,熊大哥和铁仙大哥在门外已经跪了一个时辰了。"

许久,文老爷出现在鲟甲会的石门口,一站到门口,鲜鲜嫩嫩的阳光们就和他撞了个满怀。文廷生立时感到一种轻松。

"文老爷万寿洪福!"熊向魁的声音从地面传了上来。

文廷生这才注意到,熊向魁、铁仙、红鲤、庞大头他们正跪在自己的眼前。

"怎么回事?"文廷生开阔的眉际紧了紧,他最不愿意一大早就有人来烦他。

"老爷,今天是老爷的生日,老爷。"熊向魁依然跪在地上,脸对着潮湿湿的石面说。

"哦?"文廷生低下头去,口气突然松了些,"我怎么不知道。"

"除了老爷,全岛上至九十下至三岁,没有一个不知道,"铁仙接过话来,"熊大哥早有了好安排,老爷。"

文廷生的脸上迅速扫过了一丝不悦,但他微微发胖的脸上马上宽宽松松地笑了笑——他想怒到底没发得出来。文廷生最恼怒的事就是被人耍,呆乎乎地做局外人。他心里清楚,被崇拜与被愚弄有时难以分开,这东西像你的呼吸,你要呼,就得吸,你想吸,就得呼,少了哪个都不行。当然,今天是自己的生日,再大的不快也得咽下肚子里去。

文廷生的不悦马上被一扫而空了。他的身影刚刚在江边的江滩上出现,所有的喜庆声争先恐后地追向了他的耳鼓。铜锣、皮鼓、竹节、鞭炮、欢呼、小孩的尖叫一齐向高空升腾,这种声音使天空加倍空旷并且更加晴朗。彩色的人群如同开春的山坡,迎春、白杏、彩荠、车前子、女贞子、野菊,七色八彩花花绿绿长满一地。他们激动的情绪从脸上的红润里流溢出来。文老爷的手开始招摆了,文廷生的圣手刚一摆过头顶,扬子岛立即山呼海啸——文老爷万万岁! 文廷生的脸上绽开会心的笑容,这笑容如天空一般空阔晴朗。

文老爷神采奕奕,步伐端方有力,从一排一排的高跷、大头娃、彩船、麒麟旁边招着手走过去。文老爷漫步在用人体和欢庆围成的巷子里。

那端,是一片小树林,小树林的枝头上彩绢彩带撒娇似的甩胳膊踢腿。十只鸟儿在笼子里头翘着屁股载歌载舞,它们昂起头转动着圆溜溜的眼珠,弄不清它们是渴望自由还是歌舞升平。

"请文老爷放生!"熊向魁弓着身子高声吆喝着,示意树底下的几个汉子。

所有的鸟笼从高枝上慢慢下坠,文廷生抽出背在身后的一只手,用手背向外掸了掸,笑盈盈地说:

"放了。"

鸟笼一齐打开,小鸟们像弹丸似的击中了小树林上空的蓝天。"噢……呵……"小树林顿时响起了欢庆的尖叫。文老爷其乐也融融,臣民们其乐也陶陶。

然而,文老爷意想不到的事马上发生了,那些弹丸一般发射出去的小鸟们,时光倒流似的退回到了鸟笼口。

许多人仰起脸,不解的表情慢慢全转了过来,对住了文老爷。

"哦?"文廷生一时理不出头绪。

"老爷……"熊向魁笑着凑了过去,"小鸟感激老爷的大恩大德,舍不下老爷,全回来了。"

文廷生的脸挂下来了,鸟是可以驯服的。不受过长期的训练,小鸟绝无自投樊笼之理。他知道熊向魁在拍自己的马屁,万一别人知道小鸟是驯出来的,自己就显得这点眼力都没有。虽然他产生被拍马的愉悦,但还是故意地沉下了脸来。

"混蛋!拿驯好的鸟儿来戏弄本老爷,想讨个大赏吗?"

鸟笼子底下的十几个男人脸色立时吓得煞白,齐唰唰地跪下去,哆嗦着吐不出半个字。

熊向魁不急,似乎早料到了这一招:

"老爷,息怒、息怒。熊向魁长了八斤半的胆子,也不敢冒犯老爷。今天是老爷的吉日,龙威四发,可能老爷始料不及。老爷再随了我来,我若犯上,甘当万剐之罪;若老爷真的洪福来临,在下讨个大贵,想必是讨定了的。"

文廷生眉头紧锁,迈了腿,随着他去。

小河边,八只大缸并肩而立,缸中清水平口,一溜溜青黑色鲫鱼背脊使缸中的清水发着青光。齐唰唰的鲫鱼嘴巴一张一合。

"老爷……"熊向魁弓了腰示意文廷生。

"放!"

八大缸鲫鱼立时在静静的小河中遁失得无影无踪。

文廷生回过头来,两只眼睛青青灰灰地盯住熊向魁。熊向魁旁若无人凝视着小河水面。"老爷……老爷……你细细瞧……"

文廷生转过脸来,十几丈长的水边尽一色的鲫鱼嘴巴布满了水边,那些鲫鱼迟迟不肯离去,对文廷生顶礼膜拜。

"老爷!"所有的人一同跪了下去。

文廷生的脑袋仿佛被狠狠敲了一下,鸟可以被驯服,而驯鱼是从何说起的事。莫非……这是真的？每一个装神弄鬼者，自己的头脑都是清醒的，而现在，尽管平日里文廷生再明白不过自己的装神弄鬼意味着什么，但他不得不发蒙：眼下的事到底怎么了？我真的是真龙天子？他巨大的额骨背后的空间第一次被弄得糊里糊涂，这到底怎么了？这些是怎么回事？

十二

傍晚时分的一只母鳄向江心拖去了一具男尸。这具男尸昨天清晨在小河边撒满了他五天来捕到的所有鱼虫，那些鱼虫使八大缸饿得发昏的鲫鱼浮在水边久久不肯离去。现在，这具男尸在鳄鱼的血管里重新找到了生命，在鳄鱼的两只瞳孔里对孤岛虎视眈眈。

这种虎视眈眈持续了漫长岁月。

顺着鳄鱼的目光，一条小船从远方驶向孤岛。在廷生港边，小船上走下一个面目不清的秃头男人。和所有具有这种面目的男人一样，你一时弄不清他的年纪到底属于哪一个层次。不过这不要紧，这并不妨碍他走下船尾踏上扬子岛的岸边。

"阿弥陀佛。"

和尚转过身去，他的眼睛忽暗忽明，对扬子岛似乎怀着一种刻骨的仇恨。扬子岛在他的瞳孔里晃动着紧缩了几回。落日在江面上只剩下半个，血腥腥的阳光涌动在江面，使江水泛起了红红的血腥味。

你可能已经猜到，这个和尚正是第七章里出走的汤狗。你千万别以为汤狗在这个时候出现，完全出于《孤岛》技术结构上的需要；你不能这样想。汤狗在这个时候出现，完全因为汤狗确实就是在这个时候从某一个神秘角落回到扬子岛的，这一点扬子岛的档案馆有如斯记载。作者除了这样安排，别无选择。

当然有一点同样重要,扬子岛并不知道这个和尚正是昔日的汤狗。你所以能知道这个和尚是汤狗全因为这故事是我说给你的。你要处于某一历史中,你就不能正确地看待这段历史,你会把历史看得异常神秘,只有回过头去,你才知道历史正如你吃饭拉屎一样简单。这种错位正是历史的局限,即使精明如熊向魁,也无法知道对面面目全非的和尚正是昔日的汤狗。

"你是谁?"

"出家人,施主。"

"岛上没佛,你来做甚?"

"罪过。佛祖在心,施主,有心在即有佛在。"

"听口音,师傅曾是岛上人?"

"出家人无根,施主。贫僧来到此地,全为了多年以前的一项愿诺。善有因,恶有果,因果相连,善恶相因。善有善报,恶有恶报。施主,贫僧受大慈大悲的观音菩萨之托到此,全为了应验一样因果。"

"你是谁?"熊向魁倏地站了起来。

"出家人,施主。"汤狗端坐在石阶之上纹丝不动。

"你来干什么?"

汤狗闭上双目,两手合十于胸:"阿—弥—陀—佛—"

铁仙从铁匠铺子出来时已是黄昏。沿着小河,独自哼着全岛盛行的《东海宫》。刚淬火的雌雄宝剑削铁如泥。他得意似孙大圣当年得了如意金箍棒。

一个和尚突然从树后蹿将出来,夺拉着眼皮,立在铁仙的对面。

"和尚,何故拦住我的去路?"

"去路是苦海,回头才是岸。"

"疯和尚。"铁仙伸出手来,拨了拨和尚。

"你走不过去。"

"和尚,你再不躲开,我动手啦!"

和尚冷冷看了铁仙几眼,解了衣服。铁仙以为和尚要交手,立即往后退了两步,摆了个门户。

和尚笑了笑,猛地转过身去,跳进了小河,静静的水面被和尚的秃头砸得四分五裂。

铁仙半蹲在原地,慢慢松开拳头,被眼前的事弄得莫名其妙。

水面渐渐恢复了平静。一条鱼从水底飞出了水面,在铁仙的脚边圆瞪着眼睛颠来覆去。

铁仙明白了一切。这个岛上,能空手在水下拿鱼的,只汤狗一个。他把汤狗从水面上扶上来,"狗子兄,文……廷生要认出你来,会砍你的头。"

汤狗披上青灰色的长袍:"贫僧出家人,不是什么狗子兄。"

铁仙关上门,闩好,把松明子的光亮全关在屋里头。门外黑得像瞎子。

"铁仙,你晓得天下有多大?"门一关上汤狗的眼睛活像黑夜里叫春的猫眼,一闪一闪地绿亮。

铁仙执住酒盅,对着汤狗不停地眨巴眼睛:

"——狗子兄真的疯了,天下你说会有多大?"

"天下大得很哪,"汤狗死劲晃了晃脑袋,"扬子岛……"汤狗竖出了小拇指,"扬子岛这个玩意儿都不如。这些年我总算明白了……"汤狗张开两臂,一个劲儿地向外扩张,"天下……"

铁仙的两只眼立即睁得好圆好大。

"扬子岛的人活得可怜,活得像蚂蚁。外面的人,已经活到了几百年以后了。"

铁仙给汤狗倒酒,桌子上洒得汪汪一摊,他从汤狗的脸上多少发现,汤狗这一回回来来者不善。"狗子哥,文……"

"闻他奶奶狗屁！"汤狗红着眼恶狠狠地点头，"奶奶娘个操！"

铁仙一阵紧张，本能地朝门口望了望，门关得铁紧，门闩闩得纹丝不动。

"铁仙兄弟，我们被那三个狗鸡巴耍了！奶奶，什么他娘天子……"

"嘘，狗子兄……"

"怕个屎！老子要不是拴在这岛上，活在几百年以后，老子比他们能耐！这些年我总算明白，你要想别人信你，跟在你屁股后头转悠，就他妈得弄出点什么屁谎子来。"汤狗嗞嗞咂咂地呷下一口酒，喷出一口酒气，"就像老子当和尚，你要别人相信和尚，你就得让别人信菩萨，——别人信了菩萨，他就他妈的信了和尚。菩萨是根！老子有一天打碎了一尊菩萨，吓得了得！细一看，他奶奶的泥巴巴一大块！"

"你听好！"汤狗抓起酒盅扬起手，仿佛对铁仙有三世仇恨，"文廷生就他妈文廷生，不是别的什么东西！真龙天子，是他奶奶的泥巴巴！"

铁仙半天来大气不敢出，木着眼神似听非听地望着汤狗说疯话，他不知道汤狗的这些疯话是从哪一只江龟的肚子里冒出来的，要不就是汤狗的屁眼堵上了，屁反冲进嘴，喷出来成了人话。

"扬子岛，必须是扬子人的！"汤狗的秃脑瓜像你裤裆里挺出来的鸡头，一阵一阵地泛出青光。

门外有人敲门，敲门声震得铁仙的肚皮咚咚直响："铁仙老爷，铁仙，文老爷命你快去！"

四狗儿的声音，——她是娘娘的丫头，"老爷……"

铁仙站起身来，两眼直直地望着汤狗。

"阿弥陀佛，施主，贫僧告退了。"

传铁仙的,不是老爷,是娘娘,是刀马旦娘娘小六吆。

传说小六吆是给月亮晒黑的。太阳晒黑的不同于月亮,冬天一过又雪白如初。月亮晒黑了的一辈子褪不掉。多年以前,扬子岛有一位梁上君子,每天夜里月白风清时蹿出家门,时间长了身上竟像江里的黑鱼,后来流出来的血也全像乌鱼的墨汁,连鼻涕、拉尿也全黑得一团,直到有一次偷东西时遭了火灾,才在火里烧得雪白粉嫩。

小六吆黑得端的与别的不一般,小六吆黑得俏丽、黑得灵巧,好像她的所有的娇美都是冲了她的"黑色"而来的。皮一黑,眼明、齿亮,一个眼波、一个微笑,都呈现出别样的耀眼炫目来。加上她多年的戏台底子,一伸手一抬脚,总有个模样,站有个站相坐有个坐相的,好看。

她的命不坏。早在雷公嘴时候,小六吆在扬子岛就唱红了半个天。但五行运转终有一缺,小六吆始终不能找上一个妥妥帖帖的如意郎君。虽说和几个唱小生的几度云翻雨覆,到底总有雨过云散。

要说命好确是命好。一场龙卷风,扬子岛接来了真命天子,文老爷的咄咄雄风吹得雷公嘴魂飞魄散。雷公嘴的一筹莫展给小六吆送来了天赐良机。汤狗在一个狗叫声不绝于耳的夜晚,来到岛东,找到正在练功的小六吆。经过一场安排,决定了血网之后的一场大戏推出小六吆的《东海宫》。"不管你认识不认识,"汤狗紧盯着小六吆低声说,"你只要装着一个失手,事就成了,——我坐在谁的身后,你的飞镖就飞向谁的头……事成之后,老爷重赏;你当心,要是你迟迟不下手,老爷就在你的幕后!"

血网的日子说来就来,小六吆腰插飞镖威然登场。一段唱腔一场武戏过去之后,小六吆发觉自己的手脚被一双眼睛紧紧

叉住,这双眼睛有不同于常人凡人的目光,满蕴苍天气魄。小六�
叉被这双眼叉得阵脚大乱,直到她缓过神来,才看清汤狗正死死
地逼在其后。她知道那就是如雷贯耳的"文大哥"了。她叫了
声"文大哥,有人害你"! 随即发现大幕背后一道寒光冲台而
出,她的飞镖嗖地出手,当的一声击中了即将飞出的匕首,随后
再也不省人事。

卸了装的小六吆比满脸脂粉加倍楚楚。卸了装的小六吆立
即被文大哥叫进了他的草房。小六吆穿着平常衣服站在文老爷
的对面。松明子的光芒从小六吆的脸上反弹过来与小六吆一同
恍惚柔媚。文老爷坐在她的对面默不作声,两眼紧盯着小六吆
足有一个时辰。就在那块松明子的光辉底下,两人的眼光礼尚
往来彼此激励。而后,文老爷走过来,像用木盘捧着一盘鱼汤似
的,把小六吆抱进了自己的卧室。整个夜晚他俩一言不发,发疯
似的却又按部就班地干着属于他俩的事。直到文老爷累得眼皮
都使唤不动,文老爷才挤出一句话来:"你……不许嫁人。"

她没有嫁人。刀马旦成了岛上惟一尊贵的妇人。

直到了这一步,她才知道自己的命苦。

她是女人。女人需要的是男人,而不是男人附带的其他东
西。而对小六吆,男人以外的东西她一下子全有了,失去的恰恰
是男人,——所有的男人。她心里明白,那个男人是不会属于她
的。那个男人天生不会属于任何人。有更多的事需要他。他几
乎整天都在想,想想想,长江几乎被他想出个洞来。她实在不晓
得天下哪有那么多东西给他想的。他的身边的空气里,似乎到
处都是钢刀铁剑,他整天都警惕着,严防着那些他以为能伤害
他,而根本不存在的东西。

虽然生活在一个屋檐下面,但一天下来小六吆和文廷生难
得见面,她起了床,他才酣然入睡;她上了床去,他刚吃了夜
饭……

然而她爱他。他不知道,也不需要,爱,感情那些玩意儿,是马头鱼或者金针鳝才会有的东西。他需要的仅仅是女人,标准意义及生物功能意义上的女人。过去是小六吆,今天是小河豚。

小六吆当然不会让小河豚在自己的面前风光,这小骚货!

"四狗儿,四狗儿! 四狗儿!!"

"娘……娘。"

"传铁仙,到我这边来。"她放下茶盅,"回来,"她压低了声音,"就说老爷唤他。"

"是,娘娘。"

十三

铁仙满头心思。这一点从他的头发上你可以看得出来。从小六吆那里回来之后,他的发端生了许多叉,像秋天里的蛐蛐草。自从再一次见到汤狗,他的头脑就再理不出半点头绪。他弄不懂汤狗到底是从哪个角落里回到扬子岛的,他虽然脑子里少儿道弯弯,不过从汤狗的口风里多少晓得一点,汤狗披了件佛衣,绝对不是到岛上做佛事来的,十有八九,他的回来与重振雷家祖坟息息相关。

早在文老爷来到这个岛上前,铁仙在扬子岛上一路风光。他的岸上水下的十八般武艺,除了雷公嘴,铁仙坐稳了"二爷"的交椅。在鲥鳞会,他不及汤狗的精明,地位自不及他,但论起与雷老爷的情义,却是别人一万个不及。雷公嘴红极一时的当儿,有谁敢在雷公嘴雷老爷的面前多眨一回眼睛! 可铁仙可以在酒桌上用棍棒摁住老爷的头,灌下他三七二十一盅。雷公嘴长不了铁仙一个辈分,铁仙对老爷却是尽儿孙般的忠孝。谁能想到,这个岛上飞来一路真龙天子……文老爷砍断雷老爷目光的第二天,铁仙带领庞大头、红鲤他们几个,在雷老爷的门外跪了整整一夜,磕了一夜的响头。第二天打着赤膊投奔了文老爷。这不是铁仙为人不厚有奶是娘,奈何得文老爷是天子?一辈子能当上天子的一条狗,也是上辈的造化。情义不可负,但苍天更不可负。铁仙对不住雷公嘴,遭万人唾骂,可铁仙负了文老爷,对不住天地鬼神,五雷轰顶,来世当王八。文老爷就是要我铁仙搬下雷公嘴的脑袋,我铁仙也得去搬,宁可搬下雷大哥的脑瓜儿我自己在雷家祖坟上抹了脖子。你有什么办法?你想做文家的狗就做不得雷家的人。你不做雷家的人想做文家的狗还不一定做得上。这全是命中注定——命中你是龟,不可天上飞;命中你是鸠,不可水里游。

万一汤狗要对文老爷行起不善,那可如何是好!更要命的是,汤狗说的是真的还是假的,是黄鳝还是水蛇,是鲜虾还是水婆?铁仙的眼里,文老爷是下凡天星,这一点是他当牛做马的全部意义。而今,果真如汤狗所言,再不能为真正的真龙天子效犬马之劳,就是富有万斗万古垂青,还能有什么趣儿,这几十年还不是给狗活去了?

福无双至,祸不单行。

雪上加霜的事发生在铁仙见到小六吆之后。

文老爷想娶小河豚。

娶了就是,天底下哪一个女子,能挨上文老爷的一个耳光也是一种福分,更不用说娶过来当老婆。"呸!这小母猪夜叉精赤鬼王水婆子虎头鲨背上长疔脚底淌脓的!"小六吆虽则骂得动听,有腔有韵,到底按不住对小河豚仇恨的刻毒。——她要破了小河豚的相,削了她的耳朵扒了她的眼珠!而这件事偏偏找到了铁仙的头上。依了小六吆,就欺了文老爷;可忠于文老爷,又逃不了小六吆。铁仙感到自己成了竹笼子里的鳝鱼,往哪头都是刺。

长这么大铁仙第一次感到活着不是一件容易的事。在这一点上,他有点念旧,当初那会儿,活得多么痛快,多么威风,哪用分这么大的神,费这么多心思,风是风火是火的。那会儿。……可眼下如何是好!

他突然想起熊大哥,这时候去找熊大哥,或许有用?虽然他知道,熊大哥和自己一向有些积怨,但一想到自己对文老爷的一心不二,铁仙壮起了胆子。

彼此寒暄、坐定,铁仙一下没了主意,他不知道自己的话应该从哪一句说起。

铁仙的一切当然逃不过熊向魁的眼睛:"铁仙兄,有话尽管开口。"

"熊大哥……"

"嗯?"

"熊大哥……你见过文老爷的爹吗?"

熊向魁万万没料到铁仙问出这样的话来。他的注意力全部集中起来:文廷生派他来试我?他淡淡一笑:"铁仙兄,你是痛快人,有什么话就直说。"

铁仙对门外张了几眼,把脖子伸过来,压低的声音在嗓子深处咕噜了一阵:

"文老爷到底……是不是真龙天子?"

熊向魁的心紧紧一揪,他的心中涌上一股惊喜。岛上一定发生了什么事,否则他绝对不敢相信扬子岛有人怀疑起这件事来。这是他多年来想做而一直无法下手的事情。熊向魁看得很准,要取代文廷生,蛮干永远是自投罗网,惟一可做的事,是破除岛人对他的迷信。文廷生是扬子岛的信仰,全岛的迷信集中在他一个人的身上。眼下,你就是杀了他,你也难以替代他的阴魂。要想取而代之,只能从姓文的起家的那几手坏起,那几招不灵了,姓文的不攻自破。可要不让人迷信,几乎和喝干江水一样难。也许今天这是个好兆头,——任何神物,只要有人对他表示怀疑,他离黑道就不再遥远。"铁仙兄弟,"熊向魁向铁仙走了过来,"世上万般事,真就是真,假就是假,真真假假其实总有个究竟。"他弯下腰来,"可你要弄清楚时,却是万万不可认真,否则——"他从背后抽出一只手,竖起一个指头,在脖子上板着脸来回了几下。

铁仙的脖子本能地缩了缩。

"铁仙兄弟,好端端的,如何问出这样的话来?"

"是……"铁仙眨巴了一下眼睛,觉得对熊大哥还是信赖为好,"汤狗……汤狗回到岛上来了。"

"哦。"熊向魁轻轻一笑,心里头咬了咬牙齿:到底是他!

"熊大哥,兄弟我碰上难事,请大哥救我一救。"

"为了你铁仙兄弟,就是叫我生吞河豚,兄弟也在所不辞!"

"正是小河豚哩。"

十四

这一觉旺猫儿睡得安安稳稳,但起床以后他发现自己的舌头不翼而飞。旺猫儿实在想不出自己的舌头会逃到何方角落,但他对眼下的这一结果颇为满意,他再也伸不出他的舌苔并且空空荡荡。

旺猫儿的舌头不翼而飞和熊向魁一大早来到姆甲会没有半点联系。我重复一遍,许多东西发生在一起并不意味着什么内在关联。时间是一样永恒的顺序,而任何一样事情总必须包含在时间里头,所以任何事总必须表现出同样永恒的顺序。你必须承认这一点,不论你多么不喜欢时间你都得承认。

熊向魁见到旺猫儿时旺猫儿给熊大哥行过大礼,随即向熊大哥张大嘴巴演示了嘴巴里边发生的悲剧。熊大哥拍了拍老弟的肩膀,对旺猫儿的不幸表示了莫大同情,但对这个结果,与旺猫儿显示出了同等的满意——这个舌头飞走得很是时候。

文老爷端坐在木榻上。熊向魁走进时文老爷在远处纹丝不动。按照那位刚到岛上来的和尚教授的功法,文廷生正在练不死功。

面目不清的和尚来到岛上,使文廷生对自己真龙天子的身世坚定不移。——"吉人自有天相",和尚在细细端详了文廷生的面相之后,认出了文廷生是当年文殊菩萨在六尘凡世的化身。和尚向文老爷昭示,文老爷的的确确是白龙家族的四太子。和尚告知文廷生:六尘中,万物不能加害于他,但有一样恶物文老爷防不胜防。文老爷满心狐疑,仔细地问了个究竟。

"鳄鱼,"和尚代表着先知的菩萨向文廷生宣布了这一克物,"是鳄鱼。"

文廷生心中一沉,他本能地记起了鳄鱼向他流着眼泪的那个可怕的下午。

"不必惊慌,老爷。"和尚一如潭水,心平气和,"我传你几句佛语,定能够逢凶化吉,鳄鱼再凶,端不敢随意动弹文殊菩萨。"

"当真?"

"出家人不打诳语。"

"敢是戏弄老爷?"

"可去江边一试。"

中午的阳光正对头顶,汤狗用了一件橘红色外罩给文老爷披上,携手来到江边。护卫队紧随其后,不明白一个蓬头垢面的和尚要在老爷面前施出何种法术。

直到日头西斜,他们才在江边的水杨树下远远地望见几条鳄鱼。文廷生一看见那东西,就仿佛清晰地看见鳄鱼癞葡萄一样的蟹壳青糙皮,就记起了一阵一阵浓烈的死鱼的腥臭。他的心中一阵警惕,回过头来,两眼直勾勾地盯住和尚:

"大胆和尚,想你是害我?"

"老爷,贫僧命贱,可也是一命。老爷要是信贫僧不过,我在前,老爷在后。老爷,贫僧托老爷大福了。老爷切记法语,再凶的鳄鱼也得让你三分。"

神奇的事往往说来就来,来得你想接受神奇事情的思想准备都没有。你要亲眼看见你一准以为你的两只眼合起伙来一起骗你。和尚颠在前头,文老爷橘红色的外罩在傍晚里头一片佛光,许多晚风争先恐后在橘红色的外罩旁边扯拉而过,文廷生的身躯在鳄鱼的眼睛里头巨大无比,鳄鱼们惊恐万分按下头去躲向江水的深处。这一点都不骗你,这些事发生时文老爷自己也不相信自己真的有这么大的法力!就像文廷生至今也弄不清楚那八大缸鲫鱼在水边对他久久不肯离去一样。但事实之所以是事实,就因为你不论信不信它都依旧存在。

文廷生对远路而来的和尚从此言听计从。这位和尚使他第一次真正看清了自己的真命天相。文廷生自己也没有料到当初自己假借白龙三太子的旧事而今歪打正着。文廷生从此信了自己原是一佛,便时常在佛祖面前面壁坐禅。

熊向魁悄悄站在文廷生的身后。等他睁开眼来,熊向魁行过大礼叫了声:"老爷。"

文廷生依旧入定榻上。近来他感到自己的体内发生了许多奇妙变化。他时常感到自己的脑袋飞离自己的脖子在九千里上空呼啸而行。他俯视着扬子岛有如儿时在龟瓜沟在大叶杨树底下端详蚂蚁巢穴。他越来越感到自己不属于这个世界,这个世界只要自己吹一口气就得像深秋里的黄叶抖动着身子悠悠下坠,尔后被自己的小便冲得瑟瑟发抖。时间和空间分别在他的两个瞳孔里得到永恒。阴阳世界、茫茫浩宇、盘古开天辟地到而今混沌天地,都在自己身上的某一处开始,尔后又在自己身上的某一处结束。无所谓白龙家族真龙天子,无所谓披上鲟甲云游四方,扬子岛在自己的脚下九九大礼……四方八极碧落黄泉、日新月异斗转星移、天地并存万物萌生、落叶空山何处寻迹、空山无人水流花开、万古长空一朝风月、物我生死利害贫富、穷达寿夭饥渴寒暑、光阴递嬗江河倒流、宫商角徵五音七籁、赤橙黄绿浑然杂色、天地齐行参商参差……所有的一切,在文廷生眼里,全部万物同源九九归一,一统于自己的灵性。

熊向魁看着自己的老爷。文廷生的额上沁出了微微汗星,使他的额上保持着一抹圣光。这种圣光还是他儿时在家乡的庙里见过的。十八罗汉的头上就发出这种永恒的光芒。很小时候,他随父亲进香,一走进大雄宝殿,闻到那种使整个生命都窒息的香烟,他的心头就害怕,他就时刻保持着高度的紧张。最初,他惧怕的是四大金刚十八罗汉,但后来,长大一些后,他明白了真正可怕的东西不属于那些没有生命的黄泥疙瘩,而是那些死了一般端坐着做佛事的和尚。他们木桩一样放在拜垫上,当你以为这个东西没有生命时,你走近去猛见他睁开眼来,对你阴冷冷地一瞥,这一瞥让你三个夜里睡不安稳。

熊向魁从小就很清楚,一样东西不论发出怎样的圣光,只要没有了生命,就不再有震慑心灵的力量。

真正可怕的东西是活着的生命。

熊向魁在文廷生的背后慢慢松了口气。

熊向魁的心中同样有一种东西在升腾。他预知自己的生命离辉煌的顶点不再遥远。这个顶点,是权力,是统治别人、驾驭别人灵魂与肉体的统治力。人活着除了能支配别人外还有什么趣儿!至于光阴倒转,历史回流,人头落地,那又有什么相干?只要你有了权,你就可以宣布"历史在前进"。谁敢说真话你就可以让他闭嘴,永远地闭上!在扬子岛,什么是历史?历史就是统治!历史必须成为我的影子,跟在我屁股后头转悠,它往哪儿发展,这都无所谓。否则,我宁可把它踩在脚底下,踩得它两头冒屎。

文廷生悠悠转过身来,瞄了两眼熊向魁:"说吧。"

"小河豚遵照老爷的意旨安顿好了,什么时候过门,只等老爷发话。"

"等玄妙师父选个吉日。"

熊向魁愣了片刻,随即明白,"玄妙师父",就是那个当了和尚的汤狗无疑。

"——小河豚要是断了一根汗毛,我断了你的脖子。"

"玄妙师父!"

熊向魁在江边的悬崖下面,找一块石头坐下,高处的古松斜生出来,千丝万缕的藤丝从古松上蜿蜒而下,对崖下的峡谷探头探脑而又犹豫不决。熊向魁找到汤狗,叫了声:"玄妙师父。"

"……"玄妙师父依旧半闭双目。

"师父心不澄,目不洁,整天装佛弄神的,不累得慌?"熊向魁摆开了攻击的架势。

"阿弥陀佛……"

"我的……汤狗兄!"熊向魁突然叫出了汤狗的名字。

汤狗倏地睁开眼来,一只手插进腰部。

"别急,狗子兄,——你我劫数已过,你辛辛苦苦回到岛子上来,定不是为了了结我这桩冤事。"

"这头驴!"汤狗咬牙点着头。

熊向魁知道,他是在骂铁仙。

"狗子兄见了世面,也知这世上有驴。"

"蠢驴!"汤狗低声自语。

"狗子兄好大胆子,就不怕我在老爷面前把你交了?"

汤狗瞥了熊向魁一眼。

"在外面的世上,我听过一个故事:瓜田里捉贼。姓熊的,你就不担心铁仙再把你交了?"

果然是汤狗,熊向魁暗里承认,对手确不是雷公嘴铁仙之辈。

"狗子兄,文老爷可是文老爷。你长了几个脑袋?"

"出家人没脑袋。"

"天上有没有菩萨,不在于庙里的泥巴巴,而在于庙外的香客。心中有佛便有了佛,心中无佛便没了佛。狗子兄,你再明白不过。扬子岛这座庙门外,有多少香客……"熊向魁的嘴角扯过一丝冷笑,"狗子兄,蛮来可不成。"

汤狗心里有底,他姓熊的肚子里打的什么谱,汤狗一清二楚。

"汤狗,留点神,当心我的冷箭。"熊向魁意味深长地一笑。

"熊大哥可不是大头鱼,吞了螳螂,逃了甲牛(知了的俗称)。"汤狗笑道。他心里骂道,奶奶的姓熊的,借我的刀来杀人,鸡巴长到屁股沟里去了! 也罢,先借了你的刀来圆了我的梦,再和你说话。

"熊大哥,可知道鳄鱼的厉害?"汤狗诡谲地笑了笑,突然岔开了话题。

"兄弟知道一些。"凭感觉,熊向魁知道这口水洞里不是黄鳝便是蛇。有货。

"在外多年,不曾在寺庙里学得些佛法,却在化缘时知道鳄鱼的习性。这恶煞,最喜爱血腥。腥味一起,鳄鱼几里路以外也能闻见。不过,"汤狗故意走上前去,"它最是惧怕橘红,一见橘红,便魂飞魄散。可是,一见到白色,它就如同猫见到老鼠那般,猛地扑上前去。"汤狗嘿嘿一笑,"橘红,白色,记住了,熊大哥?"

熊向魁半张了嘴巴,心底长长地"哦"了一声。

"谢师父。"

"阿弥……"

十五

风平浪静。

扬子岛依旧是扬子岛。扬子岛人下江归海、扯篷下网、生老病死、红白喜事依样顺理成章地进行。许多为了拯救他们的争斗无声无息地咬着劲儿。其实他们用不着别人拯救，就像他们用不着把鱼从这只缸里拯救到那只缸，再从那只缸拯救到另一只缸一样。只要缸里是一条河里的水，少几次折腾，它们反而多得几天安稳。但有人要拯救他们，必须拯救他们，你不让他们拯救也不行。——哪怕你越拯救别人就越靠近坟墓。扬子岛人无法知道别人为了他们的存亡而作出的斗争是多么伟大。至于他们，活着本身已经很不容易了。其实，别人问不问他们的死活，他们的每一天还是一样过。未来的一位历史学家在五十年前所著的《扬子史鉴》的第二百九十四页上，曾这样论述：拯救扬子岛人的命运与扬子岛人自身的命运之关系，颇似于历史之于时间的关系。不论历史往哪个方向延伸，时间总是不慌不忙地按照自身的速度往前行走。时间蕴含着历史，而历史时常错误地以为自己操纵着时间的走向，说到底，时间的人化才成了历史，换言之，历史只不过是时间的一种人格化体现。宇宙中，真正的、合理的生命其不可逆的一维形式只有一个：时间。时间，作为空间的互逆表现，是一种绝对的存在与绝对的真——而历史，只不过是时间的一截大便，历史所提供的空间，则被时间逻辑界定为这种大便的厕所。离开真正的"历史"去玩弄历史与哲理实在没有太大的意思。我们还是丢开这些只能使十六岁的女孩目瞪口呆的屁话回到历史中去。（真正要赶到厕所里的，恰恰是历史学家——历史会这样做的！）

进贡的人群在石屋前排成了长长的一队。谁都知道文老爷和小河豚的天地合春的喜日不久就会来临。文老爷的大喜就是扬子岛的大喜。人们腌鱼、榨油、宰羊、缝衣、卷炮、舂粉、蒸糕……所有的作坊、街肆、店铺全在悄悄地忙动。轰里轰咚咣叮咣当整日响个不停。

小六吆的卧室死了人一样。小六吆在这种忙碌之中仿佛春蚕上山时爬错了地方结下的茧子，孤零凄楚地深藏在一个谁也不再打量的角落。除了身边的几个丫头，小六吆几乎谁也不见。小六吆每天两碗稀糊两片鱼干，满脸乌黄黑瘦，断不是当初的彩映霞飞。"老娘要是个男人，"她心里毒骂道，"把他们的裤裆里全都削平了！"

"娘娘，"四狗儿走进内屋，"熊大哥来看娘娘。"

熊向魁？他来做甚？小六吆紧了紧眉头：

"请了。"

"请熊大哥。"

熊向魁款款走进，脚底不带一点响声，在小六吆的面前躬下身去：

"娘娘好！"

"好！"

"整天穷忙活，这里也生分了。"

"看座。"

"不敢。"

"也是自家兄弟了，客套怎的。茶。"

"谢娘娘。"

"可有大事？"

"回娘娘，没有大事。"熊向魁脸上的模样很悲剧，"只想过来看望。"

小六吆侧过脸去，眼圈不觉红了。到底熊大哥知人冷暖，这等光景硬是晓得"过来看望"。早知有今天，何必慕当初。小六吆这副模样这般嗓子,走到哪儿少不得红它半个天。戏台里不论哪个行当的,谁都宠着她,更不消说戏台上一站,一个亮相,一个鹞子翻身,看官们所有的喝彩冲着她江浪一般奔涌而来……那年月,何等风光。而今虽有华贵,却也是金丝笼里的黄鹂,有歌难鸣,有翅难飞。俗语说,嫁鸡随鸡嫁狗随狗嫁得猴子满山走,可眼下,鸡也做不得狗也做不得,心头的思绪满地走。

熊向魁默不作语。他知道话已说到了点上。这女人,是眼下最关键的人物。常言道,女人是祸水。女人既是祸水,反过去就是另一个男人的福星。福祸相倚,或许,小六吆真的能成为熊向魁的福星。

"娘娘,……小河豚……现在我那儿,老爷吩咐了,不得动一根汗毛。"

小六吆的鼻尖直挺挺地对着门外。

"娘娘,在下万死,冒犯了娘娘。可在下实是为了玉全娘娘……娘娘吩咐铁仙的事,我熊某既知道了,谁又能确保他人不知?娘娘,就算他铁仙事做成了,到后来背祸的是谁,望娘娘明察。"

小六吆紧张地盯着熊向魁:只要他一多嘴,到文老爷那里吐出半个字来,她的脑瓜儿就压不住她的削肩膀了。这枪头!她心中狠狠地骂着铁仙。

沉默。干咳。喝茶。

"娘娘还记得一件事?"熊向魁见火候已到,突然转开话题。他用异样的口气低声说,"娘娘救老爷的那个晚上,老爷端坐在戏台上,双手一比画,远处墙头上的一只花猫'砰'的一声,炸开了……"

"……记……得。"

"老爷的手里有一样宝物。"

"我从没见过……"

"娘娘哪能随便见着——不怕娘娘恼,老爷是真龙天子,娘娘到底是凡胎,随便能见着还算什么稀罕?——可那东西……"

"如何?"

熊向魁的下巴向前伸去,把脖子全带动出来:"是宝物!天上的宝物,能了结娘娘的心愿。"

小六吆的眼光在熊向魁的眼睛上一动不动,将信将疑。

"细细排起辈分来,咱老爷还是上天雷公的四舅呢。"熊向魁说,"——这是天机,不可随便说的……雷老爷的雷匣子,有一个就在咱老爷的手里。"

小六吆的眼里迸出了绿光。

"那天轰响的,便是文老爷的雷匣子。"

"那雷匣子巴掌大,沉甸甸的,发着乌光,手一摸,冰凉!……把手的前面有个扳机,只要一根手指头向往后一扣……电光一闪,'轰——',就是一个响雷。这种雷与天上打下来的不一般,软飘飘地夹着股香味……"

小六吆与熊向魁的脸上同时挂上了神圣的紧张,仿佛雷公正在头顶上隆隆而过,而文廷生正化成一缕香味,在空中的某一个地方游荡。

"娘娘,这雷匣子,能救你。"

小六吆屏住呼吸。她突然觉得一样玄妙的事情马上就要发生在自己的身上。人只有到这个份上,才明白玄妙的事情多么地不可思议,加倍地让人惶恐、兴奋、幸福、紧张、恐惧、震慑灵魂。

"娘娘,你若想救得自己,不要动小河豚的半根汗毛,只要找到那宝物,轰——"

"哪里去找,他那般精明,说不准哪个山洞……"

"娘娘,这宝物,定在他屋里无疑。老爷向来有个习惯,最宝贝的东西全在床内口的柜子里。在老爷娶小河豚的那天，你站在广场南端，脸向北——只能向北，走到第七棵树底下——只能是第七棵树，你把雷匣子黑洞洞的洞口对住天——只能对着天。手指头向里一扣——这是个倒雷，雷公一听他四舅有事，马上就会显灵：小河豚在娘娘的眼里与原样无异，可到了文老爷的眼里，小河豚的模样就会变，一只眼里一个样：左边是蛤蟆，右边是扁豆。文老爷断不会娶一只蛤蟆、一条扁豆。"

十六

不知从何处山洞里飘出来的一串一串疯话，把扬子岛人弄得一个劲儿地眼光发绿。说扬子岛的外面还有一个世界，那个世界才是真正的世界。那个世界奇妙无比，所有的一切恍如老板仙嘴里的神话故事。那个世界的时间放在一只盒子里边，整天放在桌上或者衣兜里头转悠，还长出几条腿，踏过时沙沙直响；那个世界有一种魔镜，东西放在底下要大就大要小就小；那个世界的人灯光一闪，能把你的性命截下一截，缩成大拇指那么大安顿在一张白白的纸片上，和你的原样丝毫不差，你能听见你的性命咔嚓一声，从这一截跳到那一截，吓你一个跟头；那个世界人分九等谷分五类，七十二行五十一郡。那个世界安安稳稳实实在在。我们的世界反而是假的，成了他们肚子里头的远古神话……这些话把扬子岛人弄得神志不清两眼发花，用了好几天找不到自己的脑袋长在哪儿，呼吸找不到鼻孔说话找不到嘴巴，好多人走路时忘记了先迈哪一条腿，结果趴下身子手脚并用爬了好一阵。这些话的来头至今依然模糊，有人亲耳听见玄妙和尚曾经说起，但玄妙和尚反复强调这些都是从熊向魁大人那里听得来的；又有人亲耳听见熊向魁大人如斯提过，但熊大人却又反复点明这些都是玄妙和尚亲眼所见。许多人猜测这件事只有旺猫儿才能说得清楚,但旺猫儿张了一张空洞洞的黑洞,用手比画着至今没能弄清的手势。许多人以为自己做了个长梦,但醒来时却又正在半夜的梦乡,真真假假假假真真弄得他们记不清哪个是梦何时是醒,他们把舌头咬得鲜血不止到后来却没能证明这些是梦里咬的还是醒时咬的,他们的头绪被弄得纷乱如麻七拐八歪天地倒错头尾不分一塌糊涂……扬子岛人急得全体发疯,从铁仙红鲤开始差一点全去上吊投江。

但他们到底没有一起上吊或者投江,文老爷的大喜到底还是快到了。他们乱七八糟的思绪里头总还有些盼头。

小河豚被彩绢贝壳鱼目珍珠装扮得加倍玲珑,再有今天一夜,她明天将走进文老爷的洞房。她的两腋玉暖生烟,阵阵麝香气息绕得她冲着自己一个劲儿地温存。她觉得自己的生命十几年全是等待,全为了这个使她心醉神驰的一天。

小河豚与文廷生的大喜使许多人觉得世道开始倒转,回到了雷公嘴的风光时代。说到底还是天意,文廷生的光辉业绩到了定数的份上似乎就蹈了雷公嘴的旧辙。当时的扬子岛人只是有这种感觉,直到多年以后,近代的计时工具闹钟来到这个岛上,扬子岛的智者们才从闹钟身上得到了惊奇的发现——他们第一次目睹了时间,明白了时间这东西本来就是圆的,你要想它不在同一个圆上反反复复,除非它完全停止下来。由是他们推断出了历史,认定了历史这东西说到底也是圆的,走完一个轮回它就得从头来起。

文廷生在玄妙师父选择的吉日里走向江边。净身过后的文老爷披一身白色绸大氅圣光四射,使紧随其后的熊向魁的一身橘红猥琐不堪。文老爷接受了熊向魁忠孝双全的跪求,在大喜的日子里到江边还却白龙王三太子以及整个白龙家族的最后遗愿。阳光正对石屋大门时他们相伴而出,文廷生相信今天自己的灵魂会到长江之底会齐白龙王爷,尔后在天帝的面前与白龙王爷取得等尊牌位。所有喜庆的热闹与臣民们的尽忠尽孝随着他俩的脚步渐渐远离,远处江边岸下玄妙和尚设下的圣坛正在慢慢逼近。

一白一红正向江边的圣坛走去。

圣坛愈来愈近。由绿转黄的野草在阳光底下透出神灵般的宁静。齐整的狗尾巴草毛茸茸一片温馨,江水奔涌而又无声,眼前的世界明亮开阔。好一片净土!文廷生暗自赞叹,他深吸了一口江面上送来的阵风,这风里有阳光与秋水的双重气息。太长了,太长时间没这样静心到野外来消受这片净土了……我的,所有的一切,眼睛能见到的所有一切,都是我的。虽然晚上有洞房花烛,文廷生却异样地宁静。他的内心一下子神圣无比,巨大的清静与满足在血管里悄然流淌。阳光、空气、蓝天、白云、长江、阔滩、远岭……所有的一切,都是我的,我的,属于我的每一个毛孔、每一根汗毛……

但文廷生吸了吸鼻子,他从这片清新里闻到了一种异味,他侧过脸来:"哪里来的这股腥味?"

"回老爷,小的刚吩咐过,在这里杀了牛羊狗猫鸡鸭兔各一对,供了牺牲祭江。"

"传话,不许有人过来,今天任何人不得前来。"文廷生难得宽松的心情。他不需要任何人,只要自己静静的一个,便天上地下什么都有了。

"是,老爷。"

祭坛上,文廷生安稳地盘坐,合上双目,安详神圣如真正的天地圣灵,白绸大氅炫目耀眼,在远处山巅上汤狗的瞳孔里似两点精白幽灵,亮光反射而出变幻成汤狗脸上阴险的笑意。

"哦——哦呵——哦呵呵——"小河豚的轿队在广场上刚一出现,小河豚就扯开了自己头上的红绸方巾。鲜嫩眼馋的小河豚从彩轿里头刚一露面,石屋门前的广场上男男女女的尖叫使天上的白云狠狠吃了一惊,随后淡淡地向高远处蓝蓝地遁去。

扬子岛人按照自己正宗的接娶风俗,把小河豚打扮成他们想象中最美的鱼精。在没有任何禁忌的喜庆之中,他们选择了岛上最热闹的地方接迎新娘。没有铜锣、鞭炮、竹节。男人们袒胸裸背,腰系渔网,女人们身着鱼翅、鱼片与成串的贝壳螺蛳,满脸涂黑抖动着肌肉与乳房随心所欲手舞足蹈。他们彼此熟悉彼此友善,言不成文歌不成律,一群一群,人头攒集欢声雷动。他们尖叫、扭动、击掌、跳跃,生命在毫无阻拦之中尽情喷发。

小河豚娇艳动人,贝壳、鱼目随着她的欢跳沙沙作响,没有扭捏,没有遮掩,没有抑制,美丽性感精力旺盛,她扭动时腰肢与屁股上的线条勇敢而又夸张,像一根根手指伸向男人们最敏感的神经,"哦——哈哈呵——呵——"好长时间了,好长时间里他们就开始因为一个谁也没法说清的原因郁郁不乐,那种东西一层又一层厚厚地裹住了他们的生命与原力。叭的一声,随着小河豚的红色方巾飞向蓝天,他们的灵魂一下全打开了,肉体全点亮了。他们要乐,酒,酒酒酒!他们要阳光和酒、尖叫和跳跃,来驱走所有的阴魂,冲走他们不愿保留的一切。

人群在缓缓流动、旋转,像江中厚重的冰块,簇拥着慢慢转动,在巨大的广场上,他们来回回旋,回旋在这片晴朗欢乐的广场。

咿呀咿呀哈哈呵——

谁家的妞儿疼煞我——

呀哈咿啊呀哈哈呵——

人家的婆娘从我家门过——

他们唱起了千百年来唱过的歌,每次这个词儿,回回调不同。他们想怎么唱便怎么唱,怎么顺气怎么快活怎么唱。那是真正的唱,气息从脚后跟上踮起来,从屁股上鼓出去,从肚脐眼上吸进来,再在胸口悠上几圈,从鱼篓一样粗的大嗓门里,哗啦一下冲将出来。

但是——"叭——叭——"

两声清脆巨大的枪声在广场南面第七棵大树底下骤然开炸,广场上顿时一片死静!太阳在蓝天上吓得转了九百个圈。

一股药香大网一样悄悄撒开,广场上的人群蝌蚪一样拥到一起,你逃我,我躲你,可你又逃不离我,我又不敢离开你……

水珠似的宁静,时间过去了多少他已经全无知觉。文廷生感到自己的身体飘然登仙。阳光在他的背脊上又软又痒,蚜虫一样爬来爬去。外面的世界娇美多姿,但对文廷生而言已经完全地不复存在,连同他自身一起,悄悄地荡然无存。或物我皆忘,或我即天地,所有的东西于冥冥之中游丝一般飘游于虚无之间……然而,随着文廷生的灵魂在净空中的缓缓升腾,所有的一切又渐渐变得具体起来,玉花琼树,瑶池雕梁,翩然仙子往来穿梭。带状的香烟缭绕于其间,使得其间的一切若隐若现,忽有忽无。"——文殊菩萨驾到——"随着一声金童玉音的呐喊,文廷生飘然而至,天帝、王母、雷公、无量寿菩萨、观世音菩萨在文廷生的面前次第出现。

"雷公,告知下界,文殊菩萨大驾已到。"

"是。"雷公在天帝的面前跪下一条腿,瓮声瓮气的回答声滚滚而过,在空旷的天宇中没有回音。雷公站起身来,取出腰间的两把金锤,于玉阶之上飞腕振臂——"叭——叭——"

两声巨响使文廷生突然惊醒,恍惚中他的背上一阵冷汗。远处广场上的枪声使文廷生醍醐灌顶、菩提开悟,他睁开眼来,唰的一声站起身来,但是,他万万没有料到的巨大可怕轰隆一声就在眼前:

鳄鱼们精亮地在不远处一个劲儿地研究着他!

鳄鱼们流着泪的眼睛一起在研究那一块白色!

文廷生本能地背过脸去,但背过脸去同样是狰狞饥饿的眼睛!他雪白的大氅在鳄鱼的眼睛里发出了刺人的光芒。

慌乱之中,他记起了玄妙和尚。文廷生镇定了片刻,默念起玄妙和尚口授的秘诀。但鳄鱼似乎忘记了真龙天子的存在,咧着嘴对着文廷生嘿嘿诡笑,四只脚吃力地紧张起来,舞动着尾巴,疯狂地从圣坛四周向文廷生冲锋而来。

鳄鱼之间的争斗立刻替代了文廷生与鳄鱼的抗争。文廷生的肉体挑起了鳄鱼的一场战争!文廷生在鳄鱼的尖牙中间彻底恢复了人肉又腥又酸的滋味。

雷匣子的两声巨响麻木了小六吃的整个身躯。等到她缓过神来,才注意到那只黑糊糊沉甸甸的东西还捏在自己的手里。她连忙把那东西扔到地上,黑洞洞的枪口对着她宛如一只瞎透了的眼珠,流溢着青烟。她回过头去,再也不敢动弹。

黑压压的广场上扬子岛的臣民们烂软如泥。熊向魁不慌不忙地跨过人群,从地上拾起那支新式手枪,把枪口对准自己,吹了吹,所有的人都白着眼睛,注视着这一伟大的举动。"起来吧,你们,起来。"他对着广场喊道。熊向魁从地上拾起一块石头,在枪筒上敲了几下,几声闷响使散瘫在地上的人们记起了铁匠铺里的声音。他们试着从地上爬起来,几个胆大的凑过来看了个究竟,居然敢像小孩摸螃蟹那样用手指点了几下。有一个神色紧张地抓了一把手枪,回过头来宣布了一个惊人的发现:

"不咬人,跟河蚌一样!"

熊向魁拿起左轮:"这玩意儿没什么可怕的,叫手枪。"他把手枪举过头顶晃了晃:

"这是科学,你们会懂的,科学!"

十七

　　《孤岛》实际上已经写完了。但谁都知道作品的完整和历史的完整是两回事，因而有些地方还要作些补充。

　　"九月十五，铁仙逼走汤狗与小六吆，在他们驶入江心之后，铁仙即拔剑自刎，缘由不详。

　　"二十日，熊向魁成了石屋的新主人，鲟甲会更名'熊掌会'。扬子岛对科学的惊奇与崇敬，立即过渡成了对熊老爷的另一种形式的迷信，在扬子岛，科学的最初意义成了一种新宗教，它顺利地完成了又一次权力演变。

　　"十月初一，庞大头捕杀一头公鳄鱼，公鳄鱼脸上的表情与当初的文廷生酷似无异，庞大头当即开膛剖肚，寻文老爷未果，却寻得至今仍在抖动的黑江猪的小拇指头。

　　"十月初三，一只标有 U.S.A 的巨型铁船出现在长江口，熊老爷说，不用怕，那是洋人的，洋人全不会弯腿走路。

　　"十月初八，一艘载有五百又三十一人的大船在扬子岛西三里处随一声炮声覆没，半数人罹难，半数漂流至扬子岛，他们登岛以后的情形，七十二年以后历史学家毕飞宇的《孤岛》将会从头说起。"

1991 年第 1 期《花城》

明天遥遥无期

第 一 章

　　舒月的婚礼因其远嫁显得不同寻常。许多必需的仪式一律就简，有些甚至给免去了，因而舒月隆重而又华贵的婚礼给人以草草过场的印象。这和舒月的四个姐姐出嫁吉吉祥祥富富贵贵的铺张派头形成对照。不过这一切舒月可能不知，女儿家披上顶红后大多急切而又混沌，除了偶尔留意鼻尖底下的裙裾下摆和绣花的红鞋之外，其余的一切便恍如梦中。

　　还是在三月中旬秦二公子的父亲从高邮派人给舒月家送来一封书信，来信舒月未能过目，只是从后来的变故中舒月猜得出，原定于明年开春的婚礼提前到今年四月，一定是出于兵乱的考虑。婚礼那天舒月透过门缝看见堂屋里的秦二公子脚踩一双皮鞋，锃亮乌黑的鞋口上方飘动翻边的裤管，舒月就靠这一眼便知道她的如意郎君在整个婚礼中一定潇洒倜傥光彩耀人。只是后来秦二公子身上过重的肥皂气味使舒月隐约有点难言的不悦，也只是一刹那，一阵火红的鞭炮就将那些轰得干干净净了。

　　整个婚礼舒月的耳边嗡嗡的说话声一直相当嘈杂，金属与瓷器的撞击衬托出很喜庆的气氛。后来舒月就让人领着和秦二公子并坐在祖宗的牌位面前吃东西。舒月记得母亲关照过，新娘子两天内不要进食,否则一进洞房便坐马桶不太吉利。舒月想起了母亲的话,实际上舒月实在也没有一点胃口。舒月听见有人说,吃一点,不兴不吃的,于是舒月就拿起景泰蓝调羹,吃了一颗,是枣子;秦二公子面前放着红糖煮过的汤团。舒月又听有人说,再吃一个,成双成对的,就又吃了一个。后来在贴着红双喜的画舫上舒月一直觉得奇怪,明明就吃了两颗红枣怎么又是要小便又是嘴干。好不容易熬到了洞房舒月立刻走上床头踏板找到了马桶,舒月打开崭新的马桶盖,闻到了一阵新木头与红漆的混杂气味,舒月花了很大的努力才没有使马桶内发出太响的哨声。舒月在一阵轻松之后怎么也没能赶得走极其隐晦的不祥感觉。

三天后的回门是老爷吩咐作罢的。老爷担心五丫头受不住兴化与高邮之间的往返水路。不过下人们看得出来,是老爷自己受不住太太的又一顿眼泪鼻涕。舒月被秦二公子扶上后院石码头的轿船时,太太就晕厥在老爷的肩头。大伙围上来掐人中敷薄荷油忙乎了好半天。太太醒来时两颗泪珠无声地挂在下眼袋上。所有的儿女中太太最疼爱她的老巴子闺女,这个陆家大院门前的石狮子都看得清楚。

按婚礼前的商定,六月接五小姐回家歇夏,这是兴化多年来俗成的婚嫁规矩。舒月的生日是七月初一,那时秦二公子正好来接小姐,顺便交了小姐的生日,太太当然要求秦家把五小姐的每一个生日过得如在娘家一样火红。

五月刚过了大半太太就嘟哝接五丫头回家的事了。所有的人都看得出太太近期有些反常。有人说太太和儿媳若冰最近又生了口角,据一个和若冰处得不错的下人说,不是少奶奶的错,是太太自己无事生碴,一准是快更年了血脉不通的缘故。

二十七日一清早院后的石码头就响起了木桨的欸乃声。早起的下人都晓得船夫姚老头的乌篷船要起桩了。到码头淘早饭米的李妈望着大清早的水面不甚明晰的水迹,心里说,五丫头真的快回门了。

第二天晌午陆家大院进入饭后午睡,墙头上的瓦花一如平日一样青灰,正堂屋四周的兰草在鹅卵石路旁蓬勃四溢,几块面团一样的太湖石却是看得出的一脸瞌睡。院后突然有人说五小姐回府了。大家拥到后院的走廊果见姚老头的身旁走着一位美人。大伙愣了一下随即还是认出了是五小姐舒月。舒月跨进穿形走廊时从栏杆外头看上去活像书上的一幅绣像。舒月的脸膛因五月的太阳显得过于红润,做姑娘时的一头好头发全盘在了脑后,一副气度不凡的少奶奶装扮。人们从五小姐华贵的行头中间还是看出了五小姐最隐秘的变化,五小姐清瘦了许多,下巴那一块与姑娘时总有些似是而非。有人私下问,五小姐怎么这般瘦,李妈用晓通世故的语气说,出嫁一两个月的女人都这样,过些日子会再胖起来,年轻的丫头们听李妈这么一说,脸上立即挂上了浮想联翩的复杂神色。

舒月一见到太太便侧着上身小跑了过去。太太站在石阶上对女儿很慈祥地眨着眼睛微笑。舒月与太太的拥抱使热闹起来的大院顿然间平静如水。舒月瘦弱的身体在太太的胖怀抱里极伤心极甜蜜地抽泣。舒月说,娘。太太一听这话便如刀绞了。老爷刚想让她俩快进堂屋去就看见舒月的双腿软了一下,随即坍塌了下去,人们立刻慌乱起来,姚老头磕磕巴巴地说一路上小姐一直说说笑笑的,老爷白了他一眼说,太太何曾怪罪你了?老爷加大了嗓子说,还不去请任医生。

任医生进门时舒月正歪侧在藤睡椅里头。舒月脑袋的正后方一缕香烟很瘦直地向上升腾,这是一个极其奇妙的构图。任医生礼节性地说了几句便坐在五小姐的身旁,抓了只枕头放在自己的膝上,要过舒月的胳膊号她的脉位。舒月的脸上褪尽了到家时的红润略显亏乏。舒月另一只手抚在额上解释说,不要紧的,不是晕桨就是受了暑热。任医生闭着眼示意五小姐不要说话,过了良久又低声耳语了几句。末了任医生站起身,老爷问,怎样?任医生笑而不答,只是说不要紧。老爷便说这样就好,老爷吩咐说顺便给太太也看看,看过了一起开方子一起去抓药,任医生便给太太又看了一回,用去的时间却是小姐的一倍。任医生站起身时太太有些紧张地问,哪里不好?没有哪里不好,任医生说,母女俩全是有喜了。——太太已经三四个月了。太太听了任医生的话瞟了老爷一眼,富态的脸上顿时又自豪又有些难为情,显得有些慌张。

不要开方子,任医生说,今年府上真是大贵了,一个坐上喜,一个却是老蚌得珠。

舒月完全没有料到自己这么快就怀上了身子。任医生随老爷走进书房后客厅里就剩下了母亲和自己。舒月对自己的身体立即像叨啄自身羽毛的母鸡那样新鲜不已,紧张而又有点难以辨认的陌生。舒月抬起头时目光恰好落在母亲的腹部,一种相当奇怪的感觉开始在母女的眼中闪烁。母亲的脸上又挂上了相当奇怪的神情,母亲说,你不要乱动,我让人再切一片西瓜来。舒月躺着马上就想起了她的秦二公子,舒月只是想着能把这个喜讯早点告知她的郎君。舒月至今不知自己与秦二公子究竟结了怎样的前世姻缘。去年秋天的那个午后五小姐舒月正在后院提了根竹竿扑枣,李妈突然过来喊:五小姐!舒月正玩在兴头上,李妈又喊道:五小姐!舒月回过头来看见李妈的指尖上正挂着水珠,就问,怎么了?李妈望着五小姐只是神秘地一笑,说,老爷叫小姐呢。舒月站着没动,嘴里说,三姐那里我去过了。李妈走上来接过她的竹竿,说,快去,去晚了老爷怕是不高兴了。舒月走到前院里来听见父亲正在堂屋里和几个陌生的声音说笑。

舒月扶着木柱透过方块木棂看见一个身穿中山装的少爷端坐在父亲的对面,胸前的口袋插着一支自来水笔,闪着晶亮的挂扣,完全是想象中进步青年的新潮派头。舒月进门时招呼道:爹。老爷随即站起身说,快来见过秦老伯,舒月说秦老伯请坐。老爷的巴掌又伸向刚刚站立的青年人,这是秦二公子。舒月低了头目光落在秦二公子雪亮的皮鞋尖上,低下头说秦二公子坐。老爷说,明天我陪秦老伯去你们女子中学察看,快去温温功课。舒月应了一声却走到了母亲的房间里去,母亲正拿着针线,舒月小声问,这两个是谁呀?母亲说,你爹不是跟你说了,秦老伯,和你爹少年时在南京读洋学堂的。舒月恍然大悟地说,就是他留了东洋了?高邮来的?母亲和善地白了舒月一眼,责怪道,丫头家,嚷什么?舒月后来一直向门外张望,正堂对墙的玻璃镜子里秦二公子的小腿一直在那里头小幅度地晃动。秦二公子裤管上笔直的裤缝给了她极其挺括潇洒的印象。舒月听见母亲说,秦二公子果真是气度不凡,只是离兴化太远了些。舒月一听这话心中即刻一紧,随后便是一阵怦然跃动,只是装着没听见,贴身的马夹就随着身子一同呼吸了。

舒月不会忘记那个下午,父亲果真同舒月摊开她的终身大事了。父亲说,陆秦两家实际很早就有联姻的意思,幸好你们才貌和家道倒也般配,谁也不曾亏了谁。父亲说虽说父母做主,现在却是不同过去,好歹也该听听你的心思。舒月低头只是不语,脸膛好像挂了一只太阳,心中的感觉如新鲜的生枣子在草地上跳动。舒月说,爹。谁都听得出这一声爹实际上没有任何称谓意义。老爷说,你妈在你这个年纪已经怀上你大哥了。舒月又说了一声爹,接下来是好一阵沉默,舒月后来轻声说,我哪里能不听爹的话呢。老爷听了这话心中便有了数,笑着说,我早就晓知月儿是听爹话的丫头。

舒月这么想着不知不觉地把手伸到了裙裾的腹部,听见外头有人走动又惊恐地抽了出来,李妈进门时只看见舒月依旧托着脑袋,一副娇弱而又昏沉沉的样子。

差不多在舒月快上床时若冰走进了舒月的旧闺房。舒月一开门就看见蜡烛光前一张苍茫疲惫的脸,散发出地窖般的幽远气息。若冰说,当了二太太了,就不认这个嫂子了。舒月知是玩笑只是走过去抓住若冰的臂膀,舒月的手一碰及若冰就仿佛抓住了冬季。舒月说,你的身子怎么这样凉?若冰答非所问地说,恭喜你了。不知怎么回事经若冰这么一说任医生走后的全部欣喜一下全空了,舒月的胸中只剩下空荡荡的一个井口,飘拂起夏季的咄咄凉气。舒月知道若冰祝贺出自真心,只是这话由一个不能生育的女人说出来究竟味道不一样。若冰和舒月的母亲历来龃龉,和这个娇小漂亮的小姑子却是出奇的亲昵。舒月对若冰从来都是无话不说的。还在舒月做姑娘时若冰曾在舒月面前故意漏嘴留下一些话把子,然而舒月从没有在她与婆婆之间搬弄过半点是非,这使若冰与舒月变得情如姐妹。若冰有时泪汪汪地受了委屈,总是要走到舒月的房子里才肯落下泪珠的。若冰艳若仙人,初嫁陆府时所有的人都说少爷好福气,太太自然是百般宠爱,视如己出。然而几个春秋过后,陆家大院的下人们也正是从若冰身上悟通了女人的命,上苍是决计不肯让女人太自在的,总要揪住你的某个疼处杀杀你的傲气。上苍就是不愿让若冰怀上陆家的根种。这使若冰在陆府很快成了脱毛的凤凰,有些不如鸡了。

若冰说,你躺着吧,我和你说说话就走的。舒月歪在床上,很想找个话题但只是看着若冰的眼睛不语。若冰说,二公子待你可好?一提起二公子舒月的脸上就挂上了很幸福的表情,嘴上却说,他呀,一天到晚云山雾罩的,前些日子又嚷着去武汉,抗日呢。舒月说,我也不是不晓得,他爹全拿我当拴马桩,秦家是担心日本人从南京打过来，怕他出事，好让我收收他的心。若冰说，二公子也真是，有那么多中央军，就靠他在大街上喊几句口号，也吓不走东洋鬼子。我也这么说呢，舒月说，他才是个疯子，一会儿说中国人要像日本人那样就好了，要向西洋学科学，一会儿又说日本人太可恨，是些忘恩负义的王八蛋，一会儿又用日本话读日本的诗文给我听，我听不懂他还生我气呢，真像个孩子家。我这孩子还没生，倒先做起保姆来了。若冰吃惊地说，二公子也会说日本话？他可鬼灵，舒月又好气又自豪地说，跟他老子学了年把，就跟他爹两人满嘴炒蚕豆。——东洋人也真是，那些声音怎么能当话说。若冰端详着舒月脸上说话的神色，心中突然有些说不出的怪滋味，很复杂的心绪就如芭蕉叶子一样铺开了。若冰细声说，怀上有多少日子了？舒月把手放在腹部说，一点反应也没有，我也不晓得。舒月说他那么能折腾，也不知道是哪天就怀上了，舒月说完这话脸上突然红了一回，心里头奇怪怎么女人一结了婚说起私房话来这么没挡没遮的。舒月多少有些掩饰性地问道，我哥可也是蛮不讲理的罢？若冰说，什么蛮不讲理，他什么时候不讲理了？舒月见嫂子说得这么认真噗哧一下反倒笑了，说，我是说"那个"，舒月说完这话便知道自己走嘴了，舒月看见若冰的眼里蜡烛的火苗很古怪地闪耀了一下，便知自己说到了嫂子的疼处。蜡烛无声地燃烧，舒月抓住了若冰的手说"嫂子"，若冰很吃力地笑了一下抽回手说你早点歇着。

院中所有的植物出奇地妖娆，这和陆家大院今年旺盛的血运一脉相通，后院的藕池涨满富态，枝茂叶繁。肥厚的荷叶绿得油亮的样子让人从滋润里多少体验到一种大富大贵。夏季无声无息，夏季在植物的脊背上幽静地酣眠，风像懒腰，风像餍足的哈欠渲染每一根柳枝，每一片荷叶。日子以阳光阴影的形态从角度与面积的寓动于静中昭示出陆家大院每天的相异与每天的万变不离其宗。

　　几个梨园子弟在日西晚霞时分从南侧门进入了陆家大院。夏季蚊蚋遍地正是戏班子出台的淡季，大户人家也正是在这个时候包班听戏，或午后解解闷排遣排遣无聊，或晚饭过后灭灯纳凉，听几声箫笛琴胡，听几句京腔京韵。老爷今年本不打算做如斯安排，近来战事吃紧兵火四溢，外头的风声骨子里紧得很，但不论怎样今年是陆家的好年头，也该热闹热闹，一来太太月儿坐喜，让她们消闲消闲，二来也不想把兵乱的消息张扬得过重。兴化到底是个偏僻所在，日本人放了兴化一马实在也是说不定。

　　当晚一切全停当了，连同下人们在内陆家大院便开始听戏。虽是清唱，戏子们没有上装却还是套了点简单的行头。头一晚上的是青衣行当。若冰和舒月坐在一处，嗑着李妈新炒的瓜子，便看见黑处暗白色的水袖缓慢地飘拂。戏子一开腔舒月便知是《牡丹亭》中的《惊梦》折，整个折子全是青衣戏，唱词宾白自是情婉意转。舒月对若冰说，这个青衣是哪里来的，耳生得很，唱出来的腔调确是比前几个知冷知暖。……

　　遍青山啼红了杜鹃

　　荼外烟丝醉软

　　牡丹虽好

　　他春归怎占得先

　　闲凝眄

　　生生燕语明如剪

　　莺歌溜得圆

　　……

　　便赏遍了十二亭台是枉然

　　倒不如兴尽回家闲过遣

　　舒月正进了戏，便听见若冰说，我的头怎么又疼了。

第 二 章

当天夜里湿乎乎地燠热，四周的蛙声一如往常叫得平稳，可怎么也没料到四更时分整个大院就躁动慌乱了起来。那时候舒月正做着很怪诞的梦，舒月梦见了若冰，一定是听戏时若冰先走的缘故。青衣只唱了一半，若冰突然说头疼就先去睡了。舒月的梦中若冰的身影老是水袖一般影影绰绰萦绕不散。若冰在屋里喊，你让我出去，你这畜生，你让我出去！若冰一边喊一边发出可怖的撞门声。舒月想若冰平日不是这个样，怎么闹得这么凶，这么一想舒月就惊醒了，舒月是惊醒了之后听到了确确实实的敲门声的。

深夜敲门的原来是从高邮落荒而来的一帮老小。惊悸未定的老爷透过灯笼光从秦老伯的脸上立即看到了日本人刺刀的寒光。

惊愕之后老爷极其多余地说："原来是亲家。"

丈母娘看姑爷自然是越看越欢喜，太太听完亲家的唠叨反倒出奇地镇定，很有些不在乎地说，住下吧，有我们一只蚂蚱，少不了你们一条腿，你们来了我倒开心。——日本人怕什么，是福不用躲是祸躲不过，他还能不给我过日子？老爷是不愿听夫人的长头发短舌头的，因当着外人也不好说她什么，就推舟道，住下，住下。

这么说着话东厢房的门就开了，舒月散着头发愣愣地站在了房门口，渐渐膨大起来的乳房顶着白真丝衬衣，一副慵懒惊喜而又楚楚迷蒙的样子。二公子从舒月的这副模样上看出了舒月与平日典雅的不同处，惊惶疲惫的眼里放飞出了异样神情，只是当着众人不便冒失，舒月依然不语，偎在门框上下唇开始缓缓启开。

老爷叫了下人,便安排亲家他们到后院漱洗休息。老爷说,亲家一路颠簸,也劳顿了,随便吃点,有话明日再言语。

秦老伯和夫人对望了一回,说也好。还想说些什么客套话,转念又咽下了,走下台阶后便又回头叫过了二公子,在二公子的耳边低语了几句,二公子很深地点过头,这时候二公子母亲的脚底被什么磕绊了一下,一串咣当声在黑色的陆家大院里猫眼一样碧亮,人们等所有的声息全安息下来,才有些惴惴地发出走路声的,所有人的感觉上灯笼前的微光反使陆家大院成了中午时分的深井,越显出杳深昏黑。

回到卧室里老爷便捻小了罩灯坐在床沿上失神,半谢的前顶渗出了细亮的汗芽,老爷的耳朵里马桶上太太的小解声特别地啰嗦。太太坐在桶盖上便看见老爷的脸色如桶里的声音一样沉闷了。后来就听见老爷说,大祸临头了,当初就怎么没想到呢!太太觉得他实在有些小家子气,没好气地说,就算日本人到兴化来,又能把你吃了?老爷呼地吹灭了罩子灯,没好气地说,女人家你懂得些什么!

大清早并没有出现设想中的喧闹,宁静和凉爽中陆家大院里平静如常。倒是院子外头都知道日本人打到高邮了,兴化的大街小巷顿时间诸种说法诸种猜度纷纭如丝。

若冰起得很早。夜间的一阵波动过后若冰再也未能入眠。若冰的睡觉一直不好,任医生也看了,可总是不见好,任医生说不能进睡是阳不入阴的缘故,可见少奶奶是阴虚了。任医生给若冰开完方子又嘱咐了几句,若冰含含混混地听得出是节制房事的意思,若冰当着任医生的面鼻孔里便是一阵冷笑,任医生惊恐地退下后,若冰依在门帘底下却禁不住地情飞意乱,心中好一阵悲悲戚戚蹦蹦跳跳而又惶惶。

夜里少爷又是通宵未归。近来若冰发现她的夫君有些神神道道,通宵不归也是常有的事了。若冰并不多问他的行踪,反正他不会去赌,而眠花卧柳的事却又是断乎不可能的。若冰也弄不懂这个有气无力不言不语的人究竟在外面弄些什么,冥想了一刻儿若冰就再也懒得去劳这个神了。

若冰起床后总爱在后院踅两圈。荷塘里死水如镜,清澄见底,若冰看见一只龙虾在水草底下鬼祟地伸动大钳,刚想找个泥块却见龙虾早退沉了下去。

"少奶奶早。"若冰没有料到很陌生的声音向她招呼,回过头去见是一位极漂亮的男子冲她微笑,若冰有些慌张地问:"你是谁呀?"若冰看见他弓下腰去行了个礼,"回少奶奶的话,我是少兰。"少兰见少奶奶依然认不出他,便说:"真的贵人多忘事,昨晚上刚听了我的戏,怎么今天就不认识了?"若冰"哦"了声,知是唱丽娘的青衣戏子,刚想说些什么,少兰又说:"少奶奶是不是嫌小的唱得不清亮?才听了一半就走了。"若冰说:"天那么黑,你的眼倒贼,想来你一边唱戏,一边还数人呐。"少兰说:"天再黑,少奶奶总是那么亮堂。"若冰刚想说放肆胸口却给什么堵住了,若冰的脸上热热烫烫的,气息也热烈奔腾起来。少兰便不语了,充满女人气的大眼睛盯着若冰忽愣愣地眨动,若冰被他的这双漂亮剔透的眼睛看得无处藏身,小声骂道:"混账东西!"

接风晚宴中秦老伯的神情一直引人注目,脸上惘然的追忆状态使热闹的场景笼罩了一层勉强色彩。"樱花丸"号客轮像盘子中的鳜鱼头那样一直靠泊在他记忆中一九〇六年的港湾。"樱花丸",无限诗意美好,仿佛樱花国度中的初春蜜蜂。"樱花丸"的那头不是樱花,是遍地的大雪,是他一生中最严寒与最孤楚的雪季。在那个雪季里,在仙台,作为考入帝国医科大的预科生开始潜入一种与汉语似是而非的语种。他的记忆力是惊人的,他的老师板本傲慢的夸奖犹如昨日:"即使在日本人中,你也是优秀的。"

"喝。"亲家说。

"喝。"他说。

当他沿着当年"遣唐使"的逆向航程东渡扶桑后,崭新的德国医学林立在他的对面。肉体在他的眼里不再是阴阳、五行、精、气、神,而是一架精密仪器。他是天真的、缺乏远见的,他没有留意身边剃了小平头的雄心勃勃的同窗一个个改换了门庭。他的同学抛开了解剖与药理却去弄起平仄、敦煌、唐诗、曲子去了。他觉得到日本来调弄故国的国粹完全是背石头上山。还没有来得及深究中国除了有汉语之外,并没 X 光机、胃镜、抗生素,甚至没有治打摆子的奎宁,他的眼前就只剩下了狗皮膏药、跌打丸和薄荷油了。

回国后他除了满脑子的日语之外只剩下业已生硬的中国话。别的又渐渐随那艘"樱花丸"慢慢消失在海平线上了。

该死的日语要命的日语天打五雷轰的日语呵! 当他的下人惊恐地告诉他日本人在高邮四处寻找一个人后,他轰的一下眼前就黑了,就记起了东京,他第一次用美国自来水笔填写的花名册,歪歪斜斜的日语字迹在遥远的记忆处爆炸了。在仙台他端着日本面条苦苦经营的日语,在无聊时和儿子一同打发日子的日语,带来的就是这个? 他想起了中国的一句俗话:早知今日,何必当初。中国的每条俗语都太深刻,太让人惊心动魄!

老爷说,明天我带你到四牌楼走走,再到拱极台,相传孔尚任《桃花扇》就是在那里写成的,兴许还有些看头。秦老伯点头说,兴化地灵,我是要好好细看的。老爷面色微酡,蒙眬了眼说,你可知道兴化人最擅什么?秦老伯说,当然是书画了,板桥先生一代宗师,少不得留下些颜筋柳骨的。老爷摇头说,非也。板桥先生心性甚高,那些字抬脚跷腿的,尽是名士的风骚,后人学不来的。兴化人玩得最剔透圆润的，还数对句。席上知道老爷又要拿肚子里的国学功夫出来晒太阳，便都不做声，只有器皿与器皿很有教养与节制的碰撞。老爷说，相传有一武人在水边饮酒，见眼前景出了一道上联：两艇并进，橹速不敌帆快。这是武人羞辱文人的，橹速，鲁肃也，帆快，樊哙也，橹速不及帆快，文士自是不及武人的了。秦老伯点头笑而不语，听着老爷说。兴化的一个穷秀才从后面的乐队中走出来，接过这道上联，道是：八音齐奏，笛清怎比箫和。笛清，自是狄青了，武将，箫和即萧何，文官，笛不如箫之和悦，当然武辖不比文治了。老爷一边说一边用指头蘸了酒在红木桌上比比画画，秦老伯扼腕道，了不得了，实在是了不得了。老爷绝对没有料及秦二公子的脸上早就挂上了揶揄色，兴致正高。还没完呢，老爷说，武人见秀才答得极工，又出了一道怪联，曰：双塔耸耸，十层四面八方。这联艰涩，十个字中与数有关的一下占了四个，对句又不能重复，兴化的秀才想了半日，羞红了脸只是摆手，一声不响便走了。武人大笑说，兴化人徒有虚名罢了。这时河边有一个搓衣的妇人，走上来说，官人，是你自家见识浅，秀才的下联其实妙得很的，武人说，他只摆了手，并未吐一字。妇人说，秀才是说，孤掌摇摇，五指三长两短。

"妙！"秦老伯拍案道，"妙！"两天来的惊恐似乎全消尽了。秦老伯一脸心折的神情，说，"世翁的国学实在是精深到家了。"

"所以说，"老爷不无得意地摇摇头，酒意全冲在了脸上，"我大中华才是天底下最了不得的，如此博大的文化，深厚的传统，岂有让人征服之理！洋枪洋炮，小家子气得很，不足畏，不足畏也。"

老爷这么说着一直不语的亲家母却是多心了，她疑心亲家是在耻笑他们的胆怯了。但寄人篱下，心中不快也不好多说什么，只是喉咙撑得发酸，很不自在地干咳了两声。太太听了亲家母的干咳以为是冷落她了，便堆上笑夹了几根黄瓜丝放进了亲

家母的盘中,亲家母讪笑了一回,却看见她的二儿放下了筷子:

"听岳丈大人这么说,日本人要真的打到兴化来,只要找两个捣衣妇去孤掌摇摇,日本人想必就能退回日本去了?"

老爷以为女婿又是几句恭维,没料到竟是淘米水一样酸溜溜的东西,一时语塞,脸上顿时就挂不住。秦二公子的母亲心中好一阵凉爽,脸却虎了下来,嘴里说,糊涂!怎么能跟你的岳丈讲这种没深浅的话!秦老伯马上对亲家赔笑说,这孩子准是这两天吓坏了。二公子并没有踩着父亲给他垫好的台阶下台,反而说,我没给吓着。大家都来抗日,日本人又有什么好怕的。老爷这时缓过神来,用长者的宽宏大度笑着说,斯文扫地,斯文扫地了。岳飞名垂千古,谁也不见他厮杀疆场,却见他一手好字"还我河山",一曲好歌《满江红》。秦老伯说,正是。二公子还要说什么,却感到衬衣的下摆处一只紧张的手在那里拽了两下。一直没把日本人的事放在心里的太太这时从酒桌上却感到一种相当隐晦的紧张,低了头仿佛是自言自语地说,有些话在外头可不能乱说的。

老爷对秦老伯说,听戏,听戏,听一折《贵妃醉酒》,我才叫了一个入耳的青衣,——日本人还远着呢。

日本人是在老爷酒还未醒的清晨进入兴化城的。和所有人的设想都不一样,和解放后的一部电影上日本人进入兴化时的火光冲天杀声四起也不一样,日本人进兴化时一声不响。日本人没有受到任何抵抗就开进了兴化,甚至在城门、水关等要隘处都没有听见一声枪栓声。日本人就是在陆家老爷酒还没醒之前整整齐齐地走在了兴化马路上的,和没事一样。他们不看任何东西,木楼、商店、惊恐的面孔就那样在他们的身边向后退去。好像一切都是顺理成章,在兴化人的眼里也顺理成章。只有在日本人的皮靴声远遁之后,兴化人才从日本人走过的地方闻到了一股极浓的消毒药水味,这股陌生的气味笼罩在兴化城内,比发红的机枪口更有一种血腥的杀气。

夏天的风中总有一些预示性的蕴含。早晨的凉风恪守一份自私,在围墙或芭蕉的叶片上自得其乐。太阳的力量与燥热它们早有先知,在阳光怒气冲天和刚愎顽固中,夏风不如春风那般调解斡旋,也不似秋风那样见风使舵,夏天的微风偏爱隔岸观火,躲在屋后、树底自得其乐。夏天的炎阳底下总是静如止水,蜿蜒的火苗伸头探脑,所有的生命,人、狗、猫、鸡、蚊蝇在阳光下洋蜡烛的烛油一样松软无力,呈病态与难以明言的悲剧格局,呈没有劳作的疲惫、没有失落的茫然、没有伤害的悲戚状态。

夏季总是漫长的,夏季总是过不完的,夏季的明天总那样遥遥无期,夏季里人们总想做一个深深的呼吸,让胸口秋高气爽,但夏季又总是让你难以完成最期盼的那个深深的呼吸。许多日子和许多太阳就全部堵在胸口了,让你不知道究竟因为什么使你恹恹欲睡。

这个感觉被先验的暗示覆盖在陆家大院,水蛇一样弯曲地爬行,完全无视陆家大院里曾有的富贵喜庆与福祉。

秦老伯打开门便看见了后院的丛生杂树,不祥的预感如树影一样布满草地,一院子的树绿得那样地无情无义。

秦老伯对太太说,今早我做了个不好的梦……太太哑着嗓子立即打断了他,还没吃早饭,空肚子说什么梦。

秦老伯牙还没刷完就听见前院有些惊乱,听不太明晰,但姚老头缺牙的声音他听得却出奇地清爽,姚老头在说,东洋人,东洋人!

那只黄柄的牙刷就堵在秦老伯的嘴里了,他的喉头动了几动,满嘴的泡沫全咽下了肚去。"これはゆめだ(这是个梦)。"他情不自禁地说。

第 三 章

舒月的南窗对着朝东的正门,听见敲门声时老爷太太正在后院的秦老伯处。老爷醒酒后面如土色,或者说老爷听到姚老头的叫声后面如土色。老爷的醒酒与听知日本人来了是同一时刻。究竟是什么使他脸上能种韭菜外人难以猜度,总之老爷和太太是虎着脸进了后院了。老爷木质拖鞋的哒哒声传向后院的一个多时辰里,老爷没有再次露面。后来舒月听见有人敲门,是李妈去开的大门,舒月看见李妈开门后挂下下巴只是不动,就看见三个粗壮敦实的男人身穿土黄色制服阔步而入,舒月的脑子里还没有明白发生了什么,下巴就再也收不住,如李妈一样缓缓垂挂下去。

三个日本人没有进后院。后来的事态证明这种貌似节制的举动对陆家大院是一个极其巨大的打击。后来的事态表明日本人要找的是日语翻译秦树达,也就是陆家老爷所称的"秦老伯"。如果日本人找到秦树达的话,或者说如果日本人直接走进后院的话,当然,日本人没有找到秦树达,日本人没有进入后院。

三个日本人走进了客厅,年长的坐在陆家老爷常坐的太师椅上。两个脸上长着生冬瓜绒毛的年轻人挺立在两侧。年长的军官对天井用极生硬的汉语说:"主人,叫你们的主人。"日本军官说话时随手取过老爷常抽的铜水烟,拧了一点烟丝在鼻尖嗅了嗅,随后仰起头看着屋梁上的燕巢,点头微微一笑。舒月从门缝里看见了他的牙齿,光洁有力宛如磨刀师傅新磨的菜刀刃。

老爷与太太站在了太师椅的对面,日本人站起身,笑着说:"你,陆先生?"

老爷愣了片刻,轻声说:"是。"

"我找秦树达,高邮的明白？秦树达兴化！"

老爷瞟了一眼太太,"我听不懂先生的话。"

日本人走近老爷,盯着他说:"亲家,你的,秦树达,兴化！"日本人的指尖用力地指着地上的方砖,日本人说,"秦树达不杀,我们要,很要。"

"他……走了,"老爷很困难地说,"他来过,……他走了……先生可以——搜。"

"搜不好,"日本人又笑了,"不礼貌的搜,他自己来,你说。——躲不了的他。"

太太陪站在老爷身后,脸上的气色仿佛一次虚脱,在一片混沌中,太太心中牵挂着她的宝贝心肝舒月,舒月就在东厢房,太太一想起舒月就想起了日本人对待中国姑娘的传闻。太太的眼睛禁不住向东扫向了那两扇木棂门。

许多重大事件都有一个极其无奈的相似之处,这在某种程度上影响了重大事件中历史意义的庄重性,——重大事件的引发往往成因于一个极细微的细节,日本人的眼睛立即注意到了太太眼睛的关注趋向。日本人的眼睛捕捉到了某个细节。

"打开。"日本人说,日本人回过头去用日语命令他的士兵,"打开。"

木棂门自己却开了,站在门口的是镇定自若的秦二公子。老爷一见二公子堵在门口胸中猛然一阵狂跳,他无法预料秦二公子会莽莽撞撞惹出什么祸来。日本兵走过去探出了脑袋,却被二公子挡住了,另一个日本兵立即用力一个操推,把秦二公子挤在了门框上。

放开我,秦二公子的脸压得通红。闲手的日本兵走进厢房只是看见提着蚊帐角瑟瑟发抖的舒月,便回过头去摇了摇头。"私をはなせ。"秦二公子喘着气大声说,"私をはなせてください。"放开我,请放开我！

日本兵真的放开了二公子。这一回是日本人张大了嘴巴缓缓地挂下了下巴。日本人完全惊诧了，这是每一个人在异国意外听到自己母语时的共同反应。老爷看见日本军官向秦二公子踱过去，脸上的神情渐次松动，一边打量二公子嘴里一边嘟哝，后来却极开心地笑了。他把下巴送上高处对着燕窝狂笑时，两个日本兵叭的一个立正，老爷望着这一切茫然得快昏过去了。

二公子被三个日本人带走使陆家大院出奇地炎热，许多气浪如叫春的母猫在前院后院弓着背脊游荡，人们的身上宛如冬日里的浴室墙壁，在郁闷与高温中沁出珠粒，炎热加重了知了声鸣响的空间里无端无绪的悲剧气氛，人们面面相觑，目光在红木家具上毫无意义地寻求往昔的旧迹。后院的杨树底下黑压压的蚂蚁正在搬家，它们依据造物主赐予的本能有效地回避灾难，声势浩大的蚂蚁迁徙显然被陆家大院忽视了，他们无法断定下一刻将会是什么。

舒月倒在竹榻上只是睁大了眼睛看天花板，她的目光如蜘蛛的游丝再也收不回来，成网状蜗居于高阁之一隅，纷乱的鬓丝松堕在耳侧。太太说，你就吃一口吧我的祖宗，你不为我你也想想你自己的骨肉。太太刚想嚎啕便被老爷止住了，老爷说，保重，你也要保重。这时候李妈架着纸伞送若冰过来了，李妈说，老爷太太，我说你们回西房去，这里让少奶奶劝一回吧。李妈扶太太上了床，太太坐下后后腰一挨上蚕屎枕头就叹口气松软了下去。李妈从橱子里取出一床被褥，塞在太太的腰间取代了蚕屎枕头。李妈说，太太怎么这样大意，这东西可是凉性的，又这么硬，怎么能这样胡来，李妈脱下太太的鞋子说，好歹太太这是最后一胎了，要再落下个什么病根来，以后带都没法带了。太太只说了声作孽，便不再言语了。

若冰关上门，坐在舒月的床边把舒月的头慢慢拨向了自己。

舒月看着若冰的眼睛，泪水一滴一滴就下来了。关上门后天窗上投下来的阳光斜插在地砖上，更加显得苍白醒目。若冰用手抹着舒月的泪珠，这边抹去，那只眼里的却又不住地流淌。若冰说，是在自己的娘家，你就哭吧。舒月一听就趴在若冰的肩上耸起了肩头。很久之后若冰感觉到肩头已经热湿了一大块，才把舒月推开了些，从床头柜上端过鲫鱼汤，舀了一汤勺。若冰说，还有些温，再凉就腥了。舒月轻摇了一回头，很勉强地说，我吃不下。若冰只是把汤勺往她的嘴里送，却顺着嘴角全溢了出来。若冰放下碗，拿起舒月的一只手放在舒月的腹部，"说句话我不怕恼了你，"若冰说，"他这辈子就是不回来了，到底也给你留下了根种。"若冰这么说着自己的眼眶突然热了，顺势便回过头去再端鱼汤，"——何况事情还不知是好是歹呢。"舒月听若冰这样说伸出手去便抓住了若冰的瘦胳膊，说，嫂子。

日本人对摧毁肉体的热爱成了一种近乎游戏式的快感娱乐。他们用拳头、皮鞋、火柴、铁钉、刺刀在秦二公子会说日语的肉体上进行最耐心、最缓慢的战争。他们用消毒酒精一遍又一遍洗刷秦二公子的每一条伤口、每一块皮肤下面绽开的暗红色肌肉。这场战争几乎进行了一天，但日本人从秦二公子那里得到的依然是不。

秦二公子说，你们可以杀了我。

日本军官说，我们是朋友，会说日语的都是日本人的朋友。我们不杀朋友。日本军官向身后说："带进来。"

带进来的是一个女人。从暮色的石拱门那头走进来的是一个身穿真丝短袖衫的女人，是秦二公子新婚不久的妻子舒月。

舒月一看见秦二公子就昏塌了下去。两只纤白的手垂放在潮湿的方格地砖上。

日本军官挽起舒月，舒月如一张剪纸贴在那张木椅上。舒月听见日本人在对秦二公子说着什么,舒月听不懂,但秦二公子听得清楚日本人在说:给你一分钟,否则我会把你的漂亮妻子交给我的士兵。他们很年轻,一共有一个中队。

舒月看见二公子阔大的额头慢慢低垂了下去,几只红头苍蝇在二公子的四周热烈地盘旋。秦二公子突然高声和日本人争论起什么,因激动一阵黑血从他耳后的伤口里冲溢而出。日本人不语,只是微笑着盯着腕弯上的手表。后来舒月就看见日本军官很愉快地鼓了两下巴掌。这时候二公子走到舒月的身边抓住了舒月的手背,脸上的神情四分五裂。舒月像惊弓的小黄鹂,惶恐地问,你们在说什么?秦二公子紧闭双唇什么都不说,眼里头整个夏季在翻涌飘拂。后来舒月就听见秦二公子说,什么事也没有,没了。我们现在就回去。秦二公子扶着舒月吃力地,向石拱门走去,秦二公子刚刚看见一条幽长的巷口,便听见日本军官在身后说:

翻译官先生,不要动逃的主意。大日本的子弹永远比中国人的双腿飞得更快。

一场大雨伴随闪电与雷鸣呈网状使陆家大院呈升腾态势。雨网仿佛由于打捞陆地的失败而恼羞成怒。闪电把天空抽成破碎的镜面,叠射出无限幽怪古奥的占卦形象。夜空变得狰狞,如出卖友人的瞳孔一下子深不可测蕴满心机。

久旱的土地被雨水冲散出一种不祥的气味,在知了的噤闭里狐狸尾巴一样穿梭出没。屋檐下的雨帘密密匝匝,使八仙桌上白蜡烛的微光显得孤楚无助。陆府里的主人们坐在各自的角落,似家具的一个部分具备了木料质地。烛光投下他们很迷蒙的阴影,折叠在地砖与参墙的九十度拐角处。他们惊悸于每一个闪电,每一个闪电都要在他们的血管中抽一次筋,尔后他们屏息,等待最可怕的天空炸裂声。

仅仅一天,陆府便完成了一个多世纪的兴衰更嬗。满腹经纶的陆家老爷甚至没有来得及喟叹欷歔,没有来得及记忆古诗词中的沧海桑田世事如烟,兴化最大的地主,最有财有势的陆府便在雨夜烛光下坍塌了。陆府无语无泣,夜阑更秉烛,相对如梦寐。

　　二公子满身伤迹端坐在灯光的暗处。二公子突然说,爹,我爹呢? 二公子这么一说人们才面面相觑。好半天二公子的母亲才说,地窖,还藏在后院的地窖里。

　　下人从后院的地窖里扛出来的不是秦老伯,是秦老伯上午躲进地窖后遗留下来的尸体。是秦老伯蜷曲着身子半睁着眼的尸体。窒息使他脸上的皱纹呈挣扎的三角形,构成了死亡的绝望形式。二公子的母亲刚刚开口惊呼,便给老爷喝住了。二公子母亲的悲恸随牙齿伴随泪水刺进了自己的手背。这时候天空扯过一道雪亮的闪电,闪电在秦老伯放大的瞳孔里乌锃诡谲的一个跳动,使在场所有的人感觉到心脏被闪电猛拽了一把。陆家大院里悚然的恐怖一下子犹如死而复生的眼睛一样生动鲜明。

　　另一种惊天动地在这个夏夜的狂雨中野蘑菇一样妖娆甜蜜地生长。一种奔腾的痛苦、一种美丽的忧伤和一种娇柔的毁灭与那种彻骨的悲仇完全等量地在闪电与雷鸣中被感知与被证实。

　　若冰回到屋里时天色正黄,地上显得特别暗又像是特别亮。天还不亮时大少爷回过一次家,取了一大笔钱财又独自悄悄走了。夜里若冰给大少爷开了门,刚想点灯,大少爷说不要点灯。昏暗中若冰站在蚊帐旁边只是听见大少爷不住地翻动家什。后来大少爷就说,我走了,别对人说我回来过。若冰听得出大少爷走的是朝南的侧门。

从舒月那边回来后若冰一坐进竹椅便觉得十分地劳乏,窗子外正吹进微微的凉风。若冰坐在椅子里头叹了一回气,很无聊地竟然坐着睡着了。若冰睡着之后一定做过一个什么梦,这个若冰感觉得出来,但她被老鼠惊醒之后再也想不起来了。蒙眬中若冰感到脚尖上有一样东西软绵绵地蠕动,睁开眼后居然是一只肥大的老鼠。若冰惊叫一声老鼠飞快蹿进了墙角,这时候门外响起了很细碎急促的脚步声,走进屋来的却是少兰。若冰怎么也没有料到少兰敢走进她的屋里来,她的屋子除了大少爷从来是没有男人进来的。若冰自己也奇怪自己居然没有拉下脸来问"你怎么进来了",若冰纤细的手指捂在胸前,娇喘微微文不对题地说:"是老鼠。"少兰并没有说话,少兰和若冰就那么站着经历了一个极其短暂与微妙的片刻。若冰刚想说些什么少兰便先开口了,少兰说:"天要下雨了,——怎么从来见不到你笑?"少兰的话在若冰的耳鼓里相当地突兀,惶恐的脸上却成了茫然与不解。"我从来没见你笑过,"少兰说,"你笑一笑什么老鼠也就不用怕了。"少兰说话时流丸一样的眼珠盯着若冰,若冰几乎没有见过男人长这样漂亮温情的眼睛,宛如某种驯服的鸟类。

窗外的竹叶发出啁晰的摩擦声,墙上布满乌云的青黑色。天上的云团飞得很快,好像夏季天空的一次迁徙。若冰想掩饰性地笑一笑,终于又有些累,随即也便罢了,只是说:"平白无故地乱笑,岂不成了疯婆子了。""当一回疯婆子有什么不好!"少兰说,少兰说话时两道清冽的目光悄然无声,仿佛燕子的翅膀掠过水面。若冰听少兰这么说便若有所思,眼里的神情也恍如雨烟。若冰的脸上立即感到了几种生动的气息呈条状向上升腾,慢慢张开的双唇似乎期待着一种言语表达。若冰把脸掉向肩头,说:"你回吧。"少兰侧过头只是看着窗外,很沉重的雨点稀疏地斜冲下来,一阵冷风猛吹而过,少兰和若冰同时打了个冷喋,随后雨点便密密匝匝地在窗外腾起了一股雨烟。夏雨如此猛烈,头顶瓦楞上蹦蹦跳跳的声响使若冰的小屋顿然恍如隔世。少兰往门的内侧移动了两步,几根长长的指头女性气地慌乱搅动,若冰望着少兰的指头心中突然有一样东西极紧张极缓慢地敷涨与消解。少兰回过头去,少兰迅猛地关上门扇使若冰一阵昏厥不知所措。若冰松软无力而又不知所云地重复,不,不,眼中的少兰顷刻间五彩缤纷。若冰一个踉跄几乎跌倒。不,若冰毫无意义地说,不。

少兰惊奇地发现一道鲜红的血迹在草席上羞赧地蜿蜒。少兰惊奇地说:"你怎么还没开身?"若冰侧过脸去,紧闭的眼中泪水奔涌如注。少兰感触到若冰的身体在极伤心地抽泣。少兰抚慰着若冰的皮肤不再言语。若冰侧过头时少兰问:"少奶奶叫什么名字?""若冰,"若冰幸福无比泪汪汪地说,"我叫若冰,——你呢?""我告诉过少奶奶了,我叫少兰。""少兰,"若冰自语道,"你是少兰。"

第 四 章

一场隐秘的葬礼草草行进在雨中。尸体像他的主人活着时一样胆怯,委屈地弓着,始终一副怕事的样子。没有人敢放声地哭泣,没有人敢把葬礼弄出葬礼的模样来。老爷、太太、秦太太、舒月、二公子和若干下人黑地立在夜雨中,仿佛某种神秘的星象。老爷说,亲家,只能委屈他老伯了,就趁黑还葬在地窖里吧。秦家太太捂着脸说,总该有口棺材才像个样。老爷沉默了半天,说,弄个棺材进来,也要到天亮,又如何能瞒得过日本人的眼睛,日本人要来查尸,那可如何是好?秦家太太想了想,吸了鼻涕点头说,给你们陆家加灾来了,我倒不如一死。老爷说,亲家母不要过于哀伤，眼下总还不是哀伤的日子。舒月的母亲有些恶声恶气地说，人都死了，还有什么好惦挂的？太太的插话立即被老爷喝住，谁又让你多话了？老爷吩咐手下人去把他的冬衣拿来，在走廊里给秦老伯硬套上，再用凉席把秦老伯裹了个严实，命人放进地窖去，二公子和舒月木头一样跪下，秦家太太失声号哭着扑过去，便昏倒在泥泞的地面，封好口后老爷低着头，低声说，亲家，等东洋人走了，我给你的尸骨出大殡。暗中老爷回过头，压着声音说，明天不许提起此事，就像没事一样。

　　一种隐晦的恐怖笼罩在陆家大院，门前的石狮湿乎乎地加重了狰狞。雨后的大院弥漫着很浓的腐草气息，红蜻蜓和新鲜的知了声扩散着一种前所未有的空旷，地窖上方的昆虫痕迹总是暗示着一些极生动、极栩栩如生的死亡性质，人们只要想起闪电中那只半睁的眼睛依然半睁在窖中，总是惧怕地上突然会睁开半眯的眼睛。所有人的脚踵迈开步伐都那样怵然戒惕，陆家大院的每一块地砖都不踏实了，只要你的脚掌慢了一步似乎便有陷塌下去的危险性，随后就会被一只僵硬的手冰冷地攫住。

　　老爷的病倒并不出人意料。任医生被请进陆府时神色出奇地紧张。即使是外人也能从任医生心不在焉的神情里感知得到陆家大院里的异乎寻常。任医生让老爷张开嘴巴看舌苔时，老爷自己都闻得见嘴里的一股腥臭。老爷说，又是上火了。任医生面皮绷得紧紧的不说一句话，任医生开完了方子只是说了一句不要贪凉，便匆匆告辞了。

　　太太和舒月静坐在老爷的身边，座钟的声响刻板而又无情。老爷侧过头去看了一眼座钟，觉得座钟才是时光的最正确形式。时光似乎不会过去，不会如孔夫子所言"逝者如斯"，时光是佛法里绝对的轮回，今天转过去，明天又会再转回来，老爷只是感觉到灾难实际上不会就此过去，许多事也许刚刚才是开始。老爷吩咐太太说,明天把座钟给撤了,太太说好端端的怎么把它撤了,老爷说,撤了。

老爷说,那两根香又是谁燃上了?我什么时候关照要燃香了?太太说,不晓得,一直就燃着。老爷说拔了,一闻到这气味我就透不过气来。一直呆坐着不开腔的舒月说,我燃了香。老爷刚想说什么看见舒月的脸色如冷月高悬,老爷一怔随后叹口气闭上了眼。舒月说,怎么连一口棺材都不肯给?老爷睁开眼,两眼的目光如两炷香火,说,你还是孩子家,这些都还不懂。舒月说我就不信日本人死了也会全放进地窖里。老爷的身子底下一阵碎响坐起身,说,你嫁给了秦家,总还是陆家的人。舒月站起来掉头去便不做声了,太太说,怎么能跟孩儿说这样的话。舒月说完话自己也惊诧怎么有胆子和参顶撞了。

老爷叹息说,这个家红红火火支撑了几百年,原来只是个空架子,东洋人一来便全散了架。

太太安慰了舒月一回,不解地自语说,不晓得东洋人到底使了什么魔法,除了比我们矮了些,并无什么异样,一准是菩萨不要我们了。

二公子呢?老爷突然问,怎么一大早就没见他。

舒月愣愣地只看着外头,这两天她如死了一般不辨东西。"他一身的伤,"舒月说,"东洋人打得他一身的伤。"

"东洋人把他到底给怎么了?"太太问,"兴许还会再把他抓过去。"

"他们叽里呱啦说了一大通,"舒月说,"我一句也听不懂他们说了什么,"舒月挂着脸说,"我一句也听不明白。"

"我怎么就没料到呢?"老爷说,老爷的手臂无力地放在扶手上,自语道,"我怎么就没有料到呢?"

"你到底没料到什么了?"太太问,太太脸上两个惺忪的下眼袋拉得像两只狗奶子。

他们说着话,听见了李妈天井里的开门声,李妈说,"公子回来了?"

二公子进门时脸上的模样像受了屈的乖孩子,雪白的绷带几乎缠满了他的身体。二公子提了一只布袋跨过门槛轻声招呼说,爹、娘。随后二公子就走进了东厢房。舒月无声地跟在他身后。

老爷和太太用猜度的目光互相打量时东厢房里传出了一声响声,是一种金属落在地砖上很实在很坚决的声响,仿佛还有一次挣扎性的颠跳。太太走过去推开门,只看了地面一眼眼睛就直了,老爷听见太太慌张地说,你怎么会有这样的东西?

老爷走过去,乌亮的手枪正横卧在地上。枪口如一只独眼阴森地盯着自己的脚尖。枪把手的旁边黄灿灿的手表放出五彩炫目的光芒。老爷半张着嘴巴慢慢抬起眼睛,二公子的目光两根朽木一样正毫无依靠地望着老爷。

老爷说了声祖宗,天上的太阳便如瞳孔一样漆黑,千万只萤火虫雪花似的纷飞。

二公子一见到母亲就跪了下去,整个后院阒然无声。二公子原是劝母亲随便吃点什么的,怎么也料不到一见到母亲双腿就不由自主地跪了下去。母亲的眼睛深深地凹着,端坐在太师椅上如宣纸上大块的墨团四周敷散出恍然的边迹,母亲身上越来越接近纸灰的气息使二公子一下子又想起那口冰凉的地窖。二公子疲惫的记忆中童年的时光呈不同玻璃器皿上的轮廓展现出水的形状。二公子拂不去运河边上他的指尖两次完全相反的指向,"那边呢?"他问,父亲说,"杭州。""那边呢?"父亲又说,"北平。"这些全像昨天,中间的全部过程他全记不清了,仿佛他是从运河边上一下子长大,一下子从贯通杭州与北平的河边长大了……汉奸。汉奸?我是汉奸?二公子的后背竖起了无限耸立的汗毛。他相信自己面如土色了,那个绿色的闪电一下照亮了他父亲放大的瞳孔,随后母亲瘫倒下去了,母亲瘫倒下去似一次梦的解体,在雨珠和棉花的碰撞中松软如泥。他看见了母亲的梦,母亲在梦中二公子跪在她的脚下噤若寒蝉,秋露打过的蛐蛐一样呈弓状。母亲的梦没有色彩与温度,只有很抽象的绷带拉得很长,孝布似的飘曳,在哭丧棒中呈现想象中鬼的行踪,直接钻进你心中的恐怖和惶惑。在那里生殖繁衍,长满爪子从你的眼中抓出来,以目光的形式攫取每一次生存。而生存是一次苏醒,苏醒是二公子对跪在母亲身前毫无疑义的确认。

夜间的任何声响都足以使人惊醒。陆家大院里所有声响都像狐狸的碧眼一样狰狞可怖,而这一夜陆家大院静得又是如此可怕,连蚊子的低吟也被大雨冲稀了,它们正在废弃的缸盆中吃力地一孑一孑,而后倾听所有的血管中血液流动的和声,进入它们下一辈分的生态。

很远的地方传出了两声枪响。枪声不大但每个人都足以听得清晰。随后响起了机关枪的扫射,清晰而又渺茫,像堵在被子里似的。最后两声枪声好像是对寂静的一个总结,接下来的一片黑暗中又趋于死亡式的平静。

第二天大早陆府中的每一个人都低顺着眼,大家对夜里的事故意不提,大伙的眼神也如同忌讳一样故意相互回避。早饭时分一个丫头打碎了一只银边碗,紧张地张大了嘴巴,太太只当没听见一般走了过去,很庄重地缄口不语,每个人进进出出时身体全如植物样绰约隐晦。

老爷说,那些日子哪里去了,那些眉清目秀的日子。

彤云的复杂色彩映照着西院的女墙。女墙的黑色墙垛在白底子墙面上方参差高低,显得古朴幽静,许多怪诞的阴影横卧于天井的人字形地砖上,热烘烘地飘拂青苔和瓦花的历史气息。黑猫卧在栀子花的花台上无精打采,为夜间的老鼠养精蓄锐。若冰走近花台时黑猫的眼睛睁了一回,便又恢复了原态。若冰停下来对黑猫凶狠地摇了摇手,黑猫便挪了位置吃力地把脊背弓成了石门的穹顶。若冰的这个奇怪举动没有逃得脱李妈的眼睛,李妈注意到若冰的脸上有某种鲜润的东西掖掖不住。若冰不知背后一双惊奇的眼睛一直盯在她的身后。李妈发现若冰实际上巴不得陆家里头天天倒霉。

李妈回到厨房时看见姚老头正在物色什么家当。李妈说,老长鱼,你瞎翻什么?姚老头抬起手里的半截竹筒,李妈问,拿这个做什么?姚老头说老爷让他天天夜里打更,他正想找个合手的擀棒。李妈很有些怅然地沉默了一刻,说,随便拿个棒棒棍棍捣鼓捣鼓就是了,要擀面杖不屈了料?姚老头叹口气睃了一眼门外,这又能值几文钱,姚老头说,陆家哪里还能省这点油头,——只有红枣木的擀面杖打起来才脆生。

舒月是在陆府第一天听到"唪唪"更竹声的夜间被绑架的。绑架者一定是个行家里手,整个绑架过程中红枣木打击竹筒"唪唪"的脆响一直没有间歇。后来人们找到五花大绑口堵棉花的姚老头时姚老头正在筛糠。当天夜间大院里少了一位小姐,多了一具大黄狗的尸体。

老爷自然顾不上昏厥了的太太。天亮时下人在惊悸中从石阶上发现了被露水打湿了的信封。老爷一时吃不准写信的是哪路绿林或是哪路部队。信中的口吻相当客气,除了索取一千块光洋外保证了五小姐舒月的安全。

二公子看完牛皮信封里的红格子纸信后半晌沉默,脸色如烛光一样难看,二公子说,这不是土匪干的,干这种事的不是共产党便是国军游卒,他们准是买枪少了银两。二公子青了脸对老爷说,按他信里写的做,我让他们一个都活不成。老爷似乎从二公子的口气里听出了浓重的血腥气,听了二公子的话表情相当古怪,破财免灾,总不能让日本人来出我这口气。二公子说,谁说叫日本人了,城里有保安队。老爷板着脸只说,都一样。老爷回到西厢房门口回过头来,对二公子说,你不许插手这件事。

从后院河边的大叶杨树底下果然找到了奄奄一息的舒月。舒月没有哭泣也没有表情,由人们抬上了她的床榻。任太太和二公子不住地呼唤,舒月的气色总让人想起樟脑丸子的散漫气息。好半天之后舒月的眼珠才慢慢移动了一回。这时候下人全退去了。舒月哇的一声干呕不止,二公子拍着舒月的后背只看见踏板上一摊清冽冽的呕吐物。他们怎么你了?太太不住地问,他们到底怎么你了?舒月谁的眼睛也不看,直愣愣地盯着房梁,恍惚的目光迷蒙四散,最后她说,你们让我死吧。最后舒月只是蚊子一样细声哀婉地说,你们让我死吧。大家相互望了一眼便再也不敢多问什么。

太阳如病了一样罩着一层雾气,每一根阳光都上满铜锈。

二公子让人扛回了几只木箱,打开来取出的是一支左轮和十支三八大盖。老爷看着枪喉管动了几动似乎是想问些什么,最终却终于闭口不语。二公子说,爹,招几个体壮的长工,再有难时到底能使唤。老爷端起水烟狠狠吸了几口,便把灰白的烟灰球吹了出去。老爷瞟了木箱一眼,低头跨出了包铜的门槛,一脸的铁青。

二公子对太太说,这年头人不值钱了,一条命的价钱只是一颗铜弹头,谁的命都这个价。太太木偶一样听了二公子说那些云山雾罩的话,太太头上的发髻松松地耷拉着,远不如先前格正波俏。太太走进舒月的东房掩好门坐在五丫头的床沿,舒月瘦长的手指无力地垂放在数得清木纹的边框。太太望着舒月也便跟着走神了,她念叨起自己的身子,怎么就又怀上了,生完舒月太太就没有再生的意思了，全是自己大意。说到底太太是有些怕有身孕的。从光绪三十三年嫁到陆府，怀第一胎起天下就没太平过。大儿子还挺在身上，光绪圣上就驾崩了，等有了大女儿，宣统皇帝又被赶出了龙廷。舒月上身已是在民国八年，那正是北平的秀才们造反的日子，任医生告诉他老蚌得珠没几日，东洋人又逼到门槛上来了。而今老巴子闺女都有了身孕，日子却越发难了，太太觉得自己每怀一回胎世道便要变一次，女人们怀胎端的全不是下崽，好像怀上的全是孽根，生下的也全是祸种。不晓得先人到底埋了什么祸根。

娘。太太突然听见舒月喊娘。太太把手放在舒月的额上很勉强地笑道，乖儿，一时却又找不到话说，马上也有人叫你娘了，太太说。太太见舒月眼中清亮了些便又说，女儿要不听见自己身上下来的肉喊一声娘，女人这辈子都白活了。孩子的第一声娘，听一听真让人脱胎换骨呢。

我像是做了一场梦，舒月疲软地说。

太太愣了一愣，随即接上来说是一场梦。

后来女儿又不开腔了。过了很久舒月的脑袋在枕头上晃了几下，说，不是梦，娘，肯定不是个梦。

若冰的进入显得不合时宜。太太一见若冰富态的面肤立即拉成了一张马脸。若冰堆上笑说，妈也在这里。兴许正是若冰的一脸笑容使太太心里不受用，家道败落到这等田地她还能平平静静地笑。若冰并没有猜度太太的心理，只是上前抓住舒月的瘦腕弯，叹气说，你瞧你，这么瘦，若冰随手拿起一把芭蕉扇给舒月扇点凉风，舒月拖挂下去的刘海在耳边一阵颠跳，刚想开口喊嫂子，就听见太太说，五丫头身子虚，受不了这么凉的风。若冰说，我晓得，只是轻轻的几下。太太说，你怎么倒不晓得防风胜防箭的道理了，风这东西，有时比暗箭还要伤身呢。若冰听完话打了个愣，手上停下来，委屈地说，妈你这话说到哪里去了？

太太望着舒月说,我是给刚才的那些下人气糊涂了,这些下贱的东西,看陆家衰败了,竟乐得像个什么似的。若冰泪汪汪的只是不响,太太却话中有话地安慰她说,不要往心里头去,不要和那些下贱的东西一般见识。

回到房里若冰就禁不住啜泣了,许多伤心的旧事一齐涌上心头,南窗的修竹碧绿挺拔,茂密的竹叶在无风中不住地沙沙作响。若冰盯着两株发黄的竹竿打愣,不一会儿就听见太湖石的穴罅发出空洞的声籁,这声音似孤箫在夏天的炎热中加重了若冰心中的凄楚,使若冰的情绪太湖石一样多窍而又幽渺。若冰这么哭突然却记起少兰了,若冰吃惊地发现这两天她心中有伤痛便想起少兰,这是一种极其危险的念头,也正是这个念头使若冰恐惧担心又有点复仇式的兴奋。若冰记起少兰便觉得少兰有些不一般,作为一个男人,皮肤却如象牙麻将一样有丰富平滑的手感,而每一块皮肤底下都有一次惊心动魄的自摸、杠后开花。若冰走近镜子,镜子里的自己凄迷地盯住自己,若冰掳紧了自己的肩头,晚风一样的指尖在肩头上斜斜地掠过,而那阵快意也是沁人心脾的,若冰看见自己的脑袋向后仰去,一种接近打开的松软沙丘一样细腻地向下滚动。若冰发汗的身子开始绝望地扭动,无限的痛苦在接近死亡时猛地复苏朝她挑衅地微笑,若冰张开了嘴巴突然一阵眩晕使她如土逶迤,娘,若冰压抑住嚎啕说,娘,我的娘。

第 五 章

后院的藕池即使在穹形过廊也能看见一派硕健,与不远处舒展开来的美人蕉相互辉映,宽大的美人蕉叶又高雅又世俗,又大家风范又小家碧玉,在藕池的前部款款弄姿。所有墙脚下的兰草加倍地葳蕤,左撇右捺仿佛心胸恬然的画工画在墙下的。只是所有木柱上斑斑点点的剥漆让人想起失修的古寺,在老鸦的盘旋底下有点孤寂难支。

老爷托着水烟在过廊里踱步,一只手捶着后背想什么心事。若冰刚在院子里出现便让老爷喊住了。若冰的脸上有些肿,像冬天刚洗了还没来得及抹雪花膏那样绷着。老爷问,吃饭时怎么老也见不到你? 若冰睃了两眼身边只说不饿。老爷说,少爷有些日子不归家了吧,哪里去了? 若冰顺着眼说,爹都不晓得,我哪里晓得。老爷一下苍老了的皱脸在若冰眼里仿佛一只核桃。老爷自语说,他会在哪里呢? ——一次都没回来过? 回是回过一次,若冰说,前几天的夜里,只是打个喷嚏的工夫,就走了。留下什么话了? 老爷问。没有,若冰说,就掉下了一样东西,捡起后便问我有没有看见,我说没看见。老爷说,你看见了? 若冰回话说我的确没看见。听完话老爷的脸就朝着后院,眼神是什么都视而不见的样子,老爷说,下次他回来,就说我找他,哪怕夜里八更八点。老爷突然又说,近来少出去,要回娘家让家里的下人送你。若冰说近来我不回去,近来我哪里都不去。老爷心不在焉地说好,这样就好。

太太有些失措的样子对老爷招了招手,若冰见她来了便告辞了老爷往回走。太太走到老爷的身边说,你晓得那个没心肝的哪里去了? 老爷说你慢点,你在说谁? 太太说还能有谁,还不是你选中的好女婿。老爷放下水烟问,他还能到哪里? 太太摇了两下脑袋说他泡在百岁坊了! 老爷鼻孔里蹿出一口粗气,说,他怎么混到那里去了? ——你怎么晓得的? 太太说李妈亲眼见了。老爷说你关照李妈,要让五丫头晓得了撕烂她的嘴。

秦二公子踩进陆府时闻到了甜丝丝的中药味。这种气味仿佛提醒他,原来他对陆府先前一直就有一种令他不快的药味感觉。二公子还没有定神,一个下人便走了过来,说,老爷太太全在后院秦太太那里等你。

跨进门槛二公子就发现了不对劲,透过金丝眼镜二公子看见六只眼睛一齐向他发出陌生的光芒。他拽了拽银灰色真丝上衣的下摆,有些不自在地问,怎么了,你们?

你到哪里去了?秦太太厉声问。

我到哪里去了?二公子茫然不解地反问。

太太挪了两下胳膊,静气地说,可是去百岁坊了?

哪个百岁坊?

就是窑子。老爷虎了脸说,兴化城最见不得人的地方。

一个女婿半个儿,太太接过话说,当着你妈的面我就要把丑话说在前头。我们这样人家的人,是不能到那种地方去的。

老爷的脸依旧虎着,神色极其庄重地说,我这一把年纪了,就连你岳母都劝我纳个妾,我断乎不曾有过这种念头,——你怎么能往那种地方去!

你给我跪下,秦太太说,你给你父亲的亡灵跪下,你给我发誓,发个狠誓!

二公子没有出现顺理成章的慌乱与羞愧难当。二公子心平气和地说,你们是说我泡窑子?我泡了。二公子居然笑了,日本人泡得,我如何泡不得?日本人做事可是认真的,他们一个一个检查、消毒。

秦太太的脸色早就发青了,你给我住口!

我也说句难听的话,二公子红了眼说,你们老老小小能有现在,还不是我把我自己卖了个好价钱?我是谁?你们怎么到现在不问?你们心里明白,就是没有一个敢问。——我是汉奸。你们听清楚了没有?我是汉奸。我还有什么?我睡个小婊子也是日本人先睡我后睡,我六魂七窍都给东洋鬼子拿去了我剩下什么?我活着要挨人骂死了还得挨人骂,我一只耳朵听日本话骂,一只耳朵听中国话骂。你们以为自己清白,你们在日本人的枪口底下乌龟一样活着头都不敢抬一抬你们以为比我好多少?鬼子是日本人,他们怎么到南京来了?怎么到高邮来了?怎么又到兴化来了?我当了汉奸你们不声不响,我嫖了个小婊子你们要起面子来了。我没面子了,里子都没了。我活着只是一条会喊日本话的中国狗,汪,汪,汪汪!

儿,秦太太瘫倒在椅子上哆哆嗦嗦地说,你再说娘就撞死在你的面前。

太太万万没有料到事态竟然是这样,一脸的懵懂却不知说什么。走,老爷说,我们走。

新雇更夫的更鼓清脆地回荡,让人想象得出更夫游荡的足迹。夜星浩瀚,银河从南到北划过夜空,对陆家大院里的更鼓毫不关心地无动于衷。夜空仿佛大自然最美妙的礼物被束之高阁,让你永远憧憬又让你永远不能获得。

蚊虫在黑暗中单调地鸣响,窗外更鼓声星星一样锃亮。舒月睡在木床的里侧默数更鼓的节奏。二公子身上的热气逼近她的肌肤。二公子不停地翻身在床板上压出吱吱声。舒月知道二公子没有入眠,舒月的手掌放在腹部脑子里异样清晰同时又无限地空洞。除了无声地流泪舒月几乎不再开口。她不想说话,她恨透了说话,甚至和别人目光对视都那样地费劲劳神,生活突然来得如此陌生,失去了座钟那样的安逸,每一棵树影每一个墙角都充满危险。只有腹部是她全部的寄托与意义所在。可孩子还没有出生却先有了一个汉奸父亲。舒月的眼泪在黑暗中温热地流淌,从她的眼角流进了耳窝。更鼓声停息了,蚊帐中的闷热使她记起了从高邮回兴化的那只木船,姚老头不住地唠叨,有人听没人听他都是那样唠叨。陪船的丫头用河水打了把湿毛巾,给她贴在前额。舒月就是在毛巾放到头上后感觉到晕桨的,有一阵她觉得嗓眼口有一样东西撑着，不住地往上泛酸水，却又吐不出咽不下。

那种东西这一刻又塞在了晕桨的位置上。舒月睡在床上怎么也觉得是在晕桨。舒月往下咽了口唾沫想把它咽下去，可一阵更浓的汁液从两腮酸唧唧地上泛。舒月用手捂住嘴巴侧身撩开了帐口，吐出那口酸水后却又怎么也吐不出来了。舒月的腹部刚好压在二公子的胯骨上，顶得生疼。二公子抽出身点上了罩灯，二公子在灯光中眯起眼问，怎么了，你怎么了？舒月无声地回躺下来，脸上的神情看得出注意力全在嗓子口。二公子重新躺下，耳朵里却听见蚊子钻进了帐子。二公子把罩子灯端进帐子里来，就着停靠在帐壁上的蚊子屁股，蚊子随即掉进了罩口。妥当了，二公子送出罩灯，捻上灯芯，说，从明天起，我就不能回来住了。舒月没有接话，只是侧过了身去。二公子伸出了手去摸住她的肩头，舒月没动。二公子撑起身吹灭了罩灯，声音里夹了很大的脾气。

过了很久二公子说，还不如像我爹那样。随后二公子就感到床板随舒月的啜泣一阵一阵地颤动了。

少兰说，我真想点上灯，看看你。你脸上热烫烫的一定好看。若冰感觉到少兰的指头在身上抚动，若冰甚至在不见五指的浓黑中看见少兰明亮的双眼皮在自己的鼻尖下眨巴。若冰自己也怪怎么一天的坏心绪就那么一下全消解了。若冰弄不清那回事每次全一样可怎么就没有生厌的时候，若冰知晓了原来做个贤惠的老婆也不难，只要身边有个真正的男人，那种事可是能治百病的。男人只要有能耐，他去赌去嫖抽老婆两顿耳光又算得了什么，怎么我若冰偏就是这样命苦的女人。女人哪里是下贱，女人只是命苦了才下贱。好歹我若冰也是大户人家的少奶奶，而今却相好了个戏子。

少兰说,你怎么不说话,每次我都听不见你说话,不出声说,没人听见的。若冰的身子底下黏糊糊的一片汗渍,便伸手向枕头后摸扇子。少兰抓过若冰的腕弯,轻声说,不能扇的,做过这种事就怕凉。若冰静止了一会儿便把身子挪向了草席的凉处,少兰却又向她的身子挨近了些。少兰说,这几天被老板骂了好几回了,早上练功老是气不亮。若冰摸摸少兰的后背,心里想唱起戏文来尖声细气的,一副娘娘腔,哪里来的这么一身蛮气力。少兰说,明天我来不成了,少兰说完这话就感到若冰的指头在后背上止住了。少兰说,老板要换码头,找个没日本人的地方。少兰听见枕头上一阵沙沙淅淅声,知道若冰的脸侧过去了。少兰拨过若冰的脸,手背上滚过若冰热热的泪珠子。若冰伸出双肩绕紧了少兰的胳膊,千万种悲伤便涌上了胸口,如黑色一样布满了每个角落。若冰的嗓子里突然发出很刺耳的尖声,随即被她自己用手捂住了。过了很久若冰才安顿下来。安顿下来之后若冰清晰地说,给我,我要。

接连几天的毒太阳晒得地砖发白,十几个陆家佃农蹲在后院的阳光底下端着空枪瞄靶,这些农活好手每年冬季都要拿起鸟铳子到乌金荡的芦苇丛里捞外快的。他们打了一辈子土枪,摸到洋家伙却是头遭。二公子戴了一顶草帽不住地解释三点成一线以及扣枪时要屏住气,二公子用很浓的高邮腔说,手要稳,不许两边晃。

太阳照得精亮,天井和墙头上热晃晃跳动着热气苗。太太有些无精打采地坐着,由李妈陪着拉家常。太太说,红桃今年也该生了吧?我记得她是去年腊月成的亲。李妈笑着附和道,太太真是好记性,我闺女的事还记得清爽,——眼下肚子可是挺得好高了,就是肚子圆,不是男儿胎象。太太说,这些事信得也信不得,我怀大儿时,人人说是闺女,结果生了个净惹我生气的小子。李妈知道太太是抱怨若冰的意思，便说，不要说少爷那么孝道，就算他吃了豹子胆，也不敢给太太生事，哪里又会让太太生气。太太听了李妈的话，脸上也松动了些，说，下次回去，顺便给红桃带几件衣裳，都穿过的，放着也是压箱子。李妈说老是要太太的东西，这成了什么规矩了，好歹太太要留着些，太太和小姐反正要添置一些尿布的。太太叹口气说，哪里也想不到，这大把年纪了……李妈马上接过话说，这是太太的福分，我四十六岁上就不来红了，到底一个人一个命，哪能比得上太太，这是太太运好命顺，菩萨也就格外赏脸了。太太说着话突然就不吱声了，走了好半天神才说，我命顺又有什么用，五丫头这个样子，要动了胎气，如何是好？这可是头胎，——要不要让五丫头补补？李妈忙说，补不得的，这刻儿补得太要强了，月子里可就不好料理了。说句太太不爱听的话，五小姐的身子骨可不如太太当年那阵子。太太担忧地说，眼下这个样，也不晓得还会发生什么。又是国军又是共军，又来了日本人，陆家就此败落了真是对不住列祖列宗。陆家的事，瞒天瞒地也瞒不过你李妈，谁要能保佑陆家平安，我给他磕三天头也使得。李妈脸上顿时也难看了，说，太太宽宽心，菩萨总能保佑太太和老爷一家子。太太的眼光毫无把握地盯在地上，眼眶里闪起了泪花。不瞒你说，李妈，太太说，我早也吃斋了，菩萨那里磕了多少头，可陆家的灾祸却是一个连一个，不知什么时候还有大祸。菩萨已经不要我们陆家了，我晓得菩萨早就给枪炮吓跑了。李妈的眼珠子瞪得圆圆的，惶恐地说，太太，怎么能说这种话……

外面的风声似乎越来越紧，门前两只辟邪的狮子没有能够抵挡诸种坏消息的侵入，陆家大院里的人总觉得将有一种什么力量会很无情地将陆府碾成粉。日本人整天叽里呱啦地在小巷子里头追捕什么东西，他们鞋底发出的声音和拉枪栓的咋呼从每一个紧闭的大门前匆匆飞过。每一个夜间都会从不定的方位传出枪声,而白天却又平静如常。

老爷一到家就硬绷着脸,站在堂屋里气呼呼地解上衣的布扣。李妈送上茶很知趣地捏了捏布往后退。太太说,发生什么事了,气成这样?老爷坐进太师椅只顾很粗莽地刮扇子,并不回太太的话。好半天才说,这帮狗娘养的!太太想了想,说,你不是到商会去了,没碰上人?老爷说,碰上了,他们全像木桩子钉在那儿,——我一去,他们竟全走了,话也不敢说,好像我辱没了他们的门风。太太不解地问,你去了他们跑什么?老爷弓下腰用扇子拍着大腿说,你少问两句就撑死了?太太被抢白了一句,胸口有些堵,一时竟不知说什么,好半天才说,这个胎十有八九我是保不住。老爷听出了话里的酸楚,走上去用扇子拍拍她的肩。好了好了,老爷有些力不从心地安慰说,等你坐完了这个月子,我再到扬州给你买一副金如意——我这张老脸算是给他丢尽了。

堂屋里随后进入了夏天的死寂,老爷和太太都听得见座钟刻板的滴答声。太太吸着鼻涕说,从进了五月到现在,我一直像在噩梦里。

这时候一种很细微的声音从某一个方位有节奏地传进了大厅,好半天之后老爷才听出来是他的宝贝女儿舒月在抽泣。老爷和太太对视了一回冲进了东厢房,东厢房里舒月散了头发掉在了床前的踏板上,天窗的阳光正照在她的脚边映照出舒月脸上的青灰。舒月的一只手正挂在床沿,手上握了白色的绸料,绸料那一端正压在枕头底下。老爷走过去扶起舒月,嘴里不住地问,翠丫头呢,翠丫头哪里去了?太太很随意地从舒月的手上取下绸料子,顺手从枕头底下往外抽,太太抽着眼光就抽直了,好几块面料已被舒月结成了一丈多长的绸带。太太把雪白的绸带捂在前胸,一屁股坐在了踏板上,失声喊道,丫头,丫头。

吊死鬼进了陆家院使每个人的瞳孔里发出一层幽蓝的死

光。炎夏的大院里逼进了森森寒意。芭蕉叶子的每一次晃动都能让人联想起吊死鬼吐出了碧绿的大舌头。人的死亡是被鬼捉住了，这是一个很基本的常识。有白骨嶙峋的饿死鬼，有皮包骨头的病死鬼，有青面獠牙的凶死鬼，有头发上竖的屈死鬼，这么多鬼里最可怖的当然还是吊死鬼，有人亲眼看见吊死鬼吊死在一棵枯树上，黑头发和白衣衫长长地在风中飘动，白眼睛翻上去，而长长的舌头全吐了出来，从下巴一直挂到脚面。吊死鬼进了谁的家门谁家当然就会有人上吊，谁见过的？不知道，反正有人见过，这是一个极其严峻的事实。

若冰从天井里走过时听见翠丫头说，难怪我前几天夜里听见竹林里有沙沙的走动声，吓得我都不敢起来解尿。若冰听见这话头皮上猛地麻了一下，步子顿时慢了下来，回过头时目光恰巧和李妈对视了，若冰不会忘记她和李妈对视时惊心动魄的刹那，若冰低了头，立即往正屋小跑过去。

舒月依旧躺在她的床上。若冰站在一边，耳朵里听见一些人的劝说。若冰感到有一种湿乎乎的燠热使心胸无限郁闷又无所适从。若冰好几次想吸一口气能把肚子里的那口气接上来，但试了几次都没能成功，若冰看见那种炎热是一只手，惊乱的五指在绝望地乱抓，若冰感觉到今年的炎热有某种刻毒和毁灭隐含于其间，在所有人的记忆中长满霉斑，而后松脱、剥落，随秋风一起坍塌，在坟墓之中夹着哨声打卷，随后变成浑身的亮疤，像秋夜的天空那样群星灿烂，其中一颗最亮的寒星，将是她若冰自己。这个悲剧将深刻地长进每一个人的皮肤，使它伴随每一次光滑的手感在未来引发怀旧，引发欷歔和后人无法破译的黯然神伤。

李妈说，老爷太太，翠丫头听见夜里的吊死鬼了。老爷和太太只是木然不动，又听李妈说，鬼来了，不送是不肯走的，趁现在天还没黑，差人去买香火纸钱酒，天一黑就让人一路把酒洒向城北的破庙去。老爷说，不能等了，现在就送。李妈说，天不黑，鬼是不肯出来的，送完了鬼，放三十六响鞭炮，再杀两只公鸡用鸡血涂在石狮子的眼睛上，什么鬼也不敢上门的。再来鬼，我可就喊巫师来捉了。若冰看见李妈说完这话看了自己一眼，这一眼如带血的刀口在太阳底下晶晶亮，透心凉。鬼是活灵活现的，很长时间之后人们谈论起陆家大院里红火的赶鬼事，有经验的老人说，鬼没有送走，鬼没拿到五小姐，就去拿秦二公子了。

秦二公子大头皮鞋的踢门声天还没亮时响遍了半个兴化城。姚老头在一九五七年临死之前都没有忘记开门后所见的一幕。姚老头开门后并没有立即看到人，后来有人从身后提了印有"陆"字的灯笼走上前来，姚老头才发现了倒在石狮下面的二公子。一定是厚大木门的反弹力推倒了秦二公子。姚老头走上前去搀扶秦二公子，姚老头抓住了土黄色的日本兵服却感到二公子在向下滑落，二公子的胳膊滑到袖口处时姚老头的手上感到了一阵黏稠。在昏暗的灯笼光下，姚老头看见了两个血色的腕弯光秃秃如两根木棍，两截圆头的骨头白花花地伸在外头。姚老头惊呼说，二公子，二公子你怎么了?! 二公子抬起头张开了血嘴，看得出二公子的脸上挂着极其怪诞的笑容，这时候灯笼刚刚凑近，姚老头一看见二公子嘴里的半截舌头在根部拼命地跳动九十九颗太阳就在天上滚动了，姚老头说：鬼，我看见鬼了!

一些黑的影子套着上衣往天井里跑，灯笼和更鼓散在地上，二公子正站在燃烧的灯笼旁边，他裤腰的口袋里掉下了三样东西，慢慢燃尽的灯笼清晰地照亮了"人"字形砖头上血淋淋的三样东西：两只手和一条舌头。

舒月没有出屋，但随着一声岔裂的尖叫人们回头看见了木棂窗后舒月放大的眼睛。李妈记得她去抱昏倒的舒月时手上温热稠糊的感觉，李妈的手一伸到舒月的下身就把手缩了回来，黑

113

暗中李妈从叉开的五指间立即闻见了极其浓烈的半液体的腥臭,李妈没有慌乱,李妈平静地说:到底还是下来了。我早就料到会下来。

第 六 章

一种宁静类似于波纹底下的水草在陆府舒展地摇动。后院的穿形长廊和太湖石旁边空旷的卵石地上终日不见人影。陆府的堂屋安静得能听见外墙四周兰草舒筋活血的声音。条台上方的中堂和对联隐约在两炷椒兰香的后面,烟斜雾横使条台上所有的瓷器宛如历史给人的错觉一样虚假地升腾。

老爷倒在藤椅上平和地说,脓头挤出来了,这个疖子便熟了,陆府倒了大霉,总算又安坦了。

太太在东厢房给舒月喂鸡汤。太太每喂一口自己的嘴巴也要再张一下。太太说,汤里的红枣是陈的,今年的还青着呢,等枣子红了,那时咱们家的孽根也该了结了,妈陪你去打枣子。太太又说,二公子是废了,可到底是条活命,连东洋鬼子都死了十几个,头都挂到树上去了,二公子能活着回来,也是我们陆家的造化。等二公子伤好了,你会再怀上。他这个样,日本人是断乎不会再找他了。舒月的脸上是似听非听的神情,脸色一如过去一样死白,眼珠却是看得见的活络了些。

太太说,人总有个三难四背的,这全是命,咱陆家能有今天,全靠认了这个命。东洋鬼子是东洋鬼子的命,我们是我们的命。丫头,我娘说得对,眼睛闭一闭,时辰就过去了。时辰这个东西,不长腿不长脚,它就是自个儿能过去。倒霉的也不是我们陆家一家,而今的人全是八尺的命,求不了一丈喽。

就是若冰吧,好歹她生不出一男半女来。而今活在世上,心性不可太高了,丫头,只能像水那样,挑低的地方流,流到最低处了,不也就安稳了?咱们陆家现在流到最低处了,丫头,就是蒋委员长,头上不还有个日本人压着?丫头,忍一忍,熬一熬,没有爬不过的坡,没有蹚不过的河。

丫头,你可要怪娘把话说反了,娘过去净给你说要强的话,丫头,世道变了,不比从前,你娘比起你的外婆来,也已经差远了,丫头,还有一口,喝了。

舒月说,娘,我还能不能再生?

太太说,只要鸡不飞,蛋打了就打了。三四个月不要让他碰你,歇些日子。留得青山在,不怕没柴烧。

陆府如雷雨后的红蜻蜓轻盈地飞往平和。只有舒月在短暂的麻木之后很快地感觉到一种更大的不安在二公子的眼珠子里头火苗一样蠢蠢欲动。那时候舒月刚从午睡中醒来,二公子平卧在另一张床上。两只胳膊上雪白的绷带暗示了一种极强烈的药水气味。舒月睁开眼来一眼就看见了二公子陌生的目光里沸腾着某种过去的时刻。那串目光串联起许多仇恨的前因后果,追忆着刻毒和无法表白的壮烈时刻。舒月清清楚楚地看见了二公子嘴角浮上了刀刃一样的微笑,很迅速地把舒月午睡中的一个美梦拦腰切断。舒月正是从那一眼里坚信每个人的目光中都长满两排雪白的牙齿。

舒月紧张地问,你在想什么?你想说什么?

回答舒月的是二公子额上隆起的青血管,舒月把头放在枕头上,万般疲惫的头脑中预感到又一个大祸实际上业已临头。

下午太阳偏西的光景人们从街市上回府,他们手里购置的物什标明了一场祭祖即将举行。舒月听见许多金属在红木家具上移动,有人替换中堂画轴的声音也清晰可辨。舒月想得出祖上留下的那些名画一准全部陈列出来了。舒月在那么些画中独怕那张观音,舒月就是惧怕大慈大悲普度众生手执杨柳的观音,这个舒月自己也大为不解。舒月知道这些事历来只是在正月才做的,老爷在这个时候重操这些舒月当然知晓内中的良苦用心。

新鲜的供品罗列在堂前,许多红头苍蝇飞舞在观世音的面前。没有人留意那些东西,只有老爷极恭敬地跪在条台前的拜垫上。屋里的香烟和纸钱的白色灰烬旋着身子飘动,落在猪头和糕点上。一个丫头走到若冰的身后拽了拽她的上衣下摆,若冰便和丫头走出了正堂。丫头轻声说,少奶奶的乡下亲戚来了,正在少奶奶的屋子里头等候。若冰愣了片刻怎么也想不起乡下哪里有什么亲戚,便支了丫头独自回到南房。若冰远远地看见一个陌生的人正在堂屋里坐了喝茶。若冰支吾着说,……我眼生得很,多有得罪了。陌生人斜了外头两眼便从屁股旁提出一只小包裹说:"有人托我带给少奶奶。"若冰接过包裹撕开一只角,便看见一块上好的缎料。若冰慌忙用手捂住,心口便禁不住地狂跳。若冰掉过头去便往房里走去,取了两块光洋塞到来人手上。来人接了并不说话,拿了草帽便往门外走去。

若冰掩上门,泪珠子就禁不住滚落下来了。缎料滑润凉爽的手感一直爬到若冰心中的无限感伤处。夏季的风如刚出蒸笼的面团厚厚地塞在某一个关口,若冰的指头慢慢伸向了草席的那一块黑色汗渍处。若冰突然似乎记起了某件事,若冰捂住了嘴巴愣在了镜子面前,顿然间面如土色。若冰掰了一下指头,整个身子便松软无力地陷了下去:她的月红已经过了整整四天了。

天上只有半个月牙,忙了几乎一天的大院重又安稳下来了。所有人的心中都仿佛卸去了一个沉重的包袱,平静里杂了许多宁静和安详。许多夏虫的鸣叫也是美妙而抒情的,尤其是纺织娘娘的低鸣很有些惆怅的意思,像吃饱了饭批判生活过于幸福的样子。后院的藕池也飘来了生动气息,使人联想起宽大的荷叶上水珠嬉戏的童年时光。陆家大院里的人又听见繁星似的蛙声了。能够清晰有致地听见蛙声是老爷的每个夏季内心平和的标志,与疖子痊愈时周围可感的痒相仿佛。老爷在天井里拍打着蚊子又想起了辛弃疾的《西江月》,这首词在他还没有进私塾时就从父亲的嘴里听熟了。蛙声预示着生活的田园式意境,预示了不远的秋天佃农们成色极好的租子。

老爷回了一眼东厢房,那里头不时传出二公子痛苦的呻吟声。这种呻吟声让老爷听了实在。老爷再也不用担心日本人了,再也不用担心绑票或商会冷飕飕的目光了。

意想不到的事就发生在后夜。姚老头的更鼓走向后院的过廊时南院的墙头上跃上了一个瘦长的黑影。黑影从竹林中小心探向了若冰的窗口。黑影子刚准备爬向窗口时突然被一只麻袋严严地套了起来。随后大院里便有人喊:

捉贼,有贼进来啦!

麻袋是被几个家丁用枪管架进大堂的走廊的。老爷看着地上不断挣扎的麻袋用指头扒梳了两下稀疏的头发,老爷说,人人说有鬼,我倒要看看这鬼长什么样。老爷挺出一根指头说,打开,给我打开。

若冰的拖鞋倒插在脚上走进走廊里的灯笼光里,这个细节没有逃得脱目光锐利的李妈。

麻袋里伸出的头颅使所有的人都大吃一惊,麻袋里装的是一身水渍的大少爷。李妈说,怎么回事,怎么会是大少爷?太太虎了面孔说,下作的东西,还不快把少爷扶起来。

老爷说,你好歹也是知书达理的,怎么正门不走学起鸡鸣狗盗来了?

大少爷没有开口,只是用深凹下去的眼睛一个一个打量四周。大少爷的打量没有任何表情,只是对舒月点了点头,随后把目光停在了二公子的身上。大少爷和二公子对视的目光是极其意味深长的,大少爷说,都回去吧,现在才三点多钟。

太太起得很早。有身子以来这些日子太太还是头一回这么神清气爽。太太关照李妈说，上街去买猪蹄子。李妈因为夜里的事有点不好意思抬头，太太反而大度地说，罢了，也难得你好心。李妈便难为情地笑笑，对着裤管说，太太……太太说，让丫头们静点，不要再在院里弄出喧哗来。今天谁要乱咋呼，我可不饶人。

李妈从街上回来时老爷刚好起床。李妈进门时看见老爷从西面的拐角处过来，知道老爷是蹲茅房了。太太坐在过廊的藤椅里头，见李妈回来便上去看了看猪蹄。太太关照说，好好拔毛，蹄筋不要抽了。李妈讨好地说，晓得，大少爷喜欢蹄筋，我是专挑了有筋的才买的。李妈转过脸去对老爷平静地说，外头出了什么事吧？怎么乱哄哄的，日本人老是跑来跑去的？老爷还没有吱声，太太便说，管他什么事，大少爷才回来家里才安稳了几个时辰？李妈走后老爷关照太太说，这两天少走动。前些日子日本人是在中堡吃了亏，二公子就是在中堡出的事。

说话时若冰从南屋往天井走过来，脸上的神气不太清爽，太太叫住若冰，吩咐若冰让大少爷好好歇歇。若冰有气无力地说，他又走了，天刚亮时他就拿了点东西出去了。太太呼地便站起了身，你存的是什么心？怎么你男人一回到这个家你就把他气走了？若冰委屈地说我气他？我哪里有这份胆子？太太说你自家的男人都看不稳你娘怎么调教你的。若冰说我娘只调教我守自家的本分，她哪里配调教出有教养的儿女来，净在半夜里偷着往外跑。太太说你在说谁？你屙屎把胆子屙掉了对我说出这种话来。若冰说我怎么敢，在陆家我享尽了荣华富贵我哪里敢这样没心没肺的。若冰往厨房那头瞟了一眼加大了声音说，就是一只王八在陆家待长了也能长成玉枝凤体。

舒月在房里猛咳了一阵，老爷说，好了，都给我把嘴闭上！

太太被老爷扶着进了屋,太太说,我早说过,不是书香门第出来的不是正路货!老爷说,你省两句。你这宝贝儿子他总是不回家,他到底在外头做了些什么?

老爷说着话却看见舒月坐在堂屋里了。老爷吃惊地问,你怎么坐到这里来了,桌椅这么硬落下病来如何是好?舒月泪汪汪地盯着老爷太太,胸前的真丝衣衫藏不住乳房的松软下垂。太太问,你那里又怎么了?舒月散了光的眼睛望着太太一言不发。老爷推开东厢房,二公子的床上却又空着。老爷歪着头倒抽了一口气,他又到哪里去了?

太阳挂正时陆府里又回复到了先前的死寂,每一块砖头缝里都有墓地的凉气,阴森瘆人,许多啜泣声从不同的方位昭示出陆府空洞的平面空间,宛如画轴里苍茫的留白。只有厨房里猪蹄子的香气不合时宜地四处飘荡,老爷太太和舒月空对着两炷椒兰香,各自怀着自己的心事,看着香烟不紧不慢地变更姿态。姚老头在石狮子以外很突然的呼叫声使他们不约而同地掉过头来。姚老头没有能够跨进堂屋的门槛,姚老头绊倒在铜皮门槛旁抽风一样禀报:

大少爷出事了,大少爷的头被日本人悬在城东城头上了!大少爷的头……

三个人似乎都没听明白,三个人都用异样的神情盯着姚老头,姚老头说,大少爷的头,在城东城头上,我亲眼见了!!

随后太太便往后退了一步。太太的两手撑在红木桌面上吃力地不让自己跌倒。太太感觉到自己两腿的内侧热热的东西正飞流而下。太太说,天塌下来了。

若冰倒在床上隐约听见后头又发生了什么事,若冰懒得去听清楚。若冰所有的悲伤所有的心思全在自己的腹部,若冰看得见镜子里自己一脸紧张。大少爷下次回来可如何是好?这种事总是不能隐瞒太久的。能不能去找任医生,他那里或许会有什么偏方。这么想着就听见下人惊恐地说,出事了,太太都小产了。

1992 年第 5 期《花城》

叙　事

那场雪从午后开始。四点钟天色就黄昏了。积雪封死了村庄。村里的草垛、茅棚和井架都一溜儿浑圆。父亲进了家门一边掸雪一边抱怨说，怎么又下了？父亲一直盼望一个晴和的太阳，把草垫、棉花出一回潮，尔后做好窝等我娘分娩。那时候父亲还不明了未来城市里雪花的意义，不知道雪花和摇滚、足球一起支撑了世纪末的都市激情。我注意过都市少女看雪的瞳孔，憧憬里闪耀着六角花瓣，剔透而又多芒。她们的羽绒衣在雪花纷飞中翩翩起舞。她们对雪花的礼赞感染了我。我弄不懂父亲那时为什么有福不会享。

父亲进屋后反身掩门。我的母亲坐在小油灯下面。母亲在那个雪季里一直待在屋里，认真地做针线，认真地怀孕。我母亲在灯下拿针怀孕的静态有一种古典美，鼻梁和唇沟呈现一道分界，半面橘黄，半面昏暗。父亲关门后看见小油灯的灯芯晃了一下，母亲这才抬起头，与父亲对视。父亲看完我母亲便从怀里掏出纸包，扎着"十"字形红线，是半斤红糖。父亲一勺一勺把红糖装入瘦颈玻璃瓶。父亲一早就到镇上去了，先找过组织，这是他成为右派后第一次汇报"思想"。他告诉组织汗水使他的思想与感情产生了"巨大变化"。这时候已是午后。天压得只有树那么高。父亲蹲在巷口的"T"形拐角，从怀里掏出两个烧饼，吃到一半父亲记起该到商店去买红糖了，这是麻大妈关照的。麻大妈关照买红糖时脸上的麻子无比严厉。麻大妈说，砸锅卖铁你也要买,不吃红糖女人就打不净血,淤在肚里头要落下病根的。父亲听任何人的话,父亲当然听麻大妈的指教。父亲买回了半斤红糖。他的贮藏过程充盈了要当父亲的复杂心态。后来父亲听到一声呻吟,回头看见母亲僵在了那儿。母亲的眼神和手上的女红朝两个方向延伸。父亲说,怎么了?母亲说,疼。父亲慌乱地舔过手指上的糖屑,跨上去拥住母亲。母亲用一种绝望的眼神盯着父亲,不行,母亲说,肚子,不行了。父亲把母亲抱上床,转脸冲到接生婆麻大妈的门口。父亲用力拍打木板门,高声呼叫麻大妈。父亲的呼叫语无伦次。麻大妈拉开门,一手抓着棉花一手捏着纺线砣。麻大妈耷拉着厚大下唇,问,觉了?父亲说觉了。麻大妈捻过线砣慢悠悠地回了一句话,回去烧水,烧两大锅水。父亲说,她在叫,她疼得直叫。麻脸婆走回堂屋自言自语说,随她叫,女人就这样,配种时快活得叫,下崽时疼得叫,女人哪有不叫的。

严格地说到此为止故事的主人公不是我母亲,是我。我正在娘胎里,也就是幕后,精心对生活垂帘听政。我对身边的事一无所知,但这不要紧,我的地位决定了我可以这样。至于母亲,她必须挨痛受苦。上帝安排好了的。

风停了,雪住了。雪霁后的子夜月明如镜。地是白的地,天是蓝的天。半个月亮,万籁俱静。碧蓝的腊月与雪白的腊月在子夜交相辉映。世界干干净净。宇宙一尘不染。

我的落草是在凌晨。在纯粹的雪白和纯粹的碧蓝之间,初升的太阳鲜嫩柔媚。我这样叙述是自私的,把自己的降生弄得这样诗情画意,实在不厚道。但诗情画意不是一个好兆头。在这里我要交代一个细节,接生婆麻大妈最初见到的不是我的脑袋,而是脚尖。我弄不清为什么我要选择这样一种方式。我的样子糟糕透顶。麻大妈一见到我的脚趾脸上的神情说变就变,所有的麻子全陷进去,那张厚重的下唇拉得也更厚更长。我的脚趾冒着热气,粉红色,沾满白色胎脂。麻大妈回头对父亲说:"是窬生。"父亲的脸上顿时失去了颜色。父亲的大惊失色一半缘于我们母子的安危,另一半则是让麻大妈的话给震的。目不识丁的麻大妈竟然把"难产"说成了"窬生",那两个字在父亲的耳朵里无比振聋发聩。这和麻大妈的名字叫"雅芝"一样匪夷所思。我是在大学一年级读《左传·隐公元年》知道"窬生"一说的。史书上说:"……庄公窬生,惊姜氏,故名曰窬生,遂恶之。"庄公因难产而遭到生母的厌恶,可见"窬生"不是什么好兆头。但我的降生姿势并没有给我的母亲造成致命的麻烦。麻大妈用她的手掌握住了我的小腿,而后托住我的腰。我猜想这时候麻大妈已经看到了我腿根的小玩意儿了。她的接生陡增激情。我的身体热气腾腾,像刚剥了皮的兔子,在麻大妈的掌心渐次呈现出生命意义。她哆嗦着下唇不停地重复、使劲,就好了,麻大妈说,使劲,用力屙,就好了。她的这些话起初是说给母亲听的,后来竟成了习惯,她甚至用手背压鼻壁擤鼻涕时也这样嘟噜、使劲,就好,就好了。母亲张大了嘴巴,只是"使劲"。这个过程困厄而又漫长。母亲不行了。母亲生我最后半个脑袋时几乎耗尽了全力。是麻大妈把我拽出来的。我今天的脑袋又尖又长与这个细节关系甚巨。我的"窬生"终于完成了。身体只剩下一根脐带连系住母体。麻大妈弯下腰,伸长了颈项,用嘴衔住了脐带的根部。麻大妈不是用剪刀,而是用牙齿完成了我的人之初。刚来到这个世界我没有动,我的脸呈青紫色,鼻孔和口腔里贮满羊水。麻大妈用力摁住我的鼻头,我大哭一声,羊水喷涌出来。我今天的鼻头又宽又扁也是麻大妈的杰作。麻大妈大功告成,站在房门口。她老人家疲惫至极,倚着门框。麻大妈喘着气对父亲报功:"好了。"父亲的双手和下巴挂在那儿,听麻大妈说完这两个字,父亲吓坏了。麻大妈的双手与口腔沾满产红,笼罩了一圈鲜艳血光。她的笑容使她咧开了真正的血盆大口。麻大妈的每一颗牙齿都布满血迹。她就那样血淋淋地笑,对父亲说,好了,屙下来了,是带把儿的。

父亲进门时我没有理他。我被撂在铺了一层花布的泥地上。和别的孩子一样,跷起两条腿,紧握两只拳头,闭着眼睛号哭。

大学三年级的那个冬天我专程拜谒过刘雅芝,也就是七十八岁的麻大妈。那一天下了冬雨。村里的草屋与巷弄都显得醒醍无序。我在泥泞的巷底找到了业已孀居的麻脸老人。她蹲在猪圈内侧,四周围了一群人。一个男孩蜜蜂一样为我引路,他从大人的裤裆下面钻进猪圈,大声说,麻老太,城里有人找你。人们让开了一道缝隙,麻大妈正在为一头硕大的母猪接生。母猪是黑色的,八只小黑猪正卧在金黄色稻草上拱母猪的红肿奶头。麻大妈绾了头发,袖口卷得很高,脸上的麻子松成椭圆状。因为眯眼她老人家张开了嘴巴。她的牙只剩了两颗,对称地立在暗紫色上牙床上,像一只蛐蛐。麻大妈望着我。她的紫色牙床使我想起了我的肚脐。这次联想使我的记忆出现了历史空罅,吹动起冬雨里的风。麻大妈吃力地站起来,盯着我的头颅顶部,正确地指出:"你是倒着出世的。"我惊喜地说,您老记得我?麻大妈的脸上没有表情。记不得了,麻大妈说,我接过的娃比接过的猪还多。我很突然地激动起来,说,我是您接的生!麻大妈的双手麻木地垂挂在那儿,半透明的血色水珠在指尖上往下滴漏。这时候有人喊,第九个!第九个!麻大妈坐下去,用她的血手抚弄黑色母猪的红肿产门。是一个小白猪,这个色差给了我极其深刻的印象。大家静下来,麻大妈极耐心地用手托住小猪。小猪的生产过程寓动于静,如日出那样,你不见它动,它就一点一点变大起来。麻大妈变戏法那样接出了猪崽,用干稻草擦了又擦。麻大妈说,你回去吧娃,我不接你你也要来到这个尘世上,这是注定的,你逃不出这个命。大家一齐回过头来,看着我。我把礼物放在地上,麻大妈就那样唠叨着。我疑心麻大妈是在和猪说话,心中无可挽回地怅然起来。我用研究《左传》、《圣经》和《判断力批判》的眼睛盯住那双手,找不出这双手与我的生命曾有过的历史渊源。作为一种历史结果,麻大妈手里现在捧着的仅仅是猪。我在幸福之中黯然神伤。我的身体开始战栗,无助却又情不自禁。麻大妈说,一物一命,可谁也逃不脱一双手。

麻大妈早就死了。她老人家的手在我的想象里散了架,所有的骨头都像竹节,一块一块排列在黑土之中。我现在在海上。我的怀里揣了那张地图。我常干的事就是看地图。没事我就把地图摊开来,这是我亲近世界的一种努力。我在这张地图里走过很多地方。也可以说,我带着这张地图走过了很多地方。在两种迥然不同的游历方式里,我尽量仔细体验微观与宏观。它们是一回事。是世界的正面与背面。是感知的这头与那头。这张地图已经很脏了,折头都生了毛边。但这张地图的本质依然如故。一比六百万这个比例说明了它与世界的关系。这个不同等、不平均的关系里有绝对的对等与精确。世界在人类的智慧面前已经很滑稽了。我就那样一手叉腰,一手夹烟,在千年古柏或万年青石之旁精骛八极,神游四海昆仑。我知道我的样子很像战争年代的毛泽东。但他是他,我是我。我看地图完全是审美的,看久了就会有幻觉,认定自己已在九万里高空,如鲲鹏背负青天。在青天之上我时常产生宇宙式幸福感。我在地图面前甚至产生过恐高症,担心一不小心掉到地图里去。世界真的已经像古书里说的那样了,藏昆山于一芥。世界有时其实是经不住推敲的。

地图的另一迷人处是它的色彩。它的色彩相互区分又相互补充。区分与补充使地形与地貌产生了人文意义。但我眼里的色彩区分恰恰不是行政的，而是语言的。地图色彩的缤纷骨子里隐藏了语言的无限多样。上帝不会让人类操同一语言的，这不符合到创世记的初衷。我们没有必要统一什么，统一是一件不好的事，大统之后会有大难的，弄不好就要犯天条。

离家时我只带了这张地图。我决定两手空空离开这个家。我够了。我受够了。林康终于去睡了。她和我吵了又吵，相持了两个星期。她一吵架便热情澎湃，目光里透视出世俗冲动与毁坏激情。她一吵架身体四周便散发出金属光芒和生命气息。林康在婚前曾是我的一只小鸟，只会歌唱春天、夏夜、植物与爱情。她的身高一米五八，她娇小的身躯在结婚之后裂变成原子弹，能量无比，威力无穷，笼罩了一层刺眼炫目的蘑菇云。她铁青了脸瞪着惊恐的眼睛对我一次又一次大声呼叫：去挣钱，去挣钱，快点去挣钱！这年头不是男人疯了，而是女人疯了。她们在梦中被钱惊醒，醒来之后就发现货币长了四条腿，在她们的身边疯狂无序地飞窜。她们高叫钱。这年头女人成为妻子后就再也不用地图比例尺去衡量世界了，而只用纸币。

我已经放弃我的博士与命题了。我再也没有什么可以失去的了。哲学家说得真好，我们不能放弃我们根本没有的东西。我决定走。离开原子弹，离开充满美丽与充满性高潮的一米五八。凌晨四点我悄悄取了背囊，里面只装了地图。我站在大街上，路灯一拳头把我的影子摞倒在水泥路面。我打了一个寒噤。凌晨四点宁静而又淫荡，对日出充满引诱与挑逗。

铁轨伸向远方，发出锃亮的光，乌黑而沉重地闪烁。蒸汽机头在浓烈的白色气团中夜游，黑地喘粗气。铁轨与机头使世界贮满迷乱。凌晨四点的铁轨具有强烈的启发性，它们纵横交错，使"夜"与"终点"一同变得不可企及。我困得厉害。我把衣领竖直，把自己想象成站在铁轨上的狗。远方有许多骨头，它们对我发出青白色的光芒。

我是在嗅觉的引导下来到海边的。火车的长途旅行使我们的听觉变得迟钝,嗅觉却异样活跃。我在昏睡中没有听见海浪的声音,——那种绵软的扑击体贴而又依恋,如做爱的尾声,轻轻悄悄地弥漫开来,再疲惫下去。但我闻见了海腥。我坚信大海就在前方,在地图的右侧一片淡蓝。初恋岁月林康的指尖曾指着蓝色海岸线对我说,这儿,这儿,你带我到这儿。那一年林康十九岁,在西语系读英语二年级。林康十九岁那年通体有一股极好的弹性,如一只乒乓球,在校园道路上跳来蹦去。她的马尾松纷乱如麻,成为红蜻蜓与彩蝴蝶的纯情偶像。我和林康的相识完全是偶然的,而恋爱却是必然的,因为"爱情只是偶然的擦肩而过"。我一直弄不清林康这句话的出处,可能是她的脱口而出。被爱情闹的。恋爱能使十九岁的女子一不小心就说出许多真理。我和林康相识在下雨的路上。她头上举着一本书,张大了嘴巴直冲而来,溅了我一身泥。我说你站住,她就站住。我说我送你。她的眼睛与我的眼睛有了幸福的三十一厘米落差。那时林康的皮肤像瓷器。十九岁,还没有退釉。我相信喜欢新奇的人都这样,他们的恋爱十有八九都始于雨伞下面,而雨伞下建立起来的婚姻十有八九都是灾难,又将终结于某个凌晨四点。后来我们就有了接吻,她说,接吻真好。接下来当然就有了做爱,她又说,做爱真好。后来她嫁给了我。新婚之夜林康告诉我,做新娘真好。在第一个"真好"与第三个"真好"之间,林康从我这里染上了爱看地图的毛病。我们做了许多计划,所有杳无人迹的地方都有我们想象的双飞翼,开满温馨的并蒂莲。林康的尖细指头摁在地图上,一遍又一遍呢喃,这儿,这儿,还有这儿。我一一答应。世界是所有新郎的后花园。

　　在海上我打开地图。船沿着海平面的弧线向深海航行。地图的四只角在海风中劈啪作响。海碧蓝,望不尽的全是水。世界不复杂,就是水的这边与那边。在海上我马上发现地图失去了意义。海的巨大流动使人类的概括力变得无足轻重。我在甲板上遗忘了平衡,开始晕船,吐了很多腐烂物质与琐碎颜色。吐完了我蒙头大睡。我做了很多梦。它最初涉及老子和爱因斯坦完全是意外。我梦见他们俩是上帝给我的礼物。老子身穿灰色中山装,对爱因斯坦说,欢迎你来,爱因斯坦先生。爱因斯坦说,很高兴见到你,老子先生。老子坐下去,点上烟,认真地品完第一口,说,我们可以谈谈哲学问题,别的事让他们谈去。——你应当读过我的书,我写过一本《道德经》。爱因斯坦的十只指头叉在一起,说,我知道有人用汉语写过这本书,我至今没有读到好的德文译本和英文译本,好在我大体知道您想说什么。爱因斯坦头发花白,大鼻头,满脸皱纹。老子笑起来,反问说,译本?永远也不会有。爱因斯坦直了直上身,说好书都这样。老子点头微笑,先生在研究什么?老子问。爱因斯坦看了老子身后的书架,答道,我研究物理,也就是格物致知。俗,老子说,俗了,——你说,宇宙究竟有多大?是这样,爱因斯坦打起了手势,宇宙是一个广阔无边的呈正曲度抛物线状的绝对无限量,又是一个不可逃逸而自我封闭于有穷广袤中的、呈角曲度的四维有限体。你说些什么?老子皱了眉头,灭掉香烟说,医生总是不让我抽烟。请您把自己想象为附着在按差数不到一微米度的三维空间表面上的一个二维几何体,爱因斯坦这样说。老子摆摆手,大声说,这些没用,我们只关注人,活的死的不要紧。别的都可以放一放。我们应当关注宇宙,爱因斯坦辩解说。我们有时间,老子站起身说,我们先吃饭,我们有菠菜豆腐汤,我看这就是宇宙。爱因斯坦望着老子,大而疲惫的眼睛忧郁起来。爱因斯坦说,物理学比政治更能体现一个民族的本质,虽然物理学是全人类的。老子走出山洞,面有愠色,自语说,爱因斯坦是个右派。

　　我躺在大副的床上,做梦和呕吐。在做梦和呕吐之余追忆似水年华。大海对大陆的敌视太固执了,我不彻底吐干净大陆,大海似乎执意不肯收我。我觉得我已经没有什么可吐了，除非把胃也吐出去。但我不太愿意把我自己吐掉。我知道我的心智已经迷乱了。这全是晕船闹的。为了走向大海我只能接受这样的仪式。向往大海最热烈的当然还是林康。即使在怀孕的日子林康也没有停止对大海的憧憬与展望。她憧憬大海时的静态十分动人，眼睛闪烁干净的光，鼻头亮晶晶的。我曾问过林康，你到底喜欢大海什么？林康回答我说，她就是喜欢在海边花钱。林康说这话时腆着大肚子，一遍又一遍设想我成为亿万富翁，我们的别墅从大连一直排到三亚，从这个房间到那个房间都要在地图面前比画半天。

林康怀孕的日子我正潜心于一样重要事件，我开始研究我的家族史。在一个不期而然的宴会上，我意外得到了奶奶的消息。这是一个晴天霹雳。对我个人，对我的家族，这都是一个晴天霹雳。奶奶的消息为我研究家族史提供了可能和良好的契机。就我的家族而言，即使在父系社会，奶奶永远是最重要最基础的一环。但父亲从没有对我提起过奶奶。由于奶奶这一祖系形象的空缺，父亲显然经不起推敲。用我们家乡的一句格言来概括，好像是"石头缝里蹦出来的"。

是一位年迈的远房亲戚向我提起了我的奶奶。他喝了四两洋河大曲。这种烈性汁液使他变得心直口快。他把我拉到一边，神秘地说，你有个奶奶，是你的真奶奶，她还活着，在上海。远房亲戚用六十度的眼睛盯住我，压低了声音说，你不是我们陆家的人，你是个东洋鬼子。他喝多了，我不会太拿他当回事。第二天中午，年迈的远房亲戚带了一家老小到我家里来谢罪。他用巴掌捆自己的面颊，大骂自己老糊涂，大骂自己满嘴胡话。而父亲在整个过程中一言不发。父亲坐在椅子里，神色相当古怪。父亲最后说，三叔，我也没有怪你。一屋子的人在这个节骨眼上静了下来,都望着我。就是在这个时候我发现酒话恰恰是历史的真面目。历史在酒瓶里,和酒一样寂寞。历史无限残酷地从酒瓶里跳出来,带着泡沫与芬芳,令我猝不及防。一部真实史书的诞生过程往往又是一部史书。这成了我们历史的特色。我们在接受每一部历史之前都要作好心理准备,会有下一个面目全非让我们去面对。"三叔"听了父亲的话便安静下来。两只肩头垂下去,一脸沮丧,如一只落水狗。这往往也是道出历史真相的人最常见的格局。"三叔"缓缓退出我家门槛,自语说,我老糊涂了,我老糊涂了。

空旷的堂屋只剩下我与我的父亲。我们对视了。这种对视有一种灾难性质。父亲与我的目光一下子超出了生命范畴,发出羊皮与宣纸的撕裂声。巨大的孤寂在我们的对视中翻涌,拉开广袤平川,裂开了参差无垠的罅隙。刹那间我就想到了死亡。一种生命种姓被另一种文化所宣判的死亡。这样的发现是致命的,迅雷不及掩耳。父亲故作的镇静出现了颤抖。他的整个身躯在那里无助地摇晃。后来他走到房间里去,在没有光的角落打开许多锁。他用多种秘密的钥匙把我引向历史深处。父亲最终拿出一个红绸包。红绸包退了色,如被阳光烤干的血污,发出不匀的血光。父亲解开红绸,露出一张相片,是发黄的黑白相片。一个新文化旧式少女,齐耳短发,对襟白色短襦。完全是想象里五四女青年的标准形象。

是奶奶?我说。

是奶奶。父亲说。

在哪儿?

她死了。

她活着,在上海。

她死了,父亲大声吼叫,这个世界上没有上海!你奶奶死了!

我和父亲再一次对视。父亲的眼睛顷刻间贮满泪水。父亲的泪光里有一种肃杀的警告与柔弱的祈求。我缄口了,如父亲所祈盼的那样。在这个漫长的沉默过程里,我的心裂开了一条缝隙,里面凭空横上了一道冰河。我甚至能看见冰面上的反光和冰块与冰块的撞击声。我听见父亲说,不要再提这件事。父亲说完这句话似乎平静了许多,伟大领袖那样向我指出:只有两种人热衷于回顾历史,要么是傻子,要么别有用心。

林康在这样的背景下怀孕让我无法承受。在她的面前我尽量不露痕迹,却越发心事沉重。对着林康的身子发愣成了我的伤心时分。她的腰腹而今成了我的枷锁。生命没有那么大度,它绝对不是一个世界性、全球性的话题。种族是生命的本质属性,正如文化是生命力的本质属性。种族与文化的错位是我们承受不起的灾难。

林康怀孕之前正和她的老板打得火热。她到底辞去了出版社的公职,到亚太期货公司参与世界贸易去了。她守着一部粉色电话,坐在电子终端面前,对抽象的蚕丝、红豆、小麦、石油实施买空卖空。她先做日盘,在老板的建议下她改做了美盘。也就是说,为了适应中美两国十三个小时的时差,她不得不在每晚八点三十赶到她的交易大厅。这对已婚女人来说无论如何是不同寻常的。她和我说起过她的香港老板。她的老板是个混血儿,支那血统与威尔士血统各占二分之一,能说一口流利的英语和普通话。这一点和林康极为相似,她能说一口好听的普通话和英语。林康说起她的老板嗓音都变了,像她十九岁那年。事情到这里当然很不妙。后来她突然再也不提她的老板了。身上的香水气味却日益复杂。她什么都不说,我什么都不知道。她也认定我什么都不知道,但是我什么都明白。

在这样的时代背景下林康的身孕有极大的可疑性质。不过我很快沉住气了。等孩子生下来再说。如果和我一个熊样,一

131

切平安无事;如果是四分之一威尔士加四分之三支那血统的小杂种,林康自己会料理自己。她受过高等教育,这种自尊和良知她应当有。我只能生一个孩子,这可不是闹着玩的。不幸的事立即发生了。林康的肚子一天天大起来,我却开始了家族血源的艰苦寻根。我的内心进行了一次极大逆转,我甚至巴不得林康怀上一位英国小绅士。我会爱他。他的生命之源毕竟没有屈辱。

康,你怀的孩子是我的吧?有一天我终于问道。

呆样子。

你回答我,是我的吧?

不是你的是谁的?呆样子。

你他妈别以为我什么都不知道。我拍案而起,破口大骂。

你知道什么了?

你说,孩子是谁的?

是你的。

是我的?我他妈才操了你几次?

林康不吱声了。她陌生地望着我,脸上红得厉害。她终于掉过脸去,我知道她不习惯我这样说话。下作,林康轻声说。我走上去叉住她的头发,我想我的内心彻底乱套了。你说,是谁的?

你的。

你和他睡过,我他妈什么都知道!

我和他睡过,但孩子是你的。

孩子是那个狗杂种的!

是你的。他答应我用康乐套的。

我给了她一个嘴巴。

我知道对不起你。

你给我做掉。

孩子绝对是你的,我向你发誓,康乐套是我亲手买的,日本货,绝对可靠。

我又给了她一个嘴巴。——你给我做掉。

我不做,林康捂着脸突然提高了嗓门,要离要散随你的便,我不做,你这狗杂种,你休想! 我就要生,让你看看是什么狗日的种! 那段骚乱的日子我专程赶到上海。我的掌心握着那张世界著名的上海市交通图。我在吴侬软语里走过无数街巷里弄。我一次又一次摊开地图。我知道我的奶奶就生活在这张地图里面。打开地图我就热泪盈眶,憋不住。我行走在上海大街,我的心思空无一物地浩瀚,没有物质地纷乱如麻。数不清的悲伤在繁杂的轮子之间四处飞动。我奶奶的头发被我的想象弄得一片花白她老人家的三寸金莲日复一日丈量着这个东方都市。我设想我的奶奶这刻正说着上海话,我倾听上海人好听的声调,感动得要哭。可我听不懂上海话,正如我没法听懂日语。我在夜上海的南京路上通宵达旦地游荡。我尽量多地呼吸我奶奶惯用的空气。我一次又一次体验上海自来水里过浓的漂白粉气味。因为寻找,我学会了对自己的感受无微不至。每一次感受奶奶就靠近一次,我的胸中就痛楚一次绝望一次。十一天的游荡我的体重下降了四公斤。感觉也死了。我拖着皮鞋,上海在我的脚下最终只成了一张地图,除了抽象的色彩,它一无所有。我相信了父亲的话,这个世界上没有上海。上海只是一张地图。它是真正意义上的地图,比例 1:1,只有矢量与标量,永远失去了地貌意义。但上海是我奶奶巨大而遥远的孤岛世界。她老人家的白发在海风中纷乱如麻,她老人家站在岸边思乡。夕阳西下,断肠人在天涯。上海就是我奶奶的天涯。人类的宇宙只有一个中心,那就是家园方言,也就是地图上那一块固定色彩。世界就是沿着家乡方言向四周辐射的语言变异。

那个下雨的午后我独自一人向上海火车站步行。上海的雨如上海人一样呈现出矛盾格局。我的头疼得厉害。巨大的广告牌不停地提醒我上海的国际性质。我一步一回头。在雨中我一步一回头。我一次又一次回头。我对所有老年女性呈献上我的关心与帮助。她们用警惕的目光注视我，捂着包离我而去。大上海像水中的积木。空间把我们这个世界弄坏了。空间的所有维度都体现出上帝的冷漠无情。我坐在火车站二楼茶座里，透过玻璃再一次注视这个茶色城市。上海在玻璃的那边无限安宁。我的心胸空洞了。悲悯汹涌上来。这股浩渺的悲悯成了我上海之行的精神总结。我捂住脸，失声痛哭。我在巴掌后面张大了嘴巴不能自已。我的四公斤在上海消失得无声无息，只在我脸上留下多余的黄色皮肤。历史在这里出现了裂口，被斩断的疼痛鲜活热烈地对我咧开牙齿。火车带我去了北方，那里有我的故乡。火车在拐弯处伤心地扭动，上海向南方遥遥隐去。我坐在车窗下记起了父亲的话，这个世界上没有上海。我记住这句话。多年之后我将把它告诉我的子辈。

奶奶那一年十七岁。这个年龄是我假定的。我坚信十七岁是女性一生走向悲剧的可能年龄。十七岁也是女性一生中最薄弱的生命部分。我奶奶十七岁的夏季酷热无比，这个季节不是虚拟的。如果一定要发生不幸，夏季一定会安静地等在那儿，不声不响做悲剧的背景。奶奶刚放了暑假，在家里歇夏。奶奶的父亲是一位极有名气的乡绅，他从镇江带回了那台留声机。那台手摇式留声机整日哼一些电影插曲。奶奶的夏天就是伴随那台留声机和西瓜度过的。奶奶大部分时光坐在屋里，无聊地望着头顶上的燕窝。奶奶的雪白手臂时常体会到红木桌面的冰凉。那种冰凉极容易勾起少女的伤春情怀。按照常识，这时候她心中无疑出现了一位男人，某个电影男演员或她的英文教师。她老人家那年的上衣应当是白色的，喇叭裙当然选择了天蓝。

齐耳短发,整天无精打采。有一个忧郁动人的侧面。这种设想是那张唯一相片的精神派生,没有史料意义。

奶奶的忧郁在秋季即将来临时结束了。夏季的末尾我奶奶再也没有心思忧心忡忡。原因不复杂,掐一掐指头也能算出来,日本人来了。日本人到我们故乡的有关细节,我在另一部作品里作过描绘,大致情形就是这样:日本人的汽艇缓缓靠岸。表情凝重的日本人在石码头一排排站好,不久围过来好多闲人。他们兴奋好奇地看着一群人咿里哇啦地挺胸、立正、稍息、归队。这时候不远处的小阁楼上突然有人喊,日本人,是日本人! 人们相互打量一回,哄的一下撒腿狂奔。大街上彼此的推拉与践踏伴随尖叫声使胳膊与腿乱作一团。小商贩们的瓜果四处流动,茶碗与成摞的瓷器惊恐地粉碎,发出失措无助的声音。日本人没有看中国人的狼狈相。他们没兴趣。他们目不斜视,表情严肃。他们排成两路纵队,左手扶枪右臂笔直地甩动,在楚水城青石板马路上踏出纪律严明的正步声:哒。哒。哒。哒。

悲剧(似乎)总是发生在偶然之间。所谓偶然就是几个不可回避碰到了一起。这才有了命,才有了命中注定。作为史学硕士,我不习惯依照"规律"研究历史。历史其实是一个浪漫主义诗人,他兴之所至,无所不能。历史是即兴的,不是计划的。"历史的规律"是人们在历史面前想象力平庸的借口。历史当然有它的逻辑,但逻辑学只是次序,却不是规律。

对于中国现代史而言,日本是一个结。而对于我们陆家家族而言,日本人板本六郎是另一个结。

板本六郎在夏日黄昏随小汽艇来到了楚水。一路上没有战事。作为这支小部队的最高指挥官,板本六郎的注意力不在岸上,而在水上。中国河水有一种忧郁气质,习惯在安分中逆来顺受。日本汽艇驶过的水面留下一道长长的水疤,使清凉变成一种视觉上的灼痛。板本六郎坐在汽艇的顶部,身边是机枪手大谷松一。板本六郎军帽后的挡阳布在夏风中跃动,不时拂动后脑的中国风,给他一种柔和动感的凉爽。

县府的投降使占领形如儿戏。战争就这样,一寸土地有可能导致大片死伤,而大片疆域也可以拱手相让。日本人进入楚水城首先做了两件事:一、受降;二、到大雄宝殿拜见菩萨。日本人的这两件事完成得极为肃穆,这两件事本身却互相矛盾。是一种大反讽。真是放下屠刀,立地成佛。

板本六郎的这次宗教活动是麻木的。他不相信中国菩萨能听得懂日语祷告。他的祈祷总体上心不在焉。他无限意外地,也可以说无限惊喜地看见了这样一副对联:

　　杨柳枝头净瓶水
　　苦海永作渡人舟

板本看见了两行好书法。板本走过去,他投入了另一种宗教。板本的心智在皈依,是一种幸福细软的文化靠泊。

书者用的是赵孟頫笔意。撇捺之间有一种愉快飞动。盼顾流丸,杳然无声,风情万种,得尽风流。书者对汉字的分布与解意释放出晓通人间烟火的真佛灵光,苦行之中隐逸着一种大幸福与大快乐;操守与自律里头又有一种大自在与大潇洒。每一个字都是佛。在这样的小地方隐藏着这样的大书家,完全符合中国精神。怀瑾握瑜历来是中国人的胜境。板本六郎找到住持,行过礼,在纸上写道:对联写谁?住持看了半天,明白了他的意思,接过笔,写下三个字:陆秋野。

寻找陆秋野没有费板本六郎的工夫。板本六郎只身一人于次日下午登门拜访。陆秋野不在家。他的女儿婉怡孤身一人坐在红木桌旁读书。陆秋野的女儿抬起头,看见过廊里一位戎装日本人从天而降,她的眼睛顿然间交织着无限惊恐。下人张妈手执抹布,僵硬地注视了这次历史性对视。张妈后来成了我们家族史里的关键人物。历史就这样,每过一段时间就把一个奴才推到无比重要的位置上去。历史被下等人的观察与叙述弄得光彩夺目,而历史本身则异样寻常。

陆秋野的女儿婉怡是在日本人立正、向后转走后坐下去的。她自己一点也不记得什么时候站起身子的。婉怡坐下后大口喘气。张妈丢下抹布不停地揉小姐的胸脯。小姐说,张妈,张妈,张妈。太太从后院进来时小姐已经安顿好了。太太吩咐下人用桑木门闩闩死大门,脑子里不停地问,出什么事了,到底出什么事了?

婉怡就是我奶奶。这个父亲当然知道。但了解历史的人易于规避历史。人类完全把自己弄坏了。我想父亲对这一细节比我更为了解。那一年冬天母亲向我叙述一九五八年,那是母亲怀我的日子。她刚怀上我,父亲就逼她去医院做人流。这一细节不同寻常,它至少表明了父亲对家族史的了解程度。对历史的洞察引起了父亲内心的种姓慌乱。知父莫如子。林康怀孕后我坚信我了解了父亲。我再说一遍,这已经完全超越了生命范畴。种姓文化在这里无限残酷地折磨父亲的过去完成与我的现在进行。

一九五八年的冬季是一个冰天雪地的冬季。这时的父亲早已不在楚水县城,而在乡下。他和爱因斯坦一样做了右派。母亲正是在这一年怀上了我。母亲无限惊喜地告诉父亲这个秘密。这是初次怀孕的女人常规性做法。母亲把父亲拽到土灶后头,压低了声音说,她可能"有了"。父亲望着母亲,父亲的脸上顿时刮起了东北风,残荷败柳东倒西歪,呈现一片冬景。父亲沉默了好大一会儿,阴着脸说,知道了。随后开始了漫长的沉默。父亲的沉默像刀片,能把你的肉一点一点割下来。父亲在几天后对母亲说,你最好回城里"做掉"。母亲说不。母亲接下来问干吗要"那样"？父亲便不开口。母亲这时随父亲来到乡下，在破庙里教孩子们四则混合运算以及《收租院的故事》。母亲沉默了一会儿说不。面对母亲的固执，父亲的固执表现得更为内在和有力。他拉下一张瘦脸，皱纹都绷直了，终日不说一句话。父亲不肯和母亲对视，甚至不碰母亲端上来的饭碗。父亲的沉默带有巨大的侵略性，可以压断他人的神经（所谓他人其实只有母亲）。父亲的沉默在其他方面用得却极其拙劣，他用沉默进行政治斗争，结果输得一塌糊涂。他们把父亲赶到了乡下，让他面对泥土和牲口，他们让父亲和泥土与牲口比试，看看泥土、牲口和父亲谁先开口讲话。但母亲终于让步了。母亲端上碗对父亲说："我回城去。"父亲听了母亲的话也作了让步，他接过母亲送来的麦粉粥，沿着瓷碗喝了一转。他们相互看了一眼，幸福得伤心死了。生儿育女是父亲绝对不敢正视的东西。我觉得父亲的苍凉心态已经体悟到了生存极限。大悲悯与大不幸使他学会了正视家族生态。他把自己当成了我们家族史上的一块石碑，他的存在只意味着家族生命的一件事：到此为止。我认定父亲一定有过自杀的念头，他没有自杀成功只可能是技术上出了纰漏。

母亲的手术没能如期进行。偶然因素在历史的节骨眼上再一次站起了巨大身躯。我至今能看到它的黑色阴影。母亲的手术费在码头上给人抢光了。丢钱的愤怒坚定了母亲"不要"的决心，这多少有点不可理喻。回到乡村父亲就走到大队卫生站，他找到了赤脚医生。医生说，办法是有的，就是大人要受内伤。父亲没有做声。医生给了父亲一整瓶奎宁。这种由热带作物"金鸡纳霜"提炼而就的特效药，专治疟疾，同时兼备收缩子宫之功效。鉴于这一效能，奎宁一度又成了堕胎良药。它成了乡村爱情悲剧里最有力的巨灵之掌。母亲接过奎宁后镇静无比。她倒出了一把，昂头吞了下去。几十分钟后母亲的脸上开始发白。她躺下了，当晚就神志模糊。母亲喘着大气说，下来了没有？父亲没有回答。母亲说，再吃、再吃、再吃。恐怖在这个时候袭上了父亲的心头。母亲已经完全不对劲了。母亲大病一场，堕胎却没能成功。我在母亲的子宫里坚守自己的阵地，直至最后胜利。我的头痛病不知道是不是因为这把奎宁。从记事起我的头就疼。我一直认为人应当头疼，就像长眼睛和流鼻涕一样理所当然。我看了《西游记》后才知道，即使是孙悟空也是不该头疼的。头疼完全是有人念咒。头疼是一件最头疼的事。它伴随着思想，成了我思想的前提和代价。

母亲病愈后没有放弃她的使命。她可能已经忘记了堕胎的初衷，只留下了一种心理愤恨。她开始为堕胎而堕胎，就像不少人为吃苦而吃苦，为拍马而拍马一样。母亲挑水、登高、深蹲、下跳，母亲在炎热的日子里拼命跳绳，绳索在她的脚下头顶呼呼生风。母亲从一数到两千，母亲累倒了站起来，生命不息堕胎不止。但母亲终于失去了信心。母亲逢人就说，怎么回事，怎么回事，怎么就是下不来？母亲说，你拿碾子碾吧，实在是下不来了。父亲动了大怒，沉默的父亲终于高声呵斥说，生，给我生，我倒要看看是个什么东西。沉默的人一开口往往就是真理与命令。母亲这时候相信了命。命就是这样。命中一丈难求八尺。

林康的肚子一天天大起来，背影也开始糟糕。她白天在家吃饭睡觉，夜里去交易大厅上班。我不知道她那个老板是怎么弄的，竟然允许她这样在公司里进进出出。在我研究家族史的惨淡岁月，我和林康的关系反而平静了许多，像两个客人，彼此相安无事。林康有好几天甚至都像贤妻良母了。随着我对历史研究的逐步深入，我日渐消瘦下去。林康怀疑我有了外遇。这是她所希望的。这样也许就扯平了。所以林康明白无误地告诉我，你可以在外头"搞"。应当承认老婆怀孕是男人的危险期，多数男人在这段日子里不可救药。但我没有外遇。我坚信这段日子的前期我已经阳痿了。我甚至盼望自己就此松软下去。这没有什么好可怕的。就是在这段日子的前期我爱上了汉字,是夹在日语里的那种。我在新华书店里找到了日语教材,上面用最时髦的圆头体写了"日本语"三个字。我不知道这三个字用日语发出来是什么声音,但我凭借汉语文化直接走进了日语。世界上竟然有这样两种民族,凭借一个民族的文化呼吸体验到另一个民族的文化体温,而这两种文化相去甚远,只在文字里留下一些似是而非。为此我曾伤心万分,内心风雨交加,千古悲伤风起云涌。我就是在这个伤心的午后决心学习日语的。我捧回了大捆日本语书籍和教学磁带。林康望了一眼我手里的东西,没有开口,我也没有开口。我望着林康,她脸上的那种神情一下子又回来了,她脸上的中国表情刹那间唤醒了我:我从来就是个汉人。看到林康的表情后我立即决定放弃日语。这两个决定之间只有七十六分钟。我认定了我一生将是这七十六分钟的矛盾体验。我将在这种冲突中风雨飘摇。

　　远方之月

　　静静秋穹

　　沐浴岸之彼与此

　　月亮升起来了,这是海上的月亮。海上的月亮有一种宇宙性浩瀚悲伤。听不见风,风把月亮揉碎了,随海面千里闪烁。我的头不晕了。我坚信我已经把自己吐干了。我的身体空空荡荡,接近于无限透明。我不再晕船。这是一个奇迹。是我的头疼治好了我的头晕。我的头再一次疼痛起来,也就是说,我又可以思想了。但这一次头疼对我意义重大,它不是回到当初,而是一次涅槃,是心智的皈依与宗教的诞生。头疼是我的天国走廊,它使我的思想沿着这种锐利的感觉拾级而上。我立在子夜的海面,头顶是宇宙,脚下是海洋。大海的严寒逼近了我的肌肤。我幸福地战栗。我坚信上帝就在身边,人类已经离我而去。我以人类的形象在冬的子夜和上帝对视。我幸福地战栗。我大声尖叫。我发出前所未有的古怪叫声。我呼喊,但不能说话。我只会说汉语。任何语种都是对上帝真意的曲解。我不用任何语言。我不说话。我发出古怪的声音,没有回音。这很好。月夜的世界就剩下月亮和我。月亮冰冷,我用身体体验月亮冰冷。宇宙,我是你的知觉,我冷。我幸福地冷。我无限冲动地冷。陆地是你们的,同志们,大海归我了;白天是你们的,同志们,子夜归我了。你们在大陆上做梦、谋划、盗窃、性交、暗杀、窥淫。我在海上,我沿着月光看见了宇宙的浩瀚悲伤。

你是谁,孩子?你在大海上哭什么?

你别过来。你是谁?

我是安徒生。你八岁时在我的书上见过我的木刻肖像插图。你读我的书时流泪了,孩子。那是你第一次读书流泪。——给你,这是火柴。

你怎么到大海上来卖火柴?

我不是卖火柴,孩子,我只是听到了你的哭声。我住在北欧的童话白色里,那是一种无比干净纯粹的雪白。我知道你是一个汉语史学家,我来看你。我听说你在汉语面前遇到了麻烦,你不应该有那种痛苦,孩子,你太小家子气了,这只是一件很小的事。很小,孩子,你应当热爱汉语,是汉语哺育了你。上帝给了我们每个人一个语种。每个语种都是上帝的一种方式。

这绝对不是一件很小的事,安徒生先生,我是卡尔·马克思,德国哲学家。马克思从远处横插进来,站在我与安徒生中间。他的大胡子在月光下如一团白色火焰。麻醉人民的精神鸦片是宗教;而对你来说,安徒生先生,是童话。人类应当放弃童话,就像火焰应当放弃冰块!

我读过你的书,卡尔·马克思。您的汉语说得很好。

我的汉语非常优秀。可我用汉语读不懂用汉语出版的马克思著作。我无法用汉语思想,你知道,思维一旦不能用语言来进行,不是思维有问题,就是语言有问题。你瞧,我买了这么多汉语著作,全是我的书。中国的市场上过去是我的书多,现在是日本商品多。你知道日本吗孩子?你应当关注日本。它不是一个国家或民族,对于当代世界而言,日本是一种形而上。

日本不只是形而上。日本人敲门来了。日本人站在陆府的两只石狮中间,伸出手,用中指的关节敲出极其形而下的声音:咚咚。

开门的是张妈。张妈一眼便认出了身穿便装的板本六郎。下等人对陌生人的记忆个个都是天才。张妈出于本能随即便要掩门。板本拨开张妈的胳膊,笑起来。板本的笑容是张妈毫无准备的,张妈就那样看着板本六郎结实牙齿上银白的光,双手垂挂了下去。板本的身影走过了陆府的天井,他的双脚在"人"字形地砖背脊图案上交替踩踏。这时候陆秋野已经走上了过廊。他们相互对视。他们的对视风静浪止。板本说,陆秋野?陆秋野说,是。板本走上台阶,看见许多细微的汗芽亮亮晶晶地从陆秋野的额上往外蹦。板本说,我是板本六郎。陆秋野的手往客厅的方向伸过,说,请。板本跨过门槛,一边走一边脱手套,脱得从容斯文又傲岸狂妄,一只指头一只指头慢慢拽。板本坐在红木太师椅上,白手套扔在了桌面上。我看见过你的字,板本说,我喜欢你的字。陆秋野站在一边,见笑了,陆秋野说,涂鸦罢了。板本的脸阴下来,说,我喜欢你的字。不敢,陆秋野惶惑起来,说,实在是不入流。八嘎,板本大声说,我喜欢你的字。陆秋野怔在了那里,不知道该说什么。客厅里骤然寂静。陆秋野的耳里訇然响起条台上的钟声。静了好大一会儿板本说,我想看看先生的书房。陆秋野回过头去，说，张妈，茶。板本伸手拦住，说，茶不好，我们喝酒。板本走进书房，四壁就挂着字画各一幅，别无特别之处。板本从书案上取出两支香，掏出打火机点燃，插进白瓷香钵里去，说，我磨墨，先生赐教几个字。这时候张妈送酒进来，陆秋野对张妈说，张妈，你来磨墨。板本说，我磨墨。张妈倒了酒，是两碗花雕，就退出去。板本端起酒来，小心地喝。放了酒就恭敬地研墨。陆秋野心神不定，泡笔，铺纸，而后坐下来入静。各喝了一碗，陆秋野提了笔，写下"野渡无人"。想团掉，见板本盯着，又不敢。板本拿起来，只看了一眼，说，狗屁不通。陆秋野气浮上来，怎样调息总是乱，一口气写下四幅，自己的脸上也惭愧了。板本就不高兴，问，陆先生这样浮躁，是怕我杀人吧？陆秋野一气说了五个"不"，端起酒，只是喝。板本说，要不就写"秦月汉关"，意思多多有。陆秋野提了笔，凝了半天神，又放下，说，这样的意思我越发写不好了。板本说，我研的墨可是到了好处，写不出好字，不该。陆秋野又喝过一回酒，写下"玉人教吹箫"。板本说，次品。陆秋野埋下头，又写下两幅。板本端详了半日，说，庙里的字怕是先生偷来的。板本端着酒，径自走到客厅去，静坐了半小时，方才回到书斋。陆秋野脸上早上了酒意，案子上已写就了一幅，是隶书"竹西佳处"。板本说，唷西，脸上始有松动，板本说，有意思了，有点意思了。他们碰了碗，坐下来却又不语。板本后来说，中国文化确是美文化，但红颜薄命，气数已尽，不长久了。陆秋野欷歔了片刻，站起身，随手写下"春去也"。横竖里头气息奄奄，枯枝败叶，悲婉凄切。板本放下酒，眯起眼来。板本摸着下巴，好半天说，上品，回头看陆秋野已是涕泪滂沱。板本说，一染上暮世残败气，中国文化就韵味无穷，天意。板本酒意上来，扔了碗，大声说，你们有什么用，支那人，你们就会说美丽的伤心话，就会弄断肠的婉约玩意儿。你们不配活。你们是活尸。陆秋野望着"春去也"，脸上羞得不成体统,都走了样。陆秋野酒气全涌上来,重铺了一张大宣纸,换了笔,蘸足墨,运足气,恣意挥洒,一扫阴柔,凭空而来千钧气力,赫然而成"打倒日本"。四个字血脉贲张,金刚怒目,通体透出一股杀气。板本愣住了,却去了豪兴,凝神望了半日,大呼"神品"!板本沉静了十几分钟,呢喃说,日本会有这样的艺术,会有这样的中国文化。板本无比激动地说了一大通日语,他打起手势,面对陆秋野又吼又叫。他的目光交织了希望与愤怒,最后用汉语说:"我会再来的。"

板本走后陆秋野晃进后院,太太和女儿惊恐地迎了上来。陆秋野一屁股坐上了石凳,石头的凉意顺着屁股眼直往里头飕,酒意也去了大半。陆秋野对着太太视而不见,说,我闯下大祸了,陆家大祸临头了,我们陆家大祸临头了。夫妻相对,无言而泣。陆秋野好半天才说,是酒害了我,是酒乱了我的性。

板本的第三次登门是在次日黄昏。依然独自一人。板本表情宁静从门前款款而至。板本的平静登门使陆秋野如释重负,却又疑云四布。板本显得开朗豁达、神清气爽。见了陆秋野就喊"先生"。板本一边走路一边大声说要向陆"先生"学习中国书法。陆秋野躬身应承,随后领着板本在陆府里随意走动。陆府里所有的人都与板本一一见过。这里头当然包括十七岁的小姐婉怡。这是婉怡与板本的第二次见面。应当说,第二次见面是他们的真正见面。这次见面婉怡闻到了板本身上浓重的香皂气味。这个细节至关重要。女性的嗅觉是许多大事的开端。香皂气味使板本的形象生活化了,使十七岁的婉怡确信板本是一个"人"。这个结论导致了我们家族的大不幸。对"人"的判断历来会导致灾难。关于"人",是与否的判定经常走向其背反。"人"与"非人"历来是人的两极世界,它如同正极与负极吸附在同一磁石上面。由人到青面獠牙,只需转个身。放下屠刀立地成佛,是现实一种;一不留神原形毕露,是现实之另一种。

我得出这个结论不是从历史处，是在林康那里。我时常用即时的当值婚姻当做参照去作史学研究。这是我的方法论。平庸的男人结婚后一不小心就是天才，天才男人结婚后一不小心也会平庸。我是前者。我在婚后的第一个清晨依然不能领悟这一点。我们是"五一"结的婚。在那样的日子里全世界的劳动人民精神饱满，性欲旺盛，是结婚的大好时光。我们在五月二日上午九时醒来，身心疲惫而又爽朗。内心宁静如水，没有骚动与欲望。虽说同居日久，毕竟稍有慌乱。婚姻使我们理直而气壮，在全世界劳动人民大团结的日子里，我们春心勃发，风起云涌。林康醒来后我们又吻了一阵，她像一只啄木鸟，吻得又开心又迅速。我们谁也不愿先起床，衣裤鞋袜扔得一地，仍旧可见昨日的忙碌。十点我们终于起床了。这次起床对我们双方意义重大。我们为对方穿上内衣外裤，一切都显得兴致勃勃。我们的起床延续了一个小时，其中间隔了诸多亲吻与抚摩。林康就在这时候说了那句伟大的话，她说，当新娘真好。

　　婚后的林康开始了社交。她认识了一大帮风姿绰约的女人。林康说，梅莉的鸡心项链那么大，都像鸭心了，你看看我的。林康说，小杜她丈夫上月在股票上发了，三个小时净赚四万八。林康说，人家媛媛那才是戒指，真正的南非钻戒，哪像我，整个一铜箍。林康说，华兰兰家有高保真松下卡拉 OK 了，话筒都是松下牌的，金色，上面有英文 Panasonic（松下）。林康说，朱彤的卫生巾厂开了两年，小汽车都驶到公共厕所了。我一次又一次心不在焉地面对书本或地图，听林康说外面的世界。林康叙述的样子像受过惊吓，又激动又惶恐不安。我揽过林康的腰，尽量温和地说，面包会有的，一切都会有的。林康说，面包当然有，你娶我还不就是买了块面包。林康说这话正是她当新娘的第十七天。书上说新娘的第十七天是女人一生中最美丽的二十四小时。我记起了这句话。怀着这样的心情我审视我的妻子林康，我的心顿时凉下去。林康婚后的第十七天大失水准，出奇地难看。林康转过了身，她的步行动态也出了问题。这世界变化真快。

我不是一个敏锐的人。我对世界的变化相当地迟钝。我并不经意世界的五彩缤纷与疯狂穿梭。世界在轮子上，朝自己不明了的方向轰然撞击，一路闪耀金银火光。商业与市场在风蚀人们的神经，人们既兴高采烈又忧心忡忡。尽管我不敏锐，可我知道世道的变化已经来临，正跨越我家的门槛。金钱在半夜敲我们的家门了，像贝多芬的《第五交响曲》那样，03 33|1－|02 22 |7－|7－|，命运敲响了我的家门。林康和我吵一次命运就向我逼近一次。我感觉到了世界的力量，可我不知道世界在哪里。我漫无目的走上大街，大街上布满阳光，各色人等行色匆匆，所有擦肩而过的人都留下酸臭的汗味。人体的这种分泌物充满了丑恶性质，它使肉体与精神变得黏稠。焦躁的喇叭声宣泄了司机的内心烦倦，反映出人类对自身目的过于热切与缺乏节制。我走了一会儿就累了，累透了，都不知道城市在哪儿了。我回到家，捧起书。我并不想研究历史或学问，我只是让浮动起来的心再降一降、静一静，有能力迎接林康。

天气开始变热。我们新婚的新鲜劲头似乎过去了。我们的床笫之事有了些节制，大热天我不再冥想，人也疲沓起来。林康一日接一日地忧郁下去。她终日盘算我们两个中的一个"下海"或"跳槽"。我提议说，我们到卡拉OK厅里去坐坐，兴许有点乐趣。我们选择了最便宜的一家，最低消费每人人民币三十元。我们坐在空调冷气里，手执冰镇雪碧，四处一片暗蓝。林康说感觉好多了。乘着兴致我为她点了几首歌，她唱得很开心，就是低音低不下去，调子起高了，高音部分又吊不上来。我注意林康的大臂上又有了清爽滑腻的手感。一下子又回到初恋岁月，整个晚上林康就热烈地说，再唱一首，我就又为她再点一首，临近子夜告别歌厅的时刻，林康又说，再一首，最后一首，唱完了就回家。

我们的好心绪没有能耐到回家。从卡拉 OK 厅里出来我们的皮肤就像烧着了。世界是逃不掉的，它永远是老样子。你躲来躲去还是要回到世界里去。在路灯下面林康的情绪坏了下去，脸上又出现了忧郁，她的脸色在路灯下慢慢地难看起来。林康说，什么时候家里能装上空调，小日本的空调一个要一万多。我说，要不你到日本去。林康说，能去早就去了，没那个命。我说，日本人可是给我们打回去的。林康笑起来，说，算了吧，你算了吧，中国人个个都是皇帝的心、太监的命。我说这话可说差了，你就没有嫁给太监。林康说，你就剩那么一点能耐了。这句话我听了不开心，内心的厌烦如夏夜一样升腾，我和林康在城市的夏夜款款而行，在城市的夜景里构成了又一幅爱情与婚姻的苦难即景。我开始心不在焉。我不时打量踽踽独行的少女，她们像蝙蝠，在夜的颜色里华丽地飞行。我其实不是一个花花肠子的男人，我弄不清楚这一刻我为什么这样看女人和姑娘。这不好，尤其当着妻子的面。林康说，你看什么？林康显然发现了我内心世界的新动向，女人做了妻子在这上面都是有眼力的。我说，看什么？我什么都没看，我只是有些心不在焉。不对吧，你弄错了吧，林康说，是对我心不在焉吧。我说，有什么好看的，又不是什么天仙。林康站住了。我也只好停下脚步。不打自招！林康恶狠狠地说，林康这么说着兀自走了。我无趣地走在后面。我认为林康应当说"此地无银三百两"，这样说文雅些。"不打自招"，这样的话完全是拉板车的人用的。我追上林康，说，看你气壮如牛，完全可以拉板车去了。林康又停下脚步，两只手抱在怀里，冷笑着说，怎么嫁到你们陆家来的就得拉板车？

林康这话委实有些过分了。她这话是冲着我父亲来的。我父亲几乎拉了十年板车。我的童年就在板车上一路吱呀着过来。

父亲拉板车始于一九五八年。他成功地做了右派，整天拖着那辆木轮车跟在贫下中农身后，洗刷他的灵魂。父亲的拉车姿势是他留给我的最初印象。这时的父亲显得很粗壮，脊背被太阳烤得油光闪亮。但父亲的臀部糟糕透顶，雪白细嫩，下河洗澡时显现出与后背和双腿令人绝望的分界。父亲的臀部是他唯一没有被改造好的部分，是旧时代残留给他的最后的一块文人气息。拉板车的岁月父亲终年不说话，像个哑巴胎。父亲对人类语言的敌视极大影响了我的智力发展。我到三岁都不会说话，九岁依然口吃。父亲不着急，母亲也不着急。我猜想父亲可能不太喜爱他的母语。但父亲拉板车的日子产生了我的诗意童年。坐板车成了我一生的最大理想。父辈的不幸时常为儿辈完成一种乌托邦。我的童年生活浸泡在那种桃源式的歌谣里。鸡鸣桑树颠，犬吠泥墙边。我的世界里只有泥土和植物，对它们我可以为所欲为。父亲告别城市为他自己带来了宁静，也为我母亲重新树立尊严提供了机会。父亲不说话，母亲则成了最优秀的乡村教师。父亲不招人喜欢，也招不到讨厌，而母亲则是广受欢迎的乡村客人。母亲的外地口语与众不同，她的言谈里有完整的主谓宾与定状补。她的口语就像"毛选"那样又标准又正确。许多农民把他们的孩子送到母亲面前，他们盼望自己的后代能像我母亲那样，一开口就不同凡俗，甚至能拿起毛笔，在新春时分的大门上写下一副对联，表达他们对党、对毛主席、对大米棉花以及酱醋油盐的款款深情。

父亲拉板车的后期阶段我沉醉于我的科学研究。我和贫下中农的红后代们整天研究新型食物。那一年我五岁。我们的方式很原始,即身体力行。我们四处寻找,找到什么吃什么。饥饿使我们对鲜嫩植物充满好奇与欲望。人类对食物的不断发现应当归功于人类的饥饿感。人类饿不死不是因为有食物,相反,是饥饿本身。世界在饥饿面前无所不能。大学三年级我曾在图书馆九楼通读汉文版《资本论》,马克思没有能说出这个真理,这是这部从商品入手研究生产力与生产关系的经典巨著给我们留下的巨大缺憾。谁是我们的食物,谁是我们的非食物,这个问题是生存的首要问题。我们吃棉桃,吃槐花,吃枸杞,吃桑叶,吃芨芨草,吃野茼蒿,吃芦苇心,吃椿树根。我们决定吃什么什么就能吃并且好吃。一九六二年的春天是槐树花最疯狂最艳丽的一年。与此同时,也是楝树花最妖娆最鲜嫩的季节。春风乍起,落英缤纷,千紫万白,交相辉映。槐树的白花与楝树的紫花使我们的村庄呈现出一种大丧礼式的隆重与喧闹纷繁,就像林黛玉所描绘的那样,花谢花飞飞满天。林黛玉吃燕窝喝参汤,她当然要关心花瓣的飞行姿态。我们不关心。我们不认识姓林的黛玉。我们对植物的好丑喜恶只有一个标准:是否能吃。但你要知道槐花的滋味,你就要亲口尝一尝。"尝一尝"的结果是令人振奋的。味道好极了。我想我肯定是吃得太多了,当天夜里我就开始拉稀,拉稀令人绝望。肚子里的严重亏空使拉稀的意义超出了病理性质。这次拉稀使我的脑袋更尖,下巴更长,鼻子也更扁。这次拉稀的旷日持久超出了常规。多年之后我依然有这样的条件反射,看见槐花飞扬我就想拉。父亲无计可施。父亲与母亲正一起承受着大便干结的折磨,他们吃秕糠,啃地瓜,排泄物在腹部百结愁肠。父与子有关排泄的矛盾格局给了父亲以灵感,他决定以毒攻毒。父亲用秕糠往我的嘴里塞。第二天他的以毒攻毒便大获全胜。拉稀与便秘的斗争以秕糠的最终胜利而告终。我不拉了,立即又走向了反面,只剩下大便的欲望,却无拉稀的晓畅。多年以来我一直做有关大便的梦,百般辛劳而无功。肛门的压迫感让我快要发疯了。大学时代我曾就此请教过我的心理学老师。这位高个子"弗学专家"从释梦的角度认为我可能是"性亢进错位"。他一边给我开书单一边启发我,注意"性欲肛门期利必多转移"。大便阻塞的历史时代我渴望放屁。不过话说回来,依照经验,我是不太情愿放屁的。肚子里的东西都是宝,值得去爱护、去珍惜,哪怕是气体。节省一点是一点。我们这个民族是放屁也能放出失落感与忧郁感的民族,应当产生史诗与艺术巨制。有人说"一不小心"就能"弄"出个《红楼梦》,我是相信的。肯定会有这样的事。一般说我的写作也总是小心翼翼,真的"一不小心"弄出个《红楼梦》来,多不好意思。

这一年的夏季充满诗意与可读性。这么多年来一直是我追忆的重点部分。必须承认,这是一个华彩季节。这一年的夏天河里挤满了人。汉语说,"靠山吃山,靠水吃水",说得真好。汉语文化对世界的唯一解释就是吃。人们拥挤在河里,向所有的水中生命发动挑战。我记得人们在水里热情洋溢的模样,一具又一具尸体漂浮在一九六二年的夏季水面。这些尸体随液体波动,筷子一样又生硬又零散,夹不住任何东西。许多尸体从水中捞起后被人抬着走,要绕过一道大坝,坝上用石子嵌了八个大字:打倒美帝! 打倒苏修! 我们在胸怀饥饿的日子里依然不忘放眼世界。

我真正放眼世界是这次海上。放眼的结果令人尴尬。我一无所获。海是一副中央帝国的样子。世界只是它的岸。在海上我坚信,人类的意志与想象只是相对于大陆而言的,如果没有海洋,世界史只可能是独裁者的日记。

白天我几乎都坐在机舱里。这里马达轰鸣。我坚信这样的喧闹轰鸣对梳理我的思想大有好处。轰鸣是一种负安静，也可以说是安静的另一种极端形式。我点了根烟，又孤寂又幸福地天马行空。我喜欢这样的心智状态。大海一片浩淼，而前面就是日本了。许多日本渔船和远洋油轮和我遥相呼应并擦肩而过，我注意到他们的船只喜欢用汉字"丸"来表示。"樱花丸"、"川贝丸"、"雪国丸"、"富士丸"，诸如此类。我越来越喜欢"丸"这个字，尽管我不知道它在日语里表达了怎样的所指。在海上缅怀人类的大陆世界，处处可以用"丸"去概括的。世界就那样可笑，被一只手搓成丸子，放在一些无聊透顶的地方，随风漂泊，随波涛汹涌而去。我用汉语思维、体悟，却企图涉及全人类。我怀疑汉语可能是离世界本体最远的一种族语言。它充满了大蒜气味与恍惚气息。这种高度文学化、艺术化的语种使汉语子民陷入了自恋，几乎不能自已。关于语言我可是个行家。我了解语言对上帝意旨的诠释状态。在这个世界上另一个像我一样理解语言的是斯大林。也就是被称为"全民的父亲"、"人类的主宰"的约瑟夫·维萨里奥诺维奇。他写过一本很有名的书：《论语言》，是一本写得不错的著作。我坐在木板上，屁股下面是柴油机的震颤，强烈而又细腻，我看见斯大林沿着我的想象向我走来。由于柴油机的缘故，想象里的斯大林不住地颤动，像得了很严重的帕金森氏症。许多伟人都死于这一顽症，毛泽东就是其中的一个。斯大林站在我正面，留了八字须，身穿军用呢大衣，脚蹬马靴。他面色严峻，忧心忡忡，目光凝重而又冷漠，透出一股领袖式的宇宙感。只有关注人类与世纪的眼睛才会有这样的目光。你好约瑟夫，我说，我想和你谈谈语言约瑟夫。斯大林站住脚，忧郁地望着我。我提高了嗓门说，我们在海上，没有路也没有墙，这里很安全。斯大林向四周看了一回说，我知道很安全，虽然我有很多警卫战士，但我知道，有人就会有安全问题，警卫越多当然人也越多。——你瞧，这已经是逻辑学的范畴了。

您为什么那样关注语言，约瑟夫？

您为什么叫我约瑟夫而不叫斯大林？斯大林反问我，这两个概念都是指我。

约瑟夫是您，而斯大林是世界意义上的您。如果我没记错，"斯大林"是列宁同志给您起的名，汉语的意思是"钢铁"。

你瞧，语言多么复杂，离开思想的抽象语言是没有的，正如没有离开语言的思想。你为什么是汉人？很明了，因为你用汉语思维。

照这样说，一个汉人能顺利地用日语思维，他就会成为日本人了？

当然会。这是我研究语言学的意义所在。优秀的人类战略家在任何时候都应当关注语言。人类历史已经告诉我们，帝国主义时期是以"英语帝国主义"作为标志的。同样，俄语应当是人类共产主义的语言。人类大同的梦想必须以语言大同来实现。

可是中国人更爱说汉语。

哦，我们可以这样说，那是具有中国特色的初级共产主义。

约瑟夫，我们谈谈具体的问题，这么说吧，我对日语一窍不通，可我有日本人的血统，二次大战时，您知道我……

是这样，斯大林打断我说，我明白了，是这样。但你是中国人。就像约瑟夫是斯大林一样不容置疑。汉语是一种不可同化的语言，它是语言学的特例。我了解汉语。我了解中国人。

我很高兴我是中国人，对这个民族我充满自豪，不过就我个人而言……

我只关注人类，斯大林铁板着面孔说，我对个人没有兴趣。

斯大林就这样打断我的话。斯大林紧锁眉头的样子使他更像一个忧郁浪漫派诗人，甚至有点像叶赛宁或夏多布里昂。斯大林说过再见就走出了机舱。太平洋苍莽无垠、碧蓝浩淼里有一种宇宙感伤渲染我、感动我，使我不能承受。海洋就是这种东西，吸引你来，再把绝望劈头盖脸泼给你。太平洋不关心人类的语言，它有它自己的文化局面，波动、传递。东西南北风，东南西北浪，对世界不偏不倚。我手扶栏杆，意识到太平洋的存在是对人类的一种告诫与嘲弄。我坚信地球生命一定起源于海水。大陆生命的出现预示着海洋生命的一次有效剔除。这是大陆的灾难之源。城市无疑是大陆的最后坟墓。人类习惯自掘坟墓，然后，迷醉而优美地跳进去。

我们就那样在城市里作践自己。城市是人类放逐自我的最后途径。和林康的吵架使我学会了出走。这次婚后冷战持续了相当长的历史时期。中间有过短暂间歇，甚至有过初恋的回光返照。林康在这段日子怀上了我的孩子，随后的一切又乱了套了。

我想我就是在这次冷战中成长起来的。这段落魄的日子导致了我的外遇。是一次丰收。事情发生在下班以后。下班后我漫步在街头，刚领了工资，走在路上信心十足。晚风习习，华灯绚烂，行人也就格外地漂亮动人。完全是改革开放后的城市外景。喝酸奶时我遇到了夏放，她的本名叫王霞芳。夏放只是她的艺名，也就是在舞台上走钢丝时所用的名字。我其实并不爱喝酸奶，我喝酸奶完全是我的一次精神渴望，我希望能得到一次缅怀。这里面有潜台词，日本人的广告说："酸奶——又酸又甜；初恋的滋味。"处在我那样的时刻是容易追忆初恋的。我站在乳白色的立柜前，说，酸奶。

外遇在这时拉开了序幕。一个姑娘站在斜对面，背影是窈窕淑女。白裙子，黑背心，蘑菇头。小腿有极好的外弧线。因为吮吸需要她的脖子倾得很长。她的脖子让我激动，让我无端地活跃起来。这样的脖子无疑是产生爱情或婚外恋的温柔场所。

她转身时我们的目光相遇了,还弄出了不少画外音。我是一个极本分的男人,完全料不到自己在这上头会有潜能。她的口红笑起来,眼影部分有了适合于男人进攻的可能性。我说你好。她点点头。好像是老相识了。我们结账后款款漫步,城市夜景妩媚起来,霓虹灯也活蹦乱跳。我开始赞美她的脖子,然后称赞她脖子的上面和下面。由于酸奶的缘故,我的智力开始发酵,喷发出芬芳泡沫,说出了意想不到的美妙警句。她听进去没有我不知道,但我说得开心。我用批判现实主义的激情批判金钱、家庭、股票和伦理。在虚幻的激情中我意识到自己实在是个伟人。这一回她听得很耐心,低着头,认真地咬左手的食指关节。她的这个动作可爱又可怜,使天下的男人勇气倍增。我们在路灯下的身影时而颀长时而粗短,充盈了深刻的历史精神和不确切的现实状况。后来她说,我有点累了。她说这话时依然咬着食指关节,眼睛里全是优美的委屈。我立住脚,想拥抱她,嘴里却说,你叫什么?夏放,她说,夏天的夏,开放的放。我就料到她会有这样的名字,不同凡俗,意味隽永。夏放眨巴了眼说,我累了,我真的累了。我提议找个地方坐坐,再喝点什么。夏放说,要不呢,就到我那里去,我可是从来不把男人带到我那地方去的。我有点不坐怀而乱,愚蠢地笑起来。她说,笑什么嘛。我就说,走。

我一点都没料到我正在做什么。兴奋得过了头了。男人的第一次外遇至关重要,它的意义等值于婚姻。所谓家花不如野花香,完全是一种惊心动魄的堕落,又无聊又幸福。进了门我情不自禁地夸她的腿。她说:"当然好看啰,这双腿是走钢丝的嘛。"为了证实双腿的良好性能,夏放挺直了一条,缓缓举过了头顶。夏放的这个举动对我是一场灾难。她的粉红色内衣点燃了我的夏季。这时音乐响了,是一支箫,有气无力却春意勃发。我的目光生硬了,她恰到好处地两腮含春。虽然铺垫过于仓促,但毕竟是水到渠成。我们胡乱地吻了。

她经不起吻,松了下去。在夏季的这个晚上我走出了人生的重大步骤。夏放给了我无比新奇的感受,她在床上胆大心细无微不至。她的床上工作充满想象力,体现了现实主义与浪漫主义的良好结合。这个走钢丝的女杂技演员让我体会到了钢丝的危险与刺激。我们一次又一次起死回生,一次又一次有惊无险地跳向彼岸。后来风停了,雨住了,我们的脸上露出了笑容,满足而又疲惫。夏放伸手摸过手表,看了一眼。她很突然地坐起来,对我说,八点了,你该付账了。我支起上身问,你说什么?夏放没看我,用刚才的平静语调重复说,付账吧,都八点了。

我坐起来。我心中大片大片的爱情刚枯木逢春就遇上了风暴。我企盼一次外遇,却做了回嫖客。我说你是婊子。她笑起来,说,难听死了。我说你他妈的是个婊子。她说,我六岁走钢丝,十二岁团长把我睡了。走钢丝,和男人睡觉,我就会做这两样事,不过呢,她咬着下唇说,女人谁不想做那个,你刚才说的那个,就婊子吧。

这个该死的夜混账透顶。我走在夜城市路边,脑子里汹涌起大段的自我独白,我相信第一回做了嫖客后的文人内心都装满了一部巨著,从盘古开天地到改革开放,从中华民族到美利坚合众国。我开始了哲学沉思。我用几个小时审视了自己全部的心灵经历。我为找不到借口而懊丧。于文人而言,深沉状态大部分是堕落找不到借口的伤感状态。霓虹灯依然在搔首弄姿,我习惯性地把手伸向口袋。空了,归来却空空的钱囊。我终于发现我的内心独白远没有那么伟大,没有历史气息与文化构架,只是一种恐惧。人民币贴到婊子的肚皮上去了,回家没法向林康交账。

大问题依然不在这儿。问题是夏放的身体和她床上的姿态对我产生了巨大诱惑。她那种大胆不要命的细腻波动与呻吟给了我罪恶式的欢愉。罪恶欢愉是一种彻底,人类走向"原罪"委实是一种解放。我终于被自己说服了,第二次走向酸奶街头。我知道我不可救药了。"一"意味着诱惑,"二"则有了规律性堕落。我不是在街上,而是在电器商店里找到了夏放。我走上去,轻声叫她的名字,对她说,我们去工作。她纯情无比地笑起来,甚至有点害羞,像个处女。圣洁与淫荡历来就是优秀女人的拿手好戏。她说,我刚买了盘麦当娜CD。

今天回过头去看,我解释不了当初与夏放的诸种疯狂。肉体被24K情欲所左右,其实很可爱。妻不如妾,妾不如偷,偷不如嫖,东方的性审美似乎历来如斯。

在我研究家族史的那段日子,我时常作一种可怕联想,一想起板本六郎与我奶奶,我就想起夏放与我的细节种种。这种联想令人绝望,却又不可遏止。我弄不懂我的心智为什么要做这种伤心滑行。它使我一不留神就会陷入尴尬境地。板本和陆秋野关于颜筋柳骨王皮赵肉有没有取得文化共识,于我而言并不要紧。我关心的只有一点,板本是何时实现对婉怡的性占领的。我对此耿耿于怀。性占领是一种极其本质的占领,个人或民族的许多大话题都结在这上头。那时候婉怡似娇花照水,弱柳扶风;板本则身姿硕健,英气勃发。这为占领与被占领都提供了物质可能。在那样的日子里,有一种东西是极其重要的,即那台手摇式留声机,它是我的家族史上最有史料价值的物什。我在许多作品里提及过这台由爱迪生发明的音乐机器。现在它已经失灵了,放在我的书房里,遍身笼罩了一层历史陈迹,铜质喇叭上生了许多斑驳铜锈,墨绿色,像哑坏了的嗓音。这台留声机当年播放得最多的是梅兰芳博士的唱腔选段。其时梅老板蓄须明志,封了嗓子。他的唱盘自然也就格外引人注目。往年的陆府总是在夏夜唱堂会的,日本人到来后堂会也自然换成了留声机。许多夏夜板本和陆府上的人们一起听梅老板的唱盘,我想这是极其可能的。他们仰望星空,四周蛙声一片,萤火虫的屁股在头上的葡萄架间吃力地闪烁。陆府的不幸这时其实已经开始了。灾难时常选择良辰美景悄然而至。一件重大的事情在这种牧歌式的宁静里滋生了。这一夜人们照例坐着听戏。大伙坐在天井里,堂屋里的蜡烛娇羞如圣女,静静地秉照夏夜。张妈注意到板本、婉怡、客厅里的红蜡烛极其偶然地串在了一条线上。也就是说,在板本与红蜡烛之间,婉怡的青春轮廓被红蜡烛照亮了。她面侧与后颈上的茸毛给了我奶奶一道细腻模糊的勾勒。婉怡动人的剪影唤醒了板本体内最活跃最严重的部分。他马上作出了重要决定。悲剧业已发生。在这个决定里我奶奶婉怡的悲剧命运已不可更替。这样的悲剧既不是宗教信条,也不是哲学体系,只是生命的糟糕流程,或者说是生命里的致命感受。婉怡的不幸印证了中国史里一种最本质的部分,中国史说:灾难的最后不幸总是由女人来承担,真他妈的狗杂种历史。入侵者最无耻的举动也都是风度翩翩的。彬彬有礼的兽行是入侵者最常见的行为规范。第二天是一个下雨的日子。奶奶的灾难笼罩了婉怡少女时代最后一个处女梦。午后日本人的小汽艇靠泊了陆府后院的石码头。上岸的只有一个人,是板本六郎。板本走进客厅和陆秋野说笑了一阵。这时候冲进一队人马。有日本人,也有中国人。这一队人马端着长枪把陆府的上下全部赶进了后院。婉怡待在自己的闺房里,刚要出来,门恰好给推开了。是板本六郎。板本那样靠近并俯视婉怡,婉怡的脸上感受得到灼热粗重的男性鼻息。婉怡的咽喉往下咽了一回,随后下巴慢慢地往下挂。婉怡后退的步伐与板本逼进的步伐刚好同步。婉怡的下巴用力地在动,想说什么,却终于没有说出来。婉怡闻到了日本肥皂的芳香气味。退到床边婉怡坐了下去,神经质地握住纱帐,捂在胸前。板本挨着坐下去,揽住她的腰,然后解她上衣上的布质纽扣。婉怡的手僵在那里,双眼惊恐地盯住板本,甚至不会眨巴。婉怡的上衣就那样给脱了,露出了藕色小马甲。板本拽住两边,一发力,丧心病狂的撕裂声在婉怡的内心拉开一道狭长缝隙。婉怡低下头去,看见两只小乳房发出淡蓝惊恐的光。婉怡的脑子里响起了一声沉重闷响,整个身子松塌了,掉了下去。婉怡在晕厥里一直感觉到一条多脚软体昆虫沿着她的身体四处爬动。婉怡最终被一阵剧烈的疼痛撕醒了。她的身体在重压中被一种节奏冲撞得支离破碎。婉怡睁开眼,另一双疯狂的眼睛却贴在她的眼边。婉怡张开嘴巴又一次晕厥过去。

日本人撤走后陆秋野老爷和太太一起冲进前院。天井里弥漫着雨雾。他们看见婉怡的闺门大开着。他们立住脚,互相看了一眼,听不见任何动静。太太试探着走进去,眼里轰地一下,小姐光裸了身子散乱在床上。小姐的身子松软绝望,散发出冷凝凄艳的将死气息,苍白而又幽蓝。她的眼睛睁得很大,视而不见地眨巴。太太打了一个踉跄,杀人了,太太说,杀人了。老爷刚要进去,先闻见了一股内分泌与血腥的混杂气味,老爷的手扶住门框,脑子里空了,只看见天井里潮湿的地砖背脊发出骷髅一样的历史反光。陆秋野听见房门轰的一下关死了。太太在这样的时刻可贵地保持了冷静。太太闩好门,走上去给女儿擦换。太太的手触摸到女儿的皮肤。是红木一样的细密阴凉。太太一边忙碌一边说,丫头,你说句话,丫头,你和你娘说句话。婉怡的目光慢慢地掉了过来,和太太对视,唇部动了动,启开一道细小的唇隙。没开口。

婉怡的沉默预示了她对灾难的承受能力。我们家族的伟大忍耐力源于我奶奶婉怡。上帝只赋予人类两样最重要的东西,一是创造力,二是忍耐力。上帝把它们分别赐给强大民族和弱小民族。在我奶奶那里,需要忍耐的是屈辱,而到了我,最严重的是面临饥饿。

我在大学二年级开始接触杰克·伦敦。他在一本书里说,

"一块给狗的骨头不是慈善,慈善是当你和狗一样饿时与狗分享的骨头。"我读这句话时在图书馆的二楼。读完这话我便热泪盈眶。大作家的身上总有一股与生俱来的悲悯,涵盖了时空,感动人类。因为杰克·伦敦的启发,我在大学图书馆里反复追忆那段饥饿日子,饥饿岁月我关注的并非慈善,而是饥饿本身。我终日盼望一块与我分享的骨头,甚至一块给我的骨头。我饥饿的时代背景这里不必补叙了,它发生在自然灾害最猖獗的年代。那一年我六岁,也就是说我的饥饿也是六岁。因为严重缺钙,我的罗圈腿已见端倪,中间可以夹个西瓜。我的不少大学同学以为我来自鄂尔多斯大草原,因终年在马背上驰骋,才长成今天这种样子。回过头来看灾难总是那样浪漫诱人。我对罗圈腿的关注是长大之后的事,我那时最关注的是手。我一直以为我还有另一只手,长在胃里,拽着某样东西往上爬。有一本史书里说,一个民族要出了问题,这个民族的人们对自身的认识就会接近神话。我坚信六岁那年我不是依靠想象,而是靠感知,在自己的胃里增添了一只神话之手。

那一个午后是刻骨铭心的。依照视觉上的记忆,应当是冬日。我们几个人坐在一面土墙阳面烤太阳。我们不说话,闻得到屁股下面稻草的金黄色气味,我们看见懒洋洋的太阳下面走过来一个人,他唯一醒目之处是上衣上有四个口袋。他背了一只包,上面有"为人民服务"五个平绒红字。因为某种需要或者说天意,他走到我们的身边,坐下来。他显得很疲惫,坐下之后就闭上眼睛,与我们分享阳光。事情发展到此一直风平浪静,他并没有惹我们。可是,(历史的紧要关头,"可是"这样的转折词一直非常坏)他竟然从他的土黄色挎包里摸出了一只烧饼。冬日的阳光下面烧饼发出金色光芒,烧饼的芳香气味五彩缤纷地散得一地。烧饼惹我们了,它光芒四射。我们的嗅觉吐出了春天的嫩芽,目光里淌出三尺流涎。我们站起身,满地都是投向烧饼的枯瘦身影。他闭着眼,准备享用这只烧饼。他在酝酿充分的唾液。他睁开眼时肯定吃了一惊,他看见了一排小狗蹲在地上,神色严峻,穷凶极恶又彼此防范。一群小狗就那样盯着他手里的骨头。他马上冷静了,脸上笑起来,笑得很饿。而后他就张开嘴,把烧饼送进去,细腻地、严肃地、投入地、历史感地开咬。他的黄牙陷到烧饼里去了。在撕开之前歪了歪脑袋,而后他开始了幸福伟大的咀嚼。他的咀嚼生动活泼,依照音响能听得见牙齿与舌头的空间位置。最伤心的时刻终于来临了。他的喉头动了起来,依照经验,他马上就要下咽了。他真的下咽了。他的大喉头无耻地提上来,我们都看见那块烧饼缓慢而抒情地、华丽而绝望地蠕动下去。我也咽了一口,肚子里那只手却伸出来了,什么也没抓住,便又缩回去,反给我肚子一拳。我望着他手里的烧饼,烧饼有一块空缺。后来的岁月里我坚信烧饼的空缺就是维纳斯女神的断臂,有一种残酷、惊心动魄与无力回天的美学效果。他突然看着我,他的目光明白无误地看着我。我预感到一种神秘的可能即将降临。我有点晕,坐不住了。他说:"想吃?"我张开嘴,挪动过屁股。我不开口。我担心一开口巨大的神秘降临将就此消逝。"叫,"他说,"叫我爹。"

"爹。"我脱口而出,"爹。"我立即作了这样的补充。我像狗那样对称地舔了舔舌头。

他的脸上很开心,低了头,用手指最灵巧的部分掰分手里的烧饼。他掰开了蚕豆大的一块,放在我的掌心里。我的一只巴掌托住蚕豆,另一只巴掌托住巴掌。我把那颗蚕豆送进嘴里去。我没来得及咀嚼甚至没有来得及下咽,那只手就一把抓了下去。我咂嘴追寻烧饼的味道,可烧饼的味道空空荡荡,连同我的舌头与童年一起空空荡荡。

"爹。"我的同志们一起高声说。

然而他又咬了一口,把那块烧饼放进了挎包。我们一起亮开了嗓门,像鸟窝里伸出来的嫩黄嘴巴。我们喊爹。我们彼此抗争用力呼喊爹。他点头微笑。不拒绝也不施与。他一定听出了一种恐怖,那种孩童身上因饿极而出现的回光返照。他站起身开始撤退。我们紧跟他,排了一路长队,一路高叫爹,一路流口水。他甩开大步,最终在草垛旁转身并消失。我们站住,道路空洞起来,我们的伤心开始升起。冬季无限苍茫,天上飞过饥饿的鸟,它们的翅膀疲沓机械,向远方无序而散乱地飞动。我们望着鸟,泪水与口水一起流淌。

我真正全神贯注关注鸟类是在海上。天空布满海鸥。这个时候我当然不再是六岁孩童。海上经历已经使我能熟练地胸怀祖国放眼世界了。在海上做鸟是一件痛快的事。海鸟的世界只是海水。没有国境与护照绿卡那样的啰嗦事。它们唯一的标记是"类"。我立在船尾,成群结队的海鸥伴随船体而行。它们离我那样近,它们的羽翼纤毫毕现。它们瞳孔周围的绿色光圈活灵活现,笼罩了海洋球面。它们不用担心人类猛兽,甚至没有风暴之虞。它们在没有任何固体的世界里自在飞翔,栖浮于液体表面。它们是那个世界里唯一的固体生态。我时常顺沿想象做起海鸥,扶摇而上九万里,而后俯视人类。大地上没有国界,但人类就是这样自作自受,干戈相见了几千年,最终安定于画地为牢。人类把地球瓜分完毕,并发明"祖国"、"民族"、"家园"这样营养丰富的词汇。人类对自己的发明满怀深情,把故乡以外的地方称为"天涯海角",把家园以外的道路称作旅途,把母语以外的语言称作"外语"。我们就这样放逐了自己,并为此兴高采烈。

我已经说过,父亲结婚时和爱因斯坦一样,已经成功地做了右派。父亲是我们家族史上唯一投身中国革命的先驱。父亲后来又成了我们家族史上唯一的一位"左"派。父亲在某一天的早春意外地叛逃而出,他远离陆家大院,走上了革命道路。父亲这样做当然有其逻辑性背景,然而父亲一直不愿提及此事。父亲的这一举动理所当然成了我叙事里的空穴来风。但不管怎么说,父亲成了革命队伍里一位能画会写的文化战士,他编顺口溜,出黑板报,用石灰浆挥刷大幅标语。父亲的青春面庞和新生共和国一起闪闪发光。他憋足了劲儿,不但迎来光辉的一九五七年,而且做了右派。他被送到了乡村,在当年陆府长工们的监视下洗面革心。父亲在乡村经历了一生中最充实的幸福时光。"母亲只有疼爱孩子才会打孩子的屁股,"父亲这样对另一位右派说,"做右派是党对我们灵魂的巨大关心!"父亲感受到了中国共产党慈祥湿润的巴掌,是母亲的巴掌,疼痛但贮满母爱。他找来了马克思的书,从"全世界无产者联合起来"开始阅读。父亲从马克思的字里行间找到了人类的万苦之源与理想明天。父亲低头忍受自己的饥饿,抬头关注的却是人类。父亲在做了右派之后时常向中国共产党最基层的组织汇报自己的思想。他说,他比任何时候都更想"成为一名布尔什维克"。村里的"党组织"是一位五十九岁的独眼老头,他是这个村的支部书记。独眼支部书记来到父亲的房间,向父亲借钱。父亲给他倒了开水,请他上坐。然后父亲开始倾诉。他结结巴巴、夹叙夹议、声情并茂。老支书用唯一的眼睛望着父亲,说,你有钱没有?父亲说,没。老支书站起来,跨出门槛。他背对父亲,对父亲说,你的思想党组织已经掌握了。父亲听着党的乡村方言,一个人站在房屋中央,胸中霞光万丈,玉宇澄清万里埃。父亲一遍又一遍回味老支书的话,热泪盈眶了。父亲写了入党申请,他知道从组织上来说这是不太现实的,但在灵魂上,即通常所说的思想上他有把握。他一次又一次在想象里面对红色旗帜与黄色锤镰举起右手,握紧拳头,一次又一次内心澎湃,泪如泉涌。父亲真正成为中国共产党党员是一九九二年，这时候他退居二线已经三个月了。父亲入党时出乎意料地平静。回家后，他出席了我为他准备的宴会。他多喝了两杯，不久就睡了。

实际上我要叙述的不是父亲的入党，依然是他的家。父亲的住家是一个废弃的仓库。闲置多年，里面依然弥散出糜烂稻谷和农药化肥的混杂气味。墙壁四周布满了老鼠洞。父亲那时和老鼠做了朋友。这个秘密是我在成人之后发现的。父亲能和每一位老鼠悄然对视，长幼无欺。父亲一连几个小时望着它们，给它们读书、读报，为他们讲故事，和它们一起开斗争大会，批判毒蛇与黑猫。父亲和老鼠生活在一处而相安无事，这无论如何是一个奇迹。我曾见过密密麻麻的老鼠在父亲的面前围着一个圆圈用力狂奔，像召开鼠类奥林匹克，我一去老鼠就跑光了。我专门问过父亲这事，由此引发过一段很好的对话。那些话相当精彩，被我写进了日记。

父亲就是在大仓库里正式和母亲结婚的。他们的床笫支撑在大仓库的西北角。这张床和一只泥质锅灶的对面是庞大的空间。这些空间在夜里成了隆重的黑色，里面装满了老鼠的追逐和磨牙声。许多夜里母亲总要点灯睡觉，但点上灯更可怖，那些硕大空洞的空间在暗淡的灯光里变得杳无边际。空洞在视觉里有了体积和重量。它压在母亲的睡眠上，使母亲噩梦联翩。这个仓库没有支撑到我出生就坍塌了。在夏末的一个滂沱雨夜里，它死于一个霹雳。我记事的时候它的旧址已成了一块稻田，每年都长满不同品种的早稻。这里是我的大学，我的早稻田大学。

我的另一所大学应当是那个叫夏放的女人，那个做皮肉生意的前杂技演员。在我研究家族史的空隙，我三十七次爬上她的床笫。她给了我廉耻以外的巨大快慰。肉欲攥紧了我，她是床上的天才。我忘记了我是人，在床上我对她大声吼叫，我是一条狗。夏放就说,我是一条母狗。这时候麦当娜正在 CD 唱碟里反复重复:像一个处女,像一个处女。我觉得我的夏放一点不比麦当娜差。在夏放面前我认真地放射我的身体,它很好,所有的机件都功能齐全。我为什么要研究该死的家族史?汉人、大和人、马来西亚人、盎格鲁·撒克逊人、德意志人、高卢人、亚玛逊人、俾格米人、爱斯基摩人、都是上帝精液的子民。我们是一家子,同志们!家族史历来是历史的叛徒,人类最辉煌的史前时代没有混账的家族。人体是历史的唯一线索,人体是历史唯一的叙事语言。惠特曼说得对,如果肉体不是灵魂,那么灵魂又是什么?所以我说,我又一次说,夏放,再给我。夏放肯定被我吓坏了,说不行,绝对不行。夏放说,你累了,你要生病的。夏放关掉了麦当娜,空间顿时安静无比,一抹夕阳斜插进来,温柔而又性感。我说你给我,夏放望着我,像夕阳一样望着我。她的泪水渗出来,摇摇头,说不行,你要生病的。我把她摁住。夏放说,你要累死的。后来夏放又语无伦次了。她带领我走钢丝,在八百里高空。我们火火爆爆又小心翼翼。我说,你骂我,骂我日本鬼子!夏放喘着粗气,闭着眼说,你不要命了。

深夜一点我在夏放的乳房上醒来。我想我该起床了。夏放的睫毛上挂着泪珠,吻我,无声无息。唱机上的绿色数码在反复跳动。我托着她的腮,说,我的钱全嫖光了,你先记上账。夏放幸福无比地说,日本鬼子!

凌晨两点走进林康的贸易大厅完全是鬼使神差。我弄不懂我来做什么。大厅里灯火如昼,一台又一台电子终端吐出成串阿拉伯数字。我在角落里坐进沙发,点上烟,看林康的背影。我一点看不出悲剧业已笼罩林康。她的背影与那张电子屏幕一起显得十分平常。后来我看见林康站起了身子,站得极猛,双手扶住屏幕,嘴里发出一种声音,像被烫着了。好几位经纪人一同围上去。我不知道在那个没有空间的假想市场里到底发生了什么。我就听见有人说,怎么这么快,天,怎么跌这么快。我揿了烟走上去,林康站在那里,嘴里衔着一支黄色圆珠笔。但她的脸色已经面目全非。她面如死灰,脸上的胎斑一颗一颗显现出来。她盯着屏幕,两只眼珠慢慢向上插。她的身子晃了两下,一点一点松下去,倒在黑色皮靠椅上。死亡弥漫了大厅。

林康是在医院醒来的。她一醒来就痴痴地和我对视。我给她递过水,林康没有动。过了好半天林康说了一句话。那句话狗屁不通,却给了我十分锐利的永恒记忆。林康说:

全世界都在骗我。

后来林康闭上眼,泪珠子在睫毛上颤动。她的样子真像夏放。我望着她,向她的腹部伸出手去。我的手放在她的腹部缓慢地体验,我的脑海里反反复复地追忆夏放,可我怎么也想不起她的长相。我想象世界里的所有女人长得都像林康。妻子是我们这个时代的君主,她驾驭了你的一切,乃至想象力。我走上过廊,过廊里是酒精与福尔马林的混合气味。我在黑暗里吸烟。和我对视的是伟大著名的烟头。它陪伴着所有的天才之夜。烟头是夜的独眼,它忧郁而又澎湃。在烟头的帮助下我想象起我的孩子,他长得像林康,完全是林康的翻版。但他是钢琴家,靠十根指头在八十三个黑白键上与世界交谈。他的指头贮存了上帝的听觉,英语的耳朵和日语的耳朵都不再依靠翻译,直接走进人们的心智。他有一双清澈的眼睛,额头晴朗,笑声灿烂。他娶了曼丁哥语系冈比亚著名的英雄昆塔·肯特的黑色后裔。他们真正跨越了种族,心平气和地看待国界与语种。他们坐在飞机上,看不见国界,只看见山峰与河流,许多缤纷的颜色组合在他们的飞机舷窗下面。他沿着经纬线飞往所有的地球表面演奏他的钢琴,所有的人都听过他的音乐,就像所有的人都有想象中的圣诞老人,白头发,白胡须,红帽子与红棉袄。这不是一个具象的人,却伴随着人类的愿望,直到永远。这是我的孩子一生所要做的事,他只用十个指头,完成得举重若轻。

在这样的夜里我再一次无可奈何地追忆起板本六郎。我的心智全乱套了,像我的次品电脑染了病毒。我的想象在深夜迭现诸神毫不相关的事理。我不知道板本六郎是谁,关于他我实在是一无所知。这个因为文化吸引走进我奶奶家门的日本男人,却又在我奶奶的身上创造出巨大的悲哀。这位入侵者膜拜在中国文化面前,依然不肯放弃对中国人的占领欲望。他必须为所欲为。只有这样他才是真正的占领者。十七岁的婉怡只用了一个下午便走完了女人的一生,这一点奶奶与父亲是相反的,父亲用一生的时间都没有完成自己的真正午后。婉怡多次决定结束自己的生命,但她的自杀企图让老爷一次又一次化解了。婉怡事实上已成了老爷手里的赌注,老爷的家园全部压在了十七岁的婉怡身上。十七岁的婉怡整日坐在她的闺房内,等待日本人对她的强暴。命运只为奶奶做了这样的安排,我奶奶十七岁的婉怡她老人家别无选择。

日本人板本六郎在陆家大院里只做两件事:练习书法,强暴婉怡。他平平常常地这样做。陆家大院平平常常地这样接受。

初次的疼痛与惊恐之后,婉怡迎来了真正意义上的屈辱。已婚男人板本六郎开始了最惨绝的性掠夺与性剥削。他显示了惊人的耐心,他的身体与语言都显得无比温存。婉怡的身体在空虚里出现了松动,出现了出卖自己的可怕苗头。她产生了性快感。这种感受使她无比羞耻却又不可遏止。她身不由己。性高潮使我的奶奶痛不欲生。板本六郎在性高潮的前沿让我的奶奶欲罢不能。婉怡用指甲抠挖自己的青春肌肤。她痛恨身体,对自己的肉体咬牙切齿。她老人家在性高潮的大屈辱里诅咒肉体对自己的无情反叛。如果肉体不是灵魂,那么灵魂又是什么?

这样的大屈辱产生了父亲，产生了我，产生了我们家族的种姓延续。不难看出，《圣经》产生于原罪。这句话也可以这样说，原罪产生了真正意义上的宗教。历史就是家族对祖上的忏悔。这是人文的全部内涵。林康被注射了镇静剂，睡得很踏实。她打着小呼噜。我的孩子在她的安眠里安眠。太阳出来了，我困得厉害。这个世界困得厉害。醒来时天已微明，大海的凌晨无比清澈，沁人心脾。我应该看一回日出了。这些日子我唯独误过了日出。我决定看一回太阳升起的样子。我洗过脸，刷完牙，静坐在船头。我知道我走进了仪式。

天是蓝的，海是黑的。最初出现的一抹阳光是扁的。但太阳还没有出现。世界处在一个精心的准备阶段。宗教氛围无所不在。太阳出来了，只有拇指那么大，是一块猩红。然后大一点，再大一点。和太阳的面对面我第一次依靠人类的感官体验到地球的自转。这是一个伟大的感觉，是四两拨千斤的感觉。这个感觉来自于哥白尼和布鲁诺。人类感觉的每一点进化都蕴含了漫长的人文历史，蕴含了大牺牲和大痛苦。东方红，太阳升，我很突然地伤感起来。没有理由。地球在转，我吸附在地表的弧线上，参与了这种伟大的运转。浩瀚的海面血红了，太平洋伤心起来，这个液体的大世界静穆地移动，在人类的视觉之外激荡奔腾。

仪式完成于寻常日子开始的时刻。我的泪还没有流出眼睑，我的激动便阳痿了。一个身影在我面前傲岸地出现了。他以这样的教诲对我说：

听我说孩子，一个人是一个局限，一个生物种类依然是一个局限，因为地球必须依靠我的哺育。

你是谁？

我是日神。也可以说是阿波罗、诺日朗或羲和。

我认识你，我们的夸父追逐过你，而我们的后羿又捕杀过你。全是你闹的。

明白了,你是人。地球上就你们爱走极端,听说你们想当地球的领袖?那个莎什么比亚自吹自擂说你们是宇宙的精华,万物的灵长?有这回事吧?你们打得过狮子吗?

打不过。可我们有智慧。

傻孩子,智慧是我扔给人类的魔法,让你们折腾自己用的。

你算了吧,我们用智慧已经揭示出宇宙的秘密。我们了解自身,我们也了解宇宙。

傻孩子,宇宙的所有秘密早就让我放到一个安全的地方去了——就在你们的脑子里,我把它们放在了智慧的背面。你们越思考离秘密就越远。你们看不见宇宙秘密就像眼睛看不见自己的目光一样。

你胡说,没有谁会相信你。

我不用骗你,孩子。就像你从来不用骗蚂蚁。我没有理由骗你们,是你们自己在骗自己。这样,举个例子,地球一直围着我转,可你们的视觉一直以为我围着地球转。人类了解这个最简单的道理用了几千年,你们反而把发现常识的人称为英雄。记住,孩子,人类的英雄都是由于发现了常识而永垂不朽的。偶尔发现真理的人都成不了英雄,都要付出代价,因为接受真理的历史太漫长,真理一旦被广为接受,又将是几个世纪,这时候真理早成了常识。

我对你说的话不感兴趣,我在大海上只关心有限的几件事,想念我的奶奶和那个日本杂种板本六郎。

关心得有道理。不知生,焉知耻;不知来,焉知去。

你能告诉我一点什么?

不能。我只管普照大地,而后留下阴影。我不关心人类的幸福。时间与钟表无关,海洋与液体无关,幸福与太阳无关。

你是个骗子。

我是日神。再见了孩子,我有我的工作。神在江湖,身不由己,我要上路了。

你接受了人类的膜拜却说走就走,你是宇宙第一大盗。

接受膜拜是我的工作,说好了的。

太阳就升起来了。宇宙一片灿烂,海面金光万点。日神在万里晴空对我微笑。他俯视我们,双眼皮,胖胖的一个劲儿地慈祥。他的四周是线形光芒。向外发射,无穷无尽。天空在他老人家的前面只供他老人家闲庭信步。他说得真不错,这是他的工作,说好了的。太阳与幸福无关。

但海洋依旧。液体世界坦坦荡荡。这是孕育风和雨的巨大平面。远处有几艘远洋巨轮,它们为世界贸易而贯穿全球。远洋巨轮在海面上相对静止,分不清国别,在大海上宛如孩童放在澡盆里的玩具。"文革"时期这样的游戏一直陪伴着我:找几个蚌壳漂在澡盆里的水平面上,父亲指着澡盆向我灌输了海洋这个大概念。我弄不明白父亲为什么要和我说这些,也许是太孤寂了。"文革"是父亲的生命史上最痛苦的章节。他清楚地看到自己不能入党了。这还在其次,大革命如火如荼,父亲不能革命,也不能反革命,甚至不能被革命,他是一只死老虎,除了有限的陪斗,他一直被排斥在革命之外。这使他伤心伤肝伤胆。父亲或我们的父辈在本质上是不会"出世"的,他们渴望入世,他们鞠躬只作军前马,九死一生终不悔。父亲的晚年成了一个真正恬淡的人,到了无为之境。他经历了极其痛楚的心灵磨难。这段历程不是来自《庄子集注》,恰恰来自"文革"。"文革"是父亲的绝对噩梦,尽管他承受的并不是"浩劫"。

父亲向我讲述大海。父亲一次又一次用"看不到岸"向我描写海洋世界。现在想来这里头蕴含了他的绝望与怅然,也蕴含了多年之后我的大海之行。"看不到岸"毕竟是以超越视觉极限做前提的。依照父亲神一般的启示,我把澡盆想象成海,从

169

比例关系出发我只能用一只蚂蚁来替代自己。也就是说,这时候蚂蚁就是我了。我不知道蚂蚁能否从此岸看到彼岸。这时候我望着水里自己的倒影不知所措起来。我不得不指着倒影追问父亲,那个"我"到底是谁?想象力的最初发展必然导致自身的疑惧。这完全是没有办法的事。这个游戏的当天晚上我曾问父亲,我是从哪里来的?父亲说:"捡的。"我说,从哪儿捡的?父亲说:"垃圾堆里。"我说,为什么是垃圾堆?父亲说:"被人扔了,用报纸裹着。"我说,是谁扔的?父亲说:"生下你的人。"我说,从哪儿生的?父亲说:"胳肢窝里。"我说,胳肢窝又没有洞,怎么生得下来?父亲说:"用刀割。"我就拿来一把张小泉牌剪刀,对着自己的身体剪了过去。父亲夺下剪刀,对我说:"出去玩。"这样的对话贯穿了我的童年,它使我忧郁。童年的忧郁一直与生命的本体有关。我坚信大部分中国儿童有过我这样的精神负担。我们没有答案。父亲或母亲在山穷水尽时一律用"出去玩"来打发儿童的哲学忧郁。中国的父亲不太愿意交代自己与儿子的渊源关系。这里头可能有一种种姓脆弱。中国父亲一律希望自己的子女能大异于自己,产生"鸡窝里飞出金凤凰"这样的质变效果。所以我只能望着澡盆里的蚌壳,在大海里漂荡。我的海洋世界是那只童年澡盆,它决定了我的忧郁气质与未来的写作生涯。

忧郁气质一直陪伴着我,直至我有了与夏放的外遇。外遇使我开朗起来。这使我立即发现我是一个十分肤浅的家伙。我马上又尝试了与其他女人花好月圆。我相信了这样的话:十个女人九个肯,就怕男人嘴不稳。我可是一个不多话的男人。我这样的男人完全适合肉欲横流的都市时代。她们可不担心我"说出去"。林康在家里怀孕,我在外头"搞",真是两头不误事。

我不知道我怎么就变成这样。看来外遇真是魅力无穷。它让你欲罢不能。外遇是这样一种东西,它有始无终。它使你在与任何适年女性交往中学会以艳丽的眼光看待人生。我不放过任何机会。我坚信男人和大部分女人（女孩）之间有着无限可能。我正是在这个理论基础和认识背景下认识王小凡的。是在那个综合性大学的知行楼前。王小凡，女，芳龄十九，大三物理系，北京人氏，身高一米六一，体重六十公斤，皮肤微黑，双眼皮，黑眼珠，翘鼻头厚嘴唇，脸上常有热爱生活的新鲜表情。我碰上她时她正在看英语书，眼神里是强迫记忆的样子。我看着不错，就走了上去。我一走上去其实她就完了，她还能有什么好？

我们接吻是在当天晚上。学校正放了暑假，适合偷鸡摸狗。在王小凡面前我再次证实了自己实在是个下作无耻的东西。我的主题非常明确，上床，而后完成苟且事。但我不急，过程是要紧的。现在想来我真是过分了，什么女人我不能找，偏偏找这样一个姑娘。不过我没办法，处在这样的时候你不搞就是别人搞。与其别人搞，不如我来搞。这是哲学，也是诗。

上床是在第三天下午。从后来的实践看，这个过程显得过于保守。爬进大楼，撕掉了宿舍门上的白色封条。我们躺在了她的小木床上，通身上下都是汗。胡乱吻了一通，我悄声说，好吗？她懂我的意思了，头枕在枕头上，闭上眼，她就点点头。我就往上撩她的绿方格摆裙。她夹住了。我拽了一把，她又夹了一回，她的脸红得厉害，已是春色盎然。她闭着眼极小声地说，你先下去。我就下床，在水泥地板上踱步。她又说，把帐子放下来。我就放下来。她说，用夹子夹好。女孩的这种仪式让人幸福让人心酸。我听见蚊帐里许多细碎的声响，后来安静了。我反而不知所措。做深呼吸。这时候她说，上来。这两个字她说得极柔嫩，却是如雷贯耳。我猜得出里面的自然景色。我伸进头去，她和我对视，也不眨巴。眼睛里黑是黑，白是白，光明透亮。她伸出手来，握住了我。她把头侧向了里边，说，用那个，我插到枕头下面，摸出了一串避孕套，一大串，是一个又一个圆。

我说,你怎么会有这个？你别问,她说。她这样说我不开心。我弄不清我和她到底是谁在捕猎谁。我们开始了。她咬着下唇,只是转动头部,黑发如液体一样波涛汹涌。小鸽子,你这个小鸽子,我说。——你,她文不对题地说,——是你。

这次性经历对我意义极大。可以用这个词:铭心刻骨。有一瞬间我产生了这样的幻觉:我不是我了,我成了板本六郎。在身体下面呼应我的不再是王小凡,而是婉怡。这个念头不可告人。我坚信伴随着性行为所产生的错觉时常就是人们力图回避的历史。历史会在男人的性经历中惊奇地复生。男人应当警惕自己的性欲望。这是大事。男人应当慎而又慎。亡灵在我们的躯体上复魂可是骇人听闻的,一不小心便会把自己扔到"多年以前"。

因为这个念头作祟第二回合我就心绪不宁。小凡看出来了。我们草草完成了第二章节。小凡为我擦汗。她用肘部蹭我一把,嘴里说,嗳。我嗯了一声,顺势想吻她。她侧过头去,说不要。我却收不住心思,内心不停地模仿阴暗的错觉。我躺在那里,喘息和流汗。想老婆了吧？小凡说。不是,我说,不是。那想什么,小凡说,看你脸上的样,像解放前。我说,我就想解放前。小凡却笑起来,侧过身,吻起了我的胸部。我突然就升起了一股怒火,把小凡摆平,骑上去。这一个回合来得山呼海啸,身体发出了撕裂的声音。你说,打倒日本帝国主义,我命令说,你快说打倒日本帝国主义！小凡快活得发疯了,她的身体风铃一样摇荡起来。疯了,疯了,小凡说,你疯了,你疯了。

在想象的那一端,婉怡终于怀孕了。她怀上了我父亲。屈辱同样可以产生生命。在这里我想作点补充,婉怡的怀孕板本六郎最终未能知晓。他死于一场小规模阻击战。战争就这样,它从不念及文字或故事,它从不在乎当事人是不是某个故事的承担者。它让你三更死你就活不到五更。战争为我的叙事留下了无限空缺,几辈子都补不完。我在上海寻找奶奶的绝望里多次想起过板本六郎。我想念他,这个毁灭我们家族的魔鬼。他是我的爷爷。我在大上海的马路一次又一次设想板本六郎六十至七十岁的老人模样。这样的想象让我断肠。我伤心至极。民族和国家绝对不是大概念,它有时能具体到个人情感的最细微部。让你脆弱神经背起一个民族或某个历史时代,让你在不堪重负里体验他们的伟大,这个哲学结论让我越发酸楚。上海是个令我畏惧的城市。到了上海我就要发疯。我想念我的奶奶,我亲爱的奶奶婉怡;我想念我的爷爷,狗娘养的死鬼爷爷。他们的陈旧面容和青春轮廓充斥了我的胸间,相互依偎,相互敌对,在我胸中东摇西曳。我听得见肠子被扯动的痛楚声响。我今天依然在痛苦。我想告诉别的史学家,中国现代史实际上远远没有真正结束。

我奶奶婉怡是在中国现代史里怀孕的。她在一个午后晕厥在过廊的木质栏杆旁。她的脸灰白如纸,她的表情像一张纸钱在半空无声闪耀。醒来时她老人家躺在竹榻上。手腕被任医生握住,放在了膝盖处。任医生极细心地问切,最后站了起来。陆秋野说,怎么了?任医生就是不开口。陆秋野说,要抓什么药?任医生最后说,也不要吃什么药,她只是虚。陆秋野问,她到底怎么了?蓄了须的任医生望着大厅里的中堂画轴,却又忍不住回过头来看望婉怡。婉怡低声说,爹,你陪任医生去喝茶,我不会病的。任医生没有喝茶,匆匆告退了。等下人都下去,婉怡躺在那里开始无声地流泪。婉怡说,娘,谁让你们喊医生了?我哪里就能死了?我还怎么活?太太怔了半天,脱口竟说,你不来红了?婉怡说,都二十三天了。太太说,阿弥陀佛,阿弥陀佛。

依照顺序,下面的叙事自然要涉及父亲。这是一个极困难的话题。我不知道该怎么说。父亲是板本六郎和婉怡的儿子,这个无须赘言。从血缘关系上说，父亲应当是陆秋野的外孙。而在我的家族史里，父亲一直叫陆秋野爹。关于这一点我在下面要作介绍。这个不伦不类的尴尬局面当然是日本人板本六郎强加的。我不知道我的这部作品有没有机会译成日语，我当然希望板本六郎的家族成员能读到它。我想对他们说，人类是每一个人的人类，人类平安是家族安宁的最后可能，对此，我们每个人责无旁贷。

婉怡九个月的孕期，太太则怀孕了九个月。这对于陆府是一个巨大的难题，但除此别无良策。陆府里的下人们很快就听说，太太"老蚌得珠"了，二茬春，又有喜了。这样的谎言当然是做主子的编出来的。说谎的人历来对谎言十分自信，尤其是做主子的。陆府的主子们坚信下人们不知详情。他们生活在谎言里，煞有介事。他们羞愧万分地演戏。这一年陆府里的植物分外妖娆，后院的大芭蕉与藕池里的巨大叶片都展示了一种特别旺盛的血运，在阳光下面反射出耀眼光芒，碧油油上了一层蜡。陆府的这一年总体上说异乎寻常，鬼鬼祟祟地富贵，鬼鬼祟祟地宁静，鬼鬼祟祟地装模作样。这一切全因为父亲。

婉怡的生产没有戏剧性，由于奶奶年轻，父亲的出生出奇顺当。为她接生的是下人张妈。因为掌握了主人的秘史，张妈就此走进了我们的家族，并成了我们家族中飞扬跋扈的女人。人们怕她泄密，而最终泄密的恰恰正是这个女人。当然，这并不要紧。要紧的是陆秋野，我一直没能弄明白他第一次见到父亲时是何种心理。我没法设身处地。我不能确定具体的日子，但事实是，这一天肯定有过。有一点我想过多次，陆秋野一定产生过掐死父亲的可怕念头。我认为这一猜想符合中国史。只有这样才能"一了百了"。父亲能活下来无疑归功于婉怡。是婉怡伟大的母性挽救了父亲。人类的本性与历史规则之间仅存的这样一条缝隙让父亲抓住了。父亲的苟活得益于此。父亲的不幸更原始于此。婉怡为她自己生下了一位弟弟,但是从来没有见过她的孩子弟弟。作为家族史成员,我靠直觉可以肯定这个历史结论:陆府终于又编造了一个谎言,婉怡顺应这个谎言即将永远离开楚水。历史就这样,一旦以谎言作为转折,接下来的历史只能是一个谎言连接一个谎言。只有这样,史书才能符合形式逻辑,推理严密,天衣无缝。在我成为史学硕士后发现了这样一条真理:逻辑越严密的史书往往离历史本质越远,因为它们是历史解释者根据需要用智慧演绎而就的。真正的史书往往漏洞百出,如历史本身那样残缺不全。

我又说起了这样空洞乏味的大道理。说得又平常又冷静。其实这时候我已经再一次泪流满面。我不知道我哭什么。我坐在台灯下面。小闹钟里红色秒针在机械地数时间。我想起了我奶奶永远离开家门的那个清晨。我坚信是清晨,我们家族最要命的事件都发生在清晨。天刚刚亮,只能看见行人的大致阴影。小船靠泊在后院的石码头,四处布满露珠,凉意逼人。婉怡的疲惫身躯打了一个寒噤。婉怡走向石码头,她在楚水彻底失去了生存的基本与可能。我知道婉怡这时候已经没有痛苦了。她无限麻木,但听觉却灵敏起来。她听见了桨橹的欸乃声。我奶奶踏上木船,世界摇晃不定。远处有公鸡打鸣。婉怡听见船工打饱嗝的声音,船就向河心滑去。婉怡回过神来,伤心往上涌,绝望往上涌。我奶奶望着陆府的黑色轮廓一股热血就冲了上来。她坍塌了下去,倒在船舱。醒来天已大亮,婉怡轻声说,娘,孩子,娘,孩子。这时候初升的太阳浮于水面,我奶奶对着河面尽头血红色太阳大声说,天啦,天!后来船拐了一个弯,婉怡,我的奶奶,消失了。水面上只留下风,留下一道长长的水迹,一块水疤。风后来把那块水疤又吹皱了。水面重新呈现常态,千万年亘古不变的常态。这种液体常态永垂不朽,不对我说一句话。它联系了我的乡村梦与伤心的大上海。

作为补充，另一个细节不能不交代。事情发生在抗战胜利之后，是一个雨夜。子夜过后靠近凌晨。四个湿漉漉的黑色男人敲响了陆府的大门。陆秋野正在梦中。醒来时额头正中央顶了个圆。是盒子枪的枪口，又硬又凉。陆秋野听见有人低声说，不许动，跟我们走。外地口音，无比严厉。陆秋野被捂上嘴，由四个人架着，走了很远。在一条水沟旁他们停止了脚步。这时候大雨滂沱。外地口音命令陆秋野跪下，从他嘴里拉出布团，而后问，叫什么？陆秋野说，陆秋野。陆秋野就听见那人说，我代表人民，判处汉奸陆秋野死刑。陆秋野没有来得及说话，就听见叭的一声。陆秋野的故事在一九四五年戛然而止。

但历史把那把盒子枪的回声留给了父亲与我。在我研究家族史之前的漫长岁月，父亲提起陆秋野时总是说你爷爷。父亲对历史的故意隐瞒让我体验到了历史的可怕。我时常在下雨的子夜失眠，看见历史站起了巨大身影，以鬼魂的形式向我逼近。我一不小心就能看见我"爷爷"太阳穴处的枪眼，雨水把血迹冲干净了，枪眼翻了出来，一片焦黑，依稀闻得见肉丝与骨头裂口散发出忧伤肉香。这样的时刻我会无助地战栗，孩子一样渴望亲吻与拥抱。我忘了自己是男人，在黑色的房间里东躲西藏。我常为这样的举动羞愧，面对亲友都难以启齿。

这一切瞒不过林康。她不止一次当着我父亲说我"神经病"。父亲笑得很大度，满脸都是当父亲的笑。父亲的笑容替代不了我的感受。我知道生活严重地来了。天下的妻子都是这样一种东西，她们在男人的空间里无所不在，她们对男人的隐私无微不至。但林康不知道我的身世，谢天谢地。许多夜里我想把历史真相告诉林康，我早就不堪重负了。但我不敢。在那个夏季我时常独步街头，锐利的阳光在大街上横冲直撞，在阳光里我凭空思索起身体内部血液的流动模样。我觉得弄清楚它们于我十分重要。我想不出头绪，但我认定血液在我的体内东抓西拽，是一只手的样子。这只手攥紧了我的生命。大街上热浪滚滚，高层建筑安安静静，投下巨大阴影。五颜六色的金童玉女出入在商店与商店的广告牌下面，却比隐藏在夜色里更让我觉得陌生。炎热的夏季我备感孤寂，一切都松软无态，连同时间一起，敷散开来，收不住筋骨。在这样的时刻我决定看看自己的血液。我急于了解他们的颜色与形状。我决定回去。我在街头走回家的路，一边流汗一边看自己的影子。夏日的影子真鲜明，这是夏季送给我的唯一礼物，但带不回家。一进家门上帝就把它收走了。我进了家门取出一只搪瓷盆，瓷盆里贮满清水。水极干净，接近于虚无。我用菜刀在手腕上划下一刀，血排着长队，呼啸着冲入搪瓷盆。他们无限抒情地洇开来，寓动于静，飘飘浮浮，如七月里的彩云，变幻苍狗与红马。我的血止不住，他们争先恐后，在空中划了一道鲜红的弧线直奔自由而去。我无端地恐惧了。但我找不到那只手。那不是刘雅芝的手。我明白那只手不会出来，它捏着我的血管，在我的肉体深处惹是生非。

林康从房间里走出来，腆着她的肚子。林康望着一盆子血水惊呆在那里。怎么了？林康说，你怎么弄的？我的手，我说。你的手不是好好的？我想找到那只手，我说。——神经病！林康没好气地撂下了这句话。

林康的怀孕是我们家族史上的一次事故。那个下午我们一同看了一部法国电影。从头到尾都在闹爱情。回到家林康就心血来潮了。林康换了件粉色内衣，让我看她的腿。她问我，好不好看？我说好看。她说性不性感，我说性感。她伸出一条腿说，你看，你看，你快看！我被她弄得耐不过，扔了书，就看了一眼。林康不高兴了，说，怎么这样看，眼睛里一点爱情也没有，一点火星也没有！林康说，重看，眼里要有爱情，要蹿火星。我站起来，说,亲爱的老婆,你总不能让我强暴你吧?——为什么不!为什么就不能?林康说完这话生气地走进卫生间,打开水龙头。一本书上说,已婚女人通常渴望性暴力的,为了我们的伟大爱情,我决定偷袭我的老婆。在她洗到关键时刻,我冲了进去,眼睛里弄出了一些电闪雷鸣,抱出来就把她摆到地板上。林康兴奋得直打哆嗦,幸福地反抗和挣扎,地板上沾满皂沫与水迹。她大骂流氓,大骂不要脸。后来她服帖了。再后来就怀孕了。她发现怀孕时似乎生了很大的气。责问我,为什么不用工具?你存的什么坏心思?我想了想,说,眼里冒火了,哪里来得及。林康咧开口红,幸福地说,臭男人,狗屁男人。

　　林康就这样怀孕的。悲剧就这样诞生了。问题大了。但问题不在林康,在我自己。我很快知道家族的版权了。这使我对林康的腹部产生了巨大仇恨。我是一个眼睛从不"冒火"的男人,仅冒了一次,就出了大事故。这是命。那些日子我常盯着林康的腹部发愣。脑子里追忆的却是父亲。我怀疑父亲曾产生过杀了我的可怕念头。我的猜测绝对不是空穴来风。我十分渴望"弄掉"林康的肚子。现在想来父亲没能"弄"掉我完全是因为政治。政治找上了他的家门,搅乱了他,对我自然就无暇顾及了。在我成长的日子父亲从不向我示爱。他爱上了科学。"文革"开始后不久他就意外地迷恋科学了。他从热衷政治到热爱科学也是一个谜。父亲爱上的当然是自然科学(我一直觉得汉词"社会科学"实在莫名其妙),父亲在乡村痴迷于斯。他的研究是非功利的,他一个人孜孜以求。父亲儿时读的是私塾,他对近代科学几乎一无所知。但他很快表现出对科学的赤胆忠心,他从初中代数和初中几何学开始,一步一步向科学腹地慢移。运算和推导成了他生命的方式。父亲对每一条定律与公式都重新审视。他是个天才。对他的追忆常令我想起浮士德。父亲终年沉默,垂着硕大的脑袋。他把地面做了他的私人稿纸。他整天比画、摇头、叹息，没有竟时。父亲找来了一堆又一堆马粪纸，剪成若干欧几里德平面。父亲把那些平面挂在墙壁四周，他的目光停留在马粪纸上，春节的爆竹都不能唤回他对生活的兴趣。后来父亲开始了物理学研究。进入七十年代父亲业已成为我们乡村的爱因斯坦。他的科学研究取得了惊人发现。有一阵子父亲通宵不眠，那一天早晨他冲出大门对上工去的贫下中农大声说，我证出来了，我证出来了！父亲说，把苹果扔出去，一定会重新掉到地上来的。父亲一边颤抖一边说他可以证明给我们看。父亲的话被几个农民听到了，他们说，苹果当然掉在地上，总不能飞到天上去。父亲说，飞到天上是完全可能的，但在目前的情况下，只能掉在地上。父亲随后扔出了一颗石子，石子在半空划了一道弧线，咯的一声砸在了地上，还留下了一个坑。父亲兴高采烈地说，你们看，你们看，我的结论是正确的。父亲的样子真叫人担心，不少人都说，右派分子一准中邪了。多年之后，父亲从一本科学杂志上第一次看见爱因斯坦和他的相对论，父亲慢悠悠地对我说，这个大鼻子是正确的。我说，你算了，全世界能看明白这个的也就十来个人。父亲的脸上顿时伤心下去，望着我不语。父亲脸上的悲伤扩散开来，宇宙一样浩茫。父亲大声说，我不知道他是怎么算出来的，但他的结论和我的看法一样。父亲真是疯了。但父亲是天才。让我痛心的是，天才为什么一定要降临到他的身上。

我和天才父亲曾有过一次争吵，说来也是因了科学，那是恢复高考的第一年。我有我的伟大计划，我要去读历史。父亲大骂我糊涂，父亲说物理学才是你应当关注的现实。我潇洒无比地说，你怕了？可我要跨出局限，我要研究人类！父亲的回答真是匪夷所思，父亲说，傻孩子，人类的历史才是一个局限，无限只有宇宙，宇宙的历史是什么？是物理学孩子。

当父亲的年过四十他们的话就狗屁不值了。我没听父亲的。我没有选择该死的物理学。我对形而下没有兴趣。我选择了历史。我成功地阅览了上下五千年。历史可瞒不过我。我读了很多书。我了解人类的来龙去脉。这句话差不多成了我的口头禅。要不是林康我一直要读到博士毕业的。我对自己的选择历来充满自信。但大海粉碎了我。我开始重新审视父亲。男人三十之后父亲的形象会很突然地再一次高大起来，充满沧桑，光芒万丈。我面对无限空间与浩瀚海面对人类的历史产生了前所未有的厌倦。我像痛恨呕吐那样憎恨起历史与史前。蓝天白云飞鸟海平线安慰不了我。伤心奔腾起来，空阔包围了我，我的灵魂变得孤立无助。长浪机械地、刻板地周而复始。我缅怀起我未竟的物理学。我仰起头，湛蓝的天幕上写满了宇宙密码，那是物理学的全部要义，可我读不懂。拿它们当浮云看。我眼睁睁地看它们随风而去。在海的夜我面对宇宙，宇宙让我明白的只是我的一无所知。我失去了与宇宙平行面对的最后机缘。凄凉如海风一样掠起我的头发，我能够忍住眼泪，却不能忍住悲伤。这是三十岁的男人承受痛苦的方式。一个又一个海之夜远离我而去，大海把我遗弃给了白昼。大海的白昼是那样荒芜，没有植物展示风，没有固体参照距离，没有生命演绎时间。我立在船舷，甚至找不到一样东西来验证自己。而此刻，历史却躲在图书馆地下室的密码柜里，堆起满脸皱纹，张大了缺牙的臭嘴讪讪冷笑。历史用汉语、日语、英语、法语、俄语、德语、西班牙语、意大利语、葡萄牙语、克罗地亚语、印第安语大声对我说，傻小子，你上当啦！我望着海水，水很团结。它们一起沉默，只给我一个背。

　　那个平静优美的凌晨我完成了我的大海漂行。我带着那张毛边地图随船只靠泊大陆。是一个城市。是上海。晨风清冽，夜上海灯火通明。黄浦江倒映出东方都市的开阔与辉煌。一道又一道液体彩带向我飘曳而来。上海把世上的灯盏都惯坏了，它们是大上海的女儿，美丽而又任性。东方欲晓，远处布满机车的喘息。大上海快醒了，它只在黄浦江的倒影里打了个盹，就准备洗漱了，然后打开门，迎接世界。

这时候我身不由己地想起我奶奶。她此刻正安眠。她在她的梦里。她老人家用最纯正的楚水方言梦见了多年以前。我用眼睛认真地呼吸上海。我无限珍惜在黄浦江心对上海的审视角度。这是我奶奶婉怡无法获得的视角。我的怅然与凄苦不可言传。我就在奶奶的身边。历史就是不肯作这样简单的安排，让我们见面。

在一盏路灯下我上了岸。上海这个城市给了我的双脚以体贴的触觉。我的身影狗屎一样趴在水泥路面上。我走了十几步，踏上另一条街。路灯拉出了大街的华丽透视。满街都是凌晨清冽。我的头却晕起来。路也走不好。我知道我开始晕岸。大陆和海洋是一对冤家。海洋认可你了，陆地就不再买你的账。水泥路开始在我的错觉里波动，我的双腿踩出了深浅。我的生物组织们早就吐干净大陆，完全适应了液体节奏。大陆真是太小气了，它容不得人类的半点旁涉，你不再吐干净大海，大陆就决意翻脸不认人。我倒了下去，趴在红白相间的隔离杆上，一阵又一阵狂呕。我呕出了鲜嫩的海鲜，它们生猛难再，以污物的姿态呈现自己。我看见零散的呕吐物在水泥路面上艰难地蜿蜒，发出冲天臭气，比拉出来还难闻。我不知道大陆为什么要这样。我的两条腿空了，不会走路。我挣扎几下，自己把自己撂倒了。我爬到路边，在高层建筑下的台阶上和衣而卧。我的头上是一盏高压氖灯，我闻得见灯光的淡紫色腥气。我闭上眼，汽车轰隆而过。我的背脊能感受到它们的震颤。大地冰凉，无情无义。我躺在夜的大马路上，体验到东方之都的冰凉温度。我的眼泪渗出来，很小心很小心地往下淌。我仔细详尽地体验这种感觉,泪水就奔腾了,纵横我的面颊,像我奶奶激动慌乱的指头。

1994 年第 4 期《收获》

大　热　天

正　午

　　七层高的白色物理楼成了光头的独立王国。这个伟岸华丽的空间构架一直被光头所觊觎。楼的七个层面按等差间距呈静止的升腾状态。为了迎接这个神圣空间，光头去了趟理发店。他挑选了一位最漂亮的女理发师，女理发师问话的语调像她的口红。她一边询问光头一边在电子屏幕上选择光头的最佳发型。光头翻了她一眼，说，薅光了。涂口红的女理发师听不懂"薅"这个汉字的意义所指，恰巧走过来一位插过队的师傅。这位在海滩上和贫下中渔民一起拔过草的知青正确地诠释了 hāo 的汉语词义，他在大镜框里头对女理发师说，给他光头。

　　光头返回校园时已是正午，满眼垂直线阳光。暑期的校园寂寥而又空荡。阳光粗硕、茂密，硬邦邦地横冲直撞，被水泥反弹回来在路面上摇晃。校园晒出了一层灰白色调。高大建筑的轮廓线因面的明暗愈加笔挺，展示出自信沉稳的立体气质。物理楼的四周笼罩了一圈青色光芒，仿佛传说中悟道者知天晓地的灵光。正午的校园是大片大片的炎阳，是水泥与水泥的反光。光头走进校门时一眼把空校从头看到了尾，路两边对称的建筑与塔松遥远地拉出纵度透视。透视使远方变得山高水深，呈现出高等学府里的源远流长。

光头爬上了物理楼的三楼。放假之前光头依据自己的空间直觉选中了这里。作这种选择时光头的口袋里揣着大哥的来信,来信飘荡着海腥气,每个汉字都有海蛎子那么大。大哥的信历来都有文法和书法错误,但这些错误加重了大哥语调里的种姓威严。大哥在信的最后一句写道:放假了就回来,你怎么过,我会安排。

　　光头不想回去。这个念头成了他肉体内部的生物组织。光头没有违抗过大哥。服从大哥一直是他的精神需要。但光头不想回去,光头的这个想法蓄谋已久,这个想法萌动的初始光头紧张而又兴奋。光头渴望空间。空间如华丽的火焰跳跃在三维跨度里。人类总是千方百计地延长自身的时间,这是一个哲学性的误区。人们在空间面前的自卑影响了人类的想象力和生存技巧。出于对空间的崇敬光头选中了物理楼——高大、空阔,气质冷傲、卓尔不群。

　　一张草席。一支笔。几本书。牙刷毛巾。薅光了头发。光头撕去了白色封条。一脚踹开了八十岁的锈锁。光头做了七层空楼的国王。

　　正午的太阳凶猛锐利。热热的气浪把光头弄成了面团,四周没有飞鸟与蝉鸣,只有一把二胡在方位不定的地方颤悠。光头的午睡一直在琴声的边缘晃动。光头的午睡实际上只有十来分钟,但光头做了很长的梦,仿佛梦了一天一夜。这个时间比例有点像艺术。光头梦得相当累,用了很大的力气才从梦里还俗。醒来之后他听见那把该死的弓还在二胡的内外弦上滑动,极单调极无聊。光头记不清梦了什么,只是沮丧,就把沮丧联系到二胡的寡妇腔上去了。光头想睡个回笼觉,却是进不去。感觉头上有些异样,一摸,光的,就回忆起理发店。理发店的一切全是镜像,局限在镜框里头。

　　二胡声断断续续,蓬松而又悠远,在大太阳又白又亮的空阔里侧着身子四处摇荡。光头站起身,以国王的威严决定找到这把混账二胡,而后命令它休止。光头不允许任何东西侵占他的领空,哪怕是声音。光头下了楼站在阳光里头茫然四顾,像置身于海面,测不准声源的坐标位置。光头摸着疼痛起来的头皮觉得踟蹰在一个委屈的梦中,弄不清目的与因果。

二胡深藏在体育馆里。空旷阴森的体育馆内那个身穿绿色背心的丫头坐在篮球发球圈的中央,马尾辫跟着琴声摇晃。她的整个身体成了拼木地面的一种点缀。视觉效果清凉而又遥远。她低着头认真地演奏胡琴。琴声被建筑的回声弄得臃肿浮泛,但那声音的筋骨还在,有一种松弛的穿透力,在空阔里仿佛空间惯坏了的女儿,娇柔无比却又无所不能。光头弄不懂琴声怎么能传那么远。光头看着绿背心拨弄二胡,想象不出自己在物理楼听琴声的样子。

绿背心背对着光头。后颈、双肩全裸给了空荡。两条胳膊带动马尾像海藻一样波动。光头又看了一刻,下楼时的豪气自己就消了一半,不知怎么开口。光头在拼木地板上走了几步,对绿背心的背喊道:嗨——

绿背心转过来一张惊恐的脸,怒气冲冲。这个充满敌意的对视进行在"嗨"的共鸣声里,"嗨"像贴在墙上了,成了紫褐色青苔。

绿背心回头时光头的第一反应是她的长相。这是青春男子对青春女子的必由判断。绿背心的长相不算精致,光头感觉到自己脸上的神情更严峻了,只是不说话。绿背心回过头去,回头的动作里有夸张了的傲慢。光头绕到她的对面,盘了腿坐下去,光头感到地板上很细的粉尘沾满大腿。光头看见她赌气地重又拉起了二胡,不把光头放在眼里的样子。光头只是盯住她。看。绿背心的注意力承受不住过于集中的陌生目光,这也是人类共通的可笑的心理缺陷。绿背心说,你干什么你?

你别拉了。

关你什么事?

烦人。

是你在烦我。

你别拉了。

这不可能。

你别拉了。

绿背心便不再开口,看光头看她。光头坐在地上只是不动。绿背心抓了乐谱、二胡就往门口走。神经病,绿背心在门口赌了气说。

时间让太阳烤松了,蓬散开来显得臃肿多余。时间的剩余往往成为感伤和哀怨的初始动因。时间折磨人时残酷而又富于哲理,让你加倍地疼痛与清醒。夏日仿佛是上帝选中的哀伤载体,让你的怀旧和憧憬全在夏日里变得热烘烘软塌塌的,失去重量与造型,成为一种直觉,使你的内心独白直接等同于夏日,热烈,疲惫,苍茫,无痕。

高大建筑面前的阴影困难地向前蠕动,比幸运降临得还要步履维艰。光头透过玻璃看见体育场上全是阳光。草皮被晒得很蔫,显得孤苦无助。绿背心走后光头背起了沉重的空荡与寂寞,空间把寂寞放大了,被情绪渲染得无边无际。草坪上没有人踢球。没有人冲刺与阻截过人与射门。光头一直不喜欢足球。海边长大的人一般不喜爱局限空间里的争夺。光头仰起头在体育馆内吼了一声,从窗子上爬了出去。蹲在窗沿上他没有忘记把盛夏又浓又黄的小便撒在馆内。在那个通畅的瞬间光头产生了错觉,觉得自己不是在窗沿,而是回到了海上,骑着栏杆对大海尽情泼洒。

光头爬回物理楼的三楼。寂寞随他的脚步实实在在地升腾。物理楼的楼梯又闷又热。风在午睡,它们躲在墙角或树叶的底下追忆秋季。没有一丝风。光头想起了海上海风飘飞的时刻。海上的风是有直觉意义的,能看得见,在浪的圆背脊上,在海鸥飞行的弧线上。海是一个永远新鲜和波动的话题。光头想起了刚才的梦,好像又梦到海上去了。

光头返回了三楼。光头怎么也没有料到绿背心心安理得地把他的王位给霸占了。绿背心正悠闲地翻阅光头的书。

你干什么?光头冲上去,你怎么又跑到这儿来了?

我干什么?绿背心甩开书站了起来,你管我干什么?你追着我你存什么心?

这里是我的。光头的表情国界线一样威严。

你的?绿背心笑了,我不会再让你了。

再说一遍,这里是我的!

这世上没有一块是你的,包括你的肉体,你一死还得把那块腾出来。——你的?你昏了头了。

你走不走?

不走。

走不走?绿背心没有答腔,坐了下去。

好。光头也坐下去,看看到底谁先走。

午　后

光头决定轰走这个丫头,这个身穿绿背心爱拉二胡的丫头。青春期男男女女之间的事情有点像悬崖,要么巅峰,要么深壑,没有中间地带。在这个宝贵的夏季宝贵的空间里光头渴望在寂寞里天马行空。人的存在总是威胁人的沉默。

你怎么不拉二胡了?光头说,你拉得那么好,这么坐着太可惜。——你拉,我听。

绿背心没有理会光头。她在看远处的水塔和塔箱下面的那几只鸟,她一直在看。光头起初也看了一会儿,后来目光就累了,从阳光底下收回来,看屋子竟一片黑。绿背心就那么倚在墙上,平静宁和地看,两只小奶头在背心后头似有若无。

喂,我在和你说话。

绿背心侧过头来,光头猜得出自己在她的眼里这一刻一定是黑色的。有什么好看的,光头说,不就是一座塔几只鸟?

什么一座塔几只鸟?绿背心说,在哪儿?

你一直在看。

我没看。我什么也没看。

你明明在看。光头指着水塔——水塔顶上的阳光在晃动,没有形状也没有颜色。

我没有看。绿背心说,你不要以为眼睛盯哪儿就一定看哪儿。只有傻瓜才以为舞台上的演员在看自己。

行了行了,光头说,拉吧,你拉吧。

拉什么?

当然是二胡,你还能拉什么?

不。绿背心抱住了自己的两个膝盖说,不拉。

你到底在这里干吗?

光头和绿背心一同返回了沉默。在这个夏日午后的沉默里光头对绿背心产生了更无奈的敌意。光头甚至产生了买火车票回家的念头。如果没有大哥,光头会回家的。光头怕大哥,这种惧怕铭心刻骨。大哥长光头近二十岁,年纪与长相都像光头的父亲。光头有过几次反抗大哥的悲壮记录,其结果是又一次鼻青脸肿地臣服。光头对父亲的印象极其淡漠,父亲留给他只有一张一寸见方的黑白相片,在条台的左侧,打着黑框镶在木龛的中央,褪了色,面部的轮廓线只剩下海风的痕迹。父亲的性子刚烈如雷,他在壮年就匆忙地把性命还给了大海。光头对父亲有过多次设想,最后那张相片就放大了,活动起来,位移到了大哥的脸上。光头对父亲的缅怀总是以大哥的形象作为终结,光头对生命之源的哲学推究天生地无可奈何。村里人对光头长相的评价不是说他长得像他爹,而是说,"长得像他哥"。父亲葬身大海之后老光棍海狗子托人送了光头娘一句话,说他不嫌弃她寡妇娘儿们,只要她松口,就娶她。光头的大哥找到了海狗子,往他的裆里踹了一脚。大哥说:"想上我娘的身?小心我废了你!"

光头对海有一种血缘性渴望。大海是他的父亲,光头这么坚定地推测。但大哥不许他下海,那句话大哥只说过一次。大哥的话自己不重复,只在光头的耳朵里由他自己重复。那种冒险的海上经历光头仅有过一次,那个冬季光头无限迷恋海风,传说中海风是一只看不见脸面的怪兽,谁看见,谁就随风而去。光头终日坐在石头上看海风。海风又硬又重又腥又酸。你看不见风,但浪是液体的风,大捆大捆在海面上奔涌。狂浪耸着肩头被礁石拒绝之后,海风在岸树的躯干上弹性饱满地弓起脊背,而后被枯枝划成尖长的哨声,消遁到远处灰蒙蒙的空无里去。海风远遁时留下尖硬的指甲和毛茸茸的尾巴,又张狂又诡谲。

光头感觉到了大海的召唤,大海无垠的死亡气息在召唤光头。这种气息在大海的空阔里展示出非生命因素的绝对威力。光头甚至看见父亲加入了它们,成了海的一种自然形态。

光头决定下海。在驶向海的深处时光头彻底忘记了大哥。对父亲的憧憬义无反顾地替代了对父权的恐惧。光头摇晃着向深海驶去,心安理得地接受了大海赐予他的海晕。光头的胃东拉西拽地向上翻涌。光头知道海神在给他洗礼,你不把岸上的吐个精光,海就容不得你。光头的内脏全复活了,开始了昏天黑地的呕吐。光头跪在甲板上排山倒海却又空无一物地呕吐过后,光头意识到自己干干净净,在大海高贵的纯粹里空空荡荡涅槃更生。

那个夜里光头看见了父亲。那个夜没有风。海的颜色就是夜的色彩,海的夜把时间抽象成一种伟大黑色。黑色是最近宇宙本体的一种颜色,这种黑如海一样是液体的,柔和、流动、宽容、包孕、不可更改,无形无态却又无所不在。不咋呼也不悲壮,不卖弄也不抒情,如同爱你的瞳孔墨黑墨黑地躲在你的眼睛里,和你悄悄对视。在海的黑色里,一切形体都显得尴尬,失去了三维意义,顺着海浪的节奏一维地向不朽延伸,直到宇宙概念上的永远。方位与距离被黑色的博爱融为了一体,你能感到的只有节奏——非视觉形象的节奏——像初次的女子在你的身边波动很有韧性的弹力,展示出生死之间混沌如初的生命原力。在那里光头看见了父亲,父亲的表情如海水的浮力,极易碎却又无比固执。光头进入城市与大学之后读了许多哲学与历史,那些深刻的思想没有能够帮助他弄通"父亲—海洋—黑色"之间的关联。

"你见过海吗?"光头突然这么问。

"没有。"绿背心冷冷地说。

"你为什么不回家去?"这话光头问过四五遍了。

绿背心没有立即回答。"——你呢?"

光头把那本褐色封面的书摊在手上,翻得心不在焉。"我爹早就死了,"光头终于说,"我大哥当家。我不喜欢他当我的父亲。"绿背心听光头这么说,脸上的神色渐渐离夏季远去。她取过二胡,小拇指头在琴弦上上下滑动,发出来的声音仿佛冰块滑过冰面。绿背心脸上的气色如多云天气里的海面,色质斑驳。绿背心说,你读哪个系?我怎么从没见过你?光头看得出绿背心的这句话说得勉强,在承上启下的关口显得笨拙。光头没有接话,只是看她。光头注意到他和绿背心之间的敌意在某一瞬间出现了些许松动。光头说，我也没见过你。你应该见过我的，绿背心说，我演出过好多次，独奏，台上台下黑咕隆咚的，就一束灯光打过来——你应该见过我。光头想不起有一个女子独奏二胡，倒是有一个男老师。女子独奏的却又不是二胡，是钢琴。一身白纱裙，迎着四十五度的光束走过去，傲慢地鞠过躬就坐在光柱的喇叭口上，整个人蓝幽幽的，演奏一些古典片断。光头说，没有，我没见过你，女子独奏的只有钢琴，没有二胡。那就是我，绿背心笑起来，却没有笑声。那怎么会是你，光头说，那人比你漂亮多了，蓝得像刚从海水里捞上来。绿背心没有高兴也没有生气，只是说美是需要距离的。光头没有接话，没有在意美与距离的复杂渊源，心里却铺展开了"距离"的海面景象。光头盯住二胡底端的木刻马头，失神了。弹钢琴的人似乎是不该拉二胡的，在光头的家乡智力不健全的人一律被称作"二胡"，瞎眼的叫花子们就是抱着这个东西四处搜刮同情的。

黄　昏

其实吧，我更喜欢二胡。二胡太常见了，人们就觉得它一般。其实吧，二胡真的不一般。我的钢琴能到这个份上，全因为二胡。钢琴太像机器，太科学了，是不是？有一年我到山村采风，在银杏树底下遇上过一个拉二胡的老头，旧时候京戏班里的，脑子有了毛病，他拉二胡都拉了一辈子了。他的琴拉得真的太好了。不像是拉出来的，像唱出来的。老头说，所有器乐里头，最难最要天分的就数二胡。二胡的弓、弦、马、千斤、皮，左右手调理的家当没有一样是硬货，软的，声音里有多少朝代，全在你手上，全得靠心，靠悟。老头给我拉了他自己编的一个曲子。二胡就像他身体的一个部分，能听见它的心跳和气息。老头说二胡和人是反的，人越活越老，到后来就僵了，死了。二胡呢，新做时死木头一块,你天天摸,天天抚,你的灵性就全移上去了,最后它就活了,声音也有了灵性,能说出你的阴阳八卦。

这里的黄昏过于晴朗。我生活的那座城市可不是这样的。塞满过浓的苍茫气息。到了这时候天上就有一层烟,其实也不是烟。有时好像还能闻到一点煳味。像5这个音,拉得相当长。我能听见。

绿背心似乎很久不说话了,一开口就有倾诉欲。绿背心说话时仿佛还在看那座水塔。人总是不能把自己封得过久,一有机会往事就会任性地流淌。过多的内心独白只有两种人才有,伟人或小人。更多的芸芸众生则在这两个极限的广阔地带里疯狂倾诉。他们在说,创造语言使语言熠熠生辉。语言因为他们的存在而上天入地,出生入死。

绿背心对故里的缅怀渲染了光头。光头的叙述从故乡开始了遥远的追忆。光头听见的不是5,是另一种声音。黄昏时分机器声不再喧器,海浪优美傲慢地响起来。光头的家离海只有两个足球场那么远。那些浪从深海远隔重洋而来,浪的间距特别地长。上岸时哗的一下,而下一声哗必然在很久之后。那种排浪有几里路那么长,随岸的凸凹参差登岸。第一回进城光头就失眠了,没有长长的哗啦声,反而要醒。在单调的波浪声里你会觉得床是用水做的,蓝蓝地带你往远处漂。

海是个怪东西。海收纳了那么多生命蕴藏孕育了那么多生命,就是容不得人,不管你是谁,死在海里就一定被海吐上岸来。光头的村庄每年都能收到大海退回来的尸体。打鱼的就不一样了,他们在深海,尸体总是要喂鲨鱼的。光头每次吃鱼就会想起鲨鱼吃他的父亲。它们三五成群地冲向父亲,像酒席上的筷子杂乱无章地夹鱼那样扯开父亲。光头坚信父亲早就变成了一条最凶猛的鲨鱼,在大海的深处张开背鳍如他在渔村那样霸道横行。父亲的家就是海,有水的地方他都能找到快乐和自在。光头多次设想人类的初始为什么不选择在水里,液体世界是绝对空间的乌托邦,没有道路、境线或建筑,没有固定的生存平面,所有的液体状态都是道路和空间,没有阻隔,没有自由落体,就像音符在旋律里那样。可海是个怪东西,它容不得人。

光头的父亲死在海里是有先兆的。父亲的绰号是鲨鱼。绰号对人的意义远远大于姓名的意义。父亲葬身鱼腹命中注定。这非常符合他生前的意愿。在捞起海边泡得发白的尸体时父亲总是说,千万别让别人看见他死的样子。英雄们不注重自己的生,却关心自己的死。死的方式说到底是活的方式的一次总结。为死而生和为生而死,区分了英雄与凡夫。

父亲生前的许多事早已是村中的民间故事了。他的口头禅则成了通用俗语。父亲死时四十八岁,死于这个年纪的男人一定是上帝安排好了的,他留给后人的永远是生命的巅峰形象,没有昏聩与龙钟。人们在千方百计地延年益寿,努力的结果只不过给后人多一些笑柄。四十八岁,男人死亡的黄金季节。四十八岁,男人走向上帝的必由之路。男人一过四十八岁,活得越长,离上帝越远。

父亲年轻时活得风光,光头的爷爷死得很早,他也是死在海里,不过他的尸体让海水退了回来。爷爷的早死为父亲的风光提供了先决条件。父亲生下来就成了父亲。他没有做过儿子。父亲年轻时有一句最著名的话,这句话风靡了百里海岸线:"走,打架去。"父亲四季不穿鞋袜,终年光着红红粗粗的十根脚趾。他走过的海滩一律留下雄健豪迈的外八字,像排了两行粗硕的海蟹。一九四八年冬天父亲的外八字甚至甩进了革命队伍,父亲惹了祸。为了一筐鳗鱼父亲和财主的三儿子发生了战争,盛怒之中父亲削去了财主三儿子的一只耳朵。父亲自己也没有意识到他进行的是一个阶级对另一个阶级的残酷斗争。在雪夜里父亲逃跑了，提着财主三儿子绛红色的左耳父亲走进了革命队伍。父亲端起了三八枪，向地主阶级剩下的另一只耳朵发起了更猛烈的进攻。

父亲出生入死屡建战功。但父亲没有打过长江去。父亲没有将革命进行到底归咎于战前的慰问演出。慰问团里出现了一位身段娇小的女演员。这位女演员演出结束时向下鞠躬，她的目光与第一排的父亲轰然相撞。父亲想起了自己的年纪，雄风勃勃，春潮澎湃，父亲的身体发出蓝色火花。他提着三八枪找到那位可爱的演员，当天夜里可爱的小演员就做了光头的母亲。

父亲没有被枪毙。他救过团长的命。父亲打道回府成了海岸线上百里传颂的英雄。父亲说，他见过朱德和蒋介石。父亲说，子弹打到人的头上会炸成铁锅那么大，在半空溅起鲜红的血光。父亲说，人的心不好吃，酸，吃下去胸口跳得厉害。父亲说，他睡过的女人有网里的海虾那么多，个个新鲜，活蹦乱跳，光头的母亲是最丑的一个。

我出生时父亲离四十五岁差两个月。光头慢腾腾地说，我娘生下大哥之后，变得不会生了，歇了二十多年。我嫂子怀孕后我娘却又怀上了我。怎么说老蚌得珠呢。娘生下我后地瘦泉枯，挤出来的奶水还没有我的眼泪多。我就喝大嫂的奶水。我是喝我大嫂的奶水和我的侄儿一块长大的。我的侄儿不会说话，是个哑巴胎，趴在海滩上像一只大海蚌，终年吐着粉红色大舌头。绿背心说她没见过海。绿背心说话时黄昏里的表情若有所思。绿背心的音调像二胡的揉弦。绿背心重复她没有见过海，海在她的想象中被她的年纪夸张成紫色。但绿背心说她并不特别喜欢海，她喜欢总体上可以把握的东西，像湖或别的什么。

绿背心的母亲又瘦又黑，是大学里的老师。一年四季身上红装素裹全是文化风景。这个单身女人总是抽太多的烟,抽烟的造型使她孤寂,使她永远笼罩在往日岁月的追忆之中。小时候绿背心不喜欢女人抱她,专挑有烟味的男人。绿背心不喜欢烟的气味,但绿背心迷醉于人体飘散出来的生动烟味。更多的时候绿背心的母亲像男人,走路的样子夹烟的样子都很男性。

我也没有爸爸,绿背心说,不过呢,我和你不一样,我想我的爸爸还活着。我是私生的,很早我妈就告诉我了。我是我妈偷着生的。我挺自豪我是私生的,除了没有父亲,真的没有什么。绿背心说话时把玩自己的指头,水塔的轮廓渐次被黑色侵蚀。

绿背心的母亲从来不对绿背心的生命之源作任何交代。绿背心一问她就生气,就不和绿背心说话了。绿背心对自己的生存状态一直有一种难以名状的飘摇动感,寻找父亲成了她生活的背面。每一个从家门口走过的男人,每一个和母亲说笑的男人总要被绿背心警惕地怀疑。绿背心的母亲总是一个劲儿地逼她练琴。绿背心不知道她是不是真的喜欢音乐,但从母亲的执拗中绿背心隐隐约约地觉得:让她学琴和妈的过去有些关系。

寻找父亲正如寻找乐感一样成了绿背心内心感受中波动最大的部分。一个隐着,一个显现。绿背心必须找到父亲,哪怕是父亲的感觉。完全是一种血缘性暗示绿背心选择了音乐,只有沿着钢琴的灿烂音质才能最后找到。母亲是留校六个月之后生下绿背心的。妈承受了巨大磨难。绿背心最初的方向定在了妈的大学同学之中。绿背心花了很大精力才否认了那些男性同学。排除和寻找一样困难。绿背心终于发现了一个极其重要的细节,母亲对她演奏的所有曲子都很放任,尊重她的想象与表现,唯独对肖邦的《G大调夜曲》百般挑剔。仿佛有一个蓝本在遥远的过去成了这段音乐的依赖形式,母亲的乐感里与这个蓝本的任何出入都将是错误的。哪怕是极细微的处理。音乐就这样,越是一般的、世界的,就越是特殊的、个人的。绿背心终于在这首钢琴曲闪烁的粼粼水光中发现了父亲支离波动的形象。生父一直在绿背心的想象之中为母亲演奏这首曲子。绿背心能听得见，钢琴的高音部分纯净无比，没有风，没有纤尘，月光明媚，透明，永恒，古典，纯粹得如同空间的拐角处，新鲜、慈爱。

那个下雨的晚上是母亲的生日。母亲坐在烛光底下，她的面部轮廓布满雨意。蛋糕和蜡烛都是绿背心买的。高中生，喜欢这些。母亲把她的烛光年华一根一根吹灭了，母亲说，不开灯了，就这么坐坐。母亲在沙发里自语说，年纪大了，你也快读大学了，我也该嫁人了。妈经常这样自言自语。电视开着，妈说这些话时表情平静如水。电视机里的色彩在她的脸上变幻不定。那个著名的男高音歌唱家从教五十周年文艺晚会在省台综艺频道准时播出。老歌唱家曾做过母亲的老师，他的满头银发在校园里留下了满地的古典遗风。老歌唱家的压轴戏不是唱歌，却是钢琴。老歌唱家的修长指头水藻一样在黑白键上摇曳，生动而又华丽。《G大调夜曲》后来就响起来了。绿背心坐在电视机前只听了两句胸中就吹起了空旷古远的风，她的听觉清晰地看见了她的生命之流在琴声里跃动。听觉的发现比视觉的发现有时还要准确动人一万倍。绿背心的血液在那种倾诉流动的旋律里涌向了歌唱家的手指，绿背心的血液在他的节奏里向他的指尖呼唤。这一切来得太突然、太精确，很多日子之后绿背心才醒悟，这些巧合全是一场精心安排。母亲没有吸烟，也不看电视，她就那样听，她倾听时的模样让绿背心心碎。歌唱家在特写画面上转过了头来。他优雅的目光看着镜头。绿背心战栗着从歌唱家回头看的动作里幸福无比地看见了自己，心在胸口横七竖八地狂跳不已。绿背心不可遏止地说，妈！妈平静地从沙发上取过香烟，妈说，怎么了？妈在黑暗里和绿背心怪诞地对视，时间疯狂地飞舞。一个巨大的秘密突然间心照不宣，又瞬间坚决地走向另一个秘密。心照不宣的秘密一旦再次转入秘密，将成为永恒绝望的秘密。妈说，还是他弹得好。

妈却真的出嫁了。妈嫁给了图书馆三楼资料馆的近视学究。

夜　晚

夜色庄重而又体面，对世界无微不至。远处的路灯如夜的梦，似醒非醒于飞行昆虫的追逐之中。这是一个令人遐想与体验的时刻，许多精致的思想与情绪就产生于这样黑色体积之中。有一辆自行车从路灯下飞速驶过，留下一串铃声，急促、悠扬、富于启发性。夜就是路灯在黑色中的位置，明亮的意义也仅仅局限于暗示黑色。

光头与绿背心依然在物理楼的三楼。他们的座位在他们啃完干面包之后作了一次对调。这个对调毫无意义，但是必须。生活就是毫无意义与必须的辩证统一。他们交替着用光头的牙缸喝自来水，绿背心清晰地闻到了漂白粉加芒果牙膏的混杂气味。蚊子的叫声又细腻又洪亮，听得出它们的翅膀瘦小而又卖力。那些声音在黑色过廊里呈多种弧线，环绕在人类的听觉边缘。静坐了一刻绿背心说，东边的那个卫生间是男的吧？光头说，什么男的女的，放了假的卫生间哪里有性别。绿背心说，天黑了，你陪我去。光头说，那怎么行。绿背心说，怎么就不行，反正没有性别了。光头小心地送她到东首，听见很急促的流动声夹着哨音热烫烫地传播。光头对自己的听觉变得新鲜有些不满意，生气地转过头。重新坐定后绿背心说，我憋了好久了。

绿背心拍了小腿一巴掌，清脆的声音在过廊里拉得相当长。绿背心说，怎么这么多蚊子。光头说，到五楼上去，蚊子飞不了那么高。绿背心站起来，光头感觉到她的脸上挂了笑。这种假定性推测使他对夜色充满了感激与崇敬。一股细碎的幸福涌上来,光头有点不知所措更觉得不可告人。

光头拉着绿背心的手向五楼爬去,黑色随他的脚步一阶一阶地向上升腾。光头从绿背心给他的手感中发现了自己的燥热。她的手很凉,甚至是冰。光头对大热天里绿背心的这种手感感到惊奇。光头在黑色之中缓慢地行进,黑色在他的触觉里极富韧性极其动人地向后退却。光头摸了两张椅子,说,坐吧。绿背心没有坐下去,文不对题地说,我很安全,对不对?光头弄不懂绿背心这句话的意义所指。光头回答这话时体会到一种沮丧。楼下又不是海水,光头说,你当然安全。

很长的一段沉默在黑暗里蜿蜒。人只有在独处时才能接受沉默,只要有他人,人的听觉便会过分地依赖声响,敏锐地发现声响。

说说话吧,绿背心说,还接着上面的说。

我说到哪儿了?

那个哑巴胎,像海蚌一样的哑巴胎。

嫂子的奶水喂大了光头。奶水是一个怪东西,奶水像海一样让你琢磨不透。嫂子的奶水使大哥的父权意识来得有点理所当然。少年时代光头一直惧怕大哥。大哥的拳头把它们连同疼痛一起交给了光头。大哥生下哑巴胎之后开始了漫长的女儿繁衍工作,嫂子以年为周期,一连在大哥的面前排下了六个女儿。大哥阴了脸说,行了。大哥说过行了就把嫂子送到镇医院给骟了。骟完了嫂子大哥就下海,一连六个月没有上岸。

嫂子喜欢光头。光头理直气壮地接受了这份喜爱。嫂子与母亲在沙滩上补网时光头注意过嫂子和母亲的本质区别。母亲早就是一条鱼干了,嘴巴和手背在太阳底下露出了枯木头的植物纤维。母亲的胸脯风平浪静;而嫂子,则像风帆鼓满海风,她宽硕的胸前两个蓬松的奶子是大写的母亲形象。光头依赖自身的生命直觉认定了母亲不在于"育"而在其"养"。光头的存在证实了生命史上的千古绝唱,有奶便是娘。

六个月之后大哥从海上回来。大哥的脸庞在灯光底下长满鳞片。大哥喝了很多酒,他喝多少嫂子给他斟多少,当天夜里嫂子房间里床板发出震撼人心的撞击声,那声音饱满热烈却又无可奈何,大哥说,你给我生个带把的,你给我生条海参干来。

嫂子望着她的六个女儿,脸上的神情海风一样不定。六个女儿鳞光闪闪,妖娆得如同鳗鱼穿过鳞隙。又有什么用,嫂子说,还不是睡在下面,替人家喘气的货。

大哥的这次归来对光头来说是灾难性的。光头意识不到自己的裆里夹着家族的种姓使命。大哥拎着光头的耳朵来到父亲的亡灵面前,大哥坐在破椅上,问,长大后你做什么?

下海。

大哥就送过来一个嘴巴。

光头捂着脸转过脸去,母亲远远地看这边,母亲的眼里已经开始长白内障了。

我要下海。

大哥又送过去一个嘴巴。

你看着我,大哥瞪圆了眼睛脸上卷起了九级狂浪,看着我!大哥吼道,你不许下海!你要读书,进城,出人头地!

我不读书!光头仰起头这样回答。光头转过脸去撒腿狂奔。光头奔跑时带有腥味的气体在耳边呼呼生风。光头听得见一双外八字的脚步声在后面越来越近。那双拖惯了粗大缆绳的大手抓住了光头的细胳膊,差点把光头挤出水来。光头被大哥提了手上,两只脚在半空腾云驾雾。大哥把光头锁在了小厢屋里,那里堆满了破网破帆以及过时的渔枪渔叉。阳光锁在外头了,小屋里是肮脏腥臭的黑色。光头倒在破网上觉得自己成了一只断翅苍蝇,奋力挣扎只能在原地打转。光头愤怒地骂道,放我出去,你这狗娘养的!光头的叫骂声夹杂着侄儿莫名其妙的声音吓坏了夜间爬行的老鼠们,它们蜷在洞底,用惊恐的圆眼侦察一切可疑之处。大海黑暗下去,涛声响起来,月光在海面上千闪万烁。

光头躺在渔网上追忆晴朗的海底。他尾随在海鬼的身后。老海鬼六十多岁,这家伙从不出海,他就在近海靠他对潮涨潮落的精确判断发现了大海的无数珍奇。他答应光头跟在他的身后,但从不和光头说什么。大海的无数秘密深藏在老海鬼的沉默里头,光头就跟在海鬼泡得发白的十个脚趾后头,光头用各种姿势在水里行走,他睁着眼,海水冰凉滑溜,从他的眼球上滑过,有一种华丽的触觉。缤纷的鱼类安然闲适,与光头相忘于海洋。蓝色由浅入深最后成为海底的墨绿,修长柔和的海藻们翩翩欲仙。光头快活得几乎长出了腮来,水下动物才是最走运的生命,它们生存的液体空间是空间的绝对形式。

光头的这次关押长达两个日出日落加一个月出月落。在这个漫长的世纪里大哥在牌桌上输掉了他六个月的全部钱财。没有人敢对大哥说放人,没有人敢拿出东西塞光头的肚子。光头在黑暗之中做出了残酷的自杀决定,他一定要在大哥的面前把渔刀送进自己的胸口里头。光头想象着自己胸口血光飞溅的惨烈场景,看见了大哥的满脸悲痛与后悔,看见了大哥在整个渔村低着头走路的沉重模样。后来光头推翻了这个计划,光头决定放一把火,让自己和房子一同在大火中劈啪地炸个不停。光头要死得轰轰烈烈,在传说中东倒西歪。再后来光头没有力气了,光头忘记了自杀与报复,恐怖也随老鼠磨牙声变得具体。光头想喝奶,光头流下了坚硬的泪珠说他要喝奶。

清早大哥从赌桌上回来。嫂子说,钥匙呢?大哥说什么钥匙,嫂子说,兄弟还被你锁在小屋里呢。大哥就开始摸口袋。大哥的每一只口袋都是空的。大哥说,砸开。大嫂砸了门从地上抱起光头,光头在大嫂的怀里从清早青灰色的光线里认出了大嫂,光头失声说,娘！光头的母亲在遥远的角落听到了这个错误称谓。嫂子转过头来,对大哥说,你这个畜生！光头即将晕厥之前感受到嫂子说"畜生"这两个字时身体的倾斜与收缩。大哥便给了她一个嘴巴。大哥说,你闭嘴。

出海之前大哥让光头跪在自己的面前,大哥说,看着我,告诉我长大了干什么。光头跪在地上望着大哥陌生峭厉的目光,光头说,读书,到城里去,出人头地。光头想了又想,补充了一句,不下海了。大哥就点点头站起来,拍拍光头的脑袋。

近视的学究能流畅地朗读英语法语和俄语,但是说不好汉语。学究的表情也像某种西语单词,肯定有它的意思,却译不过来。母亲结婚前一个星期学究摁响了绿背心家的门铃,门铃声是绿背心极喜爱的单音节,|31|,就响了一下。绿背心知道不是她的同学,她的那些考完了大学的高中同学摁下门铃后电铃总像演奏一支曲子。绿背心打开门,门口站了一位穿短袖衫的谢顶男人,右手下面放着沧桑的棕色牛皮箱,脸上的笑容极不踏实。绿背心回过头去,母亲低下头目光就从眼镜的上框看了过来。母亲走到门前,一只手扶在门框上,笑得不十分顺当,说,这是你艾叔。

绿背心没有开口,拉下了上眼皮,侧过身子让出了人体与牛皮箱的空隙。艾叔进门后空间立即被不同内容的目光分割成多种几何方块。空间与空间产生了相抵触的互补势态。艾叔坐在沙发上,像一个调值不定的钢琴键,旋律一到他的身上就变了。艾叔不住地扶眼镜,他扶眼镜的动作带有某种掩饰性。母亲说,你喝点水吧。艾叔说,喝点水。

绿背心说,我出去了。

绿背心的泪水在她走出家门之后变得汹涌。泪水来得过于突然,超出了心理过程。去"爸爸"那里就是在这个超前过程中产生和奔腾起来的。寻找"爸爸"是情绪与感觉的自由落体,如苹果在枝头摇曳,一旦成熟,便无枝可依。

绛红色专家楼群掩藏在夏日的葱郁之中。繁杂的花朵使道路显得麻木无情。绿背心站在塔松的阴凉下,远眺那幢奇特的尖顶小楼。绿背心坚决地推测自己的生命一定原始于这幢两层楼房。绿背心失神了,夏季在她的眼里绵长孤寂苍茫杳远,夏季在她的眼里以羽毛的姿态做自由落体。

一群很年轻的笑声从小楼里传送出来。他们气息很好的美声笑法使他们的愉快渲染了整个夏天。他们从绛红色的木门里鱼贯而出,穿着得体,男有男相女有女态。最后出门的是老教授,那个男高音歌唱家。他的白发优雅高贵,点头与招手之间集中了文化与艺术精神。老教授没有走向台阶,在回头进屋时他远远地看见了绿背心。他扶眼镜的动作说明了这一点。这个遥远和不确切的对视越过了忧伤的植物,如花的开放一样悄然无声。绿背心的内心经历了一个短暂空白,那些生动、细碎的潮汐就开始柔和、坚韧地波动,在谧静中汹涌,浸漫了不可追忆的往昔岁月。生命的正确形式完全是父亲的站立姿势和审视姿态。父亲站立在那头,隔着人工植物。

很长时间之后,绿背心追忆这次不成功的见面时依然那样恍惚,有点像黑白相片的底片,该黑的地方空着,该空的地方却又黑着。生命也许就这样:更换了空间就面目全非。空间错位之后时间就不够顺理成章,失去了演绎意义。父亲没有任何举动。他又扶了扶眼镜,转过身去。他的背后留下了大片忧伤的植物和大片泪眼模糊。他的身后留下了时间的裂罅,时间断裂时发出了很古怪的声音。

绿背心是在第二天清晨回家的。一夜的四处漫游使她的小腿肿胀如铅。单眼皮也双起来了。铜钥匙被她插进锁孔时在她的手上留下了亲切细腻的手感。这是"家"的手感。这时的门后响起了急促的皮鞋声,母亲打开了门。绿背心见到母亲时一股陌生的委屈不可遏止。她伏在母亲的肩头,绿背心日渐丰厚的乳房贴在了母亲的乳房上,母亲的乳房松了,在绿背心伤心的抽泣中无奈地往后退却。这种感觉加重了绿背心的无限伤感,绿背心说,妈。妈没有说话。妈的沉默形式像一个深刻的悲剧。艾叔从沙发边走过来。艾叔的脸因一夜剧烈的自责显得结构松散。艾叔站在母亲的身后不知所措,欲说又止的样子十分迂腐。妈说,我们吃早饭。

妈走进厨房后艾叔打量绿背心的神情显得紧张。艾叔回到沙发原来的位置。艾叔的双手放在膝盖上嘴里发出煮稀饭的声音。艾叔说,我只是娶你的母亲,并不做你父亲。绿背心抬头和他对视了,艾叔把目光游移开去。艾叔说,我有孩子,我知道你想什么。

深 夜

城市很安静。这一刻城市没有耳朵与眼睛,夜色如液体消解了墙与空间形式。白天里人类喜爱墙,人类的一切活动都是依赖于墙而完成的。墙在人类的想象力之中占有的体积越来越重。人类成熟与文明的标志是城市,城市的标志则是更精致、更华丽、更高大、更结实、更具有区分力的墙。深夜的城市是海底,人类的欲望与情致甩动起梦的尾巴,四处游动,自在自如,没有阻隔。太阳升起之后人类已经发现,宇宙越来越小,总有一天上帝将无处藏身。

夏夜很空阔。空阔里仁慈的黑色安然不动。黑色是另一种意义上的透明,使每一处都永恒,都具备宇宙意义。

困吗? 光头说。

不。你呢?

不。几点了？

管它呢。时间毫无意义。

光头对女人的渴求内分泌一样不可遏止。这样的日子如期来临。光头被自己的身体弄得情迷意乱。他不知道身体里头发生了什么。光头的身体被海鲜高蛋白撑得高大健壮，海风从他的耳边吹过时发出无奈的哨声。光头从县城的考场上返回村庄，在一大堆巨形铁锚旁边遇上了大哥。大哥说，考上了？光头兴高采烈回答了大哥的询问。光头说，秋天我就要进城读大学啦。

大哥用了三个白天陪他的弟弟喝酒。大哥领着光头走遍了沿海的所有酒店。大哥用沙嗓门点好菜好酒，大哥向所有的人宣布他们家要出大学生了。光头的脸窘得通红，光头说，刚考完，分数还没有下来。大哥说，你到底有没有考上？光头说，我只是觉得考上了。大哥的巴掌拍在光头的肩上，开心地咧着大嘴巴望着所有的人，听见了，大哥说，他考上了。

等待分数的日子光头闲荡在渔码头。许多人用惊异的目光打量几十里海边上第一个新科状元。光头的眼睛十分敏锐地捕捉了飞娥的目光。那些日子飞娥一直头戴斗篷，蓝格子短裤刚到腿肚，她的小腿粗黑光洁，有一道耀眼的反光。飞娥提着渔刀每过一些时候就要上下走一趟，在离光头最近的拐弯处眼睛给光头抛下许多东西。光头把凉鞋摆在一处，光着脚若无其事地随便走动。光头看准了沙滩上飞娥的一只脚印，五个脚趾在脚掌的前部又分离又联系，栩栩如生媚态万方。光头走上去，小心把脚放在脚印上比画了几下，随后缓缓地踩下去。光头的脚掌在飞娥的脚印里体验到了沙质细腻体贴的触觉，这样的体验深刻、陌生。这时的海一个劲儿地蓝，闪耀万顷光亮。光头回头时飞娥目睹了这个惊心动魄的场面。一阵海风撩起了飞娥的头发,一缕一缕贴在飞娥的腮部和唇沿。光头看见了飞娥的下唇在头发后头无力地挂下来,眼光也像海藻一样左晃右动。

光头就此升入生命的昏迷阶段,光头在飞娥独特的咸腥气味里向深水下潜。光头憎恨皮肤,皮肤像墙,使生命与另一个生命区分得如此彻底,光头渴望飞娥能嵌在自己的身体上。光头抱紧飞娥所有的感觉颠三倒四。光头颤抖地说,怎么了,我怎么了?飞娥的身体像细碎的沙子绝望地往下流动。飞娥闭着眼睛文不对题地不停重复,我十八了,我都十八了。

光头是在没有月光的夜里被一只手电捉住的。告密的是他的哑巴胎侄儿。光头的裸身被大哥从沙滩上提起来,正反批了八个嘴巴。光头的大脑与身体一片空洞。他的舌尖舔到了自己血液的腥甜味之后认出了大哥。哑巴胎侄儿在手电的余光里盯住飞娥的身体,嘴里发出的声音让光头痛不欲生。光头对大哥说,我哪里也不去了!我要娶她!我明天就和她成亲!大哥的手电在光头的头上开了个窟窿,大哥说,有海腥味的女儿身,你一个都不许上,你要不听,小心我骗了你。

光头捂着窟窿,血浆从指缝里热热地飞涌,父亲的形象在死亡那头冷眼盯着光头。父亲不可抗拒。父亲与儿子绝不是一个辈分与另一个辈分,而是一个阶级对另一个阶级的专政,是一个空间对另一个空间的笼罩。

光头在离开渔村的最后一个夏季里补养伤口。光头从自己的血液里闻到了与大海不同的腥气。那些流淌的款式暗示了一种波动,光头被它支配,只能不停地怀旧与怀旧。海作为一种神往成了光头未来岁月的追忆内容,波浪、蔚蓝、沙滩,以及飞娥的体形一样曲曲折折蜿蜒蜒蜒的海岸线。

城里寄来的通知书比预料的要快。光头的名字用电脑打印的,方方长长有点像长城的垛口。光头认定了那个垛口一样的长方汉字才是真正意义上的自己,它使自己符号化了,如一只贝壳,被一只手随意捡起,带得非常遥远,与大海彼此毫无关联。

"理想"的实现是对自我的一次残酷放逐。父性永垂不朽,我们的放逐就永无止境。光头终于在大哥骄傲的目光里离开了渔村,光头站在村口做了一个长叹,大海的气息在这声长叹中离异了光头。光头的脚掌永远失去了体贴入微的沙滩触觉。光头被哲学录取了,就此步入城市。

绿背心的双脚在火车的远行之中肿大了,黄昏时分她背着背囊站在了家的门口。钢质门很陌生,涂了一层紫红色。母亲和艾叔搬入了新居,母亲在来信中详尽介绍了新家的位置和楼层。绿背心站在家的门口心里出奇地紧张,类似于第一次在豪华饭店里寻找客人。绿背心没有钥匙。她敲了门。她等待母亲和母亲带有烟味的笑声。

开门的是一个陌生男子。堵在门框中间和门一样高大。他俯视着绿背心,绿背心从他的额头与下巴那里看见了艾叔的青春岁月。绿背心点点头,绿背心用很大的声音叫了声妈,随后对艾叔微微一笑,表情的次序逻辑严密。

晚饭相当丰盛。两个家庭在桌子的四边相对而坐。夹菜时大家的筷子尽量不伸向同一个盘子。艾叔关心了绿背心几句,母亲关心了"他"几句。他的目光在排骨汤的热气上面打量绿背心,说,我也是昨天刚回来。我是艾叶。艾叶说:"我很高兴认识你们。"艾叶回到家里,首先开始了社交。

你学音乐,是吗?

是的。

我在读建筑学硕士。

他从小就对建筑感兴趣,艾叔说。

建筑很难吧?母亲拿着调羹问。

建筑就是墙,艾叶说,比什么都容易,宇宙中唯一没有反抗力的就是空间。

　　艾叶不停地说。他对语言似乎有一种依赖,绿背心感受到他的饶舌有一种使命感。饶舌成了某些家庭"家"的象征。像艾叔脸上的微笑,仿佛时刻都想证明,我们是一家人了。他说一些笑话,不特别好笑,但艾叔和母亲都笑出了声来,绿背心听得出勉强。绿背心突然觉得自己的家已经成了一个麻将牌局,一些胜负正不均等地等待。吃完饭艾叶掏出香烟,递给母亲,给母亲点上,而后给自己点上。他的点烟有点外交。母亲说,今天累了,就不练琴了吧。绿背心把手伸出来,说,全肿了,脚也肿了,算了。绿背心便走进自己的小卧室,心里一片空洞,火车的声音却复活了,开始了咣啷咣啷。

　　母亲终于走了进来。母亲坐在绿背心的床沿开始了无限宝贵的沉默。沉默使夜变得柔和、舒展。绿背心坐在母亲的身边,把被子拥得很紧,绿背心想起了初中一年级的那个梅雨天。湿淋淋的放学路上绿背心惊奇地发现下身往下流血,有一种虫子爬动的温热感。绿背心回到家躲进了卫生间,用洗脚布慌乱地拭擦,妈扔掉了手里的烟,妈用温水给绿背心认真地擦洗,随后拿出了自己的家当,教会了绿背心几种结扣方法。一切都停当了,绿背心和母亲一同坐在卫生间里,用很怪异的目光对视。绿背心紧张地问,我怎么了? 妈一直不开口,妈后来终于说,你长大了。妈的这话不如以往那么自豪,妈的语调里有梅雨一样飘飞的哀怨。

　　妈把绿背心的手放在掌心里,轻轻搓揉。妈说,你一生下来,我就让医生抱了过来。所有的母亲都是先看男女,可我不,我先看了你的手。看了你的手我就哭了,多精致的手呵,我的小宝贝。天底下的钢琴排了队在等你呢。

　　其实吧,我并不特别喜欢钢琴,绿背心望着妈说,其实吧,我

207

更喜欢二胡。

你瞎说什么,你怎么能喜欢那种东西?

我已经拉上了。我选了二胡了。

谁让你拉二胡了? 你胡闹些什么?

二胡的声音又美又松,那么沧桑,我特别迷恋二胡音质的那种气质,二胡……

不行! 你不能拉二胡。

为什么? 我就要拉。

妈说不行就是不行。还没到你和妈顶嘴的时候。

妈?

妈什么都依你,这个不依。

有关二胡与钢琴的争执在春节的氛围中行进。绿背心看见母亲与自己像汛期过后的江滩,在失去滋润的秋风里无声龟裂。绿背心每天只活动活动指头,黑白相间的琴键那么冷,而钢琴的琴声又总那么清冽,完全是不管人间死活的漠然。

艾叶说,你和你妈怎么了?

绿背心说,这是我们家的事。

艾叶说,我们在一个屋檐下面。

绿背心说,我并没有说你寄人篱下。

艾叶说,我只是关心你。

绿背心说,你更应该关心你自己。

绿背心说完就回到了自己的房间。艾叶从后面跟进来。艾叶第一次走进她的卧室,用掏烟掩饰了内心活动。绿背心拉了脸,艾叶说,是不是因为我? 艾叶说要不我明天回去。艾叶说其实不这样更好。艾叶说这些话时失去了潇洒模样,像小学生检讨自己打碎玻璃。绿背心说不关你的事,真的。我只是不习惯你,不过确实不关你的事。艾叶说,能够告诉我吗? 绿背心说,不能。静了好大一会儿绿背心突然说,你喜欢二胡吗？艾叶说喜欢，我还会拉，只是拉不好。绿背心说，你怎么会拉，一点也看不出来。艾叶看着手里的烟，说，还是在乡下，跟算命瞎子学的。我不识谱，也不知乐理，就只是会拉。这怎么可能？这有什么不可能？要我说二胡其实很简单，心里头有东西，嘴里说不出，二胡就替你说了。绿背心说，二胡其实还是很难。艾叶没说话，过了很久才说，是啊，那个算命的瞎子说，拉二胡眼睛瞎了不要紧，但是指头上的眼睛都要睁得大大的。

他们一起看指头，想象着指头上睁出眼睛来。艾叶说，我们去玩吧，好歹我也做了一回哥哥。绿背心说，逛街！艾叶说，就逛街。

整个逛街平淡无奇。熟悉的建筑又熟悉一回罢了。但艾叶的一句话绿背心一直没有弄通，艾叶说，总有一天，"我要把这些建筑全炸了"。绿背心问他什么意思，他不肯解释，直到他那个早晨匆匆离去。

艾叶的离去极其尴尬。如绿背心的预感这一天不可抗拒。艾叶和绿背心开始了烦躁的回避。回避总是吸附着极强的暗示性，让你无法正视与面对。罪恶感伴随他们的内心萌动与日俱增。他们不再说话了，眼睛也不对视了。艾叔和母亲认定他们又吵了，尽量在家里不弄出声响来。到暑假了他们会好的，他们私下说。

那个晚上艾叶终于推开了绿背心的房门。他们只对视了一秒钟，就无声地拥抱了。绿背心说，我怕，就吻上了。

他们忘记了时间。最终是时间找上了门来。母亲说，你们在干什么？母亲的一只手抓着房门的把手，一只手扶在门框上，你们干了些什么！

艾叔说，怎么能这样？你们是一个家的人。

黎 明

　　天空依然漆黑。但这种黑色没有了那种厚重，开始了些许松动。光头和绿背心感到了眼里的干涩，上眼睑仿佛增厚了。他们睁着眼睛做了很长的梦，众多的梦如藤蔓攀缘在他们疲惫的知觉上。他们半睡半醒的状态给予了对方以最大的宽容与信赖。黑色之中他们看见了心灵在靠近，相濡以沫，发出感激与欢愉的叫声。他们对往事的追忆在自由地流淌，超越了形式与时空。他们知道自己很清醒，只是忘记了在哪儿，在什么时候，生活在了宇宙之外。

　　他们站起来。夏夜的风很小心地从他们皮肤上走过。他们原地走了几步，脚像坐了一夜的火车。他们趴在栏杆上，栏杆的沙砾很快在他们的掌心和肘部压出了凸凹，摸上去手感粗糙。他们站得很近，知道彼此在打量。看不见模样，只看见眼眶中大多的部分在闪光。他们认真却又毫无结果地打量，听见了呼吸越来越粗重。彼此在视觉和知觉上都变得抽象，只剩下原始意义。光头拥过了绿背心的肩头，绿背心便依在了光头的前胸。他们抱在一起，听得到对方的心跳。皮肤上有了两种心跳旋律，有了点乱七八糟。

　　光头说，到顶楼去，看看天。

　　绿背心没有吱声。绿背心握紧了光头的手，血液勇敢非凡地向指尖上奔腾。绿背心能听得出血液欢乐的声音。他们往楼上爬，什么都看不见，但绿背心从脚的蹬踏里知道离顶楼只有一步之遥。绿背心听见了光头推动水泥板的声音。声音困难、吃力，但是卓有成效。绿背心看见了半米见方的黑色洞口，那种淡淡的黑色在不见五指的浓黑中闪闪发光。她听见了光头的声音。光头说，抓紧我的手。她抓住了他的手。他的手从上面伸下来仿佛具有创世的意味。她抓住了他的手,感觉到他的力量从五个指头里传导进她的肌肤。她跨过了最后一道垂直台阶,她的身体徐徐升向了顶巅的空间。满天星斗在遥远的黑色平面上注视着他们。她深深地吸了口气,再呼出去。她感受到一种超然的自由,肉体变得轻扬,清凉的夏风抒情地来回晃动。城市的路灯像瞌睡的眼在远处的地面为人类尽忠,而他们则超越了人类,以新的视角和审视心态看待脚下的墙、马路。他们成了自己世界的夏娃和亚当。这个伟大疯狂的念头在黑色高空接受了星星和黎明的无声祝福。他们环顾了四周,没有墙与家,没有海与海岸。他们又一次拥抱了。他们甚至不愿再去细想对方是谁,他们的唇干干裂裂地交在了一起。他们的双手在对方的身体上睁开了眼睛,四处寻觅。他们的身体出汗了,油油腻腻流出了青春旺盛痛楚的内分泌。他们往紧里抱,往气息最困难最窒息最压迫的绝境里吻。他们的嘴里发出了短促绝望的声音。光头拿开了上衣,把她的脸摁在了两块胸大肌上。那里曾贮满海风,得到海洋高蛋白最精心的营养。他们安静却又坚决地剥去了所有纺织物。他们唯一的衣饰只剩下了自己的皮肤。四只脚高傲光荣地把衣物踩在了脚下。他们再一次抱紧了,感谢上帝给予青春人体最合缝合榫的互补曲线。他们接成了一个整体,在七层高的物理楼上,牺牲一样在天空的看顾之下坍倒了下去。

绿背心睁开眼,所有的星星子弹一样向她扫射过来。在晕厥的瞬间她看见了艾叶,你拉,绿背心说,你拉……我就是你的二胡……我给你……你给……你拉……

光头听不清她在说什么。她扭动她的脑袋含糊不清地自语,光头依靠原始的直觉知道她给了他一次最辉煌的允诺。海洋在他的面前蓝蓝地打开了,海岸向四周优美仁慈地退却。飞娥裸露的身体在碧蓝干净的海水里折射得变了样。飞娥说,叫你下来——呆子。

光头冲进了海水。光头在沙滩上留下了一串丑陋的外八字。这是他的父亲留给他的。光头带着飞娥向着深海藻类最密集的地方下沉。海底的透明世界才是真正的世界,海里的生命才是真正自主的生命,鱼类的眼睛才是生命册里最美丽的眼睛。海里永远没有家。生命才是生命的家。鱼类密密麻麻地聚集过来,光头和飞娥游在最前头,光怪陆离的杂色鱼群跟在他们的身后,在湛蓝的背景之上聚集成了巨大缤纷的生命群,浩浩荡荡,却又无声无息。

光头感觉到那一口气就快用完了。光头知道自己不是鱼,光头的身体离开了鱼群慢慢向海面升腾。光头松开了四肢,海的浮力缓缓地把光头推向了海面。光头知道自己死了,顺海浪的节奏一波一波地靠岸。光头的尸体趴在了沙质海滩上。沙滩在身体下面细微地波动。

光头睁开了眼,大片最优秀的蓝色跃入了他的双眼,不是大海,是天空,是夏天早晨最晴朗的天空。光头转过头去,一个女孩坐在他的身边,穿着绿背心,两手抱着膝盖,下巴搁在裸露的膝盖上,头发散落成一片,刚好遮住了她的脸。光头撑起了上身,他的衣服全堆在了档部。嗨,他说。

你醒了?她说。

光头背过身去,穿好衣裳,坐到绿背心的身边。他拥过绿背心的肩头,说,听我说。绿背心挪出一只手把他的手拿下来,绿背心说,别碰我。绿背心侧过头来和他对视了,她的眼里贮满清冷冷的泪,但没有流下来。我没怪你,她说,送我下楼去。

他们一同起立。太阳只升出了四分之一,鲜嫩清脆的阳光泼得一地。初升的阳光一条一条地从远方送来,也送来了建筑的体形与墙的阴影和轮廓。城市清晰地固定在眼前,光明来到了,一切又回复了。黑色是虚假的,黑色安慰了你,但无奈物质的存在。黑色是一种最深刻、最无奈、最投入、最虚伪的误会。太阳一拳头就把黑色撂倒了，被建筑踩在了脚下。

光头先下了楼去，用肩膀把绿背心一级一级接到七楼。绿背心站稳后光头重新爬上去，拉好那块水泥板。水泥板盖严时整个七层楼都发出了惊天动地的一声闷响。他们向三楼走去。绿背心走在前头，光头跟在后面。二胡和乐谱搁在那里，没动。只是乐谱被风翻了两页。绿背心提了二胡，卷起乐谱，转过身就走了。光头说，你叫什么？绿背心摇摇头说，你不认识我，我也不认识你。

1994 年第 4 期《小说家》

楚　水

一

春天没有任何迹象。春光在旷野中晴朗地明媚,植物大块大块地红,大片大片地绿。复苏的气息生动活泼,随风的足迹畅然游荡。大地蠢蠢欲动。

灾难来得不够顺理成章。大水把随之而来的整个夏季全淹了。清明、谷雨前后天上就不爽净,入了夏天就破了。雨水哗啦哗啦往下漏,把田地全踩在了脚下。人们弄不懂怎么会淹成这样,但人们不相信金二的猜测,金二说日本人仗打得太多了,洋枪洋炮把天空穿成了筛子。有关天相地相方圆几十里只相信水印。这个贪酒的还俗僧人除了酒,只谈来世后世、天上地下。水印那时候在冯家做长工,立春时分整日在大草垛前晒太阳。头上的戒疤在冬季阳光里放出柔和动感的光。他的身边是那只"8"字形葫芦,脸上有了度数。和他一同晒太阳的还有老爷家的几头水牛,它们在反刍,嘴边挂满白沫,目光安闲,一派乡绅风度。水印闻到牛、稻草、自己身体的气味被太阳烘烤出来。这种混杂的气味世俗而又快活,在金黄色的稻草里像女人的手,抚他的后背和腿根。痒得出奇,一戳一戳的。后来走过来一个男人,水印没看清是谁,只晓得穿了黑色棉袄扛着丫杈。水印听见那人说,水印,今年的年景咋样?水印的眼在阳光里睁得有些困难。水印眯着眼说,还用问,瞎子也看得出,吉年自有天相。那人转过头,顺水印眯着的眼缝望过去,不远处的河面冻得结结实实,冰面发出耀眼洁白的光。

水印不记得自己有过什么预言。水印不知道许多人去赶集和自己会有什么干系。毁灭向来是预言的最后一个章节,谁也料不到毁灭来得比预言更加迅疾。水灾与夏季一同来临了。秋天被夏日大水作践得乌黑、光秃,旷野堆满腥臭的淤泥,嵌了各式种类的尸体。淤泥在腐臭的风里板结、开裂。大地布满罅隙。这一切全摊牌在秋季。

没有人骂水印。水印的尸首夹在两棵槐树枝丫中间,他的衣带和左手的食指指尖贴在地面,呈现水的流向。他的性命和"8"字形葫芦就是朝那个方向漂走的。

灾难选择了大暑里的一个夏夜。在此之前有过一次短暂的返晴,接连火爆嘹亮了几天。地面和茅屋都晒出了开裂声,劈劈啪啪,是阳光的脚步。泥土气味被烘烤出来,又厚重又湿润。冯老爷在黄昏时分走出村外,他沿着河岸,白布衬衫映照在河水里,随轻波一波三折。河水把河流已注满了,水面白花花地与岸齐平。但天终于放晴了,冯老爷点起了白铜水烟。冯老爷放眼望下去,绿油油的都在。他的年终地租总算又有了着落。冯老爷认定久阴就此过去,下面的日子就好起来了,一天一个新太阳。

返晴的日子知了拼死拼活地叫,红蜻蜓也纷纷出场。绵亘不断的阴雨天气疯狂地繁衍了乡村昆虫,铺天盖地;夜间的蛙声也聒噪得浩瀚无边。冯老爷回过身又看了一眼树木和茅草屋中间的冯家大院,彤红的余晖把女墙垛口和屋檐的飞拱撩拨得翩翩欲仙。半空中的红蜻蜓密密匝匝,它们挥动透明的翅膀使夕阳变得具体而飞动。冯老爷这辈子也没见过这么茂盛的红蜻蜓。冯老爷闻得见久阴初晴的气味,红蜻蜓翅膀在他的面前晶亮闪烁,胸中的阴霾消散了。冯老爷握起拳头在自己的后腰上轻捶两下,再干咳两声,中气十足,神韵悠扬。

晴朗稍纵即逝,像太阳的一次眨眼。那一声惊天动地的霹雳宣告了大灾即将来临。初晴仅仅是久阴的回光返照。天蓝得开始异样,蓝得不像天。随后一切全静顿下来。昆虫不知所终,牲口闭口不语。再后来雨就冲下来了,射精一样不可遏止。冯家瓦屋顶上飘起青色水烟。

整个夜间听不见一只青蛙的叫声。雨声不可一世。夜空被闪电拽得东倒西歪。闪电如巨大的树根抽动精亮雪白的裂口。雷声痛苦地撒欢,死囚得救一样四处狂奔。每一次闪电里倾斜粗硕的雨网都变得纤毫毕现。雨声放肆却很单纯,雨声就那样把人们湿漉漉的听觉锁在梦呓之中。子夜过后另一种声音阴森无比地从西面升起,又沉闷又固执,又巨大却又压抑。大运河的缺口把一种死亡的声音从液体世界里泄漏了出来,这种绝望的声音排着漫长的队伍伴随疯狂的颤动而来。大水迅速而又彻底地扫荡了里下河,在激荡的翻滚和撞击过后,动物和植物的尸体开始了漂浮。世界被液体冲到了尽头。迅雷不及掩耳。

黄昏时分三少爷冯节中没有注意那么多红色昆虫。老爷在村外转了一圈进门时说,你们怎么不去看红蜻蜓?冯节中躺在紫竹椅上抽纸烟,显得心思沉重。冯节中没有和他的父亲对视。冯节中从决定偷老爷的钱财那一刻起就开始回避父亲的目光了。冯节中在等待。他决定在雨夜动手。他想象过那个夜,杂乱的响声绵延不断,雷雨交加掩盖了他的所有动静,一切按部就班,最终了却心愿,然后,雨过天晴,青草娇嫩,空气干净剔透,太阳款款东升,冯节中在晨曦中和他的村庄告别,带上祖上的珠宝钱财投奔世界。

我从没见过这么多红蜻蜓，老爷站在天井里大声说，像老天爷化纸钱，满天都在飞。

冯节中听得见老爷说话。静了一会儿，从红木八仙桌上抓过朗声打火机，握在手里，咣当咣当开开合合了十几次，径直走出大院。走出大门冯节中真的看见了红蜻蜓满天的喧闹纷繁。红蜻蜓成了彤云，下面是兴高采烈的大人和孩子。冯节中没去凑热闹，双脚一高一低踏在两级石阶上，依在石狮的颈部，极不祥和的预感在他的胸中密密麻麻地四处飘飞。冯节中又看了一眼天，云朵红得过于卖力，显示出一种由来已久的凄艳，仿佛隐藏在父亲眼神里的疑虑，是他醉酒之后常见的那种疑虑。冯节中看见云朵在天上打量自己，恐惧凉飕飕地顺着皮肤往上爬，像条毛毛虫，有数不尽的腿和毛。

冯节中转身回到了天井，金二正挑着水桶往厨房里挑水。金二的目光和冯节中不可回避地对视了。在对视中金二的身子晃了一回，水桶往砖上溢出了几处水迹。地砖还没有干透，不吃水，水就像蛇一样歪歪扭扭地游动起来。冯节中走进自己的房间，顺着木棂格看见金二拿着菜刀往水缸里刮明矾。金二用木棍搅水时抬头看了一眼冯节中的房间，冯节中在木棂后头给金二做了个很猛烈的手势。但金二什么也没看见。

金二是这场计划中至关重要的部分。计划之中金二被藏在冯少爷的床沿下面。入夏以来老爷把大门关得很死，卧室的房门却是开着的。金二要做的事很简单，把太太梳妆台前的鼓形石凳挪开去，再把压在石凳底下的那只方地砖撬开，提出那只瓷坛，搬到东厢房，金二就可以从东厢房木窗上爬出去了。作为交易，事成后少爷为金二买个女人。金二得到这个允诺是在他的牛棚里，金二听到"女人"后两眼就发光，他闻到了牛棚里幸福柔嫩的骚气，少爷出去后他用光脚在小母牛的屁股上踹两下，大声说，你马上没用啦！我的鸡巴快挪窝啦！

大雨比计划来得更急,下得也过于卖力。冯节中躺在床上。满院子都是闪电和雨雾。借助闪电冯节中看见冯家大院在错觉里向上升腾。大地不实在了,失去了可信赖的依托,一切都显得过分,有一种猝不及防的恐惧把冯节中架空起来。冯节中从床柜上取过怀表,金属的凉意唤起了夏夜的闷热。看完表冯节中的心开始加速跳跃,下了床,掀开竹席与床板,金二粗硕的黑色身影从床下缓缓升腾,伴随很粗的鼻息。有一种压迫已久的委屈与愤懑。金二跨出来跟在少爷的身后走向门口。金二赤着脚,脚掌与地砖发出很醒目的声音,又干糙又细腻。冯节中在黑暗中站了一刻,很猛地做了一个回头的动作,金二有所领悟,重新迈步时脚下的声音就不见了。冯节中轻轻地开了门,金二却没有跨出去。他们就那样站着,听得见彼此的喘气与心跳。这时一道闪电破窗而入,他们意外地发现黑暗里头他们一直在对视。瞳孔里的黑色异乎寻常,是一种黑到极处的反光。他们匆匆避开目光,看见闪电的尾巴扫进堂屋,屋里红木家具的轮廓和散置的瓷器一同发出危险和易碎的光芒,有一种极不踏实的期待,等待被击与粉碎。

金二跨出厢房门槛。为了减轻脚步声金二踮了脚尖,头部伸缩得很厉害,像一只鸡。冯节中半掩了门,两只手很紧地握紧了门框。但历史在这时休克了。方向偏离了既定方针。这是历史上常有的事。就在这样的历史性关头冯节中的耳朵听见了一种声音,从两边传过来。是一种液体的吟唱声,长了毛。冯节中用力甩了甩头部,那种吟唱却更贴近更明晰了。长出了指甲。金二一定也听见了什么,他的黑色影子固定在堂屋的正中央。大地开始抖动。冯节中就那样站在黑暗里,头脑空掉了,遗忘了伟大使命。突然有人尖叫,有人慌乱地喊救命,又一个闪电,冯节中就看见长方体的水柱从方木棂格子中间喷涌进来。

二

春节前后天气干冷而又晴朗。太阳粉红无力,在光秃峭厉的枯枝上头像一只蛋黄,危险万分。冯家灰黑色的砖瓦大院愈加坚固深阔。节日的喜庆气氛也愈加隆重。冯家大院照例迎回了远在北平读大学的三少爷节中,冯节中照例又在元宵节过后返京上路。三少爷是方圆几十里第一个进京念洋书的阔少,他的父亲用洋钱把他从乡野一直送到了京华。乡里人的记忆里头冯节中永远穿一套白色西服,脚上的白皮鞋光亮闪烁,全身只有领口的蝴蝶结和头发是黑色的。冯节中的头发流苏一样整齐,满头梳齿印油光水亮,从前额一直拖到脑后——两年前的初夏冯节中就是这身打扮返回乡里的。那时村子里刚刚飘拂春末蒿蒿和罗汉豆的气味。冯节中的两手插在裤兜,胸前的怀表挂链闪闪发光。他的双腿笔直修长,悠闲地四处走动。许多人站在泥墙草屋的旁边向三少爷张望。他们身穿一色粗布单衣,张大了嘴巴,眼里散发出愚蠢的目光。偶尔有人堆上笑脸来打招呼,说简短的奉承话。冯节中露出两排光洁有力的牙,摆摆手,点头微笑,后来围上来的人就多了,大家闻到了冯节中身上陌生的香气。一位年长的说,三少爷回来了?冯节中站住脚,顺手逗弄身边妇女怀里的婴儿,嘴里说,回来了,度假。人们听不懂"度假"是怎么回事,过了很久人们才猜出来,就是有钱人吃喝玩乐再嫖嫖赌赌。大伙围着冯节中,像一群黑乌鸦围着一只白天鹅。一个少年走上来,摸住了白西服的巨大领口,冯节中的领口立即印上了乌黑手印。大伙紧张了,等着少爷发脾气。他们都是知道老爷的坏脾气的。冯节中却笑起来,伸手到口袋里掏出一把丁当响的东西,再在手上掂几掂,随手撒向了远处。所有的人都扑上去,在地面上厮打。冯节中站了一刻,用另一只手把刚才的事重做了一回，大伙又挤到了另一处。冯节中就转过身去，地上的土尘随他的皮鞋噗噗飞扬。村里很快传开了，三少爷一点不小气，一点不像他的恶煞老子和黄脸婆老娘。

　　清明前的一个雨天长工金二从县城带回了坏消息。金二回到村子里说，少爷还没有进京，少爷至今还留在县城里头。坏消息在两天后传进了老爷耳朵。那时候金二正在和小母牛用心地亲热。雨还在下，老爷亲自撑着那把绛红色的油纸伞来到了河边的牛棚。老爷用脚踹开木门，木门发出了极其活泼的声音。金二！老爷说，金二慌张地答应，隔了很久提着裤子出来。老爷闻见了棚内的气味，七荤八素，是十几样气味的混杂。金二的高大身躯堵在门框。金二嘟哝说，老爷。老爷没有答应，只是盯着金二，看。金二的手越握越紧了，回过头望那头母牛。你在哪儿见到少爷了？老爷虎着脸问。金二挂了下巴，愣了一会儿，胳膊上松下来。我哪里见到少爷了？金二眨巴了小眼说，我是说见到一个人长得像我们家少爷了。老爷说，在哪儿？金二说，街上。哪条街上？金二又眨巴了一回小眼睛，大街上。金二看见老爷抓伞柄的手上了力气，血管也暴了出来，就听见老爷说，少爷要真没进京，我扒你的皮。谷雨那天冯节中自己证实了冯府的坏消息。他在谷雨的雨天里返回了冯府。谷雨这天天上地下飘满雨雾，许多植物上都长了水锈。天低得只有槐树那么高。一些鸟类在树巅上不安地聒噪，显得轻佻浮躁。路被雨雾浸渍得十分泥泞，每踩一步都要带走一块路皮。中午老爷和太太正在正屋里用膳，听见天井里有人长长地"咦"了一声，说，怎么是三少爷？三少爷怎么回来了？老爷没听清楚，抬头时已看见一个人披着蓑衣跨上了廊沿，身后的青色地砖上留了一排绛红色泥脚印。太太认出了三少爷，夹在筷子上的臭咸鱼块掉到桌面上。太太怔怔地说，你到底没有进京去？老爷放下了碗筷。碗和筷在红木桌上发出两种不同音质的严厉响声。冯节中下巴那一块瘦得厉害，眼眶的四周有一圈恍惚的黑色。冯节中解他的蓑衣，他注意到老爷的脑袋正好盖住了中堂画轴中下山猛虎的头部，老爷的脸色反射出古瓷器一样的光芒。冯节中扔了蓑衣说，我回来了。

老爷的指头伸了过来，你给我回北平去，明天就走！冯节中在包铜门槛上刮过鞋泥，说，我一见到书就头疼，那些东西有什么用？老爷粗着嗓子说，还有半年，你就毕业了。冯节中进门后疲惫地坐下去，跷好了腿说，毕什么业？你们还以为我真的读书去了？这年头还有谁在读书？你给我走，回北平去，老爷的鼻息变得粗重了，现在就走！冯节中的哥嫂听见了动静便沿着走廊走了过来。他们站在方格子木棂门外，听见了三弟的声音。"要我回去，拿四千六百块大洋来。"堂屋里顿时寂静如水，条台上座钟的数时声都听得清晰。"手气不好有什么办法，"三弟不高兴地说，"总不能叫我去北平送死，为了一张文凭，也不值得。"孽障！这是老爷的声音。你不要这样，三弟说，我没输你的钱，我欠了债，却没有输你的钱。"我上回给你的学费哪里去了？"老爷说。"这年头钱不值钱了。""你是不是全洒在百岁坊的窑子里了？"老爷的嗓子低下来，显出特别的阴沉。三弟没有搭腔，过了很久三弟却笑起来，"也涨价了，"三弟说，"比京城里的丑，比京城里的老，却比京城里的贵，早就不是你那时候的价码了。"

门外几个直起了腰，呆呆地相互打量。一只景泰蓝花瓶在堂屋里砸碎了，几块碎片从门槛上颠跳出来，滚几下，一块停在了兄嫂的脚边。上面有一只仕女的瞌睡眼，欲开还闭。

这个家三代人的家产要败在你手上。

钱算什么，冯节中打了个哈欠往外走，他走路的模样轻松而又不以为然，三代人才抠了这么一丁点儿，还活什么劲儿，啥时候我发了大财给您瞧瞧。冯节中说这句话时特意把字咬得很准,一口地道的京腔。

三少爷的意外归来使太太的生日显得无精打采。太太的生日是四月初四,两个吉祥的双数。这样的日子只适于富贵命过生日的。下人们在向太太祝寿时总忘不了冲着两个四说一声"事事如意"。太太的寿宴总有一道红烧全鳜鱼,几十年都成了规矩,太太说,全鳜鱼一上桌,热腾腾地又全、又贵又有余。太太对下人关照说,今年年景不好,但生日要好好做,"冲一冲"。

桃子在日午时分挎着竹篮,走进冯家大院送鱼。桃子是第一次走进冯府。站在门前的石阶,望着枣黑色大门上包铁的钉铆,桃子产生了见世面的惊喜与紧张。门上的对联已开始褪色,底部留着雨淋痕迹,桃子站着对着对联看了好大一会儿,没找到自己认识的字。这时候竹篮里的鳜鱼颠跳了两下,桃子又开五指摁住,用肘部推开门。大门的吱声厚重坚固,桃子便没有了信心。桃子从门缝里看见了青灰色的高大建筑和青灰色的干净天井。生活在船上的人对砖墙有一种特别的敏感,砖头的背脊整齐参差,中间离间了同样整齐参差的灰白勾勒。桃子听见笑声从堂屋和厨房里传出来,便侧着身子走进去。她的胸脯碰着了门框,桃子就低下了头,看见了绿方格上衣里头挺出来的乳房轮廓。上衣是妈妈的,在桃子身上特别紧。桃子对自己的乳房日益膨大又羞愧又无奈。桃子挪出手拽拽上衣的前下摆,又想起屁股上有两块铜钱大的浅颜色补丁,就又拽了拽上衣的后下摆。

桃子听见有人说,"喂!"侧过脑袋,看见过廊上走来一位少爷。过廊是半圆形的,从后院一直绕到天井。少爷一只手拿着一把红蜡烛,另一只手牵着一条棕褐色的狗。狗的灰白色目光盯着桃子,瞳孔的四周有一道金色圆圈,嗓子里发出老人咳嗽之前的呼噜声。少爷抖动过手里的皮带,问,你是谁?

我是桃子。

我问你干什么来了。

我送鱼。

少爷走到桃子对面。狗昂起嗅觉在桃子的身上仔细寻找。桃子的面庞渐渐地红得透明。她低下眼角惊恐地注视狗鼻子。两道浓密上挑的眼睫挂下来显得可怜动人。鼻头上沁出了汗珠。鼻梁很好。嘴唇也很好。下唇饱满,布满密密的竖条纹,在不知所措里缓慢生动地向下垂挂。

你是谁?

我送鱼。

我问你叫什么名字?

我是桃子。

水印躺在草堆旁边,阳光不肯卖力,有点似有若无。他的酒葫芦空着,挂在农具仓库的土基泥墙上。水印的被褥就铺在仓库里,四周挂满锄头、丫杈、钉耙。水印的嘴里衔着半根旧稻草,迷糊地哼着小曲。是《小寡妇》,听上去却像诵经。他就用那种飘满佛家香烟的调子唱男女苟且事。无精打采,有口无心,顺舌尖的意。

水印感到有人踢自己的脚板,停了哼叽翻过身,又被踢了两脚,水印睁眼看见是三少爷。水印笑嘻嘻地站起来,沾了一身草屑。水印用单掌作过揖,冯节中却躺了下去。冯节中闭着眼说,和尚,还是你会享福。水印重又坐下来,说,福来躲不脱。冯节中睁开一只眼,看见水印头上的戒疤懒懒地发出光亮。和尚,烫戒疤很疼吧?佛疼,我不疼。疤也烫了,你戒了什么?佛戒,我不戒。冯节中坐起身和水印对视了一刻,水印很突然地问,少爷找我有事,说吧。冯节中便笑起来,说,给和尚送酒钱来了。水印也笑起来,笑得腮阔头尖。冯节中说,给我把河东渔船上的桃子带到你屋里,这个月的酒钱算我的。水印盘在草地上,微笑,然后点头就是不开口。冯节中伸出了两根指头。水印却文不对题地念了一首偈颂:

莲花不属你,你却嗅花香。

纵然窃香气,与贼无两样。

冯节中笑笑说,师父说对了,我却是要做一回窃香贼。和尚又不开口,好半天才说,当年我在皇觉寺里做和尚,因天天醉酒,得了一法号,叫食粪虫。冯节中说,你又胡说了,皇觉寺也是你待的?那可是明朝开国皇帝佬儿念经的庙,早让满清人给烧了,哪里来的皇觉寺?水印并不接他的话茬,说,想当初莺伽国和揭佗国的交界处有条食粪虫,专门吃醉汉吐出来的残酒,醉了就往粪堆上爬,爬上稀粪堆再热烘烘地往下陷。一条大象路过这里,闻见臭气掉头就跑。食粪虫以为大象怕它,高声念了一首偈:你是英雄我有力,两强相遇比高低。令彼两国长见识,大象请回莫躲避。大象听了,也念了偈颂:对付你这小东西,无须动用腿和鼻。既然你是食粪虫,就用屎尿杀死你。我师父说,水印,你的佛根是条食粪虫,早让大象的屎尿杀死了,你还是回到酒肉世界去吧。

冯节中大声说道,哈哈,你是条食粪虫。水印说,正是。冯节中兴奋地伸出了三根指头,低声说,快去,事成了,我让你在粪堆里躺三个月。

水印的脸上没表情,闭上眼,说:我非你侍从,无法守候你,认清天国路,要靠你自己。冯节中脸上的颜色说变就变。冯节中站起来,厉声说,秃驴,消遣我?你好生等着,我让你屎也吃不上尿也喝不着。水印慢腾腾地说,我只好喝酒吃肉了。

三

过路大水第三天清晨就退尽了。大地上只留下树、冯家的砖瓦大院和难以计数的尸首。大水带走了原有的秩序,遍地的鱼类在阳光下鳞光闪烁。人类的每一次灾难都以动物世界的纷繁喧闹作为收场。冯家大院一片死寂。是一棵粗大的榆树冠救了冯节中。冯节中从木棂窗口重新爬进去,他没有找到金二,却发现了满堂屋的鱼、青蛙、蟾蜍和蛇。冯节中取过两只方杌子站在上面,让方杌子做两条腿,一步一步移到了老爷的房门口。厢门半掩着,门板上淤泥的紫黑色越往下越深。冯节中听见了自己喘气的声音。他知道开了门就是父母留给他的两具尸身。石鼓凳没有移动的迹象。四周均匀地吸附了淤泥尘埃。这时候大哥和二哥的屋里响起了哭声,听得出是大哥、二嫂和一个侄女。上苍对冯家不错了,每家到底都留了活口。冯节中从杌子上下了地,细腻的淤泥从四个脚趾缝隙里平平滑滑地往上冒,同时冒出肥沃的气泡。冯节中不敢回头。冯节中花了极大的力气推开了石凳,从裤腰里拔出尖刀撬开了地砖,果然是空的。冯节中摸到了圆形瓮口,沉沉地提上来,撞在石凳上,竟滚出了十几块大小不等的石头。愤怒使冯节中胆气倍增,他回过头来。回过头他看见了两具死尸的轮廓。根据粗细他分得清爹娘。他的父亲和母亲抱在一起被淤泥泡得无比浮肿。睁着的双眼和龇开的门牙也附着一层泥,呈紫黑色。冯节中走过去,踹一脚,老爷的腹部哗啦啦滚出了几十条鳗鱼,白花花刺溜溜地生龙活虎。冯节中尖叫一声就冲进了堂屋。冯节中的光脚踩着鱼、青蛙和蛇。打开大门几百公斤的太阳金灿灿地射入了冯家堂屋,冯节中跳出去,握紧两只拳头喊道:天啦! 天啦! 天啦!

老地主把钱藏在哪里与历史把真理藏在哪里一样,让后人颇费猜测。冯节中一直在做一种假设,把自己想象成自己的地主老爹。他反反复复地追问:我到底把钱藏在哪儿了?精疲力竭的探索过后冯节中悲观地发现,自己永远不可能是父辈。子辈的想象力永远碰摸不到父辈们遥远的隐私。冯节中无限丧气地放弃了寻觅。他找来大哥,草葬了冯家大院的所有尸体后,冯节中开始了极为困难的文化选择。冯节中没有翻到财宝,却从红木立柜的顶部找出一副上等围棋云子和几十卷古代书画。冯家的祖上有了钱以后一直坚持附庸风雅,这是旧式地主生存的历史惯性。老爷的成绩不错。冯节中将画轴一张一张打开,是一些明清水墨写意,立意是屈原发明的,用常见的几种植物说自己的品行卓尔不群,再怎样怀瑾不遇。老爷过去每次去扬州总会买回几张,甚至有郑板桥的一幅石头,傲岸得有些惹是生非。冯节中将这些书画和一些银器收进了柳条箱,就走进了大哥的西侧房。

　　大哥穿着夏布上衣坐在条凳上打愣,脸上的样子如宣纸上的墨汁,布满了浩莽烟霭。冯节中走进屋大哥抬着头就那样看他。冯节中说,你还伤心什么?这样的天灾,活下来就不错了,又不是我们一家。大哥的下唇毫无意义地关闭两回,还是没开口。冯节中说,我明天进城,你拿些钱给我,这个家也不必分了,全归你。大哥站起来,大哥说你走?这样的时候你怎么能走?我们冯家在这里住了五代了,怎么在这时候走?冯节中的脸上没有一点表情地说,要不还是分。你一半我一半,我把我那一半卖了。大哥的脸上随即开始了乱云飞渡,大哥说,姓冯的不死光了,这个家就不能卖。冯节中说,我也说不卖的好,就剩下了我们俩,你总要给我几个,这才公平。大哥的眼泪很丑地流下来,冯节中不耐烦地摊开双手说,哭什么?性命都活下来了,你还哭什么?

你要多少？大哥问。

你有多少？冯节中问。

四

冯节中差不多和日本人一同进了县城。冯节中走的是小河汊，而日本人的汽艇则是从鲤鱼河上有模有样地开进来的。冯节中雇来的木船在黄昏时靠泊了楚水城粮行的石码头。这时候黄昏红得不成样子，水面上像浮了一层腥亮的血，顺波浪的节奏狰狞晃动，又夸张又带有某种启发性。冯节中跨上石码头，手提箱放在脚边。他的身后是那块著名的石碑，碑上是隶体的阴文"楚水"，涂了朱红的漆。那两个隶字一波一折很是流动，柔和得像液体，体现出极内敛极坚韧的液体骨力。这两个字如秦砖汉瓦一样有了朝代。冯节中第一次进城时就问过父亲，这个自古就隶属扬州府的县城怎么会叫"楚水"的，父亲便王顾左右而言他，又机智又不失体面，这是人们面对历史时保持体面的历史性做法。

天灾没有波及县城。城市的地址都是历史选择的，易于避灾。市民们安居乐业，看不出灾难，但许多流动的外乡人脸上汇集了各处水灾的破烂景象。冯节中回头望了一眼河里的红色水光，想起了那群红蜻蜓。他提起手提箱随意走两步，粮店里的谢顶男人一直用一种狐疑的目光盯住他，巨大的下眼袋使他的打量显得愚蠢痴呆。冯节中侧过脸拿不准主意，是先理发，还是先找客栈？

冯节中犹疑的当口远处响起了马达声。顺着声音最先进入冯节中眼帘的是太阳旗。这种旗帜比冯节中看惯了的青天白日旗来得朝气蓬勃锋芒毕露。冯节中站在那里没动，大街上的红男白女依旧认真投入地讨价还价和一路说笑。粮店的秃头男人似乎也听到了什么,顺着冯节中的目光远望了过去。他看不出发生了什么,目光重新笼罩了冯节中,又松散又迟钝。

日本人的汽艇缓缓靠岸。表情凝重的日本人在石码头一排排站好。不久就围过来好些闲人。他们兴奋好奇地看着一群当兵的挺胸立正和稍息归队。这时候不远处的小阁楼上突然有人喊:"日本人,是日本人!"人们相互打量了一回,哄的一下撒腿狂奔。整个大街彼此推拉与践踏伴随尖叫声使胳膊与腿乱作一团。小商贩们的瓜果四处流动。茶碗与成摞的瓷器惊恐地粉碎,发出失措无助的声音。日本人没有看中国人的狼狈样。他们排成两路纵队,左手扶枪右臂笔直地甩动,在楚水城青石板马路上踏出纪律严明的正步声:哒。哒。哒。哒。

土黄色的日本兵走在空旷的马路上。青石板反射出夕阳凄楚无望的个性特征。所有的门窗都关死了,露出窗棂格子上白纸糊成的豆腐方块。四处望不见人,有几只水壶放在煤炉上蹿热气,盖子给打得扑扑直响。冯节中走在街上,听见遥远的狗叫以及孩子们偶尔短促的啼哭。像一个恍惚的梦。

晚上的路灯照常明亮。十五瓦的灯泡照例引来稀稀落落的飞蛾、蝴蝶和土狗。天闷得很厉害,人们的感觉像套了一身日本人的黄色厚咔叽布。大街的灯毫无意义地一路亮下去,呈现出一种寂寥昏黄的透视。住家的窗却是黑着的。冯节中敲了几家客栈门,无人应声。黄包车也没有了。冯节中的双手交替着提箱子,最终还是回到百岁坊来了。百岁坊的门前也是黑的,红灯笼没点火,石台阶的两侧卧着两三个手提酒瓶的叫花子。冯节中敲过门,门里传来了一串急促的走路声。叫花子们的手却伸了过来。冯节中又敲了两回,生气地喊,开门,是我,是三少爷我!过了一刻门吱地开一道缝,露出了一个马脸婆子的半张脸,是百岁坊里最年长的女仆。红蜡烛的光是从下巴下面照上来的,照亮了马脸婆子的高颧骨和下嘴唇。是三少爷,我只当是化生(偶一为之的嫖客)了,老婆子又紧张又讨好地说。冯节中没理会她,说主政(妓家老板)哪里去了?夏鹆母就被三四个姑娘簇拥着从屏风的后面走了出来。夏鹆母浑身是圆,身子上所有的带子全陷进了肉里,见了冯节中,三颗金门牙一同笑起来,金光闪闪。夏鹆母拉过冯节中的手,一同坐下去,说,小乖乖,都什么时候了,再也找不出黄花女给你点大蜡烛了。冯节中闻到夏鹆母的身上发出热烘烘的酸酒气味,就点了根烟。不就是日本人来了吗?冯节中转着脑袋看了姑娘们一眼,日本人我可见多了,日本话我都会说。夏鹆母说,三少爷自然是见过大世面。姑娘们反正也闲着没事,就在烛光底下撑起下巴,听三少爷嘟噜了一通"吉奥哇"、"哇哒西诺"和"期玛斯"。

金二弄不懂日本人到楚水来做什么。最初的几天整个县城坟墓一样寂静。日本人的皮靴在青石板上踩出一种陌生的悠扬。日本人没有打仗。没有人和日本人打仗。他们整天缩在一个大院子里,天晓得他们要做什么。后来日本人三五成群地端着他们的长枪,上了刺刀,命令一些中国民工在鲤鱼河边为他们修筑碉堡炮台。他们所有的命令都是由一个腰板和双腿都挺得笔直的中国年轻人下达的。那个年轻人走路的模样让金二想起冯节中。金二没有做过瓦工,他就一趟又一趟用肩膀抬那些青灰色砖头。双腿笔直的年轻人不停地用中国话说,快,给老子快。金二很快听出来了,这个小子长了两张舌头,一张舌头说中国话,另一张说日本话。

金二是由一群身穿黑色警服的中国警察抓住的。那时候是清晨。金二睡在东岳庙门前的油条摊旁边。金二从大水中逃出性命以来一直住在县城的东岳庙前。每天靠做一些粗活换几个馒头。大清早金二就听见有人说,起来,操你妈,你起来。金二一则美梦正做到关键要害的部位。金二的屁股上挨了一脚,是大头皮鞋,很硬。金二懊恼地醒来,盯住那只该死的皮鞋,随后就缓缓地向上抬头,抬了一半他的气就短了,金二看见了黑色的裤管、制服和皮腰带大檐帽。看什么看! 黑糊糊的巡警俯视着他又给了他一脚,起来。他说,用一只手指着大庙,到墙边站队去。

修碉堡的十来天是金二进城后最痛快的日子。他的肚子每天可以让大米或馒头塞饱三次。这是金二精彩的人生片断。金二舍得花力气子。盐泽村北大尉对金二特别满意,他挎着一把日本腰刀,用拳头捣过金二的两块胸大肌,再点点头。他的小胡子也笑得特别满意。盐泽村北走向金二时金二停止了手里的活儿,金二的神情很木然。金二没有笑,就让他在胸口捶了两下。

工钱是县衙里一位戴眼镜的先生发放的。金二们光着背脊在小方桌的前面排了长长的一队,背上闪烁油光。方桌上的洋钱堆了好几处,两个日本兵端着长枪站在方桌的两侧,刺刀尖挨着桌腿,因角度的变化不时发出刺眼光芒。金二走到桌边,盐泽村北正从新堡里出来,身后跟着一个十八九岁的小兵。盐泽大尉走到桌前,两个端枪的日本兵叭地立正,刀尖上的亮光也急剧地闪了一回。盐泽大尉随手从桌上拿了一把,响当当放在金二的掌上。金二和盐泽村北对视了一回,盐泽笑起来,金二就低头走了。

路灯亮得很慵懒。人们注意到日本人晚上一般不出来走动,大街上又有了些生气。金二歪歪倒倒地走在石板路上,石板光滑得能照出路灯的大致阴影。金二拐进了百岁坊的狭长巷口,那些卖桂花糖、卖炒货的地摊上昏黄的瓦斯灯鬼火一样闪耀。百岁坊的红灯笼已经不远了,金二扶着墙,突然想吐,金二原来只想喝半斤的,后来经不住小酒店老板娘的笑脸和劝说,就又要了三两。老板娘劝他买酒时胖嘟嘟的肉手放在了金二的左肩,金二看见了老板娘的手,雪白的手背上指根处长着肉窝窝。

这个具有导向性的视觉形象使金二变得气壮如牛。金二从怀里掏出一块硬硬的银圆,叭地拍在又黑又油的案板上。案板被拍出一块白色的钱印。金二说,知道我是谁?我是冯老爷家的大管家,这个,给你!金二说"给你"时就要去抓那只手,金二想跳进小肉窝窝里去。老板娘拿了钱,用大拇指和食指夹住金二的手腕,另外三只指头就高高地翘着,把金二的手推了开去,随后老板娘回过头。金二从镜子里看见这个胖女人的脸顿时变得和钱一样硬。金二想骂人,实在又找不出话茬。

金二在百岁坊门前一顿恶吐。用衣袖擦了嘴,便觉得筋骨乏得厉害。金二进了门,看见五颜六色的几个粉头倚在木柱上嗑瓜子,心里头就有了力气。金二一只手扶着柜台,另一只指着里头,嘴里喊,我有钱,老子有钱。

几个粉头相互对视了一回,笑起来,知道闯进了一位冤大头。闲着正无聊,就拿他解闷。她们把手里的瓜子放在条案上,齐齐地倚了一排,把旗袍的衩口处拉大了,眉眼间含烟带雨起来。金二仗着怀里的几个小钱,乘着酒力上去就要动手。两个门头(妓院的安全人员)走上来,请金二"坐"。金二回过头说,坐什么?我来就是睡,坐什么坐!粉头一同用手背捂着嘴笑,这时候一位大姐走上前来。金二见她的眉心长了一颗黑痣。黑痣说,哥哥,你当这里是哪儿了?我们可不是下等窑子,我们做的都是上规矩的生意,哥哥第一回进了大门,先要花一块大洋,打个茶围,吃吃瓜子,算是见过面,要是心诚呢,再做做花头,也就是摆上一席啦,万万不可一见了姑娘就要做事情的,那多孟浪。有了这么两回,妹妹才能给你铺房间,慢慢地侍候,剩下的就归你啦。

金二想了想,眨着小眼说,我就要睡你。后面的粉头终于憋不住,笑出声来。黑痣走上来搂过金二的胳膊,就往楼上扶。金二感觉到她的手在搓他的胸口和腿根,心里头一高兴,就在她的胸脯上寻找高低变化。好半天没找着,后来在她的裤带的上头摸到了她的两只肉袋子。金二一用力,女人就尖叫起来。金二嘟哝说,长错了,都挂到下面来了,这是狗奶子。进了房黑痣给金二倒了一碗凉开水,金二坐在木床上,木床上散出拐了弯的浓香。金二接过碗就是两大口,第三口金二才晓得是白酒。金二摔了碗刚要发脾气,黑痣就把他摁下了,两只手在他的身上蛇一样扭动蜿蜒。金二闭着眼,就在她的身上乱抓,毫无章法。黑痣低了声音说,你慌什么,这一夜全是你的,你慌什么你,先歇一歇嘛。金二听了这话那口气便松下去,指头也软了,没几分钟便打起呼噜。一早醒来金二看见自己一丝不挂,记不起以前的事。他在地上找到了他的衣裤,飘满酒气,却找不到银洋了。金二冲下来就碰上了夏鸨母,金二说,我的钱,你们把我的钱偷到哪里去了?夏鸨母说,你的钱?你有什么钱?姑娘都让你睡了,你还向我讨钱不成?金二说,我嫖了谁了?你说我嫖了谁了?夏鸨母点了根烟说,小子,你想惹事是不是?这里是旅馆?你怎么睡在这儿?告诉你小子,警察局长是我的靠山,我陪他睡过,县太爷、大司令都上过我的身,再不快走,在这里找死!这时候几个粉头用手绢捂着嘴,窃窃地笑,她们一同笑嘻嘻地把金二往外轰,嘴里说,走吧走吧。金二看见她们每个人的眉心都点了一颗黑痣,再也想不起来昨晚上到底是哪个臭娘儿们了。金二回过头,高声骂道,"我操你们!"粉头们又笑起来,对他说,赚足了钱,你回来操。

　　金二走在百岁坊街再一次身无分文。金二闻见了炸油条和蒸包子的气味。巷子的青石湿漉漉的有些露水。有人用力咳嗽,有人用力冲涮马桶。金二走了几步就看见了三少爷冯节中从迎面走来,金二喊一声少爷,上去就大哭。冯节中就站住,一脸的惊异。冯节中说,你没有死?你原来在这里?金二听见三少爷的询问越发委屈,哭得像孩子。金二便将先前的事情说过,冯节中说,算了,我请你吃早茶。金二有些不安。冯节中说,走,吃茶去。金二的脸上感恩的样子好一阵子挤来涌去,金二狠狠地说,生是冯家人,死做冯家鬼。

金二,你就跟我了,做我的保镖。冯节中夹着虾仁鸡丁包子这么说,我不开你工钱,只管你不饿肚子。金二的嘴里塞满早点,脸上却狐疑。冯节中说,我没骗你,你吃不穷我的。我要做大买卖了。金二伸长脖子咽下嘴里的东西,问道,少爷到底准备做什么?冯节中走了好半天的神,后来笑笑,一直不再开口。冯节中反问说,你要有了钱会做什么?金二说,开窑子,让天下的女人全做婊子。冯节中大笑起来,身子都抖动了,半只包子连同筷子一同掉在了地上。冯节中很突然停止了笑,站起身,一只指头指住了金二,金二你刚才说什么?金二吓了一跳,便说,我随便瞎说说的。金二,你再说一遍,冯节中睁着眼睛说,金二你再说一遍。金二的双唇因油腻愈加显得像猪肝,金二嗫嚅着双唇说,我说有钱就开窑子。

曙光从东方升起,鲜嫩、抒情而又依恋。老天爷是故意这样的,安排了天上人间的无情反讽。大灾过后里下河的太阳一个劲儿地晴朗妖娆,在蓝的天和黑的地之间亮得孤单吃力,有一种自作多情和难以呼应的艳丽。

桃子家的渔船依旧停泊在豆腐房的石码头。水灾前豆腐房的草旗总是在临近午日时分升起来,旗杆上的稻草或麦秸秆就在空中因风摇曳。这成了豆腐房出豆腐的俗成规矩。人们总是依据那把稻草去换豆腐。那时候豆腐房河边的沿岸长满剑麻,茂茂密密向四处出击,疯狂地伸出锐利的绿色。剑麻是里下河地区极为罕见的植物种类,人们弄不清什么时候剑麻就长到豆腐房的河边了。上了年纪的老者比年轻人更不情愿推究历史,他们用长长的旱烟指着豆腐房的河边,昏昏然说,一直就在这儿，我们小的时候就长在这儿。

幸存者应该记得豆腐房的风景，那时桃子家的渔船停在岸边，桃子总是盘坐在船头，手里抓了活计和岸上的人拉呱。石码头的阶形石级光滑干净。在细雨迷蒙中发出顽固坚实的光，这个码头在晴朗的下午时常汇集了汰衣洗菜的妇女，她们手脚麻利，满嘴鸡零狗碎。她们从你身边走过时衣裾里就会散播出田间耕作和上锅下厨的混杂气味。那些气味笼罩在她们的大奶子和头发髻窝中间。她们把水弄得很响，白色水珠子跳得很高，许多乡村隐私红白喜事就在她们弹性饱满的舌尖上击鼓传花。

因为水涨船高，桃子的一家大难不死。她的瘸脚父亲、母亲和弟弟在大水中全部生还。小船被冲得很远，划回时豆腐房已坍塌在原处，如狗的弃尸。那些土基在水里馒头一样失去了筋骨，泥沙随水而去，只留下砖头墙基，保持了豆腐房的历史迹象，被大水泡过的剑麻色彩与身姿失去了那种张狂，变得谦和与忧心忡忡。桃子感觉到饿。饥饿旋转着身子在桃子的胃部上下扭动。这么些日子桃子一直以鱼当饭，她宁可饿着也不想吃该死的鱼了。桃子甚至闻到了船上的腥气，她可是从来闻不到的。那一回水印从石码头跨上船来，第一句就说船上腥。桃子笑着说，腥什么？你才腥呢。水印没有答理桃子，只和桃子说了几句闲话，就埋头从前舱里挑公鲫鱼。桃子说，人家买鱼全挑母的，你怎么偏要吃公的？水印说，母鱼子多，吃鱼子罪过罪过。桃子笑出声来，说，你罢了，你又喝酒又吃肉，也没有罪过罪过。水印说这不一样。水印说我将来死在水里，鱼反正是要吃我的。桃子说你就别吃鱼了。这一回水印自己笑了，水印说，我要是一点都不吃，死了不就太亏了？你真的晓得人死后能到哪里去？桃子换了话问，你说我能到哪里去？水印便像模像样看了桃子一回，说出来的话却答非所问，水印说："你是一条小青蛇。"

冯节中返回乡里的这天天色有点忧郁。不少妇女都看到了冯节中立在船头。他的白色衬衣与乡村景象极不相容。金二站在冯节中的身后，身上的衣裤干净得有点不像金二。冯节中租了一条大木船，木船上的白帆像裹尸布，发出动人的召唤。冯节中习惯性地把木船靠在豆腐房的石码头，金二拿着一只破锣，敲敲打打在村里走了一转，金二喊道，好消息，好消息，三少爷在石码头有好消息。大伙快去，天上下肉包子了，天上掉下来的好消息。大难不死的乡亲就三三两两地来到了石码头。冯节中一身雪白，立在船甲板，他的左手习惯地玩弄那只朗声打火机。冯节中说，家乡这么大的灾难，他心里很难过，他自己也是死里逃生，心里很难过，冯节中说他不会见死人不救。他一定请他上海、扬州和楚水的同学朋友帮忙，让家乡的父老乡亲有口饭吃，冯节中说他这次回来先带一些乡亲去城里做事。冯节中说城里的屋子底下长了四只轮子，你要愿意屋子开了就走。冯节中说城里没有河，有数不清的管子，这支管子往下淌水那支管子往外淌米，粗一些的管子就接人的大便和小便。冯节中说城里可不是随随便便可以进的，乡下人进了城东西南北就分不清了，瞎跑乱闯说不准跑到日本人的枪口上去。日本人可是专门杀中国人的，杀了再开膛破肚，腌好了用大轮船送到日本，日本的家家户户门前都挂着一两个用中国人腌制的火腿，人来客去时用来下酒。冯节中说跟了他进城日本人就不会杀了，日本人这点面子是要给他的。冯节中说我们先带二十个，我只能带二十个，一天三顿米饭，临睡前再加一个馒头或肉包，一个月两块大洋，干得好可以挣到三块。冯节中说你们站好队，这可是要立契约的。生死有命富贵在天，我可是要立契约的。冯节中说女人手巧，我们先要女的，没成亲没婆家的无牵无挂，你们先到这里来站队。冯节中掉过头去说十三岁？十三岁太小了，我要亏本的，十三岁我怎么也不能要。——我说了我要亏本的，看在你爹的面子上我就亏了这一次,你说十三岁她才知道什么？过马路也要人搀扶。

渔船归来时桃子远远看见码头上的热闹景象。桃子从那块醒目的白色知道是三少爷又回来了。许多姑娘坐在三少爷的大木船上,她们的脸上升起了太阳。她们兴高采烈争着向桃子招手打招呼,她们用一种类似民间戏曲里花旦的韵腔道白告诉桃子:我们要进城了。

桃子说,你收下我,我手巧我什么都能做。你收下我,我早上第一个起晚上最后一个睡。现在没人吃鱼,我再不出去挣钱我爹要把我卖了。你行行好少爷,你看在我给太太送过鱼的分上你收下我,少爷。你给我们家一条生路我们一家给你们家老爷烧香,我晓得你心好少爷,全村人都晓得少爷你是菩萨心肠少爷。少爷你收下我,我给你跪下少爷。

冯节中看着桃子,桃子跪在甲板上仰着头眼里的泪花晶亮地闪动。冯节中笑着扶起桃子,握着桃子的手就是看,不说话。冯节中挪出一只手摊开一张白纸,然后攥紧桃子的中指,在红色印泥上摁了一回,又把那团红色的指纹印在白纸黑字的下边。冯节中听见桃子舒了口气,半晌才说:"好了。"冯节中说过好了从口袋里摸出两块大洋交到金二的手上,对桃子家的小渔船送了送下巴。金二接过钱就跳到小渔船上去了。桃子家的小渔船在金二的脚下凄惨地摇晃。金二把钱放在船板上,乌篷里就冲出了桃子爹、娘、小弟的三张愚蠢木讷的黑色脑袋。

桃子跳进船舱里,和她的乡村姐妹站在一起。翠花拉着桃子手说,桃子,看你平常一说话就脸红,今天怎么这么能说。翠花这么一说桃子的脸反而红了,桃子鼻尖上闪着晶光,手里拿着粗硬的黑发辫在胸前机械地扯动。桃子幸福无比地说,我怎么知道。桃子说这话时侧过眼向高处望了一眼,冯节中正笑盈盈地俯视她,一只手插在裤兜里,另一只手玩弄他的打火机。桃子看见了冯节中两排光洁有力的牙,桃子侧过身子,嘴里说,我也不知道。

大木船进城后风声说紧就紧了。日本人的皮靴声在黑夜里的青石路上反弹回来,和他们的探照灯一样雪亮。小炮楼上的警报器声在夜空里也时常扭动屁股鬼叫。金二听得出这声音是从炮楼上传出来的,却怎么也想不起楼顶上曾有这样的怪物。投降日本人的县长在一个清晨从鲤鱼河的八字桥桩旁边浮了上来。县长趴在水面,两只手举过了头顶在水里波动,荡漾着投降的幸福模样,一些鱼围在尸体的四周,如碎布剪贴而成的太阳一样光芒万丈。

戒严来得很快,冯节中用印有各式植物种类的纺织品装潢了乡亲姐妹,为她们更换了新式发型,她们极不习惯这样的款式,槐香是两个孩子的妈了,回到房子里照了一会儿镜子,对姐妹们开玩笑说,这像什么?这快成小婊子了。姑娘们脸就红了,随后一同上去胳肢她的小腰。姑娘们说,撕她的嘴,看她往后还浑不浑,这时候冯节中推门进来,虎了一张脸。冯节中从头上取下礼帽罩住了拳头说,当婊子又怎么了?能当上婊子是大伙的福分。姑娘们便不再吱声了,她们猜不出三公子在外面受了什么气,会用这样毒的话来怄她们。冯节中说,你们站好,我给你们改一下名字,不管识不识字,你们往后要记住你们的新名字。冯节中随后从胸前的口袋里掏出一张纸头,报出了一大串名单。这串名字让姑娘们一直摸不着头绪,她们怀疑自己早就熟悉的话语是不是没用了。

念奴娇

沁园春

摸鱼儿

满江红

醉花阴

钗头凤

永遇乐

双双燕

南乡子

声声慢

水龙吟

柳梢青

贺新郎

风入松

临江仙

望海潮

蝶恋花

雨霖铃

破阵子

虞美人

乌夜啼

完了。冯节中说。怎么没有我？桃子往前走了一步，脸上自卑而茫然，怎么就没有我？你说，怎么就没有我？摸鱼儿不喜欢自己的新名字，说，这个名字给桃子吧，她正好会摸鱼。冯节中戴上帽子，口气很不好地说，你留着自己慢慢摸吧。冯节中说完了就开了门出去。他的房子已经在石坝桥下全租好了，后天行将开张。

我做错了什么？桃子站在人群中间惭愧地捂紧了脸，这又是怎么了？

日本人往楚水城增兵是一个历史之谜。历史本身必须是谜，这是人类心智的极端需要。史书不过是部分人对历史枝节的自作多情罢了。小胡子盐泽村北大尉腰挎日本战刀，迎来了他的又一批部下。他们登上楚水城石码头是上午九时，这是一个绝对形而下、缺少历史感与创造欲望的平常时间。整队时盐泽习惯地抬起了腕弯，瑞士产英纳格手表的时针与分针成九十度，正指上午九时。表内的时间是盐泽从奈良出发时校对过的，至今没做调整，田中将军时常这样说，日本士兵等于日本纪律，日本纪律等于瑞士手表。田中将军是这么说的。

日本人的增兵对冯节中而言一点不像谜，它实实在在地插入了冯节中的现在与未来。这是个人替代不了历史本质的又一生物性佐证。盐泽大尉的黄色人马从石坝桥的八字斜坡徐徐而下时，迎面的拐角走来了一身洁白的冯节中。冯节中拐弯不久两眼的目光便和盐泽的双目历史性地撞上了。如悲剧的诞生，开始得极为平常，甚至带上了偶然性质。悲剧的意义就是由一个偶然走向无可更改的毁灭性必然。冯节中一身雪白、步态从容，对盐泽微笑着点了点头，而后擦肩而过，盐泽站在原处，他的手套与冯节中的西服一样干净雪亮。他的右手举到了齐耳的高度，一队日本兵的脚步戛然而止，冯节中不期而然地停住脚步，侧过头。日本兵没有看他。他们的单眼皮齐唰唰地正视前方。冯节中听见了一双威严的马靴声缓慢自傲地向他靠近："你转过身来。"冯节中转过身，汉语在盐泽的嘴里带上了陌生的恐怖性质。语言是灵魂的一道文化屏障或心理门槛，母语一旦被外人掌握，将会产生被穿透的惶恐感。

你的汉语很好，先生。冯节中没有用楚水方言，而是京腔。冯节中说话时注意到日本军官的中年面孔长满了青春痘。他的小胡子极其傲岸。

你不是本地人。盐泽说。

我是。

你不是本地人。

我在北平读过大学。

唷西。你的名字。

冯节中。

冯节中？古诗里说，依前圣以节中兮，喟凭心而历兹。这是屈原的诗。他的诗很好，节中，你应当"节中"。

告辞了。

你还没有请教我的大名。

我不想知道。

八嘎。你应当请教。

先生大名？

唷西。盐泽村北大尉。你应当记住。

文化倾诉狂加侵略者构成了盐泽村北疯狂的生命两极。盐泽村北高兴地从他的征服者里找到了文化渊源的回音壁。他的军事俘虏成了他的文化家园。他渴望从冯节中的心智中依靠汉语找到一块生长在表意文字下面的东方风景，像围棋盘上的金鸡独立、麻将桌上的自摸一样，求得一种身心俱醉的相互认可与遥远的亲吻与拥抱，盐泽村北只带了两个士兵就把冯节中叫进了酒馆。他要了酒，坐在"在北平读过大学"的"先生"面前，开始了四荒八极、诸子百家与天上人间。他首先说围棋，他对冯节中不喜欢围棋而遗憾而摇头。在棋盘面前人如同如来佛一样，盐泽说自身分离开来了，自己俯视自己重新感知，人的生命一次性遗憾在围棋里消解了，盐泽说，日本的围棋只是种职业，在中国才一种道。围棋发源于汉字，它靠棋子去完成而结论却在棋子的留空处，中国画和书法则是围棋的极端形式。你们为"空"而自豪。汉民族迷醉于"空"，所以我日本才有机会。总有一天，你们的围棋还要超过我们，不过那时候你们又将面临一场危机。盐泽又谈到了酒。盐泽说中国酒是世界上最好的，正如中国的茶是世界上最好的一样,酒是阳性的茶,茶是阴性的酒。有了酒和茶,中国就有了平衡。中国人如同酒一样孤独,茶一样寂寞。孤独与寂寞是人类的两大敌人,但中国人不怕。中国人有酒与茶。盐泽最后说起了文学。盐泽说,他喜欢李后主,汉语历史上最不可思议的李后主,将天堂与人间的丧失歌唱得那样凄艳妖娆——这对我们日本是一种启迪和暗示,如同站在楼顶上遥视黄昏。盐泽说中国文学史应当建立在两个小说人物之上:薛宝钗与鲁智深。"他们应当结婚。"真正的东方应当是鲁智深与薛宝钗的儿女。这些儿女不在中国,"在我们大日本帝国。"应当注意这两个人。我知道你们中国人越来越不注重他们了,"所以要我大老远从奈良赶来说这些。"——你在这里做什么,冯先生?

我只想做点生意。

军火?医药?大米吗?

不,我在对面开一家妓馆。

盐泽村北很突然地沉默了。他在沉默的历史时代用酒后的目光盯着冯节中。盐泽独自喝了杯酒,小酒馆的老板弓了腰问:要茶吗?盐泽将左手张成巴掌向后举到齐耳高度,回绝了店老板。盐泽就那样盯着冯节中,笑起来。冯节中的寒气就往上蹿。他又喝了一杯,借仰头的机会移开视线。冯节中回过目光时盐泽依然盯着他。"这里刚刚发了大水,是吗,冯先生?""我不知道。""你不会不知道。冯先生,灾难来了,你们的政府在征兵,而你让无家可归的女人做婊子。支那人,这就是你们的酒与茶。"

盐泽村北叫过来身边的矮胖士兵,耳语了几句。盐泽站起身,把酒钱排到黑色桌面上。他看着桌上的钱,说,冯先生,我们到你的妓馆去,还有我的五十名士兵。

不,盐泽先生。……

用汉语是不可以说不的。

……还没开馆，……她们全都是姑娘。

很好。

你叫什么？盐泽用食指托起虞美人的下巴，虞美人僵直脖子斜了一眼冯节中，金二木头一样憨立在冯节中的身后。虞美人说："虞美人。"盐泽打了个愣，意味深长地回了冯节中一眼，说，好。——你呢？满江红。好——你呢？沁园春。很好，盐泽说很好。盐泽走到冯节中的面前拍着冯节中的肩膀说，中国的文化很伟大，文人却无耻。真正的中国文化生存在我们日本，留在中国的做了一群婊子。你叫什么名字？盐泽对桃子说。

她没有名字，盐泽先生。

桃子惊恐地瞪大了眼睛，冯节中突然记起了桃子送鱼时面对狼狗的动人瞬间。

就是你。盐泽说。

不……

用支那语说"不"相当危险。

盐泽先生，你不要这样，她不是做那个的。

盐泽的巴掌抚着桃子的面颊，他的拇指滑过了桃子上挑俏丽的唇线。你不是花姑娘？

不。

——不。这个字应当用日语说。盐泽这么说。盐泽转过身指着冯节中说，支那人，这样很不好！——她叫什么？

她叫樱。

你说什么？

我说她叫樱。

八嘎！盐泽虎下脸给了冯节中两个嘴巴。

日本大兵的嫖妓也是纪律严明的。他们分成两队，步调一致跑步而来。两挺歪把子由"人"字形铁架支撑，指向了大街东西两个朝向。矮个子日本兵用长刺刀顶住了冯节中和金二。盐泽就抓住桃子的腕弯走上楼去。盐泽的马靴在木质楼梯上发出空旷幽古的回音。桃子回头看一眼冯节中，预感到要发生什么，她的双腿便软了。盐泽一定抱紧了桃子，冯节中看见桃子的红鞋离开了木板，悬空升腾了上去。

青玉馆热烈地开张了。爆竹声粉碎了无数红色纸屑，它们颤颤瑟瑟在半空摇晃，随阳光的反射照耀出万点缤纷。香烟如下流的指头，在行人的鼻孔里抠挖了几下，便无趣地撤走了。青玉馆的馆名始于盐泽。这个因袭了古韵的妓馆名称与冯节中最初的意向惊人地相似。冯节中站在木棂格子门旁，看金二点燃最后一根爆竹，爆竹上烫了金红色双喜。爆竹拔地而起，在顶楼炸成两截，狗屎橛一样落地滚到墙角的沟里。金二朝冯节中走来，冯节中的耳鼓被轰响炸得很厚，还有些余音在打嗡嗡。冯节中向楼梯侧了侧脑袋，对金二说，去，除了桃子，随你挑。金二虎了脸。我不，金二提高了嗓门说。冯节中厉声说，还没到你和我说不的时候，去，去挑一个。

盐泽大尉全身戎装朝青玉馆走来。他结实的身体使土黄色军服显得又厚又闷。盐泽身后的两个士兵与盐泽成等边三角形机械地移动。你甚至可以听出他们皮靴的声音也是三角形的，稳定锐利，在石巷里头通行无阻。盐泽对冯节中说，恭喜。冯节中无奈地说，请。盐泽入座后腰绷得笔直，腿叉开来，呈九十度角的两只膝盖指向楼道的不同梯口。盐泽的双手摁住大腿，他身后的士兵就走上来，在茶几上放下一只小布包。盐泽用手把小包推向了冯节中，冯节中听见了金属摩擦的悦耳声。你收下，盐泽说，皇军永远也不会欠你们什么。冯节中看了盐泽一眼，说，你们已经做了。盐泽笑起来，我们做什么了？我的兵向来守纪律,他们不胡来,他们只不过是付钱嫖妓,叫姑娘们当妓女的不是我们,是你。盐泽很突然地转了话题,那个桃子呢?冯节中茫然地问,谁?什么桃子?她会说汉语,盐泽说,不过她不行,她甚至叫床都不会,她像一条死鱼,没有韩国人的创造性和马来亚人的热情。她不是一个优秀的妓女,你们叫婊子,而我们叫花姑娘。

　　当晚没有客人,灯笼悬挂在屋檐,因没有风而显得呆头呆脑。冯节中在傍晚把满江红当众给扒光了。这个小婊子连续不断的呜咽使青玉馆的画栋雕梁染上了一层倒霉气息。冯节中提着酒瓶大声说,你们觉着丢脸面了?你们懂个屁!三百六十行,行行出状元。不在于干什么,关键是能否干好。这里头讲究大了。妓家历来就分三等,下处、堂子和小班。下处是什么破玩意儿,咱称它为"窑子",弄来几个土丫头,愣头愣脑,除了真刀真枪肉搏,没了,完事了。楚水城的百岁坊正是这种脏东西!堂子就有些意思了,是风雅场所,一招一式总有个讲究。不靠力气,靠艺术。到了小班,那可真是大出息了,修炼成一个婊子就跟培养一个大学生似的,棋琴书画诗词曲赋你样样都能来。来开盘子叫局的是些什么人,上至皇上公公、达官贵人,最次也撑得死留美博士。南京的妓馆在哪儿?吓你一大跟头,在贡院对门。谁能和孔老夫子平起平坐?咱金粉之地,别以为你们是婊子,姐妹们,干上三年,给你一皇后娘娘你都不干。妓女和妓女可不一样,就像官儿和官儿不一样。官有七品,咱妓有九级,由下到上分成私窠、碱水妹、大姐、小娘、官人、二三、么二、长三、书寓九样等级。可不是闹着玩儿的。你们好好干,我再教你们学点 English,也就是英语,考好了你们至少是个长三。你们这里头一定能产生长三或书寓的。书寓是什么?相当于大教授!

　　冯节中放下手里的空酒瓶高声说,金二,酒,再给我拿酒!

　　满江红望着冯节中不哭了。满江红红肿了眼睛望着冯节中停止了最后几个抽泣。冯节中望着满江红很突然地想起了另一样东西，不可告人，是一首他最熟悉的词。这个念头使冯节中的后背上惊出了些许冷汗。两股矛盾忤逆的力量撕破了冯节中心底最基础的部分。冯节中听到了这种声音，是宣纸和绢帛的开裂声。声音离冯节中很远，至少有一千年。冯节中喘着粗气，只是一个劲儿喝。冯节中仰着头只是说，好好干，你们要好好干。

新换的电灯泡无限透明，钨丝呈梅花状开放出电光。这样的光使姑娘们的眼睛酸疼。原先的灯泡让金二扔到水里去了，在波浪里不停地沉浮。旧灯泡的光芒像冯节中酒后的目光，词不达意，过犹不及。旧灯泡永远有种倒霉的气息，泡壁满是烟尘和指纹，四周挂着一层浑黄的圈，使整个大厅和楼上过道都蒙了一层灰。冯节中提着酒瓶只是灌。冯节中突然说，姑娘们，你们去过北平没有？去过南京、扬州吗？"姑娘们"没有说话，她们三三两两，倚着门框，或扶住楼上的围栏，也有一些站在大厅。她们神情痴呆，表情里头长满狗尾巴草。那里的妓馆可是有名的，冯节中说，就像皇宫，——你们去过皇宫没有？冯节中的红色眼睛兔子一样瞄过所有人的脸，他压低声音神秘万分地说，皇宫可是一点意思也没有，一大院子的婊子，就皇帝老儿一个嫖客，其余的男人呢？嗯？其余的男人哪里去了？他们给皇帝老儿骗啦！皇帝可是男人做的，男人一做了皇帝就要把天下的男人全骗了。这样的事很远啦，Long long ago，冯节中大声说，话说辛丑建元元年武帝刘彻在洛阳登基，皇帝老儿就这么干了。皇帝老儿说："高力士，下一道圣旨，把他们全骗了！"这些《史记》上全有。《史记》是一个太监写的，绝对错不了，这个全瞒不过我。日本朋友来了，他们不行。依前圣以节中兮，喟凭心而历兹。这里头有我的名字，还有奶水。兼葭苍苍，白露为霜，所谓伊人，在水一方。究天人之际，通古今之变，成一家之言。恨悠悠江山如故，痛生生游魂四方，春寒锁梦因春冷，芳气袭人是酒

245

香。渔阳鼙鼓动地来，不见玉颜空死处。苏三离了洪洞县，将身来在大街前。古人云："死生亦大矣！"岂不痛哉！梧桐更兼细雨，到黄昏、点点滴滴。胡人不敢南下而牧马，士亦不敢弯弓而报怨。君不见，黄河之水天上来，奔流到海不复回。磨牙吮血，杀人如麻，锦城虽云乐，不如早还家。女儿愁，绣房蹿出个大马猴。一个蚊子哼哼，两个苍蝇嗡嗡。兴，百姓苦，亡，百姓苦。嘟！且让我喝过酒去，再来慢慢打你！……金二，金二，你过来。明天让她们站到大街上去，血泪大甩卖。五个铜板摸一把，十个铜板楼上爬，谁要出到三十，让他带回家。贱卖了贱卖了。你们听着，母鸡会下蛋母狗能下崽，你们给我下出铜钱光洋来。你们一天两根油条，一个馒头六两大米，床上一躺黄金万两，双腿叉开银子就来。你们听见没有！把我三爷惹火了我让你们死不了活不成，听见没有你们这帮小婊子！三爷我见过多了。日本人算什么？他还不是乖乖地把钱给我送来。修地球是赚不了钱的。盐泽先生是我的朋友，他可是不好惹的。他读过《红楼梦》。小心我揍你。这辈子你们就这样了，嫁不完的男人流不完的水。芝麻开花节节高。你以为自摸了一张八万我就扳不回本来了？知道我和谁睡过？端午节当然要吃粽子。谁，说出来吓你一跳，她可是司令太太。看过那辆吉普没有？你小子算老几，他妈的。和啦！我要是日本人谁敢不听我的。日本人算什么？我有法国朋友。日本人太小家子气啦。不行，毕竟不行，他们差远啦。

五

酒精淹没了冯节中。冯节中在酒的孤寂中听到了液体被撕裂的声音。扁扁地打着嗯哨，如强壮女人的小便。那一天下了大雨，雨水在屋檐的滴漏上挂下青色雨帘。九岁的冯节中少爷握着那杆深褐色的狼毫中楷临摹《玄秘塔》。他的笔端垒了三块铜板，教私塾的陆先生弓着腰立在他的身后。他的鼻端架着玳瑁二郎镜，山羊胡子花白色翘在前头，又傲岸又无聊。过了一刻就听见陆先生深长的叹息。陆先生用手指背支开冯少爷，自己坐下去。冯节中就怕见老先生写字前瘦骨伶仃的肃穆悲壮样。老先生枯长的指头把一支毛笔转动得活灵活现，在钟形的澄泥砚上蘸了墨，搽了又搽，写下两个字：雅纳。老先生说，一个字就是一个天地宇宙。中国字的每一笔都见得吐纳收藏。小处有修身养性，独善其身，大处见齐家治国，兼济天下。我见过洋人的字，胡搅蛮缠，像扁豆藤、山芋苗，实在不成体统。每一笔都要运足了气力，这样，每一笔都意关宏旨，大意不得。内要方、直、虚；外要圆、润、满，弓出来，这样。内中坦荡如砥，得水灵山秀；外廓周到包蕴，见天精地英。这样。一字方寸，显尽伟岸雄奇，刚烈忠勇。陆先生刚说到这儿，老爷端着水烟从里屋过来，老爷那时正处风流倜傥的壮年时光。陆先生指着宣纸上的两个字词问冯节中，"雅纳，知道是什么意思？"冯节中看了老爷一眼，笑笑说，知道了，是说收租子。老爷和私塾先生愣了一回，一同笑出声来。老爷用火捻指着冯节中得意地说，犬子刁滑，犬子刁滑也！私塾先生跟着笑了几声，说，令郎聪颖过人，然……刁滑可喜，刁滑可喜。冯节中走上去搵下老爷的手臂吸一口水烟，从鼻孔里分两股叉出来，指着宣纸上的两个颜体字说，这样的字，什么字？呆头呆脑的愚样。老先生又愣了一回，说，妙了。愚即忠，忠即愚，不见愚，何见忠？冯节中问，忠谁呀？先生便把脑袋抻下来，极严肃地说，当然是忠于皇上了。冯节中说，皇上在哪儿？我怎么没见过？私塾先生便不作语了，只望着外面的雨发呆。老爷用小拇指的指甲拨弄着铜烟壶烟盖子背面的小算盘珠，凑趣地说，世道变了，皇帝老儿他早就死了。私塾先生对"死"这个"宇宙"显得不满，脸上挂着万古悲伤幽古的悲剧风景高一脚低一脚地沟沟壑壑。老先生极苍凉地说,世道变喽,没什么要忠的喽。

后来桃子就进来了。桃子低顺着眼,谁也没看,只是把竹篮放在了方格子地砖上。老爷和老先生就撑着伞出去了。桃子说,节中,你怎么还不到北平去?冯节中无限恍惚地听见桃子喊他"节中",觉得自己的名字十分地好听。冯节中说,你怎么知道我的名字?桃子很神秘地一笑,说,我算得出来,我会掐人的命,是水印和尚教我的。冯节中拉过桃子的手,端详她的眼。她明媚的眼如羽毛一样吹过了冯节中胸中涌动与宁静的交界处。桃子身上散发出某种植物的畅酣气息,冯节中的嗅觉浮在半空,他的嗅觉变成痛楚的指头无序地乱抓。冯节中抓住了桃子,桃子的身体就如同鳝鱼一样缓慢地挣脱。冯节中感受着那种绝望的滑落。冯节中说,桃子,让我抓住你。桃子说,你不诚心抓。诚心抓才能抓得住,冯节中猛然扑上去,书、笔架和墨从高处哗哗啦啦地掉下来。冯节中的手插进桃子的腋下,摸到一排布质纽扣。冯节中屏住呼吸一颗又一颗从上往下解。最后一颗扣子解脱后桃子露出了藕色的贴身马甲。土蓝色上衣挂在了桃子的肩头,桃子的嘴里发出一串很痛苦的声音。桃子耸起了两只浑圆的肩头,土蓝色上衣就从桃子的肩头令人高兴地滑落下来了。冯节中把桃子摁在地砖上,随后拿过一只坐垫从桃子腰部华丽的背弓间塞了进去。桃子说,少爷,我的身子好不好?冯节中喘了口气说,好,好。桃子又说,我留给你,你却拿去孝敬日本人。冯节中没料到桃子说出这样的话来,就感到桃子的指尖沿着他的大腿向上游动。冯节中看见自己的阳物毫无才华地自暴自弃了,在两腿间垂头丧气,默默不语。桃子的手掸了它几下,说,原来是这样,要不怎么把我送给小日本呢。冯节中大声说,我不是这样的,我怎么会这样!我一点点都不这样。冯节中就这样大声呼叫着插入了桃子。桃子尖叫着说:"小日本,日本人来啦!"

冯节中是在桃子的尖叫中醒来的,冯节中无可挽回地体验到了自己的身不由己。一种汁液痛苦无助地排泄出了他的身体。他看见了裤子裆部颜色慢慢地加深,如私塾老先生的墨迹在宣纸上敷散,弥漫了一种带有浓重古典性质的气味。冯节中醒酒后的第一句话就是要茶,冯节中说,茶,金二,给我茶。

生意好得像发酵的水沟,串出色彩斑斓的泡泡。最先"想开了"的几个姑娘以极大的热忱投入了她们的新生活。她们懒懒地说,就那么回事。就那么回事,这五个优秀的非形象的汉字支撑了大开大合的支那构架,使宏伟的汉语理想臻于平静如水的符号止境。汉语的最终辉煌一定停止在这五座无色无臭的抽象神塔中,供所有汉语的子民无声膜拜。就那么回事。

青玉馆的低价服务复活了楚水城孤寂的男人们,上了些年纪的男人兴致勃勃地来到青玉馆,寻找自己的青春岁月。追忆风华正茂的"那阵子"。妓女们讨好嫖客的叫床声在每个夜间星光灿烂。几位德高望重的遗老专程赶来,对至今不肯卖身的姑娘表示敬意。古琴高手程老先生怀抱拐杖,说,姑娘们身为难民,却有古贤之态,难得,难得了。卖身与卖生却是不同的,若逢同志知音,则高山流水,人生之一大幸也;若只得媾合之欢,金银之利,则万恶淫为首,大逆不道,恶矣,俗矣!老先生们坐在大厅谈了一会儿琴棋书画,梅兰竹菊,就从怀里掏出了钱两,算是加碗茶(包身费用,以别于一般客人)定下香盟,包租了不肯接客的几个姑娘。冯节中弓着腰说,小的一定好生管教。程老先生说,梳笼(即破瓜)费,以后再说,少不了冯先生的。冯节中有些惶恐了,好半天才说,日本人……她们早不是女儿身了……日本人已经……程老先生便打断了冯节中,生气地说,那是日本朋友,不足挂齿的,无碍无妨。中国人里,吾辈还是做第一人,足矣。冯节中感激无比地说,一定好生管教,由不得她们的。程老先生生气了，虎着脸说，不可造次。果真那样，吾辈岂不流于嫖客之属了？不可造次。大早没有客人。冯节中让金二把临江仙和雨霖铃扒光了绑在两条凳子上。这两个贱骨头至今不肯接客。她们扯碎了冯节中为她们特制的旗袍，咆哮着说："让我回家！"冯节中今天要给她们一点颜色。金二把姑娘们全招过来。就递给了冯节中一根鞭子。冯节中说，蠢货，客人要她们的好皮，打烂了她还能值几个钱？冯节中打开一只小盒子，抽出两根针灸银针，随后从屋子里牵出了一条小花狗。整个青玉馆便静下来，人们弄不懂冯少爷要做什么。冯节中走到雨霖铃的身边，在她的小腿上找到了漆眼穴，便把两根银针轻慢柔和地插了进去。看来不算太疼，姐妹们没有听见她吼叫。冯节中让金二握住两根针，说，不要动，我让你动你再动。冯节中牵着狗又来到了临江仙的脚前，笑着说，不用怕，小哈巴狗不咬人的。冯节中拉过小哈巴狗，小狗鲜嫩的红舌头就舔临江仙的脚板了。冯节中抬头说，金二，捻，两只手一块捻。姑娘们站在高低左右四周，姑娘们马上听到了大厅里响起了往死里挣扎的尖叫与狂笑。她们看见了雨霖铃和临江仙结实的腹部青蛙打鸣一样鼓动。等雨霖铃和临江仙尖叫够了狂笑够了，冯节中就说，停，想好了没有？两个姑娘张大了嘴巴拼命地呼吸。冯节中很不高兴地说，换一换，让她们一个叫，另一个笑。

尖叫与狂笑交换着音质在每一只耳朵里犬牙交错。过了一刻姑娘们便听见雨霖铃的笑声哑了，只是脸上保留着走了样的大笑模样。雨霖铃掉过头看了冯节中一眼，冯节中看见了绝望中的祈求神色。冯节中站起身有点不耐烦地说，好了。冯节中坐到椅子上，说，金二，她答应了，你试试，她是真心还是假意。金二的手提了提裤子，向四周望了一回，面有难色地说，少爷。少爷的脸上没风没雨，只是重复了一遍，金二。金二脱了衣裤便扑上去。雨霖铃被插入的刹那她的头部在地上来回转动。她的头发纷乱如麻,白色身体在金二的冲击下不停地变更几何造型。冯节中走上去,一脚踩在金二的黑背脊上,金二便不动了。冯节中说,告诉我,想这样还是想那样?雨霖铃的嘴眼全埋在了头发中间,雨霖铃喘了口气低声说:"这样。"冯节中说,哪样?雨霖铃说,接客。

"你们都听见了?"冯节中上下瞄了一眼,掏出新买的朗声打火机,一口气开开合合了十几回,自语说:"还不就那么回事。"

程老先生抚了半个多时辰的古琴,他弹了《秋鸿》和《渔樵问答》,遗世不群之后,又挥毫写了几株红梅,笔笔如铁,傲视霜雪。题款曰:炎热难当,借雪梅寒意以消热暑。又压印一方"楚州野鹤",再补了一方阴文小篆印:"乾无欲坤无为。"

程老先生晚上七时推开了雨霖铃的房门。雨霖铃坐在床边沿神情凄恻。红蜡烛的灯光在她脸上疲惫地摇曳。潇湘竹簟凉席成了很好的背景,与雨霖铃笔直垂落的长发相补充。雨霖铃的青春躯体被一层薄纱裹着,发出不可挽留的绝望青光。胸前的活扣挂在两座乳峰之间,雨霖铃望了一眼皱巴巴的程老先生,很缓慢地眨了一回眼睛,就去胸前拉那只活扣。程老先生却止住了。洗了手,焚两炷香,把雨霖铃放平了,像父亲一样慈爱地轻拽了那根活扣。程老先生盘坐在雨霖铃的身边,十根脱俗的枯瘦指头在雨霖铃的身上寻觅古韵和弹性,他欢愉而痛楚地解放了感知与情操,调动起他的指法。雨霖铃开始不安地扭动。雨霖铃焦躁起来,喘着气说,先生,你上身吧。程老先生十分清晰地说,俗了,我在抚琴,你听见没有?是孔子的琴谱《幽兰》。雨霖铃说,你上身吧。程老先生说,你是张好琴。

程老先生继续在演奏。他的指头逐渐变得无比生硬与锐利。雨霖铃的脸上飞动起四月芳菲,她艰难地呻吟,口齿不清地说,先生。程老先生便停止了,说,我可是花了大价钱的。程老先生又用两条目光把雨霖铃从头到腿从高音到低音又弹奏了一遍，就扑了上去，很努力很用功地挣扎了好半天。他与自己的身体的斗争进行得残酷而又艰苦卓绝，他终于认可了自己的力不从心，绝望地退到了一边。雨霖铃看见老先生的生命之根在烛光下面像六月里的蜡烛，皱巴巴的像承认什么错误。雨霖铃坐起来甩着头发说，先生忙了半天都忙了些什么？程老先生侧过身去，惭愧无比。露出了巨大狰狞的胯骨。老先生说：

我是要给你立牌坊的。

冯节中终于有空闲静下心来看看那些古字画了。看书画时冯节中更改不了手执打火机朗朗作响的习惯。整整一个下午冯节中端详了郑板桥的那幅石头。冯节中很突然地发现女人对他失却了引力。这个感觉来得有些空穴来风。是一个寻常的中午。冯节中收了打火机想起来也该找个姑娘解解闷了。就楼上楼下挨着门一路挑过去。和他对视的姑娘对他讨好地笑，那种"看开了"的女性笑容使他看到了某些动物种类的龇牙。他敲过每一扇门，离开时姑娘们就要跟出来。姑娘们倚着门框，一边嗑瓜子一边想弄清哪个婊子能把三爷迷住。最后几道门冯节中就没兴致了，犹豫了片刻他回过头来。他看见了她们齐唰唰地打量他。五颜六色的衣服挤满了青玉馆。衣裙在妓女的身上总有点滑稽，好像反而能提示男人一些什么。小婊子们个个都很开心，谁也没能叉开来夹住她们的三少爷。结果公正比什么都好。

古画轴打开来有一种很特殊的气味。气味是承袭历史最伟大的媒介之一。它胜过文字和传说。冯节中一样一样挂下那些书画，香粉、香水和唇膏的气味就混杂在画轴气味的边缘，绰绰约约。冯节中恍恍惚惚做了一回历史喟叹，他看见了毛笔和宣纸的文化实在过于空洞无聊。那些精神性、象征性植物完全失却了生态意义。在中国做一棵树或一株草也是一件很累的事，这些植物婊子成了所有文化人的精神玩偶，它们不得不又开枝丫接受一切强制。在一种麻木的、毫无激情的交媾中为文化人释怀孤独和不遇。毛笔就那样奸污汉语历史。

桃子推开木门。木门发出的声音懒散而又枯寂。桃子倚在门框上看了一眼墙上的画，又无力地打量了一回三少爷。桃子脸上疲惫的神色使她的忧伤活灵活现。桃子就那样倚在门框上把两只手背在身后和三少爷对视。冯节中自己也弄不懂怎么会有一点不知所措。这有点过于不期而然。过了很久冯节中才说，是桃子。又过了好久桃子才笑一笑，眨着眼睛。这样的节奏适合于一些美丽的忧伤。后来是冯节中走上来，把桃子拉过来，关上门。桃子不肯再过来，依然靠在门的背面，两只手压在身后，显得特别累。那是什么？桃子抽出一只手指着桌上的黑白子粒恍恍惚惚地问。

围棋，这是围棋。

做什么用？桃子木头一样这么有口无心地说。

没用。玩玩的。

怎么个玩法？

黑的把白的吃掉，再不就是白的把黑的吃掉。

桃子便掉过头不说话了。鼻孔里很粗地出了一声气，又舔了一回嘴唇。

想不想把我杀了？冯节中笑着问。

这是命。桃子看着脚尖摇摇头说，我就是这命。

冯节中开始吻桃子。桃子僵直着身子不回避也不呼应。冯节中在桃子毛茸茸的面颊上从这只耳朵吻到另一只耳朵。冯节中的吻最后在桃子的唇角停住了。不动。桃子的一滴泪就在这个长吻的最后时刻滴在了冯节中的上唇。冯节中放开桃子，桃子眼里的泪珠积得相当厚，随她眼珠的转动晶莹闪亮。

我恨你。我要杀了你！桃子大声说。

冯节中毫无表情盯住了桃子,冯节中说话的模样平静如水。这是命,冯节中说,你就是这个命。

冯节中揽过桃子的腰。桃子的腰腹有极好的韧性与弹力。冯节中吻住了桃子的唇,桃子的下唇微微一动算是应付,冯节中伸出了舌头,桃子就皱着眉把脸侧过去。冯节中觉得身体似乎又有了起色。冯节中的双唇贴住了桃子上唇上挑的部分,挪出一只手捂住了桃子的下身。桃子挣脱开来,说,不要那样,我恶心做那种事,你不要那样,我看到男人的那东西就要吐。冯节中抱着桃子就往床边摁,桃子的小腿把围棋盒给碰倒了,围棋子哗啦着侧身四处逃窜。冯节中放下桃子就扯她的衣裤,桃子的两只膝盖抵住了冯节中的腹部。桃子说,少爷,我亲戚来了,我求你了。冯节中没弄懂"亲戚",又听见桃子说,我身子脏了,少爷,来了好多好多红,我求你了。冯节中脸上极不高兴的样子,便走到一幅《松鹤图》面前点了根烟。桃子一边整理自己一边往外跑。冯节中背过手看看燃烧的烟头,自语道,她亲戚来了。

六

暴雨之前的闷热在黑夜里四处爬动。长了单调的双腿和失去方位的脚趾。生活的进程大半以这样的款式横向展开。然后又是一场雨。又新鲜又万变又不离其宗。嫖客们挥汗搏斗。他们裸露的背脊和上肢被妓女们伪装的激情弄得布满指甲和牙齿的痕印。他们从一个妓女的腹部跳跃至另一个妓女的腹部。妓女们则按照阿拉伯数字的排列顺序迎接男人,为每一个阿拉伯数字微笑、挑逗、抚摸而后接受他们的性分泌物。分泌物的气味萦绕在青玉馆的栏杆四周,这样的气味古怪透顶,充满了生与死的辩证法,充满了男人与妓女之间丑陋的快感与狰狞的享受。

电灯泡亮得纵欲过度,艾兰香香得疲惫不堪,草席与枕头伤筋动骨。下雨了,猛烈而又跃动,如男人的腰腹。如注的雨声里妓女的叫床声夸张活泼。

夏鹁母就在这样的雨夜走进了青玉馆。她的身后是三个黑色男人。夏鹁母站在绛红色油纸伞下面,宛如太后驾临。夏鹁母的手里提着一只小白纸灯笼,巡视了一回,便在厅堂里入座。身后的男人收了伞,站到夏鹁母的身后去。夏鹁母这时候很意外地看见了金二,没开口,只是胖胖地微笑,露出一颗半金牙。夏鹁母谁的脸也不看,对着半空说,叫我的儿来见我。金二眨着眼想了片刻,便叫来了冯节中。冯节中走进大厅就愣住了,没有招呼,却回过头去,关照说上茶。夏鹁母说,罢了,我的儿,你越发不晓得这一行的规矩了,青楼里头"献茶敬客"这样的话,只配是鹦鹉学舌的,这才有了鹦鹉唤茶一说。冯节中听到了"规矩",心中明白了七八分,就掏出烟来,用打火机点上,赔着笑,说,妈妈见教的是。你到底又叫我妈妈了,我的儿。夏鹁母笑着递过来一盏白纸灯笼,说,听儿说北平有这么一个说法,妓家要送嫖客白纸灯笼的。儿,你到底上过娘的身,娘服侍你从头到脚让你舒坦,今天这白纸灯笼,算是补上,儿,娘给你送白灯笼你也该为你娘摆个台面。冯节中尴尬地回过头四处望了一遍,没血色的脸涨得通红,慌忙说,妈妈可把话说到外国去了。夏鹁母大笑起来,身上的肉也上下一齐滚动。夏鹁母笑完了却虎下脸来,大声说,儿,你可也太不地道了,做生意抢涨不抢降,你竟把佛事做到你娘的头上来。冯节中望着夏鹁母,手里拨弄着朗声打火机就是不开口。妈妈弄岔了,冯节中最后说,我这里的手下不比妈妈调教得好,除了动真家伙,手艺还差,再说,日本朋友给她们破了瓜,就给了这个价,不给日本朋友一点面子,儿这里也不好交代。夏鹁母呼一下就站起来,脸上的颜色重了。儿,夏鹁母说,你还嫩呢,——日本人?妈妈我什么人没侍候过?日本人!

妈妈我要是年轻十岁一个人就把他们全嫖了。你别拿日本人的小鸡巴当门闩,你要真的存心对不起你娘,你娘的上下两张嘴可全不吃素的。走人。

迎接冯节中的是两把刺刀。两把刺刀的刃尖挑着两道白亮的弧光。冯节中抬头看了一眼炮楼,楼顶上的日本兵像砌在楼顶上的。只有帽后檐遮阳布片在风中显得过于活泼。冯节中仰着脖子接连喊两声盐泽先生,盐泽先生的脑袋便从三楼的机枪口里伸了出来。盐泽牙齿的光芒说明他在笑。冯节中的左手握着一卷圆圆的卷筒,就用右手的手背拨开了一把刺刀。冯节中做这个动作时故意放慢了节奏。日本士兵没有坚持。冯节中走进炮楼时知道日本兵在看,冯节中走得便有点斯文,超越了傲慢与自卑。

小方桌上散着一盘棋。最终的结局已两败俱伤。黑白两色零零散散地残乱在盘面。彼此渗透、侵蚀、阴谋、设陷、锱铢必较、针锋相对,又显得亲昵、依偎、闲适和大度,那样地随遇而安。盐泽说,下盘棋。冯节中有些慌乱地摆摆手,不不不,我的棋很臭。盐泽说,只有臭棋士,没有臭棋。冯节中笑笑说,我真的不行。盐泽说,中国人应当玩得好。围棋的方式就是你们支那人的存在方式。你们喜欢"空"。

冯节中笑而不答。墙上的太阳旗下挂着弧形东洋刀。上挑的刀柄和冷静无言的刀尖遥相呼应。冯节中只是笑而不答。冯节中用食指弹击着刀背,东洋刀发出了优质钢材特有的共鸣。冯节中有些突然地说,盐泽先生,您认为贵军在敝国能待多久?你怀疑大日本皇军?盐泽青着脸说。我不怀疑贵军,冯节中说,贵军比我们的部队优秀,但军队能打胜仗和占领一个民族完全是两码事,占领一个民族不能靠武器的批判,只能靠批判的武器。这个武器是什么?是文化。东洋刀能砍断一棵树、一条腿,但"东洋刀"在"空"面前便会无所适从。冯节中把卷筒上褐黄色的油纸撕开来了,露出了一卷画轴。冯节中小心地打开,苍苍茫茫的山群连同缠绕不散的云层次第展露。谁?盐泽吃惊地说,是谁的作品?冯节中说,谁的并不重要,要紧的是我们的艺术家对世界真谛的把握方法:散点和留空。您说,面对它,刀剑又能做些什么?盐泽脸上的颜色开始变了,他的目光硬硬地顶住冯节中,左手慢慢地打开风纪扣。给您的,冯节中突然对画轴伸出一只巴掌,送给您。你说什么?盐泽的神情苍茫了起来,你说了什么?冯节中侧过脸又打量了一眼日本旗和那把东洋刀,不开口了。盐泽望着画却是不动。冯节中坐在凳子上抚弄下唇,冷冷地注视盐泽被征服的模样。作为交换,我请您办件事,冯节中说。盐泽没有回头,盐泽说,说。我遇上了麻烦,冯节中说,我请求您的保护。盐泽多肉的双手背在身后。冯节中看见盐泽的指头意义不明地动了几下。盐泽转过身,他的转身伴随沉闷的皮靴声,盐泽的双手依然背在身后,叉着两条粗短的腿。冯节中坐着,盐泽站着,他们就这样对视。围棋子和画轴、太阳旗和东洋刀陪伴着这个历史瞬间,给定了氛围与背景。

唷西,盐泽说,我答应你。

冯节中站起身,往楼梯口走过去,在盐泽的身边冯节中很多余地侧过了身子。盐泽伸出一只手,放在了冯节中的肩上。我答应你,盐泽说,你实在太无耻,冯先生。

青玉馆很安静,冯节中回到青玉馆便看见满江红坐在墙角侧着脸照镜子,满江红一脸的懒散,花布裤子屁股那一把皱得横七竖八,像八十岁了。这个小婊子依靠自己的天才努力成了青玉馆的头牌名妓。她真是一块宝贝,男人们“用了都说好”。冯节中跨进门槛心情无比轻快;满江红就站起身,她用力抿动双唇,企图让口红变得均匀。少爷,满江红说。满江红疲惫茫然的模样使她顷刻间增添了风情万种,她有气无力的称呼有一种濒临凋谢的凄艳。你在这里干什么?冯节中问。我一连接了九个了,我累,我要歇歇,满江红说。满江红说话时摇动她的头部,她的头发水藻一样波动,具备了生动的启发性。冯节中盯了满江红一会儿,说,到我房里来。

满江红站在原地,心头涌上无限的山花烂漫。满江红听见冯少爷打开了自己的房门。蹑手蹑脚地跟进去。冯节中的两手托着后脑躺在床上,听见满江红犹豫的脚步在门槛内侧停止了。满江红一手抓住门耳想掩上门,就听见冯节中说,不要关。满江红便把半掩的门放在那里,走到冯节中的床沿,冯节中闭着眼只是不动。满江红蹲下去,给他搓捏大腿和腿根。自己脱了,冯节中说。满江红看一眼门外,又看了大开的窗口,她的手在身上前后左右摸了一遍。八十岁的衣裤就顺着她的身体掉到地砖上了。满江红原地站着用左脚尖踩住右脚跟,把右脚的绣花鞋脱了,再用光脚尖踩住右脚跟,把右脚的绣花鞋脱了,她就那样赤条条地带雨含烟娇万态,抬腿从地面的裤腰上跨出来。冯节中闻到了她身上弥散开来的酸味,那种气味是多种男人的混合,闻上去令人绝望。冯节中眯着眼望着她的绛红色奶头,听见她说,是你来还是我来,少爷?冯节中的兴致有点像血压表上的水银柱,一点一点降下去了。冯节中懒懒地说,你来,你要用心。满江红就小心翼翼地把冯少爷的衣物卸去,她的指尖如同蚯蚓一样在冯节中的皮肤上耐心讨好地蠕动。她依据冯节中的鼻息找到了冯少爷几处最肥沃的感觉区,她用鼻头和舌尖给了冯少爷的皮肤无数小兔子,让这些可怜的兔子兴高采烈,活蹦乱跳。满江红埋着头说,少爷,关上门窗吧。冯节中喘着粗气说,我们就做这个,怕什么。满江红就说,这样不好嘛。冯节中的身体被满江红调弄得像烧红的棺材钉,在一种强节奏的打击下发出蓬勃火星,冯节中的身体完全被无法抗拒的节奏弄得四分五裂。冯节中喊道:天啦、天啦、天啦!随后冯节中就被扔进了水里,淬了火就被扔到了一边,与其他棺材钉一同发出铁钉的铁腥气味。

满江红的眼睛如一只瞌睡的猫。满江红说,少爷。冯节中赏给了她一组抚摸,他用巴掌抚住了她的半张脸,满江红便懒洋洋地蹭几下。冯节中很满足地笑起来,说,做婊子你是天才,你天生就是一个婊子的料。

桃子进屋时满江红正站在两只绣花鞋面上提衣裤。冯节中在床上已经发出了轻微的鼾声。桃子目睹了这个惊心动魄的场面,没有往回走。桃子站在门口,看着满江红套好衣服扣好最后一个上衣纽扣。满江红从桃子的身边扭动屁股胜利地打道回府。桃子站了一会儿,很突然地冲向了满江红的房间。满江红说,干吗?你想干吗?满江红的语调充满了深刻的倦意。你这个臭婊子!好半天后桃子这样说。桃子的声音是从牙齿缝隙里出来的,带着一股寒飕飕的齿音。满江红一手拿着荷色手绢笑盈盈地走过来,她的指头四周有一种诱惑淫邪的半透明光芒。你以为你是什么?满江红说,说你是婊子都抬举你,你还以为你算个东西?你这个臭婊子!桃子说,桃子重复完了这句就抿紧了双唇,眼里开始闪烁泪花。婊子?满江红冷笑说,谁嫖谁还说不定呢。满江红显然没有兴致和桃子说下去,她转过脸,把轮廓分明表情细腻的臀部对着了桃子。桃子尖叫了一声冲上去揪紧了满江红的头发,满江红一头乌发就在桃子的手里蛇类一样鲜嫩地跃动。金二走过来。金二看见两个女人的头发使整个世界像液体一样波动起来。她们疯狂失真的声音仿佛郊外眼睛饿绿的母狗。金二说,你们做什么?你们省点气力留给客人。满江红喘着大气说,给客人?她也有客人?她知道自己的东西长在哪儿?

桃子坐在镜子面前,椭圆形的镜面映照出桃子松动恍惚的内心景象。桃子就那样望自己。视而不见。桃子的眼睛风平浪静。追忆中的往日岁月却渐渐地眉清目秀。桃子不是依靠皮肤触觉,而是从镜子里看见两滴泪水从眼眶的内侧向下蜿蜒的。豆腐房与剑麻构成岸的形象,在桃子的想象里绵延无际。豆腐房剑麻,再豆腐房剑麻。

桃子听见楼下姐妹们欢笑的声音。艾兰香瘦长轻灵的身体在梁柱旁呈之字形游动。桃子伸出手拨弄了一回镜子,屋梁、窗口及蛛网里出现了四十五度的误差构造。屋梁粗大结实,在镜子中成了桃子面部的黑色背景。桃子盯住那道圆柱形的梁,眼里有了光。桃子看见屋梁向自己伸出了温柔无比的手指,柳枝一样晃动,向自己发出温馨召唤。死亡在屋子的上空微笑。死亡艳丽芬芳的面容挂在屋梁的下面,对桃子妩媚地眨眼。桃子看见自己身不由己地跟着笑了,两只眼清亮明澈地憧憬屋梁。桃子看见自己笑得美丽异常,仿佛来自另一个极端世界,如小银鱼在水中卷起旋涡。桃子开始了梳妆。桃子小心翼翼地描画脸上的一草一木,这些招徕嫖客的脂粉使桃子凄艳冷凝,在死亡的边缘烟雨迷蒙,像一种高贵的鸟类在水中投下摇晃的影子。桃子说,你是谁呀?镜子里说,我是桃子。桃子说,你怎么在这里?镜子里说,我没地方去了,我做了婊子了。桃子说,做就是了,好多人就是做了婊子才立牌坊的。镜子里说,可我又没做成,我只有做了婊子的名分。桃子说,你怎么这样,你以为少爷喜欢你了?其实那不就是做了婊子了?镜子里笑起来,笑得如同玻璃一样空洞清凉,镜子里说,你以为我不明白?桃子说,全明白了你还坐在这里干什么?回过头去,看看屋梁,人家可在等你呢。镜子里的关照说,拿两条绸缎料子来,拴到梁上去,打个结,再把脑袋套进去。桃子看见镜子里的人转过了身去,才放心地掉过头。桃子打开了柳条箱,把所有的丝质面料全系一块。桃子把白绸带扔上了木梁。拽了拽,和死亡一样结实。桃子站上了凳子,站了一会儿又走了下来,桃子走上前调整过镜子,让镜子能照见这里的一切。桃子要看见死亡缓慢地在自己身上降临。

桃子把丝质面料扣套上自己的脖子。桃子看见镜面里的自己干净美丽地微笑起来。桃子说,我可真的是好看呢。桃子望着自己慢慢就愣住了。舍不得死了。桃子又想了片刻,就想把套子解下来,够不着了。桃子踮起了脚尖。桃子一不小心凳子就倒下去了。在地板上发出了疯狂的声音。桃子的双手拉住套子,想喊救命,声音出不来了。桃子看见自己的双手张在半空,颜色紫暗了下去,每一个关节都峭厉生硬,像掐住了一样什么东西。桃子的下巴绝望地往下垂挂,舌头又滑又软黄鳝一样一点一点向下游滑。血往上喷涌,从口腔与鼻子里头喷出来,桃子看见红色血雾弥漫了四周。给即将来临的死亡罩上了热烈妖艳的华丽景象。桃子不想让舌头吐在外头,想收进去,舌头再也不听她的话了。桃子的腿空蹬了几下,身子开始旋转。桃子听见屋梁上发出了木头的干涩声音。桃子用心听了一回,什么也听不见了。

是金二发现了桃子的尸体。金二撞开门最先看见的是桃子的舌头。金二扑上去,两只手抓住了两个脚踝,又硬又凉,金二松了手一屁股坐下去,双手撑在了地板上,滑了一下。金二看见满地都是绛红色的细碎血珠,又均匀又密集。金二爬上去解了套子,桃子咚的一下掉在地板上,直挺挺地站住了,随后硬硬地后仰下去。金二抱起桃子,走进冯节中的屋里。冯节中一个人正下围棋。金二站在冯节中的面前,只是不动。后来冯节中抬起头。打了个愣。金二说,是桃子。冯节中说,知道了。

七

大雾笼罩了鲤鱼河,像漂了大捆大捆的棉花。不见波浪的河面歪歪斜斜留下了行船的水迹,是水的疤。无痛感的水被桨橹撕裂后又愈合,就这样莫名其妙地亘古不变。楚水城被鲤鱼河环拥着,流进去一些,又流出来一些,河床的沿岸没有能够呈现摇曳生姿的植物风景线，让多种色质的植物种类吞吐泥土阳光与水的混合味道，沙岸就那样成了码头，被一夜靠泊占尽岸边风流。

大清早一个日本兵的尸体就从鲤鱼河水面漂了上来。最初发现日本兵尸体的是一个淘早饭米的中年女人。中年女人蹲在船帮上面剔大米里的砂子，随后从水下就泛上来土黄色的衣襟。中年女人看了看岸上，没人，伸手就去取那件上衣。中年女人的手拖了一下，土黄色的上衣就转过来了。从船肚子里头伸出来一颗脑袋，紧闭了眼睛，中年女人一屁股坐了下去，张着嘴巴话语好半天找不到舌头。那个日本兵的头被船边的波浪弄得一上一下，乌黑的长发水母一样开开合合，变更着水的婀娜姿态。

消息传开后大街一下子就空了，像妓女上午八点钟的裤裆。楚水城都知道城里多出了一具尸体。日本兵的脚步很乱，脸上的神情却清一色的肃杀。他们的枪口神经质地寻找脑袋，日本话粗鲁地踢中国人的耳朵，没有耐心。楚水城的中国耳朵们被穿着皮靴的日本话弄得不知所措。

傍晚时分日本兵冲进了青玉馆。金二堵在门口，被水黄色的木质枪托搡了一把。几个妓女拥上来，随后就尖叫着退回各自的房间去了，妓女们半掩着门，只露出半张脸和一只眼。这时候西天有几抹红霞，像痨病鬼随意而吐的痰迹。日本兵冲进青玉馆后立即成了两队，刺刀的刀尖拉出两道雪亮的透视。盐泽随后从两队刺刀中间阔步而入。冯节中没有上去打招呼，盐泽的眼睛已经不认得人了。冯节中从两个日本兵的衣袖空隙里看见了金二，金二的脸上很宁和，没有愤怒与恐惧，他像一只鸡看一只猫那样，漠不关心地打量如临大敌的日本兵。金二就那样用呆板宁和的眼睛看冯节中。

盐泽的目光在单眼皮下显得加倍地有力。单眼皮更能有效地体现出男人的威严。盐泽背着手,他带着白手套。战争时代的白手套有一种企盼鲜血去喷涌、去污染的渴望,透出严厉的恐怖。盐泽走上楼,青玉馆静得只有盐泽的皮鞋声,被木质楼梯吱吱呀呀按等值节奏送上二楼。冯节中情不自禁跟了上去。所有的人都看见冯节中尖翘着的屁股显出了猥琐巴结的步态。盐泽伸出两只白色指头,呈"V"字形推开冯节中的房门。冯节中的屋内又挂满了字画。名贵的字画就那样疯狂地排列在妓馆的墙上。中国的古人用所有的睿智做好了准备,排着长队等待盐泽缓步而入。盐泽的两条腿再也没动,他就钉在那儿,看。脸上没有表情。盐泽回过头,冯节中笑了一次,很短暂。盐泽的目光移开去,又看见了桌上的围棋,盐泽随手拿起一颗黑子,对窗口手举上去,眯起眼,绿幽幽的紫色光芒在黑子的腹部剔透文静地闪烁。随后又拿起一颗白子,看一回,放下去。盐泽很突然地对冯节中说了一大通话,是日语。冯节中听不懂,感到了一种不对劲儿。盐泽的话戛然而止,随后就转身下楼。盐泽下楼时楼板痛楚而快活地呻吟。盐泽走到两队士兵中间,嘟哝了一句什么,日本兵神经质地转身,木头一样平移出去。冯节中站在梯口,大厅突然就显得空阔起来。冯节中这时候闻见了一股血腥气,是桃子的屋里游荡出来的。冯节中大声说,金二!金二!金二过了一刻就站在了冯节中的面前。金二的脸上没有表情。金二说,什么事,少爷?冯节中想了想,才说,陪我喝杯酒。

部队进城的传闻蝙蝠一样瞎着眼睛乱飞。但谁也没有见到部队,这就愈加证实了部队业已进城的可能性。日本士兵的尸体被架在木头上火化了,所有目睹了火光的眼睛都相信,日本士兵的尸体骨子里比活人更具威胁。岗楼上柱形探照灯光把黑夜弄得千疮百孔,甚至连老鼠们都知道,灯光的身后是渴望倾诉的枪口,沉默的民族他们的钢铁往往特别地唠叨。人们就知道楚水城出事了,楚水城肯定还要死人。

盐泽在中午推开了冯节中的门。同来的有另外八个日本兵。他们站在八个不同的方位，宛如棋盘上的某个布局。盐泽跨进冯节中的房门，习惯地看看墙壁，空着。是木板和木板的缝隙。盐泽的脸挂上笑，冯节中打量了他一会儿，盐泽依然笑得极有分寸。冯节中的心里头开始不踏实了，冯节中站起来很多余地说，盐泽先生。盐泽却坐下来，体会完坐的感觉，盐泽掏出了一瓶酒，倒了两杯，盐泽说，我们下棋。冯节中就从座位上走到床边，抽出一只箱子，捧出两盒云子。盐泽取过黑子，敲在了星位，盐泽的敲棋果断有力，棋盘发出了空洞回声。冯节中的白子在手中转了又转，安安静静地点在了三三。

黑棋敲响了另一个星位，白子则又走了另一个三三。

盐泽没有去拿棋子。他用一只手撑住下巴，盐泽的目光就那样和冯节中对视了。盐泽说，你在戏弄我还是在戏弄棋？冯节中没吭声。冯节中看着盘面，两颗白子小心翼翼地跪在黑棋的面前，白棋的猥琐使黑棋的二连星看上去磅礴浩瀚、气势宏伟。盐泽说，我命令你反抗。盐泽的第五手点到了天元。这手废棋极其傲慢地告诉冯节中：我们扯平了，你给我好好下。冯节中的脸上改变了颜色，他低下了头。他进入了这盘棋，在黑棋的右下角，白棋挂了一手。

青玉馆安静下来。人们不走动不出声。小个子日本兵和枪一起立正。金二的房门掩着，门缝里正好是一只日本兵的手，持着枪，所有的人都关注着少爷的房间，过久的阒然无声使人们预感到大祸临头。

盘面的争斗开始变得强硬。狂妄与缜密各不相让。黑与白长出了牙。一切都是视觉的，一切又都是非视觉的。每一步棋都变成了对方的母语，走进对手的思维。围棋是最好的翻译，棋手的内心能用最直接的方式感知对方。盐泽感受到了冯节中的机敏。盐泽不喜欢机敏,盐泽决定粉碎这种自得其乐的机敏。盐泽赤裸裸地攻向了左中腹的七颗白棋,黑棋冲断时冯节中甚至看见了金属撞击的八角形火花。面对这手硬招冯节中开始了长考。他的长考用了将近四十分钟,走出来的棋却木讷无比,只是三路上的一个"靠"。几乎毫无意图,仿佛表决会上的微笑,什么也不说。盐泽恰恰是被这步呆棋送入窘境的。就像重大的事件,最后的走向却因为某个小人物。伟人总是创造伟业,不幸的是历史时常由卑微的细节而构成。盐泽满怀信心地开始了剿杀。白棋可怜困顿的求活模样在冯节中的一个小尖之后露出了狰狞的面目。像历史,似乎是睡着的,到了转机出现之时历史就伸出了可怕的阴影和巨大的指甲。盐泽要么放弃剿杀,要么丢去半个边,恼羞成怒的盐泽发火了,他在冯节中的根据地开了一个生死劫。

机敏得来的结果时常使机敏变成胆怯。冯节中闻到了这个劫的血腥味。生死关头聪明人的最先表现是手软。聪明人最先看到利益,利益使聪明人表露出可怜。冯节中的几手缓着使盘面风云急转而下,盐泽只要连上劫,就赢了。盐泽解下风纪扣,等待冯节中投子。冯节中不投子。冯节中在黑棋的空角下了一步无理棋,盐泽偏偏不肯连那个劫,他要杀掉这颗白色的无赖!盐泽的一手随手棋又一度使自己陷入了二难:要么输掉那个劫,要么让可怜无赖的白子共活。下午四点,盐泽最后看一眼那个孤零零的白棋,在那么多黑色努力范围内,它没有空,没有眼位,却活了,决定了整个盘面的胜负。"金鸡独立"决定了整个进程。

盐泽说:你赢了。

冯节中抬起头,看见对面坐着的是盐泽,日本人。

盐泽的目光因酒精而生硬。他跷着腿,很细致地打量着冯节中的面部轮廓。冯节中的预感如晚风中的乌鸦翅膀,绕树三匣却又无枝可依。盐泽终于开口了,盐泽说,冯先生,我的一个兵被杀了,被一个中国人杀了,不是军人。冯节中一直在回味那手三路靠。这步棋实在是太妙。盐泽说,我没有任何线索。屋子里又静下来,只有盐泽的手表在安静地读秒。盐泽说,为了皇军的声誉,我必须杀人。我必须杀掉那个凶手。

谁?

你。盐泽说。

冯节中笑起来,打着手势说,我怎么会杀皇军的士兵?

我知道你没杀,盐泽虎着面孔说,但我要杀你。

冯节中的屁股慢慢离开了坐椅。为什么?

因为我必须杀人,盐泽说,我已经决定了。

冯节中大声说,我有许多艺术品,都是你喜欢的。

艺术品我当然要,盐泽说,还有这副棋。

你为什么杀我?

看见你活我不舒服,你的中国艺术品也让我不舒服,但你赢了我的棋,我可以让你死得体面,我会说是你杀了皇军,让你死得像英雄。

不!盐泽先生,冯节中跪下去用力甩着头说,不!

我给了你体面,盐泽站起身,有点不耐烦,你自己至少应当体面一次。

盐泽很不高兴地嘟哝了一句日语,外面就冲进来两个兵。他们迅疾地捆绑了冯节中,一只很大的弹簧夹塞进了他的嘴中,冯节中的脸憋得通红。他要说话,但他的舌头已经永远不属于汉语了。金二望着这个突如其来的场面,就记起了那具日本尸体。

没有审判和仪式。行刑就在黎明。太阳正吃力地上升。阳光无比干净。没有气味与形体。阳光的嫩红微微颤动,艳丽、凄楚、百结愁肠。无限的湛蓝正期待太阳的金色普照。几个秋虫在间或鸣叫,不自信,也不卖力。冯节中被捆在一把椅子上,他看见一排雪白的手套,刺刀的刀刃闪耀着新鲜的阳光。冯节中的眼睛瞪得正圆。青色血管再一次暴突出来。他拼命地挣扎,晃动,他想说话。

行刑的是菊池,一个十七岁的日本兵。他的枪口离冯节中的前额只有三米。冯节中从钢管上方的准星处看见了菊池年轻的眼睛。菊池的眼里布满恐惧,他瘦长的手指在寻找扳机,青蛇一样发出吱吱响声。

冯节中听见了枪声。被一样东西推倒时听见了枪声。他侧在地上听见那声枪响在空中纷扬。冯节中感觉到身体深处的血液在皮肤下面向头顶上呼啸,排着长长的队伍争先恐后地向外飞进,在空中拉过一道鲜亮的血迹。冯节中没感到疼。他在努力寻找视觉、嗅觉还有触觉,但没能找到眼睛、鼻子和皮肤。他的听觉还在半空中闪烁。冯节中听见了一支枪掉在地上,在草地上还颠了一下。随后有人慌乱地说,我杀人了,我杀人了。有人抽了一个人的嘴巴。那人说,你杀的是中国人,中国人,明白吗?冯节中听见了是盐泽,便用了全身的气力去听,很累,努力了一下,就什么也听不见了,只有头顶的上方液体气泡的破裂声音。

1994 年第 4 期《花城》

雨天的棉花糖

如果我不能做
我想做的事情
那么我的工作就是
不做我不想做的
事情
这不是同一回事
但这是我能做的最好的
事情
……

——尼基·乔万里《雨天的棉花糖》

一

七月三日，那个狗舌头一样炎热的午后，红豆咽下了最后一口气。红豆死在家里的木床上。阳光从北向的窗子里穿照进来，陈旧的方木棂窗格斜映在白墙上，次第放大成多种不规则的几何图形。死亡在这个时刻急遽地降临。红豆平静地睁开眼睛，红豆的目光在房间里的所有地方转了一圈，而后安然地闭好。我站在红豆的床前。我听见红豆的喉咙里发出很古怪的声响，类似于秋季枯叶在风中的相互摩擦。随后红豆左手的指头向外张了一下，幅度很小，这时红豆就死掉了。红豆的生命是从他的手指尖上跑走的,他死去的指头指着那把蛇皮蒙成的二胡,红豆生前靠那把二胡反复搓揉他心中的往事。

红豆的母亲、姐姐站在我的身边。她们没有号哭。周围显示出盛夏应有的安静。他的父亲不在身旁。等待红豆的死亡我们已经等得太久了。我向外走了两步,一屁股坐进旧藤椅中,旧藤椅的吱呀声翻起了无限哀怨。我的脑子里空洞如风,红豆活着时长什么样,我怎么也弄不清了。我只能借助于尸体勾勒出红豆活着时的大概轮廓。他的手指在我的印象里顽固地坚持死亡的姿势,指责也可以说渴望那把二胡。

红豆死的时候二十八岁。红豆死在一个男人的生命走到第二十八年的这个关头。红豆死时窗外是夏季,狗的舌头一样苍茫炎热。

少年红豆女孩子一样如花似玉。所有老师都喜欢这个爱脸红、爱忸怩的假丫头片子。红豆曾为此苦闷。红豆的苦闷绝对不是男孩的骄傲受到了伤害的那种。恰恰相反,红豆非常喜欢或者说非常希望做一个干净的女孩,安安稳稳娇娇羞羞地长成姑娘。他拒绝了他的父亲为他特制的木质手枪、弹弓,以及一切具有原始意味的进攻性武器。姐姐亚男留着两只羊角辫为他成功地扮演了哥哥,而红豆则脸蛋红红地、嘴唇红红地做起了妹妹。但红豆清醒地知道自己不是妹妹,他长着女孩子万万长不得的东西。那时我们刚刚踩进青春期,身体的地形越长越复杂。有机会总要比试裆部初生的杂草,这算得上青春期的男子性心理的第一次称雄。红豆当时的模样犹如昨日。红豆双手捂紧裤带满脸通红,望着我不停地说,不,我不。我说算了,大龙,算了吧。大龙这家伙硬是把红豆给扒了。扒开之后我们狂笑不已,红豆的关键部位如古老的玉门关一样春风不度。大龙指着红豆的不毛之地说:"上甘岭!"红豆伤心地哭了。

生命这东西有时真的开不得玩笑。我坚信儿时的某些细节将是未来生命的隐含性征兆。一个人的绰号有时带有极其刻毒的隐喻性质。小女孩一样的红豆背上了"上甘岭"这个硝烟弥漫的绰号，最终真的走上了战场，战争这东西照理和红豆扯不上边的，战争应该属于热衷于光荣与梦想的男人，不属于红豆。从小和我一起同唱"长大要当解放军"的，不少成了明星、老板或大师。爱脸红、爱歌唱、爱无穷无尽揉两根二胡弦的红豆，最终恰恰扛上了武器。这真的不可理喻，只能说是命。

红豆参军的那年我已经进了大学。我整天坐在图书馆里对付数不清的新鲜玩意儿。那年月的汉语语汇经历了一个战国时代，"主义"和"问题"蚂蚁一样繁殖问题与主义。"只要你一个小时不看书，"我的一位前辈同学在演讲会上伸出一个指头告诫说，"历史的车轮将从你的脊椎上隆隆驶过，把你碾成一张煎饼！"

图书馆通往食堂的梧桐树荫下我得到了红豆当兵的消息，这条笔直的大道使图书馆与食堂产生了妙不可言的透视效果。班里的收发员拿着红豆的信件对我神秘地睐眼。这个身高不足一米六的小子极其热衷旁人的隐私，为了收集第一手资料，他拼死拼活从一个与黑人兄弟谈恋爱的女生手里争取到了信箱钥匙。收发员走到我的面前，说，请客。我接过信，认出了红豆听话安分的女性笔迹。后来全班都知道了，我交了一个女朋友，名字起得情意缠绵。红豆用还没有涨价的八分钱邮件告诉我，他当兵去了。听上去诗情画意。

红豆熟悉大米的肠胃还没来得及适应馒头与面条，就在一个下雨的子夜静悄悄地钻进了南下的列车。他走进了热带雨林。他听到了枪声，真实的枪声。在枪声里头生命像夏天里的雪糕，红豆在一个夜间对我说，看不见有人碰你，你自己就会慢慢化掉。你总觉得你的背后有一支枪口如独眼瞎一样紧盯着你，掐你的生辰八字。

红豆的部队在湿漉漉的瘴气世界里不算很长。我一直没有红豆的消息。战争结束后战斗英雄们来到了我们学校，我突然想起红豆的确有一阵子不给我来信了。英模们的报告结束后我决定到后台打听红豆。宣传部穿中山装的一位干事用巴掌挡住了我："英雄们有伤，不能签名。"我说我不是求签名，是打听一个人。穿中山装的干事换出了另一只巴掌："英雄们很虚弱，不能接待。"我看见我们的英模们由我们的校领导搀扶着走下阶梯，心中充满了对他们的敬意。但我没能打听到红豆。回寝室的路上已是黄昏，说不出的不祥感觉如黄昏时分的昆虫，在夕阳余晖中吃力地飘动并且闪烁。

噩耗传来已是接近春节的那个雪天。纷扬的雪花与设想中的死亡气息完全吻合。红豆家的老式小瓦屋顶斑斑驳驳地积了一些雪，民政厅的几位领导在雪中从巷口的那端走向红豆家的旧式瓦房。他们证实了红豆牺牲的消息。红豆的母亲侧过脸让来人又说了一遍，随后坍倒了下去。红豆的父亲庄重地用左手从领导手中接过一堆红色与金色的东西，他的右手被美国人的炮弹留在了一九五二年的朝鲜。红豆父亲接过红色与金色的东西时，觉得今天与一九五二年只有一只断臂一样长，一伸手就能从这头摸到那头。民政厅的领导把红豆的骨灰放在日立牌黑白电视机前，说："烈士的遗体已经难以辨认了，不过，根据烈士战友的分析，除了是烈士，不可能是别的人。"民政厅领导所说的烈士也就是红豆。红豆的名字现在就是烈士了。

二

我们都在努力，试图从记忆中抹去红豆。那个漂亮的爱脸红的小伙子正在黑框的玻璃后面，用女性气很浓的眉眼以四十五度的视角微笑着审视人间。红豆的母亲把红豆那把二胡搁在遗像的左侧。红豆的母亲每天都要用干净的白布擦拭一尘不染的镜框玻璃。玻璃明亮得如红豆十八岁那年的目光一样清澈剔透。但那把二胡红豆的母亲从来不碰,两根琴弦因日积的灰尘显得臃肿。红豆的母亲说,这孩子的魂全在那两根弦上了,碰不得,一碰就是声音。

小学五年级红豆买回了这把二胡。红豆的父亲相当生气甚至是相当绝望:红豆用十七元人民币买回了这把需要坐着玩的东西。这位光荣的残废军人盼望龙门出虎子,他的儿子能够威风八面。红豆令他绝望。红豆却从一个算命的瞎老头那里得到了二胡演奏的启蒙。蛇皮里沙哑的声音让红豆痴迷,一听到目光就呆了。红豆不认识乐谱,乐谱完全是视觉世界里的阿拉伯数字,不是流动好听的音符。红豆依靠瘦长指尖的耐心抚摩使琴弦动了恻隐之心。胡琴把所有的心思全都倾诉给红豆了。两根琴弦很听红豆的话,就像红豆听所有人的话一样。红豆放学后拿一张竹凳放在巷口,一巷子都塞满横秋老气。不满一年红豆学会了许多电影插曲。红豆的音乐记忆与生俱来,他母亲把它与红豆一同生下来了。红豆听完了乐曲就回家到胡琴上寻找,多难的曲子红豆都能找到,多贵重的曲子胡琴也总是愿意给他。看完了《英雄儿女》,红豆开始迷恋那些英雄赞歌,那些无限抒情的曲子成了红豆每日练习的压台戏。巷子里的人们很快听出来了,任何一首歌曲都能被红豆弄出伤心来,优美得走了调样。即使是革命歌曲也总是要哀婉凄迷的。那一回学校演出,红豆正在彩排《英雄赞歌》,校长走了过来。校长说,停。校长指着红豆说:"你伤心什么?"红豆怯生生地抬起头,两眼汪了两垛泪:"王成叔叔死了。""不是死了,是牺牲!"校长拿了一根鼓槌,"要拉得勇敢、自豪,要拉得有力量! 是牺牲,不是死!"在鼓槌的威胁下红豆的演出果然一反常态,变得雄壮豪迈。但回到小巷口不久红豆就又把自己还给自己了。老太太们听着红豆的琴声时常背着红豆的母亲议论:"这孩子,命不那么硬。"话里头有了担忧。

红豆这孩子现在什么也不是了。只是一把灰。放在一只精制的木盒子里。那把灰被人们称作烈士。

毕业之后我令人陶醉地从高等学府返回故里,走进了机关大院。我对我的父母说,过些年我就会做官的。我一点也不脸红,一点也不。读书而做官本来就是中国历史的发展脉络。我既不是智者也不是仁者,我不做官谁做?我不做官做什么?我们不能让历史从我们这代人身上断了香火。我心安理得地走进了机关大院宣传部,端坐在淡黄色"机宣0748"号办公桌前,等待微笑与恭维话登门拜访。

这一天风和日丽。风和太阳都像婚后第十七天的新娘,美丽而又疲惫。天上地下都是平安无事的样子。我坐在办公室里盼望出点什么事,但一切都很正常,正常安静得让人沮丧。我泡了茶,开始起草部长让我起草的讲演稿。

事情发生在我写到"取得了伟大胜利"之后。这个我记得相当清楚。一般说,讲演稿中不能缺少"伟大胜利"这样营养丰富的词汇,但在这样的大补过后必须是一个减肥过程。减肥是困难的。这是常识。不能太腻了,却又不能伤了筋骨。我点上了一根烟,"取得了伟大胜利"之后时常令我大伤脑筋。

这时候走进来一个人。径直走到我的"机宣0748"号办公桌前。左手的指关节敲击我的办公桌面。我很不情愿地抬起头。是一个男人,满脸胡楂。我打量这个没带微笑与恭维话的陌生男人。只一秒钟,我手上的烟就掉下来了。我挂下了下巴脑袋里头轰地就一下。"你不用怕,"他说,"很对不起,我是红豆。"我笨拙地站起身,我认出了那双韭菜叶子一样宽的双眼皮和那种永远都是二十摄氏度的眼神。这种眼神习惯于后退与寻求谅解。"实在对不起,红豆。"我说,我感觉到我说"红豆"时有一种特别异样的感觉,不像汉语。红豆对我笑笑:"我没有死,我还活着。"红豆这样说。他的样子很怪,笑容短促而又渺茫,好像费了吃奶的劲儿才从玻璃镜框中挣脱出来。我握过他的手,他的手也像玻璃那样冰冷,是另一个世界的阴凉。

三

我告诉弦清,红豆他回来了。弦清放下手里的塑料葡萄,不高兴地说,你胡说什么。弦清在马尾的尾部创造性地烫了几道波浪,兴高采烈地筹办我们的婚事。我说我不是胡说,是真的。弦清转过身研究了我好大一会儿,才说,是真的? 我说是真的。弦清没有出现我期待的大喜过望。不是说红豆牺牲了吗? 弦清说。没有,我对她说,还活着,虾子一样活蹦乱跳! 弦清用小拇指漫不经心地捋头发,手指在耳坠那里停住。红豆他又回来了? 弦清这样自语。她的冷淡让我失望。女人一到结婚的前沿就变得愚蠢和残酷,就只知道买塑料水果和变更发型。

我请来了"上甘岭"时的几位朋友,为红豆接风。朋友这东西就这样,闹了一大圈,到后来又回到了儿时的一圈中来了。弦清把天井扫得很干净,洒了水。说是吃晚饭,下午两点多钟人就齐全了。我买了很多菜,我自己也弄不清为什么要买那么多,就好像赌了天大的怨气,就好像明天不活了。花钱时我有一种说不出的仇恨与痛快。今晚得把红豆灌醉。我进了机关从来没醉过。不敢醉。今晚谁要不醉我让他钻裤裆。

几位朋友带来的女士或小姐在弦清的调度下忙菜。我们五六个干坐了一会儿,后来红豆很寂寥地打开了九英寸黑白电视。

一个呆头呆脑的男人讲述会计。别的频道清一色是雪花。随着红豆手腕的转动,民政厅的同志就迎着雪花向红豆的旧式瓦房款款而至了。令人心碎的瞬间在红豆的手指间切换,红豆当然浑然不知。我发了一圈香烟。我注意到他们几个今天约好了似的不提红豆。红豆的脸上一直挂着很多余的客套性微笑。这使他看上去很累。我不知道他对我为什么要这样。我拿出两副纸牌,关上电视,说,打牌,这东西有什么看头。

红豆说,你们玩,我玩不好。大家让了一回,后来他们几个玩起了八十分。利用这个美好的时刻我和红豆坐在一角谈起了过去的一些时光。人生中美好的时光总是由怀旧开始。红豆夹着烟,夹烟的样子很笨拙,烟在手上仿佛是长错了位置的手指头。红豆的记忆力好得惊人,许多过去的时光能被他十分细腻地抓回来,红豆的存在使你坚信生活这东西从来就不会"过去"。红豆的归来让我觉得生活一下子美好如初,如青春期的新鲜感觉桃红柳绿地漫山遍野。好极了。真他妈想哭。

我很快注意到红豆的讲述时常在"曹美琴"周围闪闪烁烁。他不止一次地提及曹美琴,说起时又仿佛是淡忘了,总是说成"那个曹什么什么的"。红豆能叫出所有人的名字,对这个漂亮风骚的文娱委员反而陌生。红豆在我面前这么躲藏让我觉着生分、难过。红豆那时候一定经历过无限伤痛的单恋,如烈日下的芭蕉吃力地疯狂与妖娆,却从来错过了花季,年复一年地枯萎而不能表达。红豆历来就是这样的男人,爱上一回便灾难一次。曹美琴是我们班第一个勇敢地挺着两个小奶头走路的女生。这个小骚货把她的凤眼均匀地播给每一个和她对视的男人,包括我们的校长和班主任。我和曹美琴有过一次惊心动魄的见面。这次会晤发生在梦中,醒来时我惊奇地发现老子已经是男人了。曹美琴这刻早就成了老板娘了,她的财富如她的腰围一样每况愈上。好几次我想对红豆说,"她结婚了",看他茫然的样子,又总是没说。

弦清在天井里喊,该杀鸡了。我和红豆走进天井。我从弦清手里接过菜刀,递给红豆。"红豆,玩一玩,你来杀。"弦清怨我胡闹,怎么能叫客人杀鸡。我说没什么,红豆便接过了刀。我去拿碗接鸡血。

从厨房出来红豆呆愣愣地站在天井中央。右手提刀,左手上却全是血。这家伙当了几年兵鸡都杀不好。我回头看了一眼,鸡却好好的,圆圆的眼睛一愣一愣地对我眨巴,而红豆的手掌却鲜血如注。"怎么了,红豆?"

红豆盯着我。红豆的目光几秒钟内彻底改变了形式与内容。红豆的眼睛发出了类似于崩溃的死光,滚出了许多不规则几何体,如两支引而待发的卡宾枪口,发出蓝幽幽的色泽。

"不……"红豆怔怔地说。

"怎么回事?"

"我不杀!"红豆这样说。菜刀响亮地坠地,在水泥地上砸出一道白色印迹。

这时的红豆已经完全不对劲了。我扑上去抱紧了红豆。

"我不杀!"红豆在我怀抱里挣扎。所有的眼睛都瞪大了,默不作声地面面相觑。

"红豆。"

"我不杀。"

"红豆!"

"我不杀。我绝对不杀。"

四

夜里下起了小雨。夏夜的小雨有一种与生俱来的感伤调子,像短暂的偷情,来也匆匆去也匆匆。我躺在床沿,猛吸下午剩下的半包香烟。弦清坐在草席上面,下巴搁在一条腿的膝盖上。好半天弦清突然说:"我早就知道会是这样。"

"你早就知道会是怎样?"

"还能怎样,就是这样。"

"我问你到底是怎样?"

"我不是说了,就是这样。"

弦清不看我,由于下巴的固定她说话时头部不住地向上跃动。这使她的回话多了一种机械与刻板。其实我们都明白我们不想说出的东西。为了回避这份明白,我们不得不自欺欺人。即使面临蜜月也只能是这样。我们保持原样坐着。一宿无话。

最先发现天井门口站着红豆的是他的姐姐亚男。那是早晨七点钟左右。亚男拿着牙缸牙刷站在天井角落的阴沟入口处刷牙。因为某种预感,亚男回过头来,看见一个男人高高大大地堵在门口,一身褪色草绿军装没有佩戴帽徽和领章,手里提了一只印有花体"北京"字样的黑色人造革皮包。男人盯着亚男,疲惫的眼神热烈地翻涌澎湃。亚男瞪大了眼睛,下巴缓缓挂了下去,满嘴泡沫毫无阻拦地向外流淌。"姐。"红豆站在原地说。亚男手里粉红色牙刷落在地上摔成了两截,随后搪瓷牙缸咣当一声在天井里滚了一个半圈。

姐,我是红豆。

亚男的一声尖叫是在对视了十秒钟之后发出来的。她的双手插进头发揪紧了头部,叫出来的声音类似于某种走兽。亚男吼道,别过来,你别过来。

红豆向我叙述这些细节时冷静得有点怕人。红豆说,后来我妈出来了,我妈抓住我的手只是上气不接下气。后来我妈说话了,我妈说出来的话这几天来我一直没有想通,妈说:"豆子,妈看你活着,心像是用刀穿了,比听你去了时还疼,豆子。"红豆后来一直缄默,只盯着鞋尖不语。"我妈这话什么意思?好像是巴不得我死掉。"红豆茫然地抬起眼这样问我。我听了只是心堵,却解释不出。有些事完全属于生死两极世界,彼此彻底不能沟通。

红豆没有提及他的父亲。我注意到红豆甚至有意回避他的父亲。他没有解释。我没有问。

红豆不喜欢他父亲。这是我知道的。虽然父亲从朝鲜归来后就成了英雄,红豆的父亲那只不存在的手掌赢得了所有人的敬重。他的故事与回忆也总是与朝鲜半岛的爆炸声联系在一起。红豆父亲靠唯一的巴掌在学校与工会的讲台上威武地打着手势。亚男眼里的父亲光芒万丈,坐在同学们中间她的心中充满自豪。"这是爸爸,是我的!"她见人就这样说。"你爸真了不起。"老师和同学全这么说的。没有人在红豆面前说这些。父亲赢得满堂掌声与热泪盈眶时红豆总低着头。红豆看不见悲壮与英勇,看见的只是凭空高出的背部和空空荡荡的袖管。和父亲一起去澡堂是红豆最头痛的事,望着父亲,红豆自卑而又难受,"真正的一把手",有同学在背后称红豆的父亲。红豆如同听到了"上甘岭"一样委屈伤心。

电话是红豆打来的,听上去郁闷沮丧。我说了声"是我",那头就没有声音了。耳机里只有嘈杂的电流声嗡嗡驶过。我想象不出电话那头他的表情。"我想见你。"好半天后红豆这么说。

"我想见你",这是红豆在沉默之后对我说的,我从来没有听过男人说这样的话。

红豆的天井里是瓷器与石膏的碎片。这些珍贵的瓷片躲在墙角,如童年时代的儿子面对醉酒的父亲。红豆的父亲又发了脾气,他的脾气必然伴有战争、爆炸与破碎。只有他能这样。

红豆把自己关在房子里,低着头吸烟。满屋子都是烟霭。他没有抬头。按道理他听得见我的脚步。他没有抬头。房子里所有的东西仿佛像烟一样飘忽不定,包括红豆,蓝幽幽地飘忽不定。

我搬过旧藤椅,坐在他的对面。他不看我。我不看他。

红豆把玩手里的香烟,并不吸。后来他终于说:"他都知道了。""他"就是红豆的父亲,红豆历来不说"爸爸"或"父亲",红豆的父亲在红豆的任何叙述中都是第三人称单数,第三人称单数是哲学的,正如第二人称单数是抒情的一样。

红豆把目光移向了我。红豆的面部向我转移时我的心中缓缓开始紧张。我知道他要告诉我什么。我不想知道。我不愿意看到红豆的眼光不像红豆他自己。我低着头,看他的袜子,他的脚趾在袜子里不安地蠕动。我是给放回来的,他这样说。

我完完全全听懂了他的话。我是给放回来的,过了一会儿他这样重复。语调和语速几乎一样。听到第四遍时我反而弄不清红豆告诉我的到底是什么事。我的脑袋成了一只馒头,浸在了水里,头皮连同我的思想与感觉一起膨胀开来,浮肿得要离我而去。

他换了一根烟。他换烟的手指细长而又苍白,墨蓝色的血管感伤地蜿蜒在皮肤下面,有一种儒雅浪漫的调子,与他所叙述的战争极不协调。

"那是几号我记不清了,"红豆追忆说,"上了山我就记不清时间了,好像生活在时间外头。"在山上的日子里红豆和别的所有人一样,只能依靠白昼和黑夜来断定光阴。日子变得特别地悠长,每一分每一秒都要用很大的力气才能度过去。石洞的四

279

壁坚硬而又潮湿，红豆蜷着身体如一条虫子蜗居于拐弯的石洞中间，脚一次又一次麻木了，像套上了硕大无比的棉鞋。

那个黑夜红豆钻出了山洞。他被时间弄得快发疯了。他下了一百次决心，就是死也要死在外头，站一站，再倒下去。他走出山洞，扶着枪，耐心地在感觉里寻找脚与腿，困难地蠕动。血液开始倒流，他的腿胀得有锅那么粗，长满针尖与麦芒。他喘着气又跨出一步，就听见"轰——"，气浪把他掀了下去。厚粗的棉鞋、棉帽、棉手套被迅速地扒光了，随后什么都没有了。

醒来是在一个早晨。第二个还是第三个没有把握。太阳刚刚升起，热带雨林飘动起冷蓝色的雾，弥漫着铁钉的锈味。雾在树干与树枝之间伸出鬼舌头，懒洋洋地舔。其实那实在是鬼的魂，披头散发，栩栩如生。出征前连长说过，这不是雾，是瘴气。红豆躺在地上，阴森潮湿。半空的阳光与瘴气相互搅拌，变幻形态与色彩，如幻觉里的阴府，光怪陆离与狰狞艳丽昭示出死亡召唤。红豆的心中恐怖升腾起来，游丝那样生动活泼。这时候响起了脚步声，在听觉里慢慢向红豆靠近。是人。是三个敌人。戎装。红豆的心里反而平静了。他们走近红豆，又立在红豆的身边，袖口卷上去，手里垂握着苏式冲锋枪。枪口对着地面。红豆看见来人的下唇和颧骨很夸张地突出来，在半空俯视自己微笑。红豆挣扎了几下，向上探出头，看见自己像粽子给裹紧了。一个外国兵单手伸出了枪，用枪管把红豆的下巴拨向了自己，似乎对红豆不满意，笑完了之后便给红豆的脑袋一脚。是皮鞋，红豆晕厥前感受得到皮革的触觉。

红豆从此就被带进了一个陌生的山沟，被换了一身衣裳，左胸有一块淡蓝色的咔叽布，上面缝有白布剪成的阿拉伯数字：003289，红豆看着这块咔叽布，不止一次对自己用汉语说，我是003289……

"我有过自杀的机会，"红豆说，"可我怕。我怕死掉。"红豆这样说,满脸愧色。

"你已经赢了红豆,你活着。"我说。

红豆不吭声了。他的目光清澈了几秒钟,即刻又回复到迷茫。红豆笑着对我说,不要你安慰我,大学生,我也二十来岁的人了。我没有安慰你,我对红豆说,你不欠别人什么,你谁也不欠,你得到的生命本来就是你自己的,本来就这样。红豆看着我,只是轻轻地摇头。你不懂,他说,你真的不懂。我是不懂,我说,可我知道,你比别人做得更多。红豆的眼里有许多潮湿的东西,眼光委屈而又怯弱。你不懂,红豆说,弄懂一些事,有时靠大脑,有时直接要用性命。你不懂,你真的不懂。红豆说完这句话就把目光移向了窗外。木棂格把天空分成均等的鲜蓝色块,天空的色彩清纯宁和,没有气味和形状。红豆望着天上自由仁慈的嫩蓝色,说,多好,窗格子外面的蓝天多好。红豆的父亲又开始了猛灌烧酒。这个光荣的志愿军战士在酩酊之中追忆起一个又一个至死不渝的英雄们。他又看见了他们视死如归。红豆的父亲心中涌起了豪情万丈,只有他们这一代人才理解视死如归。他们用生命坦然地一次又一次解释这个词:走向死亡,就像回家一样。

就像回家一样。他的儿子也回家了。他没有死,是真的回家。他为什么不死?奶奶个熊!他为什么还活着?他把酒壶砸在了地上,抬起胳膊指向了远方:"三班长,加强火力,给我冲,杀!"

革命烈士三班长完全可以不死的。那次包围其实已经成功了。美国佬的汽车被拦在了七号公路上,双方对峙,相互射击。美国佬看不见我们的人,他们龟缩着脑袋盲目放枪。三班长用中国英语重复那句话:投降,美国佬!美国佬不投降。他们趴在汽车底下就是放枪。三班长扔了三八枪操起了两颗美式手雷,高叫了一声,共产党员,上!三班长满身豪气一身虎胆,高举手雷呼啸着下山。美国人马上发现三班长了,他们一起向三班长射击。三班长是站着牺牲的。打扫战场时有人发现三班长趴在地上保持着冲锋的姿势。三班长用生命吸引了敌人。团长听到这样的汇报后背过身沉默良久,转过身团长流着热泪高声说,我们的生命是党的,党什么时候要,我们什么时候给。团长这句话传遍了三八线内外,战士们举起枪纵情高呼:敌人有钢枪,我有热胸膛;飞机大炮不可怕,赤手空拳揍扁它。美国佬幸好听不懂汉语,要不然,少不了屁滚尿流。

五

下班的路上碰上了亚男。她显然在等我。亚男的样子很疲惫,失神的大眼四周有一圈淡黑色。亚男冲我无力地一笑,算是招呼。我停下车,和亚男一起站在路边。亚男不停地向四处张望,好像怕遇上什么熟人。我点了支烟,说,说吧,亚男。亚男的嘴唇张了几下,眼圈却红了。我说,红豆出事了?亚男摇摇头。好半天才说,没有。亚男的双眼斜视着大街的拐角不停地眨巴。亚男说,你救救红豆吧,他快要饿死了。亚男说完这话就把脸捂进了巴掌,她尽力克制的样子使她看上去憔悴不堪。那些泪珠很快从她的指缝隙里岔了出来。到底怎么了?我说。亚男的脸侧到墙那边去,说,这么多天,他一天就吃一个馒头,他说他不配吃家里的饭,一天就一个馒头,走路都打晃了。亚男从上衣口袋里掏出几张钞票,慌乱地塞在我手里,说,求你了,我求你了。亚男离去的背影使大街充满秋意。

点菜时红豆的神情很木讷。我大声说,兄弟我发财了,今天白捡了三千块。红豆恍恍惚惚地问,真的?我说当然是真的,要不我请你做什么?我又不是冤大头。红豆脸上的样子幸福起来，也漂亮活络了起来。长得周正的人就这样，心里头幸福了脸上就越发神采飞扬。红豆脸上的幸福模样在第一道菜上桌之后就飞走了。是鱼。红豆低着头，全神贯注地望着鱼。红豆孩子那样按捺不住脸上的馋样，显得无从下手。无论如何也是不该先点鱼的，红豆吃得很猛，他的慌张吃相穷凶极恶，让人心碎。他的嗓子马上给卡住了。卡住之后红豆的脸给憋得通红，直愣愣地望着我。红豆走出去，弓下腰用手抠挖。他呕吐时痉挛的腰背使他看上去像一只刚出水的海虾。霓虹灯光在他的身上变幻，有一种热烈的伤心。过了一会儿红豆进来了，双眼的眼袋处挂着泪珠。红豆高兴地说，行了。这时候招待送上来麻辣豆腐，我说，你慢点。红豆埋下头，嘴里发出凌乱无序的唑唑声。红豆歪着嘴巴毫无章法的咀嚼使我胸中的一样东西被慢慢地咬碎了。我说，我买包烟。出了门我的眼泪就流下来了。抬起头，满天的星光浩瀚，无情无义。

进门时红豆在打嗝。红豆的脖子都直了。我说红豆，明天我给你找份工作，兄弟我大小是个官了，明天就带你去图书馆。红豆只是打嗝，在打嗝的间歇清晰地说，不。我笑起来，说，累不死你，你的头儿是我的一个朋友。红豆说，我不。为什么不？我说，工资不比我少。红豆不开口。又猛吃了一气，红豆低声说，我这样的人怎么能到那种地方工作。为什么就不能，我说，你又不欠他的。红豆愣神了，目光也晃动模糊起来。你不要安慰我，红豆说，我不要你安慰我。

我料不到红豆会这样。红豆他不该做这种事的。送他回家后我就悄悄走了。半路上不甘心，又回来劝他，他还是去图书馆上班的好。红豆的屋子里灯光很暗，类似于神经质的眼神，有一种极不寻常的癔态。我轻轻走过去，却听见了里头很吃力的声音。红豆身体弓在那儿，低着头，裤子踩在地上，两只手在身前慌乱地忙弄。红豆的嘴里发出困难阻隔的呼吸,在期待中痛苦地战栗。后来红豆抬起头,绝望地弯下腿。红豆的身影躺在镜子的深处,如已婚女人随意丢弃的秽物。半夜醒来时万籁俱寂,烟头在黑暗中吃力地闪烁,那种挣扎和猩红色的悲伤让我联想起红豆。这些日子红豆的失神模样顽固地占据了我的伤感高地,使我的整个身心受控于那份隐痛。

说到底红豆还是不该做男人的,如果他是女人,一切或许会简单起来。上帝没有让红豆做成女人,是他的失误之一。上帝万能,却不宽容,这也许是创世的不幸,也是人类沉痛的万苦之源。生命是讨价还价不得的,无法交换与更改。说到底生命绝对不可能顺应某种旨意降临你。生命是你的,但你到底拥有怎样的生命却又由不得你。生命最初的意义或许只是一个极其被动的无奈,一个你无法预约、不可挽留、同时也不能回避与驱走的不期而遇,你只要是你了,你就只能是你,就一辈子被"你"所钳制、所圈定、所追捕。交换或更改的方式只有一个:死亡。红豆,你没法不是你。不必祈祷或抱怨,红豆,你只能忍耐你自己。

红豆,那天你对我说,回来时我站在遗像前,怎么看也不像我自己。我对你笑笑。我说当然不像,那时候你如花似玉呢。沉默了好久你终于说,我真希望这一切全是真的,一个我死掉了,另一个我又回来了。我笑笑拍了拍你的肩膀,就是没有注意你说话的神情。我掐灭了烟头,为我的粗疏而哀叹。人类总是与生活中最重要、最本质的东西失之交臂,那些东西又总是展示得那么平淡。

遗像是我去照相馆放大的。走向照相馆时我的内心一片寒冷。马路西侧和房屋的檐口堆满积雪,马桶们和老太太们蹲在太阳底下怀旧。我和你的父亲翻遍了你的遗物,没能找到任何身着戎装的相片。我一直纳闷,你怎么就是没有一张英姿飒爽的军人肖像呢。军服与手握钢枪无疑能展示出死亡者的悲壮,但我们就是找不到。最后你的父亲失望地翻到了那张穿夹克衫的黑白相片。你的脸上挂满稚气,对着四十五度的左上方害羞而又英俊地憧憬未来。你妈端详了你好大一会儿,说,天太冷,这件夹克太薄了。在照相馆的柜台前,我后来接过了带有上光机热温的遗像。你的憧憬被无比肃杀严厉的黑框关紧了。我的心一点一点地沉下去,手上的相片也一点一点变得冰凉,你的生命被无情的黑框抠走了。你的生命成了一张黑白相间的二维平面。

你妈时常对着遗像愣神,她老是说,这么活生生的,怎么能做遗像,他还活着呢。

而你终于看见了你的遗像。我不知道你拿起那张带有黑框的自己时内心是怎样一种涌动。只是在很久之后你对我说,那张相片不像你。后来那张相片在你父亲醉酒之后破碎了,你的父亲撕扯着你,带着极浓的酒气吼叫,你不是烈士。你活着干什么!他举着唯一的拳头说,你不是我的种,我没你这个儿!

红豆的房子里又响起了二胡声。那条深长的灰褐色长巷从头到尾飘动起颤悠悠的琴声。看不见二胡演奏者,那些与蛇皮一样粗糙沙哑的声音与咸鱼气味和腐烂的韭菜气味相混杂,构成了小巷不可变更的历史性脉络。琴声不是曲子或旋律,是一个又一个单音的升降爬动,12345671 然后又是 17654321。在漫长绵软的琶音之后,红豆开始演奏一些旋律,是他自己随意拉出来的调子,婉约而又松散,多数带有不确定的内心怨结。实际上不是那些声音依赖于他,而是他必须依赖于那些声音。他的揉弦越来越臻于完美,一丝一丝液体旋涡那样愁肠百结。红豆二胡里那种没有故事的抽象叙述和没有情感的抽象抒发打动了所有驻足的人们。许多过路人会停下自行车,用一只脚尖支在地面询问,谁,谁拉这么伤心的二胡?红豆不知道这些,红豆早就不关心二胡的演奏效果了。

六

我和弦清的婚礼如期举行。按照我们民族的习惯,我一直
想把婚礼安排在春节前后,借助满天的劈里啪啦和遍地的碎红
碎绿,把婚礼弄得大雅大俗。弦清说,她的肚子天天在长,怕是
等不到那么遥远的日子了。我说,要么就结了吧。

我的蜜月是一个极其尴尬的蜜月。没有一个新郎像我这样
无所事事。每到晚上弦清就会摸着腹部对我苦笑。为了分散注
意力,弦清常和我说一些闲散话题。她近来喜欢谈论红豆,红豆
时常恭敬地喊她嫂子。红豆喊弦清嫂子的一呼一答里,他俩之
间充满了一种宁静的幸福。我发现对新婚女子最好是喊她嫂
子,"嫂子"会使年轻的女人更像女人,通体发出母性的奶质芬
芳。

"我今天在大街上看到红豆了,"弦清这么说,"他在娇娇时
装店里,好像是卖东西。""你说什么?"我问弦清,"红豆在哪个
时装店?""娇娇时装店呀,这个我总不会看错的。"弦清肯定地
说。我没有再开口,过了很久弦清捅了捅我的胳膊,"怎么啦
你?""你知道那家时装铺子是谁开的?"我说,"是曹美琴。你听
我说过没有? 曹他娘的美琴。"

曹美琴的店铺夹在两幢旧楼房中间,从门口向空中看去,那
两幢楼房仿佛外国兵俯视被俘的红豆。"娇娇"两字用了圆角
的儿童体绛红色,不规则地斜放在门楣上方,对着大街撒娇。千
百惠的歌声从里头飘出来,使小店笼罩了一种咖啡色的焦虑春
情。

曹美琴的嘴巴长在她的口红那儿。她的嘴唇又饱满又肉

感。曹美琴歪在"收银台"的左侧,棕褐色的"摩尔"香烟在她的胖指头之间显得修长而又华丽。她吐烟时把嘴唇和口红噘得很远,有一种渴望吻或暴力式的妩媚。红豆坐在内口和一个在少女舞蹈队中笨手笨脚的男孩差不多,多余而又不协调。每过一些时候红豆就要找点话题和曹美琴搭讪几句。曹美琴说,红豆你喜不喜欢这儿?红豆说,我喜欢,我就是喜欢逛大街,一家商店换了一家商店地乱跑。曹美琴笑笑,红豆你还是那样。红豆想了想,也跟着笑起来,说,我还是哪样?曹美琴摁灭香烟瞟了身边的两个女工,脸上欲说又止的样子,使她富态的脸上多出了别样的风情。这时候一对勾肩的恋人走进了小商店,红豆马上想站起来。曹美琴伸出手,摁在了红豆的肩头,你站起来做什么?有她们呢,曹美琴说。红豆的眼神被她的手指弄得慌乱不安起来,不停地打量那些玫瑰色指甲。红豆注意到曹美琴的手指柔软丰腴,发出蜡质光芒,有一种美丽淫荡的双重性质。老不干活,这成什么规矩了?红豆红了脸这样说。她们会干的,曹美琴说,再给她们加点薪水不就得了。你看看,我来了,就多花你的开销。曹美琴故意生气地说,你就看到钱,亏你还是个男人。红豆望着曹美琴只是傻笑,心里头装了一千只幸福的小狐狸。曹美琴抿紧了嘴巴,用中指弹了弹红豆的领口。红豆僵了上身,十根脚趾开始在袜子里乱动。

曹美琴又点上"摩尔",给了红豆一根。红豆拿在手上只是把玩。人呐,就这样,曹美琴望着大街自语说,飞了一大圈又全回来了,你看看你们几个。我不一样,红豆低声说,我和他们几个不一样。什么一样不一样,你瞧瞧你,把口袋放到打桩机里,也压不出二两油来,还差一点把性命赔了,你真是,要是待在家里,红豆你少说也能赚二十万。红豆愣愣地说,你才说叫我不要只盯着钱的。曹美琴摇摇头,笑起来,一脸怜爱的样子,呆子,红豆,你真的是个呆子。

高中一毕业我们这一窝鸟就散了。我们读大学，这是天经地义的；红豆考不上，这也是顺理成章的。在高考最紧张的日子里红豆都没能放得下那把二胡。高考对他只是个样子，他的父亲盼望着红豆能够进入军事学院，成为能和麦克阿瑟平起平坐的五星将军。初中时代红豆就萌发了走进音乐学院的美梦，父亲指着那把二胡说，做你的梦，这东西能拉一辈子？能当饭吃？红豆有没有打消他最初的念头我不得而知，总之红豆没能拉成二胡，也没能进入大学。

　　红豆的待业时代整天在家里抄写乐谱。他靠自学领悟了七个阿拉伯数字标示的高低、长短和调式。这个时候的红豆依然人见人爱，被他的母亲视为明珠。左邻右舍的大妈和阿姨们评价男孩依然取样于红豆的尺度，"你瞧他脏不拉叽的，比不上人家红豆的一半。"大家都这么说。

　　秋季是梧桐树叶纷飞的季节，也是恋爱、结婚、征兵的季节。父亲从外头回来说，红豆，征兵了。红豆半张着嘴巴望着他的父亲，又把目光移向了他母亲。"妈——"红豆这样说。红豆的母亲说，你瞧他，可是个当兵的料？红豆的父亲沙着嗓子说，部队是革命的大熔炉，什么样的人都能百炼成钢。当兵的人多着呢。红豆妈说，咱家豆子还是个孩子，还没有全发育好呢。那就更应该去，父亲加大了音量说，是男人就该去当兵，三年的萝卜干，回来时保证你的小东西长得像酒盅子一样粗。红豆听了这话脸上的颜色就变了，红豆就是听不得父亲这种粗鲁的话，低着头，脸上红得十分厉害。这时候红豆的妹妹刚刚放学回来，开了门就说，哥，人家都报名参军了，你怎么不去？父亲说，谁说你哥不去了？妹妹说，我哥要穿上军装，一定更帅。红豆虎着脸走上前来说，小丫头家疯疯癫癫的瞎掺和什么！

红豆,打仗好不好玩?

不要和我说打仗好不好,我不想说打仗。

打仗到底是怎么回事嘛?

打仗就是我杀掉你,要不就是你杀掉我。

死了多可惜。

死是责任。打仗就是让军人承担这样的责任。

谁让你承担了,他肯定是个浑蛋。

你不要瞎说。美琴,这不是玩笑的话。

打仗肯定和电影上一样。

不一样。电影上人老是死不掉,打仗时一枪就死了。打起仗来一颗子弹就是一条命。

红豆,你打死过外国人没有?

不要和我谈打仗。你再不要问我打仗的事了。

问问嘛。

我记不清了。我不知道有没有打死过人,我就晓得放枪,我不放枪别人就会对我放枪,我记不清了。

有女人吗?

我不知道。打仗时就只有人。没有男和女、老和少、贵和贱、美和丑、胖和瘦、上和下,没有这些。打仗时就只剩下了人,你要我的命,再不就是我要你的命。

你怎么老是命呀命的?

打仗就好比赌博。赌性命。打仗时一条命就是一张牌。红桃 3 或黑桃 A 全是一张牌。一打仗就想起来命值钱,枪声一响命又太不值钱。子弹可全是长眼睛的,在天上乱飞,寻找你的性命,找到了它就要拿走,就把你的尸体丢给你。

红豆你瞧你说的,打仗要真这么吓人,还拍那么多打仗的电影干什么。

世界上就只有两种人,一种人看,另一种人被看。看的人永远不会被看,被看的人永远不知道看。

你瞎说什么嘛红豆,我怎么一句也听不懂了嘛。

我的话全是废话。最听不懂的该是枪声,枪声……

红豆你全把我弄糊涂了红豆。

我说得太多了。我真的说得太多了。我也弄不懂怎么每次和你在一起都说这么多话,我从来不说这么多的话的,我每次我就是几次就……

你真是个乖孩子……

……你不要这样……这样不好。真的你不要这样。

红豆……嗯红豆。

你不要这样。你真的不要这样。

七

热带雨林远不只是空中看到的那种妖娆。大色块的绿颜色被泼洒得铺天盖地。瘴气与潮湿如中国画的空白,绵延流荡。

红豆半躺在坑道内,背部倚着石壁。不规整的石头如肾虚者的睡眠,盗出一身又一身冷汗。贝雷帽倒放在左侧,冲锋枪被他抱在怀里,枪口搁在了肩头。光线昏沉又有气味。红豆闭着眼,坑道里所有的人都用这种坐姿怀旧或茫然。红豆的胃部一阵一阵的灼痛隐约地蜿蜒,那是大剂量的抗生素在胃里烧的。为了抵御雨林的瘴气和伤口过早地感染或化脓,走上前线每个人都必须极限剂量地服用抗生素。坑道里的空气又厚又浑,有一种半透明的阻隔,红豆昏然欲睡,但又难以入眠。衣服是脱不得的,脱下来就会被蚊虫包围,就会在皮肤上黑黑密密地压上一层。红豆奇怪人一走上战场毛孔里流出的怎么就不是汗了,是油。这些油在皮肤上结了一层硬硬的壳,让你恹恹欲睡又烦躁不安。红豆闻到了自己的气味,红豆不喜欢自己身体的气味。

洗个澡,吸一口干净的空气,再喝一口透明的白开水——只有上帝才能享受这样的礼遇。

这里是318高地。红豆就晓得这里是318高地。战争使一切都变得简单成了阿拉伯数字,像未被演奏的乐谱一样枯燥。红豆用了两个黑夜才随安徽籍的二排长来到坑道。在地图上他看到过他的阵地,像一个大指纹。现在红豆就在这只指纹底下,蚂蚁一样一动不动。

爬进坑道红豆闻到一股极浓的尿臊。红豆问二排长,这里有人住过了?二排长说,有。他们哪里去了?红豆问。二排长说,下去了,要么死了。红豆注意到二排长没有说"牺牲"或"光荣"了,而是说"死了"。觉得"死"咔嚓一声又向自己跨了一步。死这个东西在战场上特别感性,手一伸就能摸到。红豆紧张地问,我们也会死吗?二排长看了红豆一眼,好半天才说,军人不该问这样的问题。

偶尔有枪声在远处响起,分不清是敌人的还是我们的。人类有多种语言,枪声却只有一种。

夜里一批客人走进了红豆他们的石洞。不是敌人。是蛇。

最先发现这种爬行动物的是一位南京籍战士。大早他从地上起身时习惯地摁了摁上衣口袋。他的袋里多了一样东西,手感柔和而又绵软。拍了一下,就动了。他把手伸进去,一把就抓住了,往外拖。拖着拖着他的眼睛就绿了,这位写过血书的战士甩着手就喊,蛇,蛇!大家全惊醒了。醒了之后大家四处寻找,看自己的身边有没有。越找越多,就像青春期的噩梦一样,蛇一条又一条地找出来了。不知什么时候它们一点声响都没有地弯弯曲曲地爬进了石洞里;它们卧在石头的边缘或腹部,你一动石头它冲着你吐芯子。它们自信而又沉着,安静地望着这批惊恐不安的年轻人。过了一刻就有人从鞋里倒出蛇来了,然后就是水壶、帽子和子弹箱。那些蛇一尺来长,躺在所有的地方等待你的触觉。

最后那位南京籍的战士说，看看洞门后头。二班长打了手电往黑暗的门后照去，顺着柱形电光大伙看见数十上百条花蛇正挤成一个大肉团子，勾搭连环首尾相接地挤动，它们光滑柔和的棍形身体游动时显得张力饱满，它们曲折地扭压，缓慢固执，伤心悲痛，发出轻轻的吱吱声。一些蛇向别处爬去，另一些则又从别处爬来。它们搅得淋漓而又黏稠，就看见无数小舌头在这个大肉团的表层上来下去，进去出来。

二排长关了手电，每个人都感到身体上皮肤的面积收紧了。他们手拉手、身体紧贴身体，弓着腰一动不动。他们不说话，尽量控制呼吸的声音。小南京叫了一声就要拉枪栓，被二排长缴了，吃了一个嘴巴。

二排长，你毙了我，我不怕死，你毙了我！

住嘴。你这狗娘养的！

小南京的眼睛就怔在那里，目光里全是蛇的爬行曲线。

那些蛇终于走了，像它们无声无息地来，一条不剩。战士们在蛇的光临之后养成了一个习惯，坐下时先用枪托敲一敲，响了，才坐下去。

一切平静如常。

那是红豆当班的夜。红豆恰恰是在他值班的那个夜里睡着了的。上山以来红豆第一次睡了一个凉凉爽爽的觉。他轻松幸福地睡着了。他梦见了家乡，在家乡的护城河游泳。天快亮时红豆醒来了。他感到一个战士的大腿压在他的身上。他推了推，没推动。但红豆的手很快感到那条大腿特别地凉，手感也特别地粗糙，正缓缓慢慢地呈"之"字形向内蠕动。红豆睁开眼，睁开眼后红豆就大叫了一声，二排长！红豆自己都听得出这一声"二排长"不像自己发出来的。一条五米多长的巨蟒正懒懒散散地爬过他的身躯。红豆的身体僵在那儿，红豆听见了一阵极猛烈的枪声。枪声在坑道里有一种惊天动地的效果。红豆的两只手绝望地往石头里抠，那条巨蟒的秃尾在红豆的身上裹紧了，极有韧性地收缩。一位战士用长刀砍下去，刀却给弹了回来，这时候走上来几个人一起推，巨蟒的尾巴重重地摔在了地上扭动。红豆猛扑到了二排长的怀里。我怕。红豆张大了嘴巴哭着喊道，二排长我怕。坑道里又是一阵枪声，五米多长的巨蟒给打烂了，许多肉片飞离了身体，粘在石头上抽动。

战士们又挤成了一团。他们分开时满脸是羞愧。他们望着二排长，这个坑道里的最高指挥官。我也怕，二排长终于说，我能够面对死亡，却不能忍住恐怖，我怕，我也怕……

这么说着光线慢慢明亮了。大家向洞口望去，两团黑糊糊的东西圆垫子一样垫在洞口，二排长爬过去，圆垫子活动了，伸出了两只巨大的脑袋，对着二排长又出一寸多长的蛇芯子。二排长跳过来，大声说，打打打，机枪给我狠狠地打！

红豆躺在坑道里反复回忆起父亲。这个顽固的念头像父亲一样刚愎。整个童年与少年，有关战争的内涵是父亲带了酒意的自豪与怀念。战争是父亲的初恋。战争在父亲的眼里妩媚动人。他们的生命是怎样演绎战争的，在红豆看来是个谜。红豆是从声光组合里了解战争的，他在电影里对号入座地寻找过父亲。找来找去父亲始终在家里讲述"在朝鲜"。父亲喜欢打仗，电影上父亲那一辈永远拿生命不当事，在死亡与恐惧面前神采飞扬兴高采烈。他们没有眼泪，没有胆怯，没有感伤，也没有后退。只要能胜利，能凯旋，能完成那一份光荣与梦想。死可以含笑九泉，而贪生则活得和猪一样脏。人……是个什么，人怎么这一刻是这样，那一刻又是那样。

"我不是人，"红豆轻声对自己说，"要么他就不是。"红豆很突兀地高声说，"我不是人，要么他就不是。"二排长回过头，问：

"你在说谁呢?"红豆安稳下来,一连一个星期再也没开口。

八

红豆好久不来了。弦清几次问我,红豆近来怎么样了?我说挺好。说这样的话我并没有太多的把握。上午我骑车出去办事,曾拐到娇娇时装店,两个小丫头在里头张罗。我说,老板呢?小丫头说不在。那么红豆呢?小丫头还是说不在。我说他们哪里去了,两个丫头相望了一回,说,我们哪里知道。小女孩们的相对一望有时具有极隐晦的性质。

红豆的青春年华昏睡了多年之后在一个午后起碹萌动。他的生命以飞翔的姿态翩然闪烁。这个午后有极柔和的橘黄色阳光,阳光从曹美琴所喜爱的乳色百叶窗中间斜插进来,在床头上方叠映出窗的平面构成。经过漫长的试探、启蒙、心照不宣之后,曹美琴终于和红豆平躺在她的席梦思上了。红豆不停地打量百叶窗,说,拧紧吧,这么多的阳光。曹美琴拍了拍红豆的腮,说,呆子,外面太亮,看不见房间里的。红豆不做声了,回过头来盯着曹美琴,一下子就掉到她的瞳孔里去了。两人的对视使呼吸变得急促而又失去了逻辑性。红豆手忙脚乱起来,脑子里一片空白。不行,红豆说,不行,我要化了。

红豆的身体开始了一场惨痛的战争,最痛苦最残酷的幸福与愉悦刺进了他的每一个角落与指尖。

这是怎么了,红豆说,我这是怎么了,我怎么像触了电了。

曹美琴没有动。这个老到的女人了解初次的男人,他们总是渴望跳过最艰难的开垦与跋涉,以期直接到达胜利与辉煌。曹美琴吮着红豆的食指尖说,还是第一次吧。

我从没有做过这种事,红豆幸福地低着头说,我第一次做这种事。

你怕不怕？

怕。我怕。

你怕什么，呆子。我又不是母老虎你怕什么。我是喜欢你才让你这样的。

红豆感动得要哭了。红豆想说什么，却什么都说不出了。红豆又一次提起了自己的生命全部倾注给了她……

红豆……曹美琴闭着眼睛，头部在蓬勃的长发中间来回转动，红豆你疯了……红豆你真的疯了……红豆的胃就是在这样飘香的日子里发病的。他坐在墙角里捂着胃部用生动的目光望着我。这些疼痛的日子是不是他一生中最幸福的时光无人知晓，我所能知道的只是他爱着曹美琴，这个相当关键。大部分男人在二十岁之后都能学会把他的一切放在心底，红豆这一点相当糟糕。他的黑白分明的眼睛是他灵魂的闭路电视，一和你对视就向你做现场直播，他转播时那些黑白就成了彩色的了，就把这个世界弄得红装素裹了。

活着多好，红豆这样说。红豆说话时歪着嘴巴，他的手向胃部摁得更深了。"人是什么？人就是身体。身体多好。"

我和红豆安静地坐着。听他偶尔来一句没头没脑的话。天气开始变凉了，外面的风和外面的树都流露出了苍老的气息。我给了红豆一支烟，红豆说他不想抽，我便不停地抽那包用公款购买的红塔山。这样的香烟我怕是抽不到了，我已经得罪了管票子的顾太太了。三天前就得罪了。我走进会计室大门时顾太太正在数钱，她的胖手每捻动一次她的胖下唇就哆嗦一次。顾太太看见我后便向前起来，放下了手里的活儿，拽住我的衣袖把我拖进了隔壁。

你有个同学去打仗了？

打过了，他在家里。

做了汉奸了吧？

别瞎说,现在哪里有汉奸。

是这样,做了叛徒了,是吧?

怎么会呢。

啧,你呀你,还瞒我。我老头子在民政局,亲口对我说,他给抓了。

这是哪儿对哪儿。

什么哪儿对哪儿。抓了还不就是叛徒,还不就是汉奸。

谁他妈的这么说。谁他妈的说胡话。

这还用谁说。这个道理谁不懂。中国人都懂。

我操!

咋这么说话呢,你操谁?

……

"嫂子什么时候生?"红豆静了一刻突然这样问,"嫂子怎么怀得这么快?""当然怀得快,"我说,"要不怎么是嫂子呢,嫂子总得有嫂子样子吧。""嫂子生了孩子让我来起名字,是丫头呢,就用个红字,是小子呢,就用个豆字。""算了吧,红豆,"我说,"孩子不成了你的了,你那个'红''豆'还是分给你孩子吧。""我给你说真的。"红豆的眼神突然充满抑郁,蒙上了一层淡蓝色的雾。"我怎么能要孩子。你的孩子就是我的了。""怎么会这样呢。"我笑了笑,笑完了我突然觉得这笑声太假,"你会有自己的孩子的。""我怎么能要孩子呢,我这种人怎么能要孩子。算了。你不答应就算了。"红豆这样嘟囔。"你会有的,你结了婚想没有都要烦死人。你一不小心就会有的。"红豆的嘴角浅浅地拉了两下,说,不说这个了。我们不说这个。我的胃疼得太厉害了。

九

红豆的父亲从红豆生还的那天起开始风蚀。越来越深刻的变化显现于他的发愣之中。他时常站立于碎瓦片之间，如古代的圣贤先哲巡视破碎裂痕中间的考古意义。孤独感如他皮肤上的褶皱一样越来越深了。他曾经奢望他的后代能在他千古之后重新烛照他的雄壮当年。他真的这么想过。枪声和炮声是不该淡忘的。首先忘记的恰恰是他的儿子。好几次，他甚至想追问老婆，红豆这个王八羔子到底是不是"他的"。但他终于从红豆清晰起来的面侧轮廓否定了自己的虚证。红豆颧骨那一把太像他了。如他水中的影子，只是在轻风乍起之后轻柔地波动了起来。红豆父亲的叱咤身躯缓慢地走向委顿，他肩部的倾斜坡度变得陡峭。一场战争塑就了他。另一场战争却又消释了他。

坑道里燠热得让人晕厥。每一次呼吸都是一次希望又是一次绝望。你的肺叶永远都打不开来，如初恋中固执的女子老是不停地对你说不。他们不打仗，整日整日地听见自己说不，我不。战争并不意味着打仗。打仗只是战争的一个部分。所有的忍耐、接受、焦虑、恐怖，都成为打仗的附属物，吸附在战争的隐体下面。

坑道里没有打仗，但坑道里笼罩了战争。坑道里的战士至今没有打过一次仗。他们接受的命令就是"待命"。"命令"和"待命"才是战争。战争中似乎唯一重要的只剩下命令。生命退位到了命令的载体、命令的生物形式与意动状态。生命存放在你的躯体内，有命令你就用他去执行，没有命令你就让他继续等待。

呼吸越来越难以忍受。红豆感到呼出来的气都像大便一样干结。

黎明时分红豆听见有人在喊:"我要出去,你让我出去!"这个时候许多人都在半昏迷的睡眠之中。人们没有听得清是谁在叫喊,就听见有人站在了洞外,站在洞外用枪对着天空猛烈地扫射,用汉语诅咒。

远处也响起了枪声。是一排枪声。许多弹头在洞口的岩石上击起火光,反弹出去拖着悠扬的金属尾音。然后一个身躯便倒下了,红豆在昏暗的光线中看见身躯底下蜿蜒出黑色液体,越淌越粗越淌越长宛如一条游动的大蟒。

不再呼吸的南京籍战士被抢回了坑道。抢回来时已经是一具"烈士"。战争中生命不是一回事,尸体却是值大钱的。对尸体任何一方都会像秃鹫,在天上盘旋,投下移动的阴影,等待机会使尸体属于自己。为了这具南京籍战士的遗体,敌人却又丢下了三具。短暂的战斗使坑道付出了很大代价,几乎每个人都轻重不等地受了枪伤。

红豆没有受伤。令人不可思议的是红豆没有受伤。红豆只是左臂让弹片划开了一寸多长的口子。战争仿佛就是与人体过意不去,每一次都让你毁灭,让你残缺。战争是另一种意义上的男女做爱,以惊心动魄开始,以身心俱空收场。

事情的发展表明,或者说后来的事迹表明,红豆没有受伤才有了他多年之后的松散岁月。命运使红豆在战争里头往深处越爬越远。

二排长坐在红豆面前的子弹箱子上。他扔掉那只短得烫手的烟头,说,红豆,只能是你去了。

哪儿?

那儿。二排长指了指苍莽的雾中,说,9号洞,那个战士牺牲了。

我一个人?

你一个人。

洞里头死过人？

每一块地方都死过人。

这是命令对不对？我一定得去对不对？

是命令。我是你的长官。长官的话就是命令。

再和我说说话，好不好？

好。

给我一只小镜子，好不好？我的丢了。

我没有镜子。打仗时人不能照镜子。这种时候人不能看自己。忘掉自己。

我……有点怕。

你不要不好意思。人人都怕。什么是了不起，了不起就是心里害怕却硬去做。伟人就是这种人。你手里有枪。枪里有子弹。子弹里头有火药。那是我们的祖先发明的。你怕谁你就杀掉谁。

我知道。

你不要出洞，你就很安全。千万别出来。

我知道。

你一出来就有眼睛瞄准你。到处都有枪口望着你。

我知道。

不能射击老鼠，也不能射击蟒蛇。千万不要杀生。除了杀人。

我知道。

好了。向我敬个礼，你可以走了。

红豆本能地提着枪，准备起立。二排长把他摁住了，指了指头上的坑道顶。

红豆就坐着向二排长侧手举右掌。二排长回了一个军礼，标准肃穆的军礼，斩钉截铁而又意韵深长。

十

日子美好如常。弦清的肚子按部就班地发展。没有什么好抱怨的。我日复一日地做一些极重要而又仿佛没有"屁用"的事情。"屁用"这两个字必须用上引号,我转引了弦清的话。"屁用"这一说法从汉语意义上考证一番是极尴尬的。明明是说"用",而一"屁"便没用了。汉语习惯于用生理意义上的东西表示肯定或否定。

每个晚上总要看电视,看看电视里各国领袖们参加各种会议,为世界人民的幸福与和平而微笑、而干杯。当然,每天都有战争,感觉上又茫然又遥远与我们生活比邻若天涯。没有人振奋与同情。战争仿佛是少不得的,歌舞升平里总要一些点缀,这也是人类通往神圣的方式与途径。电视里的战争都是具有"美学意义"的,正如大街上肝脑涂地的车祸,总是有人看的,只要死者不是自己,正如一个孩子掉进老虎的笼子在虎齿之间挣扎,也是有人看的,只是千万别是自己的孩子。看完了就有了传说,有了童话,有了神奇,就有了艺术,就有了"美"。

无聊的日子里我多次拿起该死的钢笔,提起钢笔我就情不自禁地,也可以说不由自主地往红豆的身上联想。这个卑鄙的念头令我兴奋而神往。我的想象力如亚力牌啤酒泡在红豆的那边升腾横溢。我终于弄清了为什么一次又一次听他讲那场战争。人一不小心就让自己骗走了。我就是这样的。

在许多夜里我都作那种启示录式的遐想,如乞丐,如犹大,如圣徒先知、施洗者约翰。我的手放在弦清的腹部,靠手感、靠播种者的直觉倾听自己小生命的律动。我作这种抚摩时脑子里想着那块绿色雨林,雨林下面的雷场和生与死。我的许多伟大思想就是在手掌下面的律动中萌生的,我一次又一次看见上帝的下巴与指尖,看见魔鬼的峭厉牙齿与瞳孔,看见行脚僧人的脚趾,那些脚趾在草鞋里对前方的泥路微笑,在溪水中和上帝的指尖嬉戏。上帝给僧人们洗脚,僧人们吻上帝的下巴。我想写一部创世记式的巨著,书名都想好了:脚趾与下巴一起歌唱。后来想得太远了,我就收住,一觉醒来又是一个"屁用"的日子,红彤彤的像日出一样美好。那些思想及下巴和脚趾们就没有了,不可追忆。飘。随风而去。

但那些跳动节奏依旧,在掌心的下面。我抚摩另一个我。我呼唤我与热爱我。生命仿佛在这种延动中不朽,如镭的辐射,时间一样无动于衷。

我想不起哪天弦清怀上我的孩子了。弦清说那天我喝了好多酒。我记不清我做了什么。弦清说一定就是那天怀上的。

问题是为什么你要怀孕。一次冲动就一个生命。孩子,你只是你爸爸酒后冲动的排泄物。

这个念头让我愤怒而又绝望。

"你为什么要怀孕?"我这么大声说。我原来只是这么想的,却真的这样对弦清叫出了声来。

"真对不起,"弦清卧进我的怀里,"你忍一忍吧。"弦清很温顺地说。

"我不是说这个,"我掀掉了缎面被子,"我问你为什么要怀孕?"

弦清望着我。她的样子吃惊而又怪诞:"我为什么要怀,你说我为什么要怀?"

"是我在问你!"

"你说的是些什么话? 你怎么能说这样的话? 我为什么要怀,你怀疑这孩子不是你的是不是?"

"你给我打掉。"

"你疯了。"

"我没疯。你打不打?"

"我不打。你神经出了毛病?我又不是你的两亩地,想播就播,想锄就锄。"

"你打不打?"

"我不打。你真以为孩子是你的?孩子不是我的,也不是你的,孩子是孩子自己的。他会长到你今天这种样子,比你高,比你壮,比你帅气,比你聪明!"

弦清在说完了"我不打",声音就变了,声音就充血变得声嘶力竭,她的泪水汹涌出来,她说完这几句话用的是哭诉。弦清如一只母狗竖起了后背上的鬃毛。弦清说完了就开始穿衣服。"你哪儿去?"

"我回去。我到我娘那里去。"

这个黑夜糟糕透顶。除了黑色,几乎一无所有。天空明明是空的,就是堆满了该死的混账的黑色。黑色真他奶奶的该死。天一亮丈母娘如我的预料走来了。"好你个小子,你胆子可真的不小。"丈母娘进门就这样说。

"我不是那个意思。"

"你不是那个意思?什么意思?你们男人!弦清没成亲就怀了你的种,你如今对她又不放心了。孩子不能打,打了更说不清。我说的。生下来你自己看看是不是你的种。走了。你不要送。"丈母娘雷厉风行。人做了长辈就学会了言简意赅。

一批又一批新鲜时装在娇娇时装店里进来又出去。它们悬挂在空中被各种彩灯照得如新娘新郎。红豆终日恍惚在这样的强烈色彩里,把一沓又一沓工农兵的微笑转送给曹美琴。

红豆醒来时阳光已经照到被角。红豆从噩梦中惊醒,后背沾了整块冷汗。曹美琴睡在另一侧,半张脸埋在枕头里,头发蓬松开来,脑袋似乎特别地硕大。曹美琴的一条腿搁在红豆的腹部。红豆的噩梦一定起因于这条粗重的腿。红豆推了推她的腿，曹美琴蠕动了几下。曹美琴像一条巨蟒的感觉就是在这个触目瞬间注入红豆的内心的。他凝视着曹美琴，她的眼和嘴边都突然间出现了蟒的相似处。红豆的身体不由自主地往内收缩，曹美琴这时恰巧醒来。曹美琴睁开枕头外侧的一只眼睛说，红豆你干吗？红豆说我要起床了。起床干吗？曹美琴松懒地说，他一个星期才回来，我们说好的，你陪我睡一天。红豆说我到店里去。曹美琴闭着眼说你不要去，你睡回来。红豆提着裤子不动，看了一眼镜子，红豆的模样在镜子里特别地难看。红豆有些失望地把头回过去，"红豆你过来。"红豆便过去了。曹美琴一把将红豆重新拖进被窝。红豆闻到被窝里洋溢着内分泌的复杂气味。曹美琴说，我就喜欢在大清早，你来，你再来。红豆说你怎么这样，怎么这么喜欢做这种事。曹美琴说什么喜不喜欢，人都活死了，就剩这么一点乐趣，只有做这种事我才是活的。红豆便不吱声，任随曹美琴动作。照道理红豆是不该在这种时候想起那条蟒蛇的，但红豆就是在这个节骨眼上被那条巨蟒吓倒了的。红豆叫："二排长！"整个身子就像皮球给戳了个洞，气全放光了。这时候曹美琴的上齿咬着下唇正在专心地寻觅，感觉到红豆的整个身体抽动了一下，就听他叫，二排长！随即他的一切就没脾气了。软了。曹美琴睁眼，绝望而不连贯地说，红豆你干什么？红豆你存的什么坏心思？曹美琴坐到了一边，胳膊拥着两个圆肩头，一个劲儿地瑟瑟发抖，好半天才调整过来。曹美琴拿起一件苹果色的上衣甩到了镜子上，拉着脸走进卫生间打开了热水器。红豆跟过去，光背倚在门框上，看着曹美琴裸露的身子在水帘和雾气里向上升腾。冲完了澡曹美琴拿着一把黄色塑料梳子插在头上，绕过了红豆，说：

没用！要不给外国人抓了过去。

红豆站在那里，感觉身上有一样东西一点一点坠陷下去。

红豆说，我就是没用，我怎么就是没用？

红豆的父亲从酒店回家时发现那扇木榍门半开着。他伸进头去看见红豆把身子蜷在一床棉絮里。棉絮散发出一股闲散久搁的气味，红豆闭眼张嘴，嘴巴像面部的一口浮井。

你回来做什么？红豆的父亲大着嗓门说。

红豆撑起身来，掀开了上半身的棉絮，上衣上沾了许多白色颗粒。红豆眯着眼，说，我回来睡觉。

睡觉？你睡什么觉？大白天睡什么觉？老鼠才在白天里睡觉。

我只是想睡觉。

你看你半死不活的，哪里还有人样！你就知道大白天和老鼠一起睡觉。

我想做一只老鼠，红豆说，是别人把我生成一个人了。

你说什么？浑小子你敢对我说这样的话？你放屁把胆子放掉了。美国佬都给我们打趴下了你跟我说这样的话。美国佬今天也神气起来了，有本事让他冲着我来。中国人死都不怕还怕什么！

我要睡觉。

弦清终于又回来了。我陪她的父亲喝了一瓶竹叶青，弦清就披着我刚买的山羊皮夹克回来了。她的腹部把羊皮上衣弄成了一架米花机，她自己看着也觉得不好意思。人的身体要出了问题衣服越新越美越难看。弦清回过头来说脱了吧，等生了再穿。我说穿着，挺好的，不是挺漂亮的嘛！

走进家门弦清极其幸福，她疲惫地坐进沙发，两条腿伸到前面去，像京戏台上的判官。孩子真的是你的，她说。我坐在扶手上拥她入怀，就说对不起，我诚心诚意地说，对不起你。弦清听了这话止不住啜泣，她哭得伤心委屈又甜蜜自豪。女人一生中有这样哭泣的机会并不多。我就这么拥着弦清,脑子里很空,刮起了方向不定的风。孩子是我的,这不挺好嘛。孩子不是性冲动的排泄物还能是什么?书上不全这么说的?

生活又平平静静,这不是很好嘛。

十一

红豆拉完了曲子就开始愣神。许多风瘦瘦长长地在天井墙上舞蹈。屋檐口一排整齐的乳形滴漏倒挂在那里,悠久而又抑郁。红豆望着乳形滴漏想起了曹美琴的乳房,心中泛起极浓的不知所措。那种渴望而又焦躁无味的心绪如西部民歌中的半个月亮,爬上来,在蓝蓝的背景上空旷无比地爬上来,晕晕黄黄地爬上来,就半个,残缺不全地爬上来了。

红豆停止了二胡演奏,追忆他第一次与曹美琴接吻。吻住美曹琴的下唇时他的手就自然地抚在了她的乳房上面。这样的感受让他幸福与感伤。只有儿童被哺育时才这样,一只手摸着乳房吸吮,另一只手神圣地搭在另一只乳房上面。红豆坚信男人接吻时的心态不是男人的,是男婴的。红豆后来开始吻她的乳峰,乳峰像抽象意义上的母亲,不是妈妈。红豆禁不住流了泪水,说,这才是我的家,曹美琴用一根指头封住了红豆的嘴,让他别出声。红豆就不动了,心里只是重复。这才是我的家。我什么也不怕了。

红豆放下了二胡就往娇娇时装店里跑了。他要抱他的曹美琴吻他的曹美琴。马路拐弯的地方他看见了一只老鼠卧在了水泥地上,这只可怜的老鼠早就让汽车轮子轧扁了,像画在地上,二维地在地面只剩下老鼠的抽象意味。红豆站住了。红豆站在马路的拐弯处,自语说,这是老鼠。那只老鼠如一张纸,儿童画一样贴在了地表。

红豆在时装店的门口没有找到曹美琴。一个中学生模样的小伙子问红豆说,先生您买什么。红豆看看这个中学生,脸上的样子说变就变掉了。红豆盯住了中学生。中学生很慌张地向后退了两步,对身边的两个女伙计解释说,我不认识这个人,我真的不认识。

红豆到我家时是夜间十点。电视上正是《晚间新闻》的片头,宁和的音乐中一只透明的地球正蓝蓝地滚动过来放到电视的中间。红豆倚在我的房门框上,身上带进来很寒的秋意,红豆失神地说,给我倒点酒。

红豆坐在沙发里脸上的样子像青春期的某个糟糕片刻。他的小拇指一直在不安地折动。我点了根烟,在我点烟的工夫他随意拿起了我的工作手册和钢笔。我们都不说话。他懒懒地在软面抄上随手抹些什么。这时候弦清也披上上衣坐了过来,她的手上打着件毛线裤,粉红色的,裤腿只有我的巴掌那么长。红豆抬起头,看看毛衣,又看看弦清,很累地笑了笑。弦清望着红豆,也笑了笑。三个人就这么坐着,一直到十二点钟。红豆后来就放下手里的小本子,面色微酡,说,你们睡,我回去了。弦清探过头指着红豆画下的古怪图案只是说,什么?红豆你画的是些什么?红豆指着满页的猫耳朵,说:

这是山洞。

第二页像毛衣编织:

这个呢?弦清问。

这是雷区。

这个,这个是什么?

坟。

你画这么多坟做什么。吓人。

吓人什么,坟是泥土的乳房。我们的家。

红豆的二胡声出现了某种几何形状，标准的正方形那样经不起抗击。红豆拉二胡把二胡的灵魂给拉出来了，整夜在没有路灯的巷子里瞪着碧眼游荡，尾巴一样蛇形地跟踪人迹，追探人们的听觉。红豆整日抱着他的二胡在时间里颤悠，太阳被他拉亮了又拉黑了，月亮被他拉弯了又拉圆了。后来红豆的指尖揉出了血迹。红豆的妈说："祖宗，你别拉了。"红豆说，我不能不拉，曲子全关在琴里头，我不拉他们就出不来，他们在喊救命。他们在说，红豆，你救救我——你听见没有，妈，你听听，他们在喊你奶奶。

红豆的妈用手掌捂住了红豆的指头，豆子，红豆妈这么说，你别拉了，妈求你，妈给你跪下了，你一气拉了两天半了祖宗。

红豆就停住了，眼睛散了光，说，妈我不拉了，妈你给我把琴拿下来。红豆的母亲用了很大的气力才把马尾弓从红豆的手上掰开，红豆的手却伸不直，依旧保持了那种指形作有节奏的颤动。

妈，我饿了。

我给你做。

妈，我要喝奶。

红豆妈钉在了那里。不动。脸上的皱纹全挂了下来。

妈，红豆抬起头说，屋檐上挂了一排奶子，我要喝奶。

红豆的妈听了这话一屁股坐在了天井的地砖上。冬季就是在这样的时刻来临的。

天冷得相当快。梧桐树叶如丧家的狗跟着风走走停停。许多人的脸被腌在冬季的风里，上了一层霜。优美的植物相继死去，只剩下根与水泥同一种色彩。人们说冷。人们抱怨鬼天气。人们在冬天说夏天好，就像在夏天说冬天好。

咖啡屋里挤了许多人。不因为咖啡,因为空调。咖啡屋里没有自然光,用了杂色彩灯及茶色镜子的反射。人就像置身于想象里。在那里接吻、吸烟、做生意。声音都很低,如咖啡的色质。

红豆坐在我的对面。左侧是一堵镜子墙,把小咖啡屋拉得极有纵深感。我们坐在中间,一半实,一半虚。我们断断续续地说话,断断续续地喝雀巢。雀巢像我们的政治一样,有越来越高的透明度。红豆新理了发,头发吹得很高。这样的造型使他显得陌生,不像红豆他自己。屋子里的色调与音乐柔化了红豆,使红豆越发渴望倾诉。红豆说了很多的话,没有逻辑,时空也相当混杂,完全是现代派的叙述方式,他的眼睛依旧很大,只是失去了水分,显得滞钝。双眼皮的两道褶皱拉得也很松弛,看人时就有了似是而非的无精打采。后来红豆说,我的胃又疼了,就不再说话。脸上的样子一直在疼。我说我送你回去。红豆笑笑,在哪里都疼。我说那就别喝咖啡了,我给你买杯莲子汤。红豆说好。

我转回的时候红豆坐在那里不动。他的脸转了过去,对着镜子。他在正视镜子里的自己。我注意到身后的窗子正打开了一扇,窗上面也有一面镜子,这两面镜子把红豆拉得相当长,许多红豆就在咖啡屋里无限地延伸了下去,从我这里直到宇宙的角落没有尽头和归宿。我看得见红豆咖啡色的目光,他的目光已经走到宇宙的外面去了。我捏着莲子汤的票根,说红豆。

红豆把脸移向我,眼睛却没有离开镜子。红豆指着镜子对我说:"你快看,那是红豆。"我看见红豆的灵魂从他的眼睛里飞到镜子的那头去了。我站在那里,不敢动了。

这时候服务小姐走过来,说,先生,您的莲子汤。

"那是红豆,"红豆说,"你看见没有,那是红豆。"

我说我们回家。

"你抓住他——那是红豆。他是一只鸡,你把他杀掉。"

我冲上去转动他的脑袋。他的脑袋很轻但目光却越来越顽固。

"你逮住他,"红豆说,"杀了他我就可以回家了。你杀掉他,你快去。"

红豆已经完全不对劲了。许多毛孔在我身上冰冷地竖立着。我想我已经疯了。我拿起了一只凳子,砸向了茶色镜子墙。咣当一声,世界就变得可怕地安静下去,黯淡下去。世界就只剩下了半个,许多人站起来,看我们。红豆的脸因玻璃的飞溅而流血不止。

我说,我杀掉他了。

红豆将信将疑地伸出手,摸了摸墙与破镜片。红豆推开我。你骗我,红豆说,你在骗我。红豆像个姑娘似的站起来,走,我们回家。

很晚我才回到家里。弦清仿佛有什么预感,她站在卧室门口,望着我不语。我站在堂屋门下面,和她对视了好大一会儿,我说,出事了。

会怎么样?

我不知道。

空间变得十分地无情无义。我害怕这种目光之间的纵深距离。

寒夜在灯光的外面。月光干干凉凉的,又亮又清又冷,又冷又清又亮。有月光的夜里窗户上的玻璃都干净透明。内外都亮了就透明了。内暗外亮也不坏,可以成为一个视点,观察、看。最糟的是内亮而外黑,这样的玻璃就成了镜子,就成了审视自己的判席,就成了绞架。

人的灵魂不能被点亮,点亮了就是灾难。人不能自己看自己,看见了便危险万分。要命的是红豆恰恰选择了这样一个位置,在镜子与镜子之间。

大清早我终于入睡了。一夜的似睡非睡使我头部肿胀得要开裂。做梦了没有,我没有把握。但我听见了亚男的声音,红豆的姐姐在我的梦中大声地叫:"快,快,红豆出事了。"

睁开眼我就看见了亚男。她失态地把我从被子里拖了起来。她的身上有一股极浓的血腥味。她的衣袖和前襟溅满了紫红色的血污。

"他用刀子捅了自己了,肚子还有脖子。"

为什么?许多人都爱你,母亲和亚男,弦清还有我。许多人。

我要杀掉他……

你杀谁?

红豆。我要杀了他。

你杀了红豆你是谁?谁又是你红豆?

你不懂……杀了他我就是我了。我就可以到屋檐上去,老鼠和蛇,还有乳房二胡。你懂不懂?

我不懂红豆。

我杀了他你就懂了。

你就是红豆,红豆就是你自己。你杀了红豆就是杀自己。

我只能杀自己,我怎么能杀别人,我杀谁?

你杀了红豆你自己就没有了。

杀了才有。不杀就没有。你不懂。你不要管我,我还要杀。

十二

在冬季这个伤口难以愈合的漫长岁月里,红豆躺在医院的白色之中,顽固地坚持杀掉红豆的宏伟梦想,他的身上插进了许多管子。那些干净、透明的液体像时间的秒针,一滴又一滴耐心地抚慰红豆。这些液体的清洌光芒无数次感动过红豆。他望着这些液滴,一连几个小时。尔后红豆的泪就流出来。是他生命里的男性汁液。

失血过多的红豆终于被看出了血色,在没有人照看的时刻他又有气力能够完成自己的梦了。红豆下了床能够走动后就忙着自杀。他偷了一把水果刀。夜里三点钟他走在宁静的白色过道,过道很长,有一种走向阴间的狰狞透视。世界弥漫着以酒精为主体的混杂气味。他走向厕所。红豆决定在厕所里捉住红豆,然后把红豆杀死在大便池里。然后把刀还给病友。然后回家。然后对母亲说,我回来了。然后对他说,我和你一样回家了。然后放下包到曹美琴那里去说,美琴和我上床。

红豆的回家梦想没有能够实现。他走错了门。他没有敏锐地发现便池和便座的不同处,就站在了女厕所里常见的镜子面前。夜如镜子一样宁静。三点钟换岗的女护士习惯性地在上岗之前处理一下私事,她推开卫生间,看见里头站着一个男人。女护士倒吸了一口气手里的搪瓷盆就掉下来了,在死寂的病房里发出了丧心病狂的声音。盆里的小玩意儿在白色马赛克上侧着身子往角落里飞窜。红豆大吃了一惊,拿刀的手就提了上来,眼睛在镜子里头和小护士对视。红豆看见小护士的下巴只是往下挂,却是没有声音。红豆提着刀目光呆滞地转过身来,红豆刚想说你回去吧,就听见小护士终于叫出来了。小护士叫的是杀人,杀人了!

许多人从病房和值班室里冲出来了。大部分病人的脸上忍着疼痛。红豆站在门口,不高兴地对大家说,这关你们什么事。当天夜里红豆就被送走了,上车之前红豆给慌里慌张地打了一针。红豆隐约地记得自己明明给抬上的是汽车,过了一刻就觉得是火车了。向南,无尽无止地向南。红豆想睁开眼看看窗外,连长虎着脸说,不许看,这是命令,红豆便把眼睛闭上了,闭得很紧、很累。身子底下就咣啷咣啷咣啷。

大家都争着要到最前线去。每个人的眼睛都陌生了,生出一股杀气。大家举着枪高呼震耳的口号,连长看了红豆一眼,红豆就举起手高叫:我要到最艰苦的地方去。红豆反复高喊这句话,直到再也喊不出来。大家后来开始写血书,连长又看了红豆一眼,红豆就咬破了食指,写下了自己的名字。红豆说,连长,怎么这一回咬得一点也不疼?连长说,当然不疼,这点疼算什么?我们连不许有一个怕死鬼!

知道红豆的下落已经是来年春光明媚的日子了。我一直没有红豆的消息,在这个问题上老志愿军战士说了谎,这位残疾老人告诉我,红豆到南方去了,他的战友在那里开了一家很大的公司。红豆不回来了。我望着长者的空袖管相信他的话。老者的谎言比真理更有力量。

那个晚上亚男来敲门。亚男瘦成这样出乎我的意料。亚男见到我就扑到了我的怀里,当着弦清的面。"你救救红豆,"她的身子疾速地抽搐,"你一定要救救红豆。"我被这个突如其来的事弄得很蒙,我说红豆怎么了?你告诉我怎么了,他在广东出了什么事?亚男哇的一声哭出了声来,亚男说,他在疯人院里,他一直都关在疯人院里。

我茫然地抱着亚男,我就那样茫然地抱着亚男,也不知道过了多久,当着弦清的面。我不知道这个世上发生了什么,我很难受。我十分地难受。我太难受。我他妈的太难受。

红豆坐在床沿。大剂量的镇静剂使他的体形虚胖浮肿。他的背后是窗户,阳光照耀过来,窗外的花朵一朵一朵开得又大又肥。花朵的美丽也如同红豆一样身不由己,离不开那杆枝头。

红豆的目光像煮熟的某种动物,看着一处地点。眼神没有意义。我站在他的面前,他一直不知道我站在他的面前。他的头发胡子都很蓬勃,好像所有生命全长到那些上面了。我的酸楚在胸中猛烈地翻涌,无声静息地翻涌。我站在那里,不知道如何开始。

嗨。我终于说。

他没有动。

红豆。我说。

红豆就抬起头,望着我。红豆望着我两只眼睛就慢慢地活了。两只眼睛就如同春天那样释放出许多汁液,有了许多返青的植物和风。红豆张开了嘴巴,一只手抓住我,很突然地抓住我。他的手没有力量,却让我感觉到绝望和神经质的穿透力。我的整个感知就全给他抓住了,缩成了一团。

我疯了没有?你告诉我,我到底疯了没有?

你没有,红豆,你没有疯。

为什么要关我在这儿,这儿全是疯子他们全疯了。我要回家去。你带我回去。

我不能,红豆。

我疯了?这么说,我真的疯了?

你没有。

你带我回去。

我不能。

我到底有没有疯,你告诉我我是不是真的疯了?

你没有疯。你没有。

为什么要关我在这儿?

我不知道。

我是疯了。我肯定还是疯了。

送药的护士就是这样的时候到来了。小护士们美丽的影子像鱼一样在病人之间摇晃。小护士推着不锈钢送药车来到红豆的面前,拿起一只樵木瓶盖,瓶盖里装满了色彩斑斓的药片。小护士说,您该吃药了。红豆把目光从我这里移给了小护士,他的目光也变成了不锈钢的。我为什么要吃? 您不是天天都这么吃的? 小护士瞟了我一眼,笑着这么说。你自己吃,红豆说,你不吃就送给曹美琴,我不吃。红豆,我说,吃罢。我不吃,红豆的嗓门这时就大了,你们全是一伙的,你们串通好的,我为什么要听你们的? 我不吃。红豆从不锈钢药车上拿起了一只搪瓷盘,呼的一下那些彩色的药片就落英一样缤纷。随着红豆的叫喊迅速走过来几个长方体的白色男人。他们的头上全是白布只有一双眼睛闪闪发光。一阵争斗后他们熟稔地擒拿了红豆,红豆被他们摁在床板上,所有的关节都固定了,只有腹部在剧烈地向上挺动,每一次挺动喉咙里都要发出很有节奏的压迫声。我说红豆,走过去便拉开那些男人。一根针头这时就插进了红豆的肌肤,针剂明丽剔透像少女初恋时的眼泪。你们放开他,我大声说,你们放开,他没有疯! 过了好大一会儿一个男人才抬起头来,他的声音在口罩里头含糊不清:你是不是也想来一支镇静? 这时的红豆似乎被药水说服了,张着嘴嘴里流淌口水。他的眼没闭,望着天花板。活的,但是一眨不眨。我用手在他的眼前摇摆了两下还是没眨。

我就这么望着红豆。时间昏迷过去了。

弦清在一个干净美丽的早晨分娩了我儿子。她的预产期超过了整整四天。我不知道我的儿子对这个世界犹豫什么。我在产房的通道外面一支接一支地吸烟。我望着圆形告示牌上一支白色的香烟被红色的斜杠压住。我已经连续三夜没睡了。是另一个刚刚当父亲的男人陪我度过了前面的两夜。我的舌尖很麻木，记不清说话了没有。我觉得昏迷过去的时间一直没有醒来。

第四个早晨我注意到太阳升起得很迟。我一直希望孩子的出生能选择在日出这个伟大的时分，这一设想无限诗意情调。但这样的早晨我没有过多地奢望孩子与太阳之间的巧合，我焦虑地祈盼孩子能早点来到世上。

后来来了一位护士，这个瘦小的女护士在我的记忆中永远天使一样美丽。她拉开玻璃门，笑着对我说，你当爸爸了。我头脑里轰的一下太阳就跳出来了，我冲进去就听见了极其愤怒极其委屈极其撒娇极其抒情的一道哭声，如金属丝在苹果色过道里纷扬。这是我的儿子。顷刻间我的胸中许多东西化开了，直往眼眶里冲，不可遏止。我看见了血淋淋的小东西在护士的掌心里握紧了拳头诅咒什么。我想冲上去对孩子说我是你爸爸。

小护士的下巴把我赶出去了。在这个四五米的甬道里我体会到了千古悲伤。我伤心得不行了。出了玻璃门我蹲下去就用巴掌捂紧面庞了。那些该死的泪珠子从我的指缝中间汹涌而出。我不知道我为什么会这样。我真的不知道为什么会是这样。

这时候丈母娘从楼梯口拐角处出现了。见了我的模样她脸上就不对了。生了？生了。弦清呢？挺好。团的还是长的？长的。顺不顺？顺。那你哭什么？我不知道，我就是要哭，我止不住。这么说着我的伤心就又袭上来了。二百五，好好的你哭什么,丈母娘说,吓我一大跳,你毛病。

生儿子是要发红蛋的,规矩就这样。规矩就是有道理没道理你必须这样。第一家当然是红豆的母亲。

二胡的音质沙哑,具有极松的穿透力。二胡的音色有一种美丽的忧伤。二胡的旋律有一种与生俱来的倾诉欲望,欲说又止,愁肠百结。

离红豆家至少还有五十公尺我就听见二胡声了。我知道不可能是红豆的,我甚至怀疑是不是幻听。推开门我透过木桹格看见红豆端坐在家里,他的大腿上搁着他的二胡。我不知道他是什么时候出院的。他的脸很胖。宇宙一样苍茫。

红豆看着我的脚。他的目光抬到我的腹部却不再往上爬了。他不看我也不说话,拉了一小段我们儿时常听的那些曲子。完了就放下胡琴,说,你来了。

你什么时候回家的,红豆?

有一阵子了。

为什么不找我?

我在拉琴。我拉得很轻松、很快活。这把琴很听话,又聪明,真是一把好琴。

我把三只红鸡蛋放在红豆家的茶几上,红豆妈看了一眼红蛋又看了一眼红豆,这个交替的目光是明了易懂的。红豆妈笑笑说恭喜了。我也就对她笑笑,想说什么,也想不大起来。红豆妈走到我的面前,低声说,红豆他又不吃饭了,他总说饭里头有药。红豆看上去挺胖嘛,我说。天晓得,他妈说,不吃又不睡,他哪里来的一身肉。他为什么不睡?我哪里知道,红豆妈茫然说,我想是怕噩梦,他睡着了老是喊,蛇——哪里来的蛇,真是造孽。他不吃也不睡,他就晓得拉琴。

316

这么说着话我们听见了厢房里传出了很古怪的声音。那把二胡丢在了地砖上,琴弓和琴身构成了天象式的构图。红豆站在那里,两只手垂得老老实实。蛇,红豆站在一边,指着地上的二胡说,蛇。我走上去刚想捡起二胡,红豆就把我止住了。红豆对着二胡上的蛇皮说,是蛇,二胡声不是我拉出来的,是蛇在哭,你听,是蛇在哭。

红豆妈听了这几句一个趔趄就又侧在了门框上,红豆妈望着二胡说,这回真的没救了,又要去医院了。

不!红豆走上来就揪住了我。不,红豆望着我,目光四分五裂,别把我送过去,我永远待在洞里,我听你的命令,我这一辈子都在洞里,你别送我去医院。

十三

红豆终于在渴望拉二胡与不停摔二胡之间黯淡消瘦下去。天气渐渐变暖,变热。空气中积郁了越来越浓的怀旧气息。那是夏日千古以来不变的气息。植物们该绿的绿,该红的红了。红豆说,我要拉琴。红豆说,蛇。红豆说这两句话的气息越来越弱。他家的大门也越关越严。红豆的父亲不允许别人窥视他们家的不幸秘密。

越来越多的皮肤多余地褶皱在红豆身上。他的身上出现了许多肤斑,仿佛怀过孕的女人腹部留下的那种。许多不正常的气味很幽黯地在落日时分飘拂,如一只手从死亡的那边凉飕飕地抓过来,与腐草和植物的腐烂气味勾肩搭背。红豆终于卧床了。红豆说我要拉琴红豆说蛇红豆说不要送我出去红豆说我就在洞里。

红豆的手与胳膊变得冰凉,与夏季的炎热极不相称。我弄不懂他身体的温度哪里去了。我抓住他的胳膊,我看见死亡一直在他的手边游丝一样转动。死亡在他的眼睛里蒙上一层半透明的膜。铁青色爬上了红豆的腮部,半透明的眼在不确切地看,无力的手指在不确切地抓。不知道红豆的目的是什么,不知道他要做什么。红豆的父亲在一个午后说:"他的胆已经吓破了。他是起不来了。他的胆肯定是破了。"后来下起了雨,雨猛得生烟,雨脚如猫的爪子一样四处蹦跳。那些雨把整个红豆家的老式瓦房弄得一个劲儿地青灰。红豆身上那些类似铁钉和棺材的气味就是在雨住之后和泥土的气味一同弥散出来的。许多多余的皮在红豆的骨头上打滚。

红豆没有留下任何遗言。只是在他死前的一个星期,他说了一组阿拉伯数字,003289。这是六月二十六号的事。后来红豆就再也没有开过口。红豆的妈问我,是不是谁的电话?我说不是。红豆妈又问,到底是什么?我说我不知道,可能没什么意思。红豆妈想了想,也就不问了。红豆后来就老是张嘴,他看着我们,嘴张得很大,嗓子里发出一种声音,像哪里在漏气。

七月三日,那个如狗舌头一样炎热的午后,红豆咽下了最后一口气。红豆死在自己家里的木床上。这一天天晴得生烟,阳光从北向的窗里照射进来,陈旧的窗格方木棂斜映在墙上,次第放大成多种不规则的几何方格。后来红豆平静地睁开眼,红豆的目光在房间里的所有地方转了一圈,而后安然地闭好。他的左手的指头向外张了一下,这时的红豆就死掉了。他死去的手指指着那把蛇皮蒙成的二胡,红豆生前靠那把二胡反复他心中的往事。……

> 此刻谁在世界上某处走
> 无端端地在世界上走
> 在走向我

此刻谁在世界上某处死

无端端地在世界上死

在望着我

——里尔克《严重的时刻》

1994 年第 9 期《青年文学》